JN137671

ロス・クラシコス
Los Clásicos
12

大いなる歌

Canto General

パブロ・ネルーダ
Pablo Neruda

松本健二＝訳

現代企画室

大いなる歌

パブロ・ネルーダ

松本健二＝訳

ロス・クラシコス 12
企画・監修＝寺尾隆吉
協力＝セルバンテス文化センター（東京）

Obra editada en el marco del Programa ILAN de Apoyo a la Traducción, de la Dirección de Asuntos Culturales del Ministerio de Relaciones Exteriores de Chile.
本書の出版は、チリ外務省文化局の翻訳助成プログラム ILAN によって実現しました。

Canto General
Pablo Neruda

Traducido por MATSUMOTO Kenji

©PABLO NERUDA and FUNDACIÓN PABLO NERUDA, 1950
Japanese translation rights arranged with Fundación Pablo Neruda,
in representation of the Heirs of Pablo Neruda
c/o Agencia Literaria Carmen Balcelles, S.A., Barcelona
through Tuttle-Mori Agency, Inc., Tokyo

Proyecto cultural ejectado en el marco de las actividades para celebrar los 120 años de relaciones diplomáticas entre Chile y Japón
チリ・日本外交関係樹立 120 周年記念活動として実施される文化プロジェクト

Ministerio de Relaciones Exteriores
Embajada de Chile en Japón
Gobierno de Chile

DIRAC
Ministerio de Relaciones Exteriores
Gobierno de Chile

目次

凡例

・本書はPablo Neruda, *Canto General*, 1950. の全訳である。
・各章の構成やテーマ、成立時期などについては、巻末の注解を参照のこと。
・各詩の番号や表題に付された符号◆＊は、巻末の注解にその詩の解説があることを示す。
・詩のなかで言及される歴史上の実在人物については、巻末の人名索引で姓の五十音順に生没年、簡単な履歴などを示した。

一章　地の灯り

アメリカ大陸よ（一四〇〇年）◆

かつらと上着より先に
川がいた　動脈の川が
山がいた　削ぎ落とされた波間に
コンドルや雪が止まって見えていた
湿り気と茂みがいた　まだ名のない
雷鳴と　星を覆う規模の草原がいた

人は土だった　器だった
震える泥の瞼　粘土の形だった
カリブの壺　チブチャの石器
帝国の杯　アラウコのシリカだった
優しくも残酷だったが　その湿った
ガラスの武器の握りには
地の頭文字が
刻まれていた

いつしか誰もが
頭文字を思い出せなくなった
風に忘れられ　水の言葉は
地に埋もれ　鍵は失われ
沈黙や血のなかに沈んだ

羊飼いの兄弟姉妹よ　命はつながれた
だが茂みには赤い滴が
野バラのようにこぼれ
そして地の灯りがひとつ消えた

私がここにいるのは物語を語るため
野牛の安らぎから
南極の光が積み重なった
泡に沈む　最果ての地の
擦り切れた砂に至るまで
そしてベネズエラの暗く平穏な

断崖に潜む巣穴を通り
私は探し求めた　わが父を
闇と銅とでつくられた若き戦士を
あるいはあなた　婚姻の植物　不屈の長髪
母なるカイマンワニ　金属の声の鳩を

泥土のインカたる私は
石に触れて言った
私を待ち受けるのは
何者か？　そして何も映さぬ
ガラス玉を握りしめた
だが私はサポテカの花々を抜けた
光は鹿のごとく穏やかで
影は緑の瞼のごとく降りた

名もなき地　《アメリカ》もなき我が地
春分と秋分のおしべよ　紫の槍よ
お前の香りが根から体を這い上がり
この杯にまで　我が口からいまだ生まれぬ
もっとも繊細な言葉にまで届いた

一

植物たち

名と数をもたぬ地に
別世界から風が舞い
雨が天から糸を運び
潤いに満ちた祭壇の神が
花々と生命を返していた

肥沃のなかに時が育っていた

ジャカランダは海のかなたの
きらめきがつくる泡をもち上げ
鋭利な槍のアローカリアは
雪を前に威容を誇り
原始の木マホガニーは
梢から血を滴らせ
カラマツの南では

雷鳴の木が　赤の木が
棘の木が　母なる木が
真紅のデイゴが　ゴムの木が
地を占め　音となり
領域を制していた

地の裂け目から噴き出す
新たなるアロマが
木々を息で満たし
蒸気と芳香に変えていた
野生のタバコは見えない
空気のバラを掲げていた
先端を燃やす槍のような
トウモロコシが現れ
全身から粒を播き　生まれ直し
その粉を播き散らし
根の下に死者たちを従え
それからそのゆりかごで

植物の神々が育つのを見つめた
皺を刻み　さらに伸び
種は風に乗り
山々の羽根を越え
容赦なき雨の緯度と
閉ざされた泉の夜と
夜明けの貯水槽と
大地の膏薬が育む
盲目の曙を見た
芽と軸の濃い光を見た
地球の表皮のごとき
平原ではなお
涼やかな星々の国の下
草の王オンブーが
気ままな空気のざわめく飛翔を
引き留め　手綱代わりの枝と根で
パンパを乗りこなしていた

アメリカ大陸の木々よ
海から海のあいだの野生のキイチゴよ
お前は極から極へと拡がる緑の宝を
その濃い茂みを揺り動かしていた

聖なる樹皮の都市で
響き渡る倒木の内側で
どこまでも広がる落ち葉が
胚の石を　生誕を覆い
夜が芽を吹いていた
緑の子宮　アメリカ大陸の
精液のサバンナ　すき間なき醸造所
枝は島のように生まれ
葉は剣《つるぎ》の形を帯び
花は稲光とメデューサとなり
房は生命を次々と凝縮させ
根は暗闇へと降りていった

二

獣たち

それはイグアナの薄明だった

虹色の縁飾りから
矢のような舌が
緑の森に伸びていた
アリクイの修道士が
歌う足で密林を踏み
広大な褐色の高原では
酸素のように細身のグアナコが
金色の長靴を履こうとしていた
いっぽうリャマたちは
夜露に満ちた世界の美しさを前に
純真な目を開こうとしていた
サルたちが曙の岸辺で
どこまでもエロティックな糸を紡ぎ
花粉の壁を押し倒し
紫色に飛びかうムソの蝶たちを
追い払っていた
それはカイマンたちの夜
清らかに増殖する夜
泥土と夢見る沼地から
突き出した鼻面
甲冑のたてる鈍い音が
大地の源へ戻っていった

ジャガーは姿を見せず
燐光となり木の葉に触れ
ピューマは獰猛な炎のごとく
枝々のあいだを駆け
その顔には密林の
アルコールの目が燃えていた
アナグマたちが川の足元を掘り

何かの巣を嗅ぎ当て
その脈打つご馳走に
赤い歯で襲いかかろうとしていた

そして大いなる水の底には
聖なる泥で覆われ
獰猛で宗教的で
大地の形にとぐろを巻く
巨大なアナコンダがいる

三

鳥たちがやってくる◆

我らの大地のなにもかもが飛んでいた
血と羽根の滴のような
ショウジョウコウカンチョウが
アナワクの夜明けを赤く染めていた

オオハシの素敵な小箱は
ぴかぴかの果物を詰めていた
ハチドリは稲妻の元になる
始原の火花を集め
そのちっちゃな炎は
静止した空中で燃えていた

名高きオウムたちが
水没した湿地の泥から
取り出したばかりの
緑の金の延べ棒のごとく
奥深い枝葉を埋め尽くし
そのまん丸い目からは
鉱物と同じくらい古い
黄色の輪が見つめていた
空のあらゆる鷲たちが
他に棲むものなき青空で
血ぬられた子孫を育んでいた

そして殺しの王　空の孤独な僧
雪を守る黒い護符
鷹狩りのハリケーン
すなわちコンドルが
肉食の翼を広げて
世界の上を舞っていた

カマドドリが才知を発揮し
香しい泥から
音響く小劇場をこしらえ
歌いながら登場した
セノーテの淵には
湿った鳴き声を立てる
ヨタカがやってきた
チリバトは藪に
粗末な巣をつくり
青い殻の卵という
王の御下賜品を残した

南の国のロイカ
優しく芳しい秋の大工が
真紅の星座をなす
星でいっぱいの胸を見せ
南極圏のアカエリシトドが
果てしない水から拾い上げた
フルートを高々と掲げていた

されどスイレンのごとく湿る
フラミンゴはそのバラ色の
大聖堂の扉を開いて
曙のごとく飛び立ち
蒸し暑い密林を去っていった
あとには密林にぶら下がる宝石
ケツァルがふいに目を覚まし
揺らめき　滑り　きらめき
手つかずの燠《おき》を飛翔させる

島々へ向け
海の山が飛ぶ
ペルーの
豊穣な島々の上空を
南を目指す鳥たちの月が飛ぶ
それは生きた影の川
小さな無数の心臓が
結びついた彗星は
太い尾をもつ天体のごとく
この世から太陽を陰らせ
半島へ向け脈動する

そして怒れる海が果てる
外洋の雨の下では
二枚の塩の装置のような
アホウドリの翼が現れ
静寂のなかに
怒涛の颪を巻きあげ
茫漠たる位階に基づく
孤独の秩序を打ち立てる

四

川が集まってくる◆

川たちに愛され　青い水と
透明な滴たちに競って求められ
静脈の木のごときあなたのやせ細った姿は
リンゴを噛む肌の黒い女神のようだった
そのとき裸で目を覚ましたあなたは
川たちに刺青を刻まれ
湿った高みにあるその頭から
世界を新たな露で満たしていた
あなたの腰の周りでは水が震えていた
あなたの体は泉でつくられていた

あなたの額では湖たちが輝いていた
あなたはその母なる厚みから
命の涙のごとき水を絞り
砂地に川床を引きずり出し
惑星を覆う夜を越え
膨れたざらざらの石たちをまたぎ
その道中で
あらゆる地質の塩を砕き
幾重もの壁を成す森たちを切り分け
石英の筋肉を切り裂いて進んだ

オリノコ

オリノコよ　お前のあの
時なき時の岸辺にいさせてくれ
あのころのように裸で行かせてくれ
お前の洗礼の暗闇に入れてくれ
真紅の水のオリノコよ

お前にこの手を沈めさせてくれ
お前の母性に　流れに戻るのだ
民族の川よ　根たちの祖国よ
お前の広大なざわめき　その野生の皮膜は
私が来たのと同じ場所　すなわちあの哀れで
尊大な孤独から　あの血のような
秘密から　あの静かなる
粘土の母から流れてくる

アマゾン

アマゾン
水の音節たちの首都
長《おさ》たちの父たるお前は
受胎と豊穣の
密かな永遠である
川たちが鳥のようにお前に舞い落ち
めしべたちが火事の色にお前を覆い

朽ち果てた巨木たちがお前を芳香で満たし
月はお前の全身を見ることも測ることもできない
婚礼の木のようなお前は
全身に緑の精液をためこみ
野生の春に銀メッキされ
流木たちで赤に染まり
石に映える月のなかで青く
鉄を含む蒸気をまとい
星の歩みのごとく悠々と進む

テケンダマ

テケンダマよ　覚えているか？
誰にも見られずひとりで歩いた
あの高みを　あの孤独の
糸を　細く長い意志を
空色の線を　プラチナの矢を
そして一歩また一歩
黄金の壁を切り開き
天の彼方から空虚の石が待つ
あの恐怖の劇場に降りてくるまでを？

ビオビオ

さあ語れ　ビオビオよ
私の口からもれてくるこれは
お前の言葉なのだ　お前は私に
言葉を与えてくれた　あの雨と
枝葉と混じり合った夜の歌を
子どもなど誰も相手にしなかったあのころ
お前は語ってくれた　大地の夜明けと
お前の王国の力強い平和について
死んだ矢を集めてできた束と
埋められた斧について
ニッケイの葉たちが千年をかけて
お前に語ってくれたのと同じことを

それから私はお前が海に屈するのを見た
たくさんの口と胸に分かれ
どこまでも咲き乱れつつ
血の色の物語を呟くのを

五

鉱物たち◆

金属たちの母よ　あなたは焼かれ
嚙み砕かれ　痛めつけられ
浸食され　やがて腐りはてた
そのころはもはや偶像たちにも
あなたを守ることはできなかった
密林の夜の髪の毛を這いのぼる
つる草たち　矢の芯となる
マホガニーたち
花咲く屋根裏に分けられた鉄
我が地を導く
鷲たちの尊大な鉤爪
知られざる水　邪悪な太陽
むごい泡の波
待ち伏せる鮫　南極の
山々の歯並み
羽根を着飾り
青い毒を光らす蛇の女神
羽と蟻の移動とともに
伝えられてきた太古の熱病
湿地帯　酸の毒針をもつ
蝶たち　鉱物にも等しい
材木たち
かくも強力な合唱をもってして
なぜ宝は守れなかったのか？

暗い石たちの母よ
いつかその睫毛で

石たちを血に染める母よ！
あのころトルコ石は
幼年期の輝きからようやく
太陽の司祭の宝飾品となるべく
生まれようとしていた
銅は硫黄の地層に眠り
アンチモンは地層から地層へ
我らの星の奥深くを移動していた
石灰は黒く輝いていた
それは雪と真逆の黒
大地の秘めた不動の嵐に
埋め込まれた真っ黒の氷だった
同じころ黄色い小鳥の閃光が
山脈の氷河の麓で
硫黄の川を堰き止めた
バナジウムは雨を着て
黄金の部屋に入り
タングステンは刃を研ぎ
ビスマスは髪を編み
薬をつくっていた

場所を間違えた夜光虫が
なおも高みを飛びかい
深淵の亀裂と
鉄の頂に
燐の滴を撒いていた

それは隕石のブドウ棚
サファイアの地下貯蔵庫
台地の小さき兵士は
錫の服を着て眠る

緑の素材でいっぱいの
いまだ埋葬されぬ闇のなかで
銅がその犯罪を仕上げる
積み上げられた沈黙のなかに

破壊者たちのミイラが眠る
チブチャの優しさに包まれた黄金は
その黄ばんだ礼拝堂から出ると
ゆっくりと戦士たちの方へ進み
そこで真紅のおしべに
薄い板の心臓に
地上の燐光に
神話の歯に姿を変える
そのとき私は夢を見る
一粒の種と一匹の幼虫の夢だ
そしてケレタロの石段を
あなたと下るのだ
私を待っていたのは
ためらう月の石たちと
オパールの魚を釣る宝石
アメジストに凍らされた
教会に立つ枯れた巨木

口伝えに聞くコロンビアよ
あなたの裸足の石たちの下に
怒れる黄金の嵐があるなどと
あなたは知るはずもなかった
エメラルドの祖国よ
死と海の宝飾品と
その悪寒のきらめきが
侵略する支配者たちの喉を
這い上がることになるとは
あなたに予見できるはずもなかった

あなたは単なる石の概念だった
塩に育まれたバラ
地に埋もれた邪悪な涙
眠れる動脈を泳ぐサイレン
ベラドンナ　黒い蛇に過ぎなかった
(ヤシの木がその幹を
そびえる飾り櫛で梳かすあいだ

塩は山々に
輝きを切り分け
葉に注ぐ雨粒を
石英の衣に変え
もみ殻たちを
石炭の大通りに敷き詰めていた）

私は危険を求めてサイクロンを駆け抜け
エメラルドの光に向けて下り
ルビーの新芽を目指して上ったが
砂漠から取り出された硝石の像を前に
永久に黙りこんだ
骨ばったあの高原地帯に
灰が飛びすさぶなか
錫がサンゴヘビの
毒枝を掲げ
春分と秋分の霧を森のように広げ
我らが穀物の君主制に
その印を刻むのを見た

六

人◆

鉱物の種族は
粘土の杯に似ていた
人は石と大気でつくられ
水がめのように清く響いていた
月がカリブの人をこね
聖なる酸素を抽出し
花々と根を圧し潰した
人は島から島へと渡り
硫黄の色をした貝殻で
花束と花輪を編み
泡の集まる浜辺で
法螺貝を吹いた

タラウマラの人は棘をまとい
北西部の一帯で
血と火打石で火を創った
いっぽうタラスコの粘土では
世界が再び生まれようとしていた
気候穏やかな大地の神話
湿り気を帯びた豊穣から
性の泥と溶けた果実が
神々の物腰を身につけ
青いつぼになろうとしていた

目もくらむ雉のごとく
アステカの階段を
神官たちが降りてきた
三角の石段が
数えきれない礼服の
稲妻たちを支えていた

厳かなピラミッドの
石と石　苦痛と空気が
その圧倒的な構造に
アーモンドのような
生贄の心臓を供えていた
雷鳴がとどろき
聖なる階段を伝い
血が滴り落ちていた
しかし村々の群衆は
糸を編み
実りの未来を蓄え
きらめく羽を撚り合わせ
トルコ石を説き伏せ
絡み合う布の上に
この世の光を再現していた
マヤの人々よ　あなた方は
知恵の木を切り倒していた

穀物番の匂いを漂わせ
試練と死の骨組みを
高々と築いていった
あなた方はセノーテに
金の花嫁を投げ落とし
胚芽の行く末を占っていた

チチェンよ　お前のさざめきが
密林の夜明けに拡がっていた
お前の黄色い砦では
ミツバチの巣の対称性を
人の手がつくりつつあった
そして彼らの思念は
石に流れる血を脅かし
日陰で天空を解体し
薬を導きだし
石に文字を刻んでいた

南は黄金の驚異だった
マチュピチュの気高い孤独は
天の扉を前に
香油と歌に満ちていた
高地の偉大な鳥の棲み処は
人の手ですでに破壊され
山頂に開けた新たな領土では
農夫が雪で傷ついた手を
種たちに差し伸べていた

クスコは王座のごとく　塔と
穀物庫を従え　朝を迎えた
青白き影の種族は
世界の思慮深き華だった
その開いた掌では帝国の
アメジストの王冠が震え
欄干の内側では高原の
トウモロコシが芽を吹き

火山の小道では容器と
神々が行き交っていた
農耕が調理場の王国に
その香りを行き渡らせ
脱穀した太陽のマントを
天上にまで拡げていた

(優しき民よ　山の娘よ
塔とトルコ石の血統よ
今は我が目を閉じよ
苦痛が押し寄せてくる
あの海へ我らが去るまでは)

あの青い密林は洞穴だった
木と暗闇の神秘のなかで
グアラニーの人が歌っていた
午後に立ち上る煙のように
茂みに落ちる水のように

愛の日に降る雨のように
川のほとりで悲しみの歌を

名もなきアメリカ大陸の底
めくるめく水たちのあいだ
星の冷気を凝縮した地に
アラウコがいた
孤高の南部を見よ
高みに煙は見えない
ただ見えるのは雪渓と
険しいアローカリアに
道を遮られた烈風のみ
濃密な緑のさらに下に
陶芸師の歌を求めてはならぬ

すべては水と風の静けさ

だが木の葉から戦士は見つめる

カラマツの林には叫び声
雪積もる山の高みには
ジャガーの目が光る

休息する槍たちを見よ
矢に貫かれた空気の
囁きに耳をすませよ
乳房を見よ　脚を見よ
月明かりに輝く
漆黒の髪を見よ

戦士たちの虚空を見よ

誰もいない　ジュウカチョウが
清い夜の水のように囀るのみだ

コンドルがその黒い翼を交差させる

誰もいない　聞こえるか？　あれは
空気と落ち葉を踏むピューマの足音

誰もいない　耳をすませ　木に耳をすませ
アラウコの木に耳をすませ

誰もいない　石たちを見よ

アラウコの石たちを見よ

誰もいない　ただ木々がいる

ただ石たちがいる　アラウコが

二章　マチュピチュの高み

一◆

気から気へ　空っぽの網のごとく
街と大気のなかを　訪れては別れた
秋到来には　木の葉を引き延ばした
硬貨　春と穂々のあいだには
至高の愛が手袋に入れて落とすように
動かぬ月のごとくに我らへ手渡すもの

（肉体の荒れ狂う
鮮やかなきらめきの昼
酸の沈黙と化した鋼《はがね》たち
最果ての小麦粉まで解《ほど》かれた夜
婚礼の祖国の襲われためしべたち）

バイオリンに囲まれ待っていた誰かが
埋もれた塔のような世界を見つけた
塔はその螺旋をざらつく硫黄の色の
あらゆる葉の下に沈めつつあった
さらに下の地質の金で
隕石で覆われた剣《つるぎ》のごとく
地中のもっとも繁殖力旺盛な場所に
濁った甘い手を沈めてみた

深い波間に額を差し入れ
硫黄の安らぎをぽたぽたと下り
人のくたびれた春のジャスミンに
盲人のごとく帰還した

二◆

花が花に高貴な胚芽を手渡し
岩がダイヤと砂の鍛えられたドレスに
その散った花々を育てるのなら
人は海の決まった泉で摘んできた

光の花びらをしわくちゃにして
両手に脈打つ金属へと穴を穿つ
するとすぐ服と煙のあいだ　沈んだ机上に
量を測ったかのように魂が残る
石英と不眠　冷気の池みたいな
大洋の流す涙　だが今はまだ
魂を殺せ　紙と憎悪で苛むのだ
日常の絨毯に沈めよ　刺々しい
針金の衣装に挟んで引き裂くのだ

いや　廊下で　空中で　海で　道で
ナイフももたずに自らの
（真紅のひなげしのような）血を
守れる者はいない　怒りが
人を売る男の哀れな品々をやつれさせ
スモモの木の高みではここ千年
露がその透きとおる手紙を託し
同じ枝でそれを待つ　ああ心臓よ
秋のくぼみで摺りつぶされた額よ

冬の街路で　あるいはバスで　あるいは
宵闇の船で　あるいは最も濃い孤独のなか
影と鐘の響くパーティーの夜の孤独のなか
人の快楽の洞穴の真っただ中で何度も立ち止まり
口づけの瞬間の稲妻や石のなかでかつて触れた
あの得体のしれぬ永久《とわ》の鉱脈を求めた

（小さな孕んだ胸の黄色い物語のように
穀物で　胚芽の膜で絶え間なく
慈しみとなり常に変わらぬ数　象牙に粒を撒く
あるひとつの数をゆっくりと繰り返すもの
水にあって透き通る祖国となり
辺境の雪から血まみれの波で鐘となるもの）
ただつかめたのは人の顔や慌てた仮面たちの
寄り集まる房　空虚な金の指輪か

怯えた種族の惨めな木を震わす
怒れる秋の娘の破けた服のような房だった

手を休ます場所はなかった
つながった泉の水のごとくに流れ
コークスかガラス玉のように硬く
この開いた手に熱や冷気を返してくれる場所はなかった
人とはいったい何だったのか?　街の店や口笛の合間の
あけすけなやり取りのどこに　あの金属的動作のどこに
壊せぬもの　滅びぬもの　命が生きていたというのか?

三◆

トウモロコシのような男が遺失物の蔵
惨めな出来事を収める果てしない蔵で
粒を一粒　七粒　八粒落としていた
ひとつではなく多くの死が粒ごとに届いていた

日ごと小さな死　塵　ウジ虫が　町外れの
泥に消える灯りが　分厚い翼をもつ小さな死が
人の体のなかへ短い槍のように入り
人はパンやナイフに攻め立てられていた
牧場主　港の息子　犂をもつ暗い肌の隊長
あるいは込み入った街路のネズミたち
皆が己の死　日々のささやかな死を待ち憔悴し
日々味わうその不吉な悲しみは
震えて飲む黒い杯のようだった

四◆

強固な死から何度も招かれた
それは波間の見えない塩のようだった
その見えない味が撒き散らすのは
下降と高みが相半ばするもの

風と根雪の大建造物のようなものだった
鉄の刃に来た　空気の抜ける
隘路　農業と石の死に装束に
最果ての道の星の空虚に
目もくらむ螺旋の街道に
だが広漠たる海よ　死よ！　お前は波を伝わず
夜の薄明の早駆けのごとくに
夜の数をすべて合わせたように来る

お前はポケットまで嗅ぎまわりはしなかった
お前は必ず赤い服を着て訪れた
囲われた静けさの暁の絨毯の上を
埋もれた高貴な涙の遺産を連れて

私はどんな人にもある一本の木を愛せなかった
ささやかな秋（千枚の葉の死）を背負う木を
あらゆる偽りの死と
地も深みもなき復活を愛せなかった
どこまでも広がる生命の水を
そのもっとも広い河口を泳ごうとした
そして人がじょじょに私を拒み
道と扉を塞ぎ　その傷ついた不在を
我が泉の手に触れさせまいとしたとき
そのときから方々の通りを　川から川を
街から街を　ベッドからベッドをさすらった
我が塩の仮面は砂漠を渡った
そして最果ての質素な家々を灯りも火もなく
パンも石も静けさもなく　ただひとり
我が死を死につつ転々とした

五◆

重苦しい死よ　鉄の羽の鳥よ　あの部屋を
受け継いだ哀れな男が慌ただしい食事のあいだ

空ろな皮膚の下に抱いたのはお前ではない
それはいわば断ち切られた縄のさびしい花びら
戦いに加わらなかった胸の原子
額に落ちなかった渋い露
それは蘇らなかったもの　平和も
領土もなきささやかな死の断片
彼のなかで死につつあった骨と鐘
私はヨウ素の包帯をつまみあげ　死を
殺していた哀れな苦痛に両手を沈め
そうやって傷のなかに見つけたのは
魂のあいまいな隙間に吹く冷たい風のみだった

六◆

そのとき私は失われた密林の鬱蒼たる藪から
土の梯子をおまえに向けて登った
マチュピチュよ

石段に抱かれた気高き都市よ
地と陸がその眠れる衣装に
隠し切れなかった者の住み処よ
そこでは稲光と人のゆりかごが
棘のある風に吹かれて
二本の平行線のように揺れる

石の母　コンドルたちの泡

人の曙にそびえる岩礁

原初の砂に失われた鋤《すき》

ここはかつての住み処　ここがまさにその場
ここを分厚いトウモロコシの粒が昇り
赤い霰《あられ》となって再び舞い降りた

ここで金色の糸がビクーニャから紡がれ

愛を　墳墓を　母を
王を　祈りを　戦士を包んだ

ここで夜な夜な人の足が鷲の足もと
山頂の肉食のねぐらで休み
そして夜明けには
雷鳴の足で薄い霧を踏み
その足の底は大地と石に触れ
夜と死のなかでも己の居場所を知った

私は衣服や手を見つめる
音響く空洞に残る水の痕跡を
人の顔に触れてつるつるになった壁を見つめる
その顔は私の目で地の灯りを見た
私の手でもはや姿を消した材木に
油を塗った　なぜなら衣服も皮膚も
器も言葉も酒もパンもなにもかもが
地に落ち　今はもうないのだから

そしてあらゆる眠れる者たちの上に
白い花の指をもつ風が吹いてきた
千年もの風　幾歳月もの風
青い風　鉄の山脈の空気が
束の間の優しいハリケーンのごとく
孤高の石の住まいを浄めていった

七◆

同じ奈落の死者たちよ　谷底の影たちよ
深みにいる者たちよ
そこは偉大なお前たちと同じく深い
焼けつく真の死が訪れ
穴を穿たれた岩から
真紅の柱の頭から
段を成す水道から

お前たちは秋が終わるように
ただひとつの死に崩れ落ちた
虚ろな空気はもはや泣かず
お前たちの粘土の足を知る者はなく
かつて天をろ過し太陽のナイフを撒いた
お前たちの水瓶は誰からも忘れられ
そして逞しい木は霧に食われ
つむじ風に切られた

その木が支えた手がふいに
高みから時の終わりまで落ちた
お前たちはもはや蜘蛛の手でも
か細い繊維でも絡まる布でもない
かつてのお前たちはみな落ちてしまった
習慣　擦り切れた音節　まばゆい光の仮面

だが石と言葉の不滅が
壺のような都市があらゆる人々の手で立ち上がった

生者　死者　語らぬ者　かくも多くの死で
支えられた者　塀で　かくも多くの命で
石の花びらの一撃でこの不滅のバラが　住み処が
アンデスの凍れる都市の岩礁が立ち上がった

粘土の色をした手が
粘土になったとき　ざらざらの壁に満ち
城を焼きつけた小さな瞼が閉じて
あらゆる人が己の穴で絡まり合ったとき
高く掲げられた精緻が残った
人の曙にそびえる高み
沈黙を注いだなによりも高い器
あれだけの命を継ぐ石の命が

八◆

アメリカ大陸の愛よ　私とのぼれ

私と秘密の石に口づけせよ
ウルバンバの迸る銀は
その黄色の杯に花粉を飛ばす
つる草の空虚よ　石の植物よ
硬い花びらよ　山々の静寂の
箱の上を飛翔せよ
来たれ極小の命よ　大地の翼に乗れ
そしてガラスと冷気　殴られた空気
撃退されたエメラルドをかきわける
野生の水よ　お前は雪から下る

愛　愛よ　夜が不意に訪れるまで
響き渡るアンデスの火打石から
夜明けの赤い膝に向かって
雪の盲目の息子を見つめよ
おお朗々と糸を束ねるビルカマユよ

お前がその何本もの雷鳴を
雪の傷のような白い泡に砕くとき
お前のその切り立った嵐が歌い
天に目覚めの罰を与えるとき
お前のそのアンデスの泡から
ちぎれそうな耳にどんな言葉が届くのか？

冷気の稲光を捕まえ
高みに鎖でつないだのは
氷の涙にのせて分け与えたのは
素早く太刀をふるい
勇猛果敢なおしべを殴り
戦士の寝床にのせて導き
岩の果てで驚愕させたのは誰か？
お前の悩める閃光はなにを伝える？
お前の秘めた反逆の稲光は
かつて言葉をのせて旅をしたか？

お前のその細い動脈の水のなかで
凍った音節を　黒い言葉を
黄金の軍旗を　深い口を
屈服した叫びを壊していくのは誰か？

地上から見つめにやってくる
花の瞼を切り取るのは誰か？
死んだ房たちを投げ落とし
お前の滝の手に流し
その夜をばらばらにして
地中の石炭に撒くのは誰か？

絆の枝を投げ落とすのは誰か？
別れの言葉を再び葬るのは誰か？

愛　愛よ　境界に触れてはならぬ
沈んだ頭を崇めてもならぬ
砕かれた泉の大広間で
時に自らの全身を満たさせよ
そして軽やかな水と石壁のあいだで
谷間の道を伝う空気を拾い
真横に並ぶ風の板を集め
山の盲目の水路を伝い
夜露のがさつな挨拶をもらい
そして茂みのなか　花から花へ
切り立った蛇を踏みしめてのぼれ

そびえる領域では石と森
緑の星屑　明るい密林
生きた湖か沈黙の新たな床のごとく
ベニノキの実がはじける

我が存在そのものへ　我が暁のもとへ
冠を抱いた孤独のもとへ来るがいい
死せる王国は今なお生きている

そしてコンドルの残忍な影が
黒い船のように時計台をよぎる

九◆

星の鷲　靄《もや》のブドウ畑
失われた砦　盲目の新月刀
星降る帯　厳粛なパン
激流の梯子　巨大な瞼
三角の外套　石の花粉
花崗岩の灯り　石のパン
鉱物の蛇　石のバラ
埋められた船　石の泉
月の馬　石の光
昼夜平分の三角定規　石の汽船
究極の幾何学　石の本
風に刻まれた氷山
水没した時の珊瑚
人の指が磨《と》いだ石壁
羽毛のうちつける屋根
鏡の枝々　嵐の礎たち
つる草にひっくり返された王座
残忍な鉤爪の支配
斜面にへばりついた暴風
動かぬトルコ石の滝
眠れる者たちを率いる鐘
雪を飼い慣らす鉄輪
自らの像に横たわる鉄
近寄りがたい閉じた嵐
ピューマの手　血に飢えた岩
影さす塔　雪の口喧嘩
指と根で持ち上げられた夜
霧の窓　固まった鳩
夜行性の植物　雷鳴の像
本質の山　海の天井

迷える鷲たちの建造物
天の縄　高みのミツバチ
血が匂う海抜　築かれた星
鉱物のあぶく　石英の月
アンデスの蛇　アマランサスの額
沈黙のドーム　清らかな祖国
海の花嫁　大聖堂の木
塩の束　黒い翼の桜
雪積もる歯並み　冷たい雷鳴
傷だらけの月　物騒な岩石
冷気の髪　空気の活動
両手の火山　暗い滝
銀の波　時の行方

十◆

石は石に　だが人はどこにいたのか？
風は風に　だが人はどこにいたのか？
時は時に　だが人はどこにいたのか？
お前もまた終わりなき人や
虚ろな鷲の破片だったのか？
今なおこの通路を辿り　足跡や
死せる秋の落ち葉たちを追いかけ
墓でなお魂を潰しているのか？
哀れな手　足　哀れな命……
お前のなかでほつれた光の日々は
祝祭の竿に降る雨のように
暗い食べ物を一枚ずつ
からっぽの口に与えたか？
飢え　人の珊瑚
飢え　秘密の植物　樵《きこり》たちの根
飢え　岩礁についたお前の筋は
この高く切り立つ塔まで登ってきたか？

道の塩よ　お前に問う

私に鏝《こて》を見せよ　建造物よ
石のおしべを棒きれでこそげたい
空中の階段を虚空に届くまでのぼり
人に触れるまで内臓をかきむしりたい

マチュピチュよ　お前は石に
石を重ね　礎にぼろきれを敷いたか？
炭に炭を重ね　底に涙を撒いたか？
金に火をつけ　そして震えながら
赤い血の滴を火に落としたか？
お前が埋めた奴隷を私に返せ！
大地から貧者の固いパンを
振り落とし　奴隷の衣服と
彼の窓を私に見せるのだ
生前の彼の寝方を教えよ
彼の夢はしわがれていたか
石壁に疲労で穿たれた黒い穴のように
その口が開いていたか教えよ

石壁よ　石壁よ！　彼の夢に
石の層が一枚ずつのしかかったのか
彼は眠りながら月ではなく石の下に落ちたのか！
古《いにしえ》のアメリカ大陸よ　沈められた花嫁よ
お前の指もまた
密林から神々のいる高い虚空へと向け
光と気品の婚姻を記念した軍旗を掲げ
太鼓と槍の雷鳴に混じって出ていくとき
やはり　やはりお前のその指も
抽象のバラと冷気の線を
新たな穀物の血まみれの胸を
光輝く布地と硬い穴に運んだその指も
埋もれたアメリカ大陸よ　お前の指もやはり
鷲のごとく苦い　腸《はらわた》の奥底に飢えを押し込めたか？

十一

◆

ぼんやり輝くその彼方に
石の夜の向こう側に我が手を沈めさせよ
忘れられた者の　古《いにしえ》の心臓を千年囚われた鳥のように
我が身に脈打たせよ！
海より広いこの幸福を今日は忘れさせよ
なぜなら人は海よりも島々よりも広いから
井戸のように人のなかへ降りてゆき　その底から
秘密の水と沈んだ真理の束を持ち帰らねばならぬ
巨石よ　忘れさせてくれ　その力強い均整を
その超越的な尺度を　蜂の巣状の石を
そして我が手を三角定規から
臭い血と苦行衣の斜辺の上に滑らせよ
怒れるコンドルが赤い鞘羽《さやばね》の蹄鉄のように
その飛行の手順に従って我がこめかみを打ち
肉食の羽をもつハリケーンが斜めに交わる階段の
薄暗い塵を払い除けるとき　素早い獣の姿は見えない
獣の鉤爪が描く盲目の周期は見えない
見えるのは　古《いにしえ》の人々　僕《しもべ》　野原に眠る者

ひとつの体　千の体　一人の男　千の女
黒い突風の下　雨と夜とで黒ずみ
重い石像のそばにいるのが見える
石切のファン　ビラコチャの息子
空腹のファン　緑の星の息子
裸足のファン　トルコ石の孫
私とのぼり生まれよ

十二◆

私とのぼり生まれよ

お前の痛みがばら撒かれた
深い領域から私の手をとれ
岩の底からお前は戻らない
地下の時からお前は戻らない
固まったお前の声は戻らない

孔を穿たれたお前の両目は戻らない
地の底から私を見つめよ
農夫　機織人《はたおり》　寡黙な牧童
守護神グアナコの飼育人
危険な足場の石工
アンデスの涙を運ぶ職人
指のつぶれた宝石職人
種のなかで震える農夫
粘土に身を重ねる陶芸師
みながこの新たな生の杯に
埋もれた古《いにしえ》の痛みを持ち寄れ
お前たちの血と肌に刻まれた溝を見せよ
言うがいい　ここで俺は罰せられたのだと
宝石が輝かず　地が石と穀物を時間に
届けてくれなかったから罰せられたと
お前たちが倒れたところにある石を
お前たちが磔にされた木を指し示せ
かつての火打石を私のために燃やせ

古《いにしえ》のランプを　数世紀にわたり
傷口に貼りついた鞭を
血糊で光る斧を燃やすのだ
私は死んだお前たちの口を借りて語りに来た
地の果てまであらゆる零れ落ちた
沈黙の唇たちを集めるのだ
地の底からこの長い夜を通して語れ
この私を錨で繋ぎ留めたかのごとく
何もかも語るのだ　鎖を手繰り寄せ
鉄輪をひとつずつ　一歩また一歩
かつて収めたそのナイフを磨き
その刃で私の胸と手に触れよ
黄色い光の川のごとく
埋められたジャガーの川のごとく
私を泣かせてほしい　幾星霜もの歳月を
盲目の時代を　星の世紀を思い泣かせてほしい
我に沈黙と水と希望を与えよ

我に闘争と鉄と火山を与えよ
磁石となり我が体を引き寄せ
我が血管と我が口に集まれ
我が言葉と我が血で語れ

三章　征服者たち

強き神パチャカマクよ　見よ
敵が我が血をぶちまけようとしている！
トゥパク・アマル

一

彼らが島々にやってくる（一四九二年）◆

肉食の獣たちが島々を荒らしまわった
グアナハニの人々が
この苦難の物語の幕を開けた
粘土の子どもたちは微笑みが
破壊されるのを見た　鹿のような
脆い全身が打ちつけられるのを見た
そして死に際してなお理解に至らなかった
彼らは縛られ傷つけられた
彼らは焼かれて焦がされた
彼らは嚙まれて埋められた
時がヤシの木々のあいだで
ワルツを一曲終えたとき
緑の大広間には誰もいなかった

ただ残された骨たちは
ぎこちなく並べられた
十字の形に　ただ神と
人の栄光を称えるため

ナルバエスの刃《やいば》が
風下の島々の
上質の白粘土や木の枝から
珊瑚の塊までを切り刻んだ
ここに十字架　ここにロザリオ
ここに絞首鉄環の聖母
コロンブスの宝石たる
きらめくキューバの湿った砂は
軍旗と男たちの膝を出迎えた

二

次はキューバ島◆

そして舞い落ちたのは血と灰
後に残されたのはヤシの木のみ

キューバよ　お前は拷問台に繋がれた
お前は顔を切られた
白い金の脚を外された
ザクロの性器を潰された
お前の身体は刺し貫かれ
ばらばらにされ燃やされた

優しさに満ちた谷間に
破壊者たちは降りていった
お前の息子たちのかぶと飾りは
小高い山上の霧に潜んだが
やがてそこにも追手が現れ
ひとりまたひとりと
蹴散らされていった
温かい花の大地も

植物の下に身を隠していた
キューバよ　なんたる戦慄が
お前を泡から泡まで揺さぶったか
変わり果てたその姿は今や
清らかさ　孤独　沈黙　濃密
お前の息子たちの小骨を
カニたちが争ってついばんだ

三

彼らがメキシコ湾にやってくる（一五一九年）◆

ベラクルスに人殺しの風が吹く
ベラクルスで馬が船を降りる
小舟にはカスティーリャの
鉤爪と赤い顎髭が満載だ
アリアス　レイエス　ロハス　マルドナードス

身寄りのないカスティーリャの息子たち
冬の飢えと宿屋のシラミとを
知り尽くした男たち

舟で肘つき見つめるその先は?
来し方　失われし過去
あるいは荒んだ祖国に
封建制が吹かす流浪の風か

彼らはその民の手を
略奪と死に汚すべく
あの南の港から旅立ったのではない
彼らの目の先には緑の大地と自由
断ち切られた鎖と　新たなる建設
そして舟の先には　神秘に満ちた
浜辺に打ち寄せる白波
見たこともない竈《かまど》のような

焼けつく大地が送ってよこす
生暖かい空気のなか　ヤシの木の
あちらで彼らは死ぬのか生き返るのか?
スペインの民　モンティエールのとんがり頭
オカーニャとピエドライタの固く荒れた手
鍛冶屋の両腕　その子どもの目が
すさまじい太陽とヤシの木を見つめていた

ヨーロッパの古《いにしえ》からの飢え　死にゆく惑星が引きずる
尾のような飢えが　舟を満たしていた
飢えはバラバラになりなおもそこにいた
冷たい流浪の斧　国々の継母
飢えが航海のあいだにも
ダイスを振り　蠟燭を消す
《進め　進め　食っちまうぞ
逆戻りしてもいいのか
母の　兄の　判事と司祭のもとへ
異端審問官　地獄　疫病のもとへ

進め　進め　シラミから逃げるがいい
領主さまの鞭から　地下の牢獄から
肥溜めのガレー船から逃げるがいい》

そしてヌニェスとベルナレスの目は
果てしない安らぎの光へと
一心に注がれていた
命　もうひとつの命
この世の数多の貧しき人々
痛めつけられた無数の家族

四

コルテス◆
コルテスに故郷《くに》はない　冷たい光線
甲冑をまとった死せる心臓
《国王陛下　野蛮な地でございます
寺院はインディオどもの手になる
黄金で覆われてございます》

そして剣を突き刺し彼は進む
低地を踏みつけ　そびえたつ
芳しい山々を殴り倒し
蘭の園と松林のあいだで
軍勢を休ませ
ジャスミンの花園を蹂躙し
ついにトラスカラの門へ

(怯える兄弟よ　そのバラ色のハゲワシを
友とみなしてはならぬ
私は苔から　我らが王国の
根からお前に語りかける
明日には血の雨が降るだろう
あまりの涙はやがて
霧や蒸気や川となり

お前の目を溶かすだろう）
コルテスに鳩が与えられる
雉が　王に仕える楽師の
弦楽器が与えられる
だが彼が欲しいのは
黄金の部屋とあと一歩の前進
強欲な連中の金庫を満たすこと
王が欄干に姿を現し言う
《彼は我が兄弟なり》
民の礫が咎の代わりに飛び交い
コルテスは偽りの口づけで
その剣をひそかに研ぐ

コルテスがトラスカラに戻ると　風が
かすかな苦痛のざわめきを運んだ

五

チョルーラ◆

チョルーラでは若者たちが
祭でつかう最高の布地と
黄金と羽根とで着飾り
侵略者を尋問した

侵略者は死をもって応じた

何千もの死体がそこにいる
なぶり殺された心臓たちが
そこに転がって脈打っている
ぱっくりと開いた裂け目から
その日こぼれた血の糸が垂れている
（侵略者は馬に乗って殺しにきた
黄金や花々を差し出す彼らの手を
馬上から切り落とした

町の広場を包囲し
腕がしびれるまで
精華の粋を殺しまわり
動転した我が兄弟の血で
その手を肘まで赤に染めた）

六

アルバラード◆

アルバラードが鉤爪とナイフで
家々を押し倒し　金細工師の
遺産を奪い去った
部族の新婚のバラを凌辱した
民族を　土地を　宗教を襲った
泥棒どもの金庫番となり
死が遣わす闇の鷹となった
ついには大いなる緑の川

蝶たちの大河パパロアパンへ
軍旗を血で染め進んでいった

重々しい川は子どもたちが
死ぬか奴隷となるのを見た
水際の炎のなかで民族と道理が
若者たちの頭が燃えるのを見た
それでも痛みは尽きることなく
侵略者のこわばった足取りは
新たなる総督領へ

七

グアテマラ◆

優しきグアテマラよ
お前の屋敷の敷石ごとに
ジャガーの両顎がむさぼった

古《いにしえ》の血の滴が染みついている
アルバラードがお前の血統を踏みにじり
その流れ星の尾を粉砕し
お前の犠牲の上で転げ回った
そして生白い虎どもに率いられた
司教がユカタンにやって来た
司教は集めさせた
この世の最初の日に
大気の隅々まで響き渡った
あの智慧の数々を集めさせた
そこには最初のマヤの人が
川の音を書き留めていた
花粉の仕組みを書き留めていた
包みの神たちの怒りを
最初の宇宙をいくつか経た際の
人の移動を書き留めていた
ミツバチの巣の法則を
緑の鳥の秘密を
星たちの言語を
大地の進化の
岸辺から取り出した
昼と夜の秘密を！

八

司教◆

司教が腕を掲げて
広場で書物を燃やした
彼の信ずる小さき《神》の名のもとに
暗い時を越えてすっかり摩耗した
それらの古い紙束を煙に変えた

煙が空から戻ることはなかった

九

頭を串刺しにされて◆

バルボアよ　中央の
優しき土地の隅々に
お前は死と鉤爪をもたらした
猟犬どもに囲まれてお前は胸を張る
小さな獅子は血にまみれた唇で
逃げる奴隷を捕まえると
脈打つ喉元に
そのスペインの牙を刺し
犬どもの爪のあいだから
犠牲者の肉が飛び出し
宝飾品は袋に落ちた

犬と人に呪いあれ
太古の森に響く
卑しい鳴き声と
待ち受ける鉄と悪党の足音に
侵略を受けたゆりかごを
守りに現れなかった
野生の藪の棘もつ
あの冠に呪いあれ

だが闇のなか血に飢えた
武将たちのあいだから
ナイフのもたらす正義が
妬みの辛辣な枝が掲げられた

そしてお前の帰途
縄のごとく現れた
ペドラリアスの名

インディオたちを殺した犬どもの
唸り声が響くなかお前は裁かれた
死にゆくいま　自らがけしかけた

犬どもに食いちぎられるお前に
清らかな沈黙の声は聞こえるか？
残忍な総督どもの手にかかり
死にゆくお前に
破壊された甘美な王国の
金色の芳香は届いているか？

切り落とされたバルボアの首は
串刺しにされた
その死んだ目は
かつての輝きを腐らせ
やがて大粒の水滴となり
槍からぼとりと落ちると
大地に消えた

十

バルボアを称えて◆

発見者よ　あの広大な海が　我が泡が
あの月の領域と水の帝国が世紀を越え
我が口を借りてお前に語りかける
お前の絶頂は死より先に訪れた
お前は疲労を天にまで昇らせ
木々のあいだの困難な夜から
汗に導かれて着いたその先で
海の総和の岸辺　大洋が待っていた
お前の目に果てしない光と
人のちっぽけな心臓が
婚姻を取り結び　いまだかつて
掲げられたことのない杯が満たされ
稲光の種がお前のもとへ到来し
轟く雷鳴が大地を満たした
バルボアよ　隊長よ
もの探す塩の不思議な人形よ

大洋の慈しみに愛された男よ
世界の新たなる子宮の息子よ
ひさしに置かれた手のなんとちっぽけなことよ

お前の両目に
盗まれた海の威光のどす黒い匂いが
オレンジの花が駆けるように入り込み
お前の血に傲慢な曙が滴り落ち
ついには住み着き　乗っ取った！
緑の隊長よ　海の夢遊病者よ
人を嫌う地に帰還したお前は
大地がその骨を待ちうける
ひとりの死者となっていたのだ

死すべき花婿よ　裏切りは目の前だ
犯罪が歴史に汚らしく侵入し
鷹が己の巣をついばみ　蛇どもが
集まり金の歯で食らいあうのも
そこにはすべて理由があった

お前は逆上した黄昏のなかへ入り
深淵で濡らしたその体を引きずり
きらめく水をまとい　大いなる泡との
婚姻の記憶をいまだ留めつつ
よろめく足の赴くままもうひとつの海
すなわち死の岸辺へと向かった

十一

兵士は眠る◆

兵士は濃密な境界の地へと
さまよい込むと　疲労困憊して
つる草と落ち葉のなかに倒れ込んだ
大いなる羽毛の神の足元だった

その神は
密林からわずかに見える
彼の世界でひとりきりだった
　神は見つめた
大洋から生まれた不思議な兵士を
その両眼を　血まみれの顎髭を
その剣を　黒光りする
甲冑を　その肉食の子の頭上に
霧のように重くのしかかる
疲労を見つめた
羽毛の神が生まれ
その巨大な体を密林と
桃色の石のなかに巻き込むまで
いったいどれだけの闇の領域が
狂った水と野生の夜による混沌が
どれだけあったろう　生まれぬ光が
泡のごとくに溢れる水路　生命の
怒れる発酵　破壊　豊穣の小麦

やがて秩序が訪れた
植物と寄生物の秩序
切り取られた岩石の起立
儀礼の炎から立ち上る煙
人のための土地の堅固
部族の確立が
大地の神々による裁判所が

羽毛の神は石のうろこをぴくつかせ
昆虫の大群のような
上から迫る恐怖を感じ
その力をすべて振り絞ると
雨を木々の根に届かせ
大地の流れを相手に話したが
その動かぬ宇宙の石のなかで
黒衣に包まれたまま
鉤爪も歯も
川も地震も

王国の天蓋で声を震わす天体も
もはや神に動かすことはできなかった
ただそこには動かぬ石が　沈黙が残った
そばではコルドバの男ベルトランが眠る

十二

ヒメネス・デ・ケサーダ（一五三六年）◆

来るぞ　来るぞ　もうすぐそこだ
大切なお前　船団を見よ
マグダレーナ川を上る船団を
ゴンサロ・ヒメネスの船団を
ほらもう船がそこにいる
川よ　奴らを食い止めろ
その貪欲な岸辺を閉ざせ
お前の脈動で奴らを沈めろ
奴らからその強欲をそげ
お前の火のホルンを
残忍な脊椎動物たちを
目玉を食うウナギをけしかけろ
泥の色をした歯と
太古の甲冑をもつ
カイマンで川を塞げ
砂を含む水の上に
橋のように横たえてやるのだ
母なるお前の種から生まれた
木々の高みから
ジャガーの火を放て
血を吸う虻を放て
黒い糞で奴らの目を潰せ
西半球に奴らを埋めてしまえ
お前の寝床の暗闇に潜む
根のあいだに奴らを閉じ込めろ

奴らの血を一滴残らず腐らせ
その羽根飾りと唇を
カニたちについばませるのだ

奴らはもう密林に侵入した
盗み　噛みつき　殺している
ああコロンビアよ！　お前のその
赤い秘密の森のベールを守れ

奴らはもうイラカの祈祷所に
そのナイフを突きたてた
チブチャの王《シパ》を捕えている
彼に縄をかけている《さあ渡せ
古《いにしえ》の神の秘宝を我らに渡すのだ》
コロンビアの朝の露に
かつて燦々ときらめいた
あの輝かしい秘宝だ
王子は痛めつけられ
ついには首を切り落とされ
誰も閉じることのできない両目が
緑に輝く我が裸の王国の
民に愛された両目が私を見る
奴らが荘厳な屋敷を燃やす
後に続くのは馬たち
疾風　そして剣
残るのはくすぶり続ける火と
灰のなかに転がる
閉じられなかった王子の両目

十三

カラスどもの密談◆

悪魔たちはパナマに集まった
そこで大食いどもの合意が交わされた
蠟燭の火がかすかに照らし出す部屋に

三人は一人ずつやってきた
くたびれた片目のアルマグロ
豚飼いの親玉ピサロ
暗闇に精通した教会の大物
ルケ神父　三人そろって
お連れの家来の背中に
ナイフを隠し　三人そろって
その目ヤニで汚れた目で
暗い壁の血の跡を見分け
呪われた石が月に魅了されるように
遠い帝国の黄金にとりつかれていた
合意が交わされると
ルケ神父がホスチアを差し出し
それを三人の盗人どもは
恐ろしい笑みを浮かべて噛みしめた
《兄弟よ　いま神のお体は我らに
分け与えられた》ルケ神父が言い
紫の歯をした二匹の肉食獣が
《アーメン》と答えた
二人は唾を吐いてテーブルを叩いた
二人とも文字を知らなかったので
テーブルと書類とベンチと壁を
十字の印で埋め尽くしていった

闇の奥のペルーが
十字で示された　そして無数の十字が
小さな黒い十字　真っ黒な十字たちが
船に乗り南を目指した
苦悶を運ぶ十字たち
毛むくじゃらの尖った十字たち
爬虫類の鉤爪をもつ十字たち
膿みだらけの十字たち
蜘蛛の脚のような十字たち
陰々滅々たる十字の狩人どもが

十四

終焉◆

帝国の終焉はカハマルカで始まった

青いおしべにして高名な樹木たる
若きアタワルパは風のなかに
鉄のざわめきを聞き取った
海から忍び寄る
淡い光と振動は
草をかき分ける鉄と鉄の
駆ける馬たちと力の
信じがたい行進だった
前線総督たちが着くと
インカ王は家来に囲まれ
音楽のなかから姿を現した

別の星から来たその汗臭い
毛むくじゃらの使者たちは
恭しくお辞儀しようとしていた
腐ったジャッカル
生粋の裏切り者バルベルデ司祭が
奇妙な品を差し出した
それは籠のように四角く
馬たちがやってきた
別の星の果実に見えた
アタワルパは受け取ったが
光も音も出さぬそれの正体がわからず
にこやかな顔で放り捨てた

《死だ
復讐だ　殺せ　神の名のもとに私が許す》
人殺しの十字を手にジャッカルが吠える
盗賊どものもとへ天から雷鳴が集まる
我らの血がその寝床に流される
王子たちが合唱するかのように

最期を迎えたインカ王を囲む

一万のペルーの人々が
十字と剣のもとに屠られ
血がアタワルパの衣服を赤く染める
エストレマドゥーラの冷酷な豚ピサロが
インカ王の華奢な両手を縛らせ
こうして黒い炭火のように
夜がペルーを覆いつくした

十五

真っ赤な線◆

やがて王は
疲れ果てた手を上げ
盗賊どもの額より上の
壁に触れた

奴らはそこに
真っ赤な線を引いた
王の血で引いた
その線に届くまで三つの部屋を
金と銀で埋め尽くさねばならぬ
黄金の車輪が夜な夜な回った
苦痛の車輪が昼も夜も回った

奴らは地を引っ掻き　愛と
泡でつくられた宝石を奪い
花嫁から腕輪をひったくり
人々の崇める神々を打ち捨てた
金細工師はメダルを
漁師は黄金の長靴を差し出し
高原に号令と怒号が飛び交うたび
鉄格子がぶるぶると震え
黄金の車輪は回り続けた
ジャガーたちが集まり

血と涙を飛び散らせた

アタワルパは険しいアンデスの昼を
やや悲しげに見守っていた
扉が開くことはなかった　ハゲタカどもは
宝石の最後の一粒まで分け合った
儀礼用のトルコ石は肉屋に
ばら撒かれ　衣服は
銀箔に延ばされ　盗賊どもの爪が
長さをはかり　拷問人に囲まれた
司祭が立てる高笑いの声を
王は悲しく聞いていた

キナの木の苦い樹液に似た
苦い痛みでいっぱいの杯
それが王の心臓だった
己の限界を思い　遥かなクスコと
年頃になった王女たちと
王国中に拡がるおののきを思った
心はすでに穏やかで　その絶望的平穏が
悲しみとなった　王はワスカルを思った
異国の者たちを寄こしたのは兄だったのか？
すべては謎　すべては刃《やいば》
すべては孤独　ただひとつ命を帯びた
赤い線が脈を打ち
死にゆく沈黙の王国の
黄色い内臓を飲み込んでいた

そしてバルベルデが死を連れて現れた
「お前の名をこれからファンとする」
かがり火が焚かれるあいだ神父が言った
王は重苦しく答えた　「ファン
私はファンと名乗り死ぬのか」
もはや死の意味すら理解せぬまま

その首に鉄の輪が巻き付けられ

鉤《かぎ》がペルーの魂に突き刺された

十六

悲歌◆

孤独のなかでただひとり
私は川のように泣きたい
光を失い　あなたの古《いにしえ》の
鉱物の夜のように眠りたい
燃え上がる鍵は
なぜ盗賊の手に落ちたのか　立て
母なるオクリョよ　今宵の長い疲労に
あなたの秘密を休ませ
私の血管にあなたの忠告を注げ
ユパンキ王たちの太陽をまだあなたに求めはしない
母なるペルーよ　母なる山よ

地から地に呼びかけ
眠ったまま私はあなたに話しかける
なぜあなたの砂の領域に
刃《やいば》はなだれ込んだのか？

私はあなたの手のなかで息をひそめ
下層土の通路に拡がる
金属を感じ取る
私はあなたの根からなる者だが
理解できない　大地はその智恵を
私に伝えてはくれぬ
ただ見えるのは
砕かれた大地の下の夜また夜
この支離滅裂な蛇の夢はなにか？
這い続けてやがては赤い線になる
この悲痛の目　暗闇の植物はなにか
なぜあなたはこの酸の風まで届いたか
怒りの岩場の合間でカパク王は

輝く粘土の王冠を
掲げたのではなかったか？

天蓋のもとで私をこのまま
苦しませよ　輝きを放たぬ
死せる根として沈ませよ
辛く硬い夜のもと
地のなかを降り続け
黄金の口へと至ろう

夜の石に体を広げたい

不幸とともに辿り着きたい

十七

戦争◆

やがて花崗岩の時計に
燃え上がる炎が届いた
アルマグロとピサロとバルベルデ
カスティーリョとウリアスとベルトランの者たちが
短刀を刺しあい　自らが勝ち得た
裏切り行為を分かち合い
女と黄金を盗み合い
王家を競って奪い合った
家畜の囲い場で絞首刑が執行され
広場で体がばらばらにされ
役場《カビルド》に人が吊るされ
刺し傷と壊疽のなかで
略奪の木が倒れた

亜麻畑の領土に注がれた
あのピサロたちの拳から
呆然たる沈黙が生まれた

すべては死で満たされ
(ネズミどもに骨まで
しゃぶられた)領土の
その不運な息子たちの
破壊された苦悩の上に
殺し殺しあう前の
内臓が留められた

怒りと絞首台の畜殺人
強欲の泥に落ちた
ケンタウロス　黄金の
光に目がくらんだ像どもよ
お前たちはその血に飢えた
爪の血統を自ら断ったのだ
冠を抱いた遥かなクスコの
堅固な岩壁のそばで
もっとも高い穂をもつ太陽を前に
インカの金色の塵が舞うなか

お前たちが演じたものは
帝国がもたらす地獄の一幕
緑の鼻面による強奪
血を塗りたくった淫欲
黄金の爪をもつ強欲
裏切りの邪悪な歯並び
獰猛な爬虫類のごとき十字架
雪の底に置かれた絞首台

そして空中では繊細なる死が
甲冑のなかで身じろぎもせず

十八

チリの発見者たち◆

アルマグロが北からその皺だらけの閃光をもちこんだ

そして噴火と日没のあいだに拡がる領土に
手紙を覗きこむように昼も夜も屈みこんだ
棘たちの影　アザミと蠟燭の影
自らのしおれた影に重なったスペイン人は
地面に映る陰気な戦略を見つめた

夜と雪と砂とが
我が細身の祖国の形を成し
沈黙がこぞってその長い線を覆い
泡がこぞってその海の口髭から現れ
石炭がこぞって不思議な口づけで満たし
金がその指のなかで燠《おき》のようにくすぶり
銀がその憂鬱な惑星のこわばった形を
緑の月のように照らし出す
ある日　一本のバラの花とオリーブ油のそば
ワインと太古からの空のそばに座ったスペイン人は
尻の下にあるその怒れる石の一点が
海鳥の糞から生まれるとは思いもしなかった

十九

闘う大地◆

最初に大地が抵抗した

アラウカニーアの雪が
白のかがり火のごとく
侵略者の足を焼いた
アルマグロの指が
手と足が凍り落ち
王たちを捕えて
埋葬した鉤爪も
雪のなかでは凍った
肉の塊　沈黙となった
そこは山の姿をした海だった
チリの風が星を傷つけ
強欲と騎馬兵士たちを

痛めつけてはなぎ倒す

続いてアルマグロの背後から
見えない顎のような飢えが
がくがく音を立て歩いてきた
その氷の祝祭のなかで
馬たちが食われていった

アルマグロの部下の行進を
南の死が一歩ずつ奪い取り
ついにその馬はペルーへ戻る
そこで拒絶された発見者を
待ち受けていたのは
斧を手に道中に座る
北の死だった

二十

地と人が手を組む◆

アラウカニーア　迸る樫の木の束
おお無慈悲な祖国よ　暗き恋人よ
その雨の王国でひとり孤独なお前は
鉱物の渓谷に過ぎなかった
岩を刻むのに慣れた
冷気の手であり拳だった
祖国よ　お前は硬さの秩序だった
そしてそこに暮らす人はざわめき
気難しい幽霊　荒々しい風だった

我がアラウコの父たちは
輝く羽飾りの冠もつけず
婚姻の花々に横たわりもせず
神官に金糸を紡ぐこともなかった
彼らは石と木であった
震える荒地の根であり

槍の形をした葉であり
戦う金属の頭であった
我が父たちよ　馬の駆ける音に
あなたたちはわずかに耳をそばだて
山々の頂ではアラウコの地がその光を
かすかにきらめかせた
石の父たちは影と化し
森と自然の闇に溶け込み
氷の放つ光やざらざらの大地
そして木々の棘と化して
そうして扱いがたい孤独の
さらなる深みでじっと待った
ある者は赤い木となり見つめ
ある者は金属の破片となり耳をすまし
ある者は一陣の風となり穴を穿ち
ある者は道の色を帯びた
祖国よ　雪の船よ
こわばった藪よ

そうしてお前は生まれたのだ
人がその大地に旗を求め
大地と空気と石と雨が
葉と根と匂いと咆哮が
息子をマントのように覆い
彼を愛し守ったときに
そうして誰もが認める祖国が
闘いの前の団結が生まれたのだ

二十一

バルディビア（一五四四年）◆

だが奴らは戻ってきた
（その名はペドロ）
侵略者の隊長バルディビアが
盗人に囲まれ
我が大地を切り裂き《これはお前のもの

これはお前のものだバルデス　モンテロ
これはお前のものだイネス　この場所は
役場とする》
我が祖国は
死んだロバのように切り分けられた
《この月の欠片《かけら》と木立を
お前にやろう
この川を夕日と楽しむがいい》
彼方では大いなる山々が
青銅と白を掲げていた

アラウコが姿を現した　日干し煉瓦　塔
街路　静かなる
家主が微笑みながら立ち上がった
その水と泥に濡れた手で
仕事をし　粘土を
運び　アンデスの水を撒いたが
奴隷にはならなかった

すると冷血のバルディビアが
火と死をもって襲いかかった
こうして血が流れ出した
三世紀にわたる血　血の大洋
血の空気が他のどの戦にも増して
我が大地と長い時を覆った
喪服のような甲冑を来た
怒れるハゲワシが現れ
プロマウカに嚙みつき
ウエレンの沈黙とアンデスの風に
書き込まれた協定書を破った
アラウコがその血の石の皿を
ぐつぐつと煮えたて始めた
　七人の王子が
　投獄された
交渉の場にやってきて
アラウカニーアの人々の目の前で
カシーケたちが首を切られた

拷問者たちが浮かれて囃し立てた
女兵士イネス・デ・スアレスが
臓物で肌をてからせて絶叫し
その残忍なハルピュイアの膝に
王子たちの首を載せていた
女は死者の高貴な血を体に塗りたくり
真紅の泥を体になすりつけ
切り取った首を柵の向こうに放り投げた
そして彼らはアラウコを支配したと考えた
しかしここから木と石が
槍と顔が影の同盟を結び
風にのせて犯罪の知らせを伝えた
辺境の木がそれを知った
漁師が　王が　魔術師が
南極圏の農夫がそれを知った
母なるビオビオ川の水が
それを知った
　　こうして祖国を守る戦いが始まった

バルディビアが血の滴る槍を
アラウコの石の内臓に
突き刺し　その鼓動を
ひっつかみ　アラウコの心臓を
指でぎりぎりと締めつけ
農夫たちの野生の血管を
切り裂き
牧童の朝を
　　　　　破壊し
森の王国を
　　　　　痛めつけ
森の主の家に火を放ち
カシーケの両手を切り
一度捕えた相手は
鼻と耳を切り落として返し
族長《トキ》を串刺しにし
女戦士を殺し
血まみれの手袋で

祖国の石たちに印をつけ
そこを死者と
孤独と傷で満たしていった

二十二

エルシーリャ◆

アラウコの石たち　水のように
咲き乱れるバラたち　根の領土
彼らはスペインからきた男と出会う
男の甲冑に途方もない苔が忍び込む
男の剣をシダの影が踏みつける
原生のキヅタがその青い両手を
訪れたばかりの星の沈黙に載せる
朗々たる男よ　エルシーリャよ　お前が迎えた
初めての朝の水の鼓動　鳥のざわめき
枝葉のあいだの雷鳴が私にも聞こえる
残せ　その金髪の鷲の足跡を
残すのだ　野生のトウモロコシで
頬を切り裂くがいい
すべては大地に飲み込まれるだろう
朗々たる男よ　ただお前だけがあの
血の杯を飲まぬだろう　お前の手から
生まれたあの素早い輝きだけに
時という秘密の口がむなしく届くだろう
そしてお前に言うのだ　むなしくと
むなしく
ガラスの枝々についた血もむなしく
ピューマの夜を行く
兵士の勇ましい歩みもむなしく
号令も
行進も
傷もいっさいがむなしい
すべては羽根で飾られた沈黙に戻り
そこでは遥か昔の王がつる草をむさぼる

二十三

槍が埋められる◆

こうして遺産は分配された
血が祖国をまるごと分断した
(我が民の戦いについては
別の詩で語ることにしよう)
だがその地を切り分けたのは
侵略者たちのナイフだった
次にエウスカディの高利貸たち
ロヨラの孫たちが遺産に住み着き
山々から
海までを
木々や生き物の体や
切り取られた星の影ごと分割した
揺すられ傷つけられ火を放たれた
大地に拡がるエンコミエンダ
森や水が分配され
ポケットに入り
エラスリス一族が
己の武器を描いた紋章
鞭とアルパルガータをもってやってきた

二十四

マゼラン海峡の深奥(一五一九年)◆

私は何者かと　自らにときどき問いかける
どこから来たのか　今日は何日か　何が起きているのか
私が夢のなかで　木のなかで　夜のなかで鼾をかけば
波がまるで瞼のように立ち上がり　そこから朝が
虎の鼻面のようにまばゆい光が生まれる

南の果てを思い夜中にふと目覚める

夜が明けてあなたが問いかける《水だ
水　パタゴニアの水の
ゆるやかな水の音が
お前に聞こえるか?》
すると私は答える《ああ　聞こえる》
夜が明けて彼が私に言う《野生の羊が
遥か彼方で石の凍った色を
舐めているぞ　鳴き声が聞こえぬか?
青の嵐が見えぬか?　嵐の手のなかで
月が杯となっている　彼の軍勢が　風の
恨みがましい指が空っぽの指輪をはめて
波と命に触れているのが見えぬか?》

海峡の孤独を回想する

長い夜と松の木が行く手から来る
するとは秘めた酸や疲労や樽の蓋など
私が抱えてきた一切合切が混ざり合う
扉の向こうで雪が一粒泣きに泣いて
私を求めてすすり泣くちっぽけな彗星が
明るい色のぐらぐらする服を見せる
草原の突風やその広さ
風の唸り声を見つめる者はいない
私は近寄り《行こう》と言う　私は南部に触れる
私は砂に注ぎ込み　干からびて黒ずみ根と岩だけに
　なった植物を見る
水と空に引っかきまわされた島々
飢えの川　灰の心臓
陰鬱な海の中庭　孤高の蛇が
唸る場所　傷ついた最後の狐が穴を掘り
血の滴る宝を隠す場所で私は
嵐とその断絶の声を見つける
古書から届く声　百の唇をもつその口が
何かを私に伝える　風が日々むさぼり食らう何かを

発見者たちが現れ彼らの痕跡はもうない

水はあの船団に起きたことをすべて覚えている
ふしぎな硬い大地は南の恐怖のなかで
角笛のように響いたあの頭蓋骨を収め
人と牛の目は真昼にその孔　その輪
その容赦ない航跡の音を伝える
古《いにしえ》の空が帆を探しても
　　誰も
生き延びはしない　破壊された船は
苦い船乗りの灰のなかで生き続け
金の店と　皮と
臭い小麦の家と
航海の冷たい炎
（夜になれば底が《岩と船が》がたがた揺れる）
そこから残ったのは死体のない焼けた領土
死せる火の
黒い断片で
わずかに崩された絶え間ない悪天候のみ

猛威を振るうのは荒廃のみ

夜を　水を　氷をじわじわ砕く領域
時間と境界が紫の印で
野生の虹の細い青で
奪い合う広がり
我が祖国の両脚がお前の影に沈み
粉々にされたバラが唸り苦悶する

年老いた発見者を回想する

再び水路を前へと進むのは
凍った穀物と戦士の顎髭と
氷河の秋とつかの間のけが人
彼　時代遅れの男　死者と

怒れる水にさらわれた男と
彼と　彼の嵐と　彼の額とともに
なおも彼の後を追うアホウドリと縄
食べ物　焦点の定まらぬ目
折れたマストのあいだで猛る輝きを
見えない目で見つめる食われた鼠
空虚のなかを指輪と骨が落ちて
海牛の体を滑り抜けていく

マゼラン

そこを行くのはいずこの神か？　彼の虫だらけの髭を
　見よ
濃密な空気がへばりつき
遭難した犬のように噛みついているズボンを見よ
彼の背丈は呪われた錨の重みを支え
半島がうなりを上げ
彼の濡れた両脚に北風が集まる

　時の暗い影を帯びた
巻貝
　拍車は
虫食いだらけ　海辺の喪服の老人　怪しげな
鷲の紋章　汚れた泉　海峡の
堆肥がお前に命じる
お前の胸に十字架はなく　あるのは
海の叫び　海の光の白い叫び
火挟みの　轟音から轟音の　折れた突き棒の叫び

太平洋到達

なぜなら海の不吉な昼もいつか終わり
夜の手が指を一本ずつ切り取って
ついには非在が　人が生まれ
船長は自らのうちに鉄を見出し
アメリカ大陸がその泡を昇らせ
岸がその青ざめた岩礁を

曙に汚され誕生に混濁した岩礁を立ち上げ
ついには船から叫び声が発せられ　かき消され
そこへ別の叫び声と泡から生まれる夜明けの光

みな死んでしまった

肉食の星から来た水とシラミの兄弟よ
嵐に屈したマストに代わる木を
お前たちはついに見たか？　狂った
雪風の下の痛めつけられた石を見たか？
ついにお前たちの失われた楽園が目の前に
ついにお前たちの口が悪い守備隊が目の前に
ついに風に貫かれたお前たちの亡霊は
砂上のアザラシの足跡に口づけをする
ついにお前たちの指輪なき指に
荒地のちっぽけな太陽が　死んだ昼が
波と石の病院を連れて震えながら届く

二十五

憤怒は尽きねど◆

かぶとは砕け　蹄鉄は朽ちた！

だが火と蹄鉄の向こうから
暗い血の輝く
泉から湧き出すように
拷問で刺された金属とは別に
大地に一筋の光が差した
数　名　線　そして構造

水のページ　さらさらと滑る言葉の
明るい力　溢れる房のように
練りに練られた甘い滴たち
真珠を散りばめた純真な胸の
慈しみに響くプラチナの音節

由緒正しいダイヤモンドの口が
その雪のきらめきを領土にもたらした

あちらの彼方では彫像が
その死んだ大理石を退位させ
　　世界の春に
機械が朝を迎えた

技術がその勢力を広げ
時は商人の旗のもとで
速度と閃光になった

地表の月は
植物を発見し　地球は
その発展する運動のなかに
幾何学の美を拡げていった
アジアは無垢の香りを差し出した
凍った糸の知性が

血の後ろで昼を紡いでいった
暗闇にしまってあった
裸の蜜が紙によって分け与えられた

朝焼けの赤と海の向こうの青で
塗られた絵から
鳩たちが飛び出した

そして歌を前に　最初の憤怒に
人の言葉が集まった

こうして血なまぐさい
石の巨人や
残忍な鷹だけではなく
血だけではなく小麦もやってきた
刃《やいば》にも負けず光がやってきた

四章　解放者たち

解放者たち◆

ここに木が来る
嵐の木　民の木だ
大地から木の英雄たちが
樹液を伝い葉のように現れ
ざわめく群衆の枝葉を
風が投げつけてくる
そしてパンの種が
再び地に落ちる

ここに木が来る
育んだのは裸の死者
鞭打たれ傷ついた死者
あり得ない顔の死者
槍で串刺しにされた者
炎のなかで切り刻まれた者
斧で首を切り落とされた者
馬で八つ裂きにされた者
教会で十字架にかけられた者

ここに木が来る
生きた根をもつ木が
苦痛から硝石を掘り
その根は血を糧《かて》に
地から涙を絞り
滴を枝に吸い上げ
その骨組みに分け与えた
それは見えない花だった
時には埋められた花だった
その花びらが惑星のごとく
明るく光を放つこともあった

そして人は木の枝から
硬くなった花をつみとり

マグノリアかザクロのように
手から手へとそれらを渡した
すると花はふいに地を開き
天の星まで育っていった

これは自由な人々の木
大地の木　雲の木
パンの木　矢の木
拳の木　火の木
我らの夜の時代に
嵐の水に溺れても
幹はその領域の縁で
なおも揺れる

何度も何度も　今度も
怒りで折れた葉が落ち
恐ろしい灰が
木の古びた威厳を覆う

こうして木は別の時代からやってきた
こうして木は苦悶のなかから現れた
そしてついに秘密の手が
数えきれない腕が
民が木の断片を守り
変わらぬ幹を隠し
そして彼らの唇は
分け与えられた広大な木の
あらゆる場所に移された木の
それぞれ無数の葉となり
根とともに歩いて行った
これは木だ　民の
木だ　あらゆる自由な民の
木だ　闘いの木だ

木の前髪の前に立て
蘇ったその光に触れよ
その脈打つ果実が

日に一度必ず光を広める
あの発電所に手を沈めよ
この大地を手ですくえ
この輝きのなかに加われ
自らのパンとリンゴをとれ
自らの心臓と馬をとれ
辺境の葉が尽きる場所に
見張りを立てるのだ

花の開く場所を守れ
敵意ある夜は分かち合え
夜明けの周期を監視せよ
星光る高みから息を吸え
木を支えるのだ
地の中心に育つ木を

一

クアウテモク（一五二〇年）◆

長い年月を一度も眠らず
慰めも得られなかった弟よ
メキシコの金属の闇のなかで
震える若者よ　私が君の手で
裸の祖国の恵みを受け取ろう

この手に君の微笑みが生まれ
光と金を縫う線のように伸びる

死によって結ばれた君の唇は
埋葬されたもっとも清い沈黙
地のあらゆる口の下に
沈められた泉

もしかして君は
はるかなアナワクの
水の進路を　破壊された
春の風を聞いたろうか？
きっとそれは杉の言葉だ
アカプルコの白い波だ

だが夜になれば
君の心臓は鹿のように
境界へ向け形もとどめず
残忍な記念碑のあいだをぬい
難破する月の下を逃げた

影はどれも次の影を用意し
大地はほの暗い竈《かまど》になった
石と釜　黒い蒸気
名のない壁　祖国の
夜の金属から

君を呼ぶ悪夢

だが君の軍旗にもはや影はない

示された時刻がやってきた
そして君は民の中心で
パンと根　槍と星になる
侵略者はその歩みを止めた
モクテスマは死せる杯のごとく
息絶えたわけではない
彼は稲光にして甲冑
ケツァルの羽根　民の花
船団に燃え盛る甲飾り

だが数世紀積み重なった石のごとく硬い手が
君の首を絞めた　彼らは君の微笑を
閉じることはなく　トウモロコシの
秘密の粒を落とさせもしなかった

彼らは君の体を
囚われの覇者として
滝から滝へ　鎖から鎖へ
砂地を　そして棘のあいだを
絶え間ない柱のように引きずり回した

痛ましい証人のように
そしてついに縄が
この純真の柱に絡まり
不幸な大地のうえで
その体を吊るした

二

バルトロメー・デ・ラス・カサス師◆

五月の冷たい霧のなかを　疲れ果てて夜中に
帰宅するとき　あるいは

組合の出口で（日々の
断片的な戦いのなかで
軒から雨がぽたぽた落ちる駅で
絶え間ない苦しみが音もなく脈打つなか）
人を奴隷に貶める者と鎖との
この仮面をかぶった
狡猾で邪悪な再来を思い
そして悲しみが湧きあがり
鍵穴まであなたとやってくると
金属のように　埋められた星のように
あの　古《いにしえ》の優しく厳しい光が現れる
バルトロメー神父よ　辛い真夜中に
この贈り物をありがとう

あなたの不滅の糸をありがとう

この糸は踏み潰されていたかもしれない
牙むく犬に食われていたかもしれない

燃やされた家の
灰になっていたかもしれない
数えきれない殺し屋の鋭い刃で
微笑みの秘蹟を施された憎悪で
（続く十字軍戦士の裏切りで）
窓に放たれた嘘で切られていたかもしれない
切れていたかもしれぬ透明な糸
その不屈の透明さが
行為となり　戦士となり
滝から落ちる鋼鉄となった
あなたほど多くの命を与える者は他にない
あなたほど広い影を差しだす木は他にない
その影に大陸のあらゆる生きたおき火が集まる
あらゆる破壊された暮らし　手足を失った
傷口　虐殺された
村々　あらゆるものがあなたの影の下で
生き返り　苦悶の淵から
あなたが希望を築くのだ

神父よ　あなたがあの農場を訪れ
犯罪の真っ黒な穀物に噛みつき
来る日も来る日も
あの怒りの杯を飲んだのは
人とその種にとっての僥倖だった
死すべき裸者よ　あなたを
憤怒の歯のあいだに置いたのは誰か？
あなたが生まれたときそのもうひとつの
金属の両目はなぜ開いたのか？

人という秘めた小麦のなかで
酵母が混じり合い
あなたの普遍の穀物が捏ねられ
世界のパンとなったのはなぜか？

残忍な亡霊たちのなかにあって
あなたは現実だった　責め苦の
嵐を越える永遠の慈しみだった

闘いを経るうちあなたの希望は
かっこうの道具に変貌を遂げた
孤独な闘いは枝となり
無益な慟哭は党派にまとまった

慈悲の心は役に立たなかった
あなたがその柱と救済の船を示し
祝福のため両手とマントを差し伸ばしたとき
敵はその涙を踏みにじり
百合の花を色褪せさせた
高貴で空虚な慈悲の心は
捨てられた大聖堂のように用をなさなかった
あなたの不屈の決断こそが
しぶとい抵抗となり　武装した心臓となった

あなたの巨人的な素材こそが道理となった

あなたの体格こそが組織された花となった

征服者たちはあなたを上から
（彼らの高みから）見下ろそうとした
彼らは石の影のごとく剣にもたれ
あなたが導く大地を
嘲笑うかのように唾を吐き
こう言った《あそこに扇動家がいるぞ》
嘘も言った《異国の連中から
金をもらっているそうだ》
《祖国をもたぬ男だ》《裏切り者》
しかしあなたの説教は
脆弱な一瞬でも　奇妙な手本でも
通りがかりの人の時計でもなかった
あなたの木材は鍛えられた森であり
花咲く大地に降り注ぐ光の下に隠れた
生まれながらの鋼鉄であった
そしてさらにそれは深いものだった
時の積み重ねと命の経過のなかで

あなたの手は常に我らを導く
星座となり　民の印になった
神父よ　今日はこの家に私と入れ
我が民の　追い詰められた人々の
手紙と苦悩をあなたに見せよう
昔と変わらぬ痛みを見せよう

そして私が倒れぬよう　大地を
踏みしめ戦い続けられるよう
この胸にあなたの慈しみという
さすらうブドウ酒と妥協なきパンを与えてほしい

三

チリの大地を進む◆

スペインが世界の南に侵入した　くたびれ果てた
背の高いスペイン人たちが雪をかき分けてきた

厳粛なるビオビオ川が
スペインに言った《止まれ》
マイテンの木々がその緑の糸を
雨に揺られたように吊るし
スペインに言った《その先へは行くな》
沈黙の辺境にそびえる巨人カラマツが
雷鳴を轟かせてその言葉を伝えた
だが我が祖国の奥深くまで
拳と刃《やいば》が　侵略者が侵入していた
我が心臓がそのクローバーの岸辺で
夜を明かしたインペリアル川では
朝から暴風が吹き荒れていた
サギたちの棲む広大な水路は
島々から怒れる海へと伸び
濁ったガラスの岸辺のあいだを
果てしない杯のごとく満たしていた
岸辺では花粉が
荒々しいおしべの絨毯を逆立て

海から吹く風が
春のあらゆる音節を震わせていた
アラウカニーアのはしばみは
清らかな命の群れに向けて
雨が降り注ぐ場所へ向けて
かがり火と房を振りかざしていた
なにもかもが芳香に絡まり
緑色をした雨の光に濡れ
苦い匂いを放つ藪はどれも
冬の深みに潜む房か
いまだ大洋の露に満ちた
奇妙な海の構造物だった
断崖からは鳥たちと
羽毛の塔がそびえ立ち
孤独の風がひょうひょうと吹き上げ
いっぽう巨大なシダの
絡まり合う髪の湿った内側では
カルセオラリアの花が

黄色い口づけのロザリオとなっていた
四

人々が姿を現す◆
そこで族長《トキ》が芽を出していた
真っ黒な湿地から
火山の杯のなかで
発酵した雨から
厳かな胸が現れた
鮮やかな植物の矢が
野生の石でできた歯が
避けがたい棍棒の両脚が
氷と結ばれた水が現れた
粉砕され　荒々しい棘のあいだで
身ごもり　雪渓のなかで
引っかかれ　そして蛇たちに
守られていた
そうして大地は人を取り出した
人は砦のように育った
人は奪われた血から生まれた
人はその髪の毛を
小さな赤いピューマのようにかき集め
そして硬い石でできた両目は
狩猟動物から放たれる
容赦ないきらめきのように
物質からめらめらと光を放っていた

アラウコの地が冷たい子宮となった
そこは傷で作られ　乱暴狼藉で

五

族長《トキ》カウポリカン◆

ラウリの木の秘密の株のなかで
カウポリカンの胴体と嵐は育った
そして侵略者の武器に対して
彼の民が立ち上がると
木は歩き出した
祖国の堅い木は歩き出した
侵略者たちは緑の霧のなか
藪が動き出すのを見た
太い枝が　無数の葉と
凶兆が衣をまとうのを見た
地に根を張る幹が人となり
土から根が立ち上がるのを見た

生と死の時計に
時が追いついたことが分かった

彼とともに他の木々がやって来た

あらゆる赤い枝の種族が
あらゆる野生の痛みの縄が
あらゆる材木の憎しみの節目が
そしてカウポリカンがつる草の仮面を
道に迷った侵略者の前で掲げる
皇帝の七色の羽根ではなく
芳しい樹木の王座ではなく
光り輝く神官の首輪ではなく
手袋でも黄金の王子でもない
それは森の素顔だ
切り倒されたアカシアの面
風雨でひび割れた像
ツタの絡まる頭だ

カウポリカンの奥深い目は
山の宇宙の眼差し

容赦ない大地の両目
その巨人の頬は太陽の光と
根の力でそびえる壁

六

祖国の戦い◆

アラウカニーアはバラの詩歌を
つぼに搾り取り　銀の花嫁の
織機で
その糸を切り取った
高名なる祈祷師《マチ》は梯子を降りた
散らばった川で　粘土のなかで
戦うアローカリアの
棘だらけの梢で
かつて埋められた鐘の音が
響きつつあった　戦の母が

小川の心優しい石たちを飛び越え
漁師の家族を呼び集め
農夫の花婿は傷を求めて飛ぶ石に
口づけをした

族長《トキ》の森の仮面の背後で
アラウコが守りを固めつつあった
それは目と槍
分厚く重なった沈黙と威嚇
どっしりした腰　黒っぽい
尊大な手　結ばれた拳たち

そびえる族長《トキ》の背後には山々
そして山々には無数のアラウコ

アラウコはさすらう水のざわめき

アラウコは漆黒の沈黙

伝令がその切り取られた手に
アラウコの滴を集めていった

アラウコは戦の波となり
夜に燃え盛る炎となった

高貴なる族長《トキ》の背後でなにもかもが沸き立ち
彼が進むと闇がそれに続いた
砂　森　大地
一斉に燃えるかがり火　嵐
ちかちか光るピューマの目

七

串刺しにされた者◆

だがカウポリカンの行き着いた先は拷問

苦痛の槍で貫かれ
木々の緩慢な死へ入っていった

アラウコは緑の攻撃から撤退し
影のなかで慄き震え
頭を大地に埋め
痛みを抱えてうずくまった
族長《トキ》は死の眠りに就いていた
野営地から鉄の響く音と
異国の者たちの
高笑いの輪が届いてきた
そして喪に服す森では
夜がただ脈を打っていた

それは痛みではなく　はらわたに
口を開けた火山の噛み傷でもなく
ただ森の見る夢

血を流す木の夢に過ぎなかった
我が祖国の奥底にまで
人殺しの切っ先は入り込み
聖なる大地を傷つけていた
焼けつく血が
沈黙から沈黙へぽたぽたと
春を待つ種たちが眠る
地中に滴り落ちていた

この血がさらに深くへ落ちていった
根の領域へ落ちていった
死者たちのもとへ
生まれようとする者たちへ

八

ラウタロ（一五五〇年）◆

その血は石英の回廊に届く
血の滴が落ちる場所に石が育つ
こうして大地からラウタロが生まれる

九

カシーケの教育◆

ラウタロは細身の矢だった
我らの父はしなやかで青かった
幼年期はひたすら沈黙
思春期は支配
若くして揺るがぬ風となり
自らを長槍のごとくに鍛えあげた

滝の下で両脚をつくりあげた
木々の棘で頭を磨いた
グアナコの試練を乗り越えた
雪の巣穴で暮らした
鷲の食い物を仕留めた
岸壁の秘密を引き剥がした
炎の花びらと戯れた
冷たい春の乳を飲んだ
地獄の淵で身を焦がした
冷酷な鳥たちと狩りをした
両手を数々の勝利で染めた
夜の侵略を読み取った
崩落する硫黄を支えた

彼は速度になった　不意に差す光になった

緩慢な秋を乗りこなした
見えない護衛たちと働いた

暴風を毛布にして眠った
その身のこなしは矢のごとく
道中で野生の血を飲み
波の宝を奪い取り
闇の神のごとく恐れられた
あらゆる家々の台所で食べた
稲光の刻む文字を学んだ
撒かれた灰を嗅ぎ取った
黒い獣の皮で心臓を覆った

煙のつくる螺旋の糸を解読した
無言の繊維で筋肉を固めた
オリーブの魂のごとく油を塗った
硬い透明なガラスとなった
嵐の暴風に備えて学んだ
血が尽きるまで戦った

そしてはじめて彼の民にふさわしい男となった

十

ラウタロと侵略者たち◆

ラウタロはバルディビアの屋敷に潜入した
光のごとく敵のそばに近づいた
何本ものナイフに覆われて眠った
ラウタロは己の血が流れ
目が潰される夢を見つつ
家畜小屋で眠りながら
力をそっと蓄えた
責め苦を予見しても
髪の毛一本動かさなかった
その目はただ風の彼方にいる
離散した己の種族を見つめていた
彼はバルディビアの足元で夜を明かした

バルディビアの獣の夢が
容赦のない柱のように
夜の暗闇に拡がるのが聞こえた
彼はその夢の中身を占った
眠る隊長の黄金の髭を
その場で持ち上げて
喉元でその夢を断ち切ることもできた
しかし彼は——影を凝視しつつ——
夜が定める時の法を学んだ

夜が明けてから彼は立ち去った
祖国の奥深くへと分け入る馬の
湿った肌を撫でながら
その心を占った
包囲された神々と歩いた
甲冑の心を占った
戦いの証人となり

一歩また一歩
アラウカニーアの火に入っていった

十一

ケンタウロスと戦うラウタロ（一五五四年）◆

それからのラウタロは波のように襲いかかった
彼はアラウコの影たちを鍛えあげた
その前にカスティーリャのナイフが
赤い群衆の胸のど真ん中に刺さった
今やあらゆる森の翼の下で
戦争の種が蒔かれた　彼らは
石から石　浅瀬から浅瀬を伝い
コピウエの花から見つめ
岩陰で待ち伏せをした
バルディビアは撤退を試みた
　　　　　　が遅かった

ラウタロが稲光の服を着て現れた
悩める征服者は先を急いだ
南極圏の黄昏の
湿った藪をかき分けて進んだ
　　　ラウタロが追いついた
馬たちが黒々と駆けてきた

疲労と死がバルディビアの軍勢を
茂みのなかへと導いた

ラウタロの槍たちが忍び寄ってきた

ペドロ・デ・バルディビアがトンネルを
抜けるように死者と落ち葉のあいだを行く

暗闇のなかをラウタロが追ってくる

バルディビアは岩の多いエストレマドゥーラを思った

金色のオリーブ油と我が家の台所を
海のかなたに残してきたジャスミンの花を
バルディビアにラウタロの咆哮が聞こえた

羊たち　堅固な農事小屋
白い壁　エストレマドゥーラの午後

ラウタロの夜がふいに訪れた

生還を目指すバルディビアの部下たちは
血と夜と雨に酔いながら震えていた

ラウタロの矢たちが脈を打っていた
スペイン人たちは躓きよろめきながら
血まみれの退却を続けていた

ラウタロの胸が手で触れられる距離にいた
バルディビアは光が来るのを　曙が
おそらく命が　海が来るのを見た
　　　　ラウタロだった

十二

ペドロ・デ・バルディビアの心臓◆

我らはバルディビアを木陰に運んだ

あたりは雨で青く　冷たい太陽の
光がもつれて差し込んでいた
あらゆる栄光が
轟き渡った雷鳴が
傷ついた鋼鉄の塊になって横たわっていた
ニッケイの花が舌を持ち上げ

濡れた夜光虫のきらめきが
華美な君主の装いを覆っていた

我らは布とつぼとを持ち寄った
婚礼の衣装のような分厚い布地と
月のアーモンドのような装身具と
その皮の艶でアラウカニーアを
照らし出した太鼓を持ち寄った
器を甘い液体で満たし
我ら自身の暗い血統でつくられた
土を踏みつけて踊った

それから敵の顔を潰した

それから勇者の首を切り落した

拷問者の血のなんと綺麗なことよ
いまだ生きて迸るその血を

我らはザクロのように分け合った
それから槍で胸を切り裂き
鳥のように翼を広げるその心臓を
アラウコの木に捧げた
血のざわめきが樹冠まで駆け上った

そのとき
我らの体でできた大地から戦の歌が
太陽の歌が　収穫の歌が生まれて
やがて火山のように大きくなった
それから我らは血の滴る心臓を分け合った
私はあの花に歯を沈めながら
大地への儀礼を遂行した
《邪悪な異国の者よ　お前の冷たさを我に与えよ
お前の大いなるジャガーの勇気を我に与えよ
お前の血を　お前の怒りを我に与えよ
お前の死を我とともに来させよ
お前の部下たちを恐れさせよ

お前が持ち込んだ戦を我に与えよ
お前の馬とお前の両目を我に与えよ
捻じ曲がった暗闇を我に与えよ
トウモロコシの母を我に与えよ
馬の舌を我に与えよ
棘なき祖国を我に与えよ
不屈の平和を我に与えよ
ニッケイの花が吸う空気を
我に与えよ　選り抜きの男よ》

十三

戦いはその後も長く◆

それからのことは　大地と海よ　都市よ
船と書物よ　お前たちが知るあの歴史が
人を寄せつけぬ領土から
石が揺さぶられるように

青い花びらで
時の深みを満たしていった
三世紀の長きにわたり
樫の木の戦士は戦い続けた
三百年の長きにわたり
アラウコの稲光が
帝国の弱点に
灰を撒いていった
三世紀の長きにわたり
隊長のシャツが傷を負った
三百年の長きにわたり
耕作地と蜂の巣が荒らされた
三百年の長きにわたり
侵略者が代わるたび襲われた
三世紀の長きにわたり
獰猛な鷲たちの皮膚が割かれた
三百年の長きにわたり
屋根と骨が　甲冑が

塔と黄金の紋章が
大海原に消えるように埋められた
見事な飾りのギターや
怒れる拍車が現れるたびに
馬たちの駆ける音と
灰の嵐がやって来た
船はその堅い領土へと戻り
麦の穂が生まれ
雨の王国にも
スペイン人の目が育っていたが
それでもアラウコは屋根を砕き
石壁に噛みつき　塀を
打ち倒し　ブドウづると
希望と衣服を破壊した
荒々しき憎悪の息子たち
ビジャルガたちが　メンドサたちが　レイノソたちが
レイエスたちが　モラレスたちが　アルデレテたちが
大地に崩れ落ち
凍れるアメリカ大陸の
白い奈落へと転がり落ちるのを見よ
そして偉大なる時の夜に
インペリアルが陥落し　サンティアゴが陥落し
雪のなかでビジャリカが陥落し
バルディビアが川を転がり
ついにはビオビオの流れる王国が
数世紀にわたり流された血により
その流れを止め
血を失った砂地に
自由が確立した

十四

（間奏曲）◆

（一）植民者が我らの大地を覆う

剣《つるぎ》が休息し　堅固なスペインの

息子たちが亡霊のように
数々の王国や密林から
山のような慟哭の書類を
遠い玉座の陰鬱な君主に届け
トレドの路地裏で
グアダルキビル川の岸辺で
あらゆる物語が人の手から手に渡り
スペインの港の建物から
亡霊のような征服者たちの
ぼろ切れが歩き出し
その最後の死者たちが
人の血で築かれた教会で
棺に入れられ葬列に出されたとき
川たちの世界にも法が到来し
袋をぶら下げた商人がやって来た

どこまでも広い朝に暗闇が訪れ
衣服と蜘蛛の巣が
部屋のなかに暗闇と
誘惑と悪魔の炎を広げた
根雪と蜂の巣の広大なアメリカ大陸を
一本の蠟燭が照らし出し
数世紀をかけて人に囁きかけ
路地をよろめきつつ咳こみ
小銭を求めて十字を切った
クリオーリョがあらゆる路地に行き渡り
痩せこけた手で歩道を洗い流し
十字と十字のあいだで愛を囁き
教会の物置部屋の机の下で
生命の隠された小道を
探し求めた
糞の精液のなかで
都市は発酵を続け
黒いウールと蠟の焦げかすの下で
地獄のリンゴを育んでいった

マホガニーの梢たるアメリカ大陸は
そのときから膿んだ黄昏となり
影に満ちた隔離病棟と化し
どこまでも新鮮だった大地では
厳粛なるウジ虫が育っていった
黄金が嚢胞の上に
頑丈な花々と沈黙のキヅタと
どこまでもほの暗い建物を築いていった

女が膿を集め
実在の杯が
天を称えてその日を飲み干し
黄金に輝くメキシコでは
飢えが鉱道を踊り回り
ペルーアンデスの心臓が
ぼろをまとい　寒さに震え
ぽろぽろと泣いていた

十五◆

闇に満ちた昼の暗がりでは
商人が自らの王国を
ほのかな灯りで照らし
背の曲がった異端者が
灰だらけになり
匙一杯のキリストを舐めていた
夜が明ければご婦人方が
ペチコートの裾を伸ばしながら
火に焼かれむさぼられ
狂乱した肉体を回想した
そして警吏たちが
小さな焦げ跡から
犬の舐める
油や灰や血までを吟味していた

(二) アシエンダ

土地はその名も知られず長男から長男へ
ドブロン金貨からドブロン金貨へと渡り歩き
幽霊と修道院が糊のようにへばりついて
ついにはあらゆる青の地表が
エンコミエンダとアシエンダに分割された
死んだ空間を行き交ったのは
メスティソの潰瘍と
開拓者と奴隷商人の鞭だった
クリオーリョは血の気のない亡霊だった
パンくずをせっせと拾い集め
ついには集めたそのくずで
黄金の文字で書かれた
ちゃちな爵位を手に入れた
そして伯爵の衣装に身を包み
銀の杖を片手に誇りも高く
他の乞食どもと
闇の謝肉祭に現れた

十六◆

(三) 新たな所有者たち

こうして時が井戸の底で淀んだ
空虚なる十字路　城の石
法廷のインクに熟練した者が
閉ざされたアメリカ大陸の都市を
人で満たしていった
あらゆるものが平和と合意　施療院と副王
すなわちアレリャノ　ロハス　タピア
カスティーリョ　ヌニェス　ペレス
ロサレス　ロペス　ホルケラ　ベルムデスとなり

カスティーリャの最後の兵士たちが
王立聴訴院《アウディエンシア》の陰で老い
分厚い本の束に埋もれて死に
シラミとともに墓場へ引っ越し
そこでかつての帝国の貯蔵庫を
夢に紡ぐようになってはじめて
すなわち残忍な地の危険物が
ネズミだけになったときにはじめて
ビスカヤの人々が袋を下げてやってきた
エラスリスがアルパルガータと共に
フェルナンデス・ララインが蠟燭を売りに
アルドゥナーテはフランネルを携えて
靴下の王様エイサギーレもやってきた

誰もが故郷の官吏に殴られるのが嫌で
飢えた民としてこの地にやってきた
やがて下着を一枚ずつ捨てるように
征服者たちを追放し
海の彼方から持ち込んだ品で
新たな征服を進めていった
そうして彼らは闇市場を舞台に
誇りを金で買い取っていった
やがて彼らは手に入れた
アシエンダを　鞭を　奴隷を
公教要理を　代官所を
足枷を　修道院を　娼館を
そしてこうした得たものを
聖なる西欧文化と命名した

十七

ソコーロの反乱者たち（一七八一年）◆
我らの大地に
新たなる穀物を撒いたのは
マヌエラ・ベルトランだった（抑圧者の

告知文書を破って《暴君に死を！》と叫んだ）
場所はヌエバ・グラナダのソコーロ
反乱者たちは
副王領を揺さぶり
早々とその陰りを予兆した

彼らは商品専売に抵抗し
汚された特権を取り戻すべく
一致団結し
専売権担保の嘆願書を出した
民兵と女たち　民が
武器と石を取り合い
秩序と怒りの隊列が
ボゴタと貴族たちを目指して行進した

すると大司教が現れて言った
《あなた方の権利は保証する
神の名に誓って私が約束する》

民は広場に集まった

大司教がミサを行ない
誓約した

彼が厳正なる仲介者となった

《武器を置きなさい
みな家に帰るのです》と告げた

反乱者たちは武器を置いた

ボゴタでは
背信のミサが開かれ
みなが大司教の誓約を褒め称え
反乱者たちへのパンと
権利を拒絶した
そして首領たちは銃殺され

切り落とされたその首は
大司教に祝福され
副王舞踏会で飾り物となり
村々で晒し物にされた

この地域一帯に蒔かれた
ずっしり重い最初の種よ
お前たちは盲目の像となり
この敵だらけの夜のなかで
まだ来ぬ穂たちの蜂起を宿す

十八

トゥパク・アマル（一七八一年）◆

コンドルカンキ・トゥパク・アマル
賢者よ　公正なる父よ
トゥンガスカの村で
アンデスの階段を
悲しみの春が駆けあがるのを
塩と災厄が　邪道と苦痛が
駆けあがるのをあなたは見た

インカの主よ　カシーケの父よ
そのすべてはあなたの両目に
愛と悲しみで焼き尽くされた
大きな箱のようなその両目に収められた
インディオがあなたに背を見せると
そこには新たな噛み傷が
何本もの薄れた傷跡に重なり
ぬらぬらと輝いていた
人の背　そしてまた人の背
高原はどこまでもみな
嘆きの滝となり揺れていた
嘆き　そしてまた嘆き

ついにあなたは蜂起した
土の色をした民を率いた
嘆きの声を杯に拾い集めた
山間《やまあい》の小道を踏み固めた
山の父がやってきた

火薬が道を切り開き
虐げられた民のもとへ
戦いの父がやってきた
塵のなかにポンチョがはためき
古《いにしえ》のナイフと
法螺貝が集められ
失われた絆が召集された
残忍な石に立ち向かえ
臆病な無気力に立ち向かえ
金属の鎖に立ち向かえ
だがあなたの民は分断され
兄弟どうしが殺し合うよう
仕向けられ　そしてついに

あなたの石の砦は陥落した
疲れ果てたあなたの四肢は
猛り狂う四頭の馬に繋がれ
その容赦ない夜明けの光は
ばらばらに引き裂かれた

トゥパク・アマル　敗れし太陽
引き裂かれたあなたの栄光から
海から昇る太陽のように
一度は消えた光が差す
深く潜む粘土の民が
神に捧げられた織物が
じめじめとした砂の家々が
静かに言う《トゥパク》
そしてトゥパクは種となる
彼らが静かに言う《トゥパク》
そしてトゥパクは畑の溝に流れる
彼らが静かに言う《トゥパク》

そしてトゥパクは地から芽を吹く

十九

反乱するアメリカ大陸（一八〇〇年）◆

我らの大地が　広々とした地の静寂が
ざわめきと腕と口で満たされた
音にならぬ音節が燃え上がり
地下のバラが呼び集められ
ついには牧草地が金属と蹄に覆われ
地響きを立て始めた

真実は犂のごとく堅固になった

真実が地を割り　欲望を打ち立て
おずおずとしたプロパガンダを一掃し
秘密の春にその芽を吹いた

その寡黙な花は光との融合を
拒絶され　集めた酵母は捨てられ
隠された旗どうしの口づけが
成就することはなかったが
それでも真実は壁を打ち倒し
牢獄を地面から引き剥がした

無名の民が真実の杯となり
拒まれた実体を受け取り
それを海の果てまで伝え
扱いづらい乳鉢で摺り潰した
そして踏み潰された書物と
道の春を連れて彼らが出てきた
昨日の一時間　正午の一時間
再び今日の一時間　死んだ一分と
嘘だらけの時代に生まれてくる一分
そのあいだで待ち望まれていた一時間

祖国よ　お前は樵《きこり》から生まれた
洗礼も受けぬ子どもから　大工から
奇妙な鳥のように
血の滴を空から落とした者たちから
そして今日お前は新たに生まれ出る
裏切り者どもと獄吏どもが
永遠に沈めたと思い込んだその場所から必死で

あの時と同じく今日お前は民から生まれる

今日お前は石炭と夜露から姿を現す
今日お前はついに家々の扉を叩く
痛めつけられたその両手で
生き延びた魂のかけらと共に
死も消せなかった一房の眼差しと共に
ぼろ着の下にこっそりと
人を選ぶ道具をいっぱい携えて

二十

ベルナルド・オイギンス・リケルメ（一八一〇年）◆

オイギンス　あなたを祝福するには
部屋を薄明りにせねばならぬ
ポプラ並木がどこまでも震える
あの南部の秋の薄明に

あなたは族長と野人の狭間のまさにチリだ
あなたは田舎のポンチョだ　いまだに
自分の名も知らぬ一人の子どもだ
鉄のように強く臆病な生徒
田舎出身の悲し気な青年
サンティアゴはあなたにとって居心地が悪い
長すぎるその黒のスーツをじろじろと見られる
やがてあなたが飾り帯を肩からかけたとき
あなたが我らのためにつくった祖国の旗からは

あなたのその田舎育ちの逞しい胸に届く
朝の雑草のほのかな匂いが漂った

冬という教師が
あなたを雨に慣れさせ
ロンドンの路地裏という大学で
霧と貧しさがあなたに卒業証書を授与し
美しくも貧しい我らの自由の
さまよえる炎が
思慮ある鷲の助言をあなたに施し
あなたを歴史の舞台に押し出した

《この名前はいったい何と読むのだ》
サンティアゴの自称紳士どもは笑った
愛の結晶　冬の夜の息子よ
その孤立無援の状況こそが
あなたを田舎の漆喰と
南部で切り取られたあの
断固たる木材や家の真面目さで覆った
時がすべてを変えてもあなたの顔は例外だ

オイギンス　あなたは不動の時計である
その純白の文字盤にはただ一つの時刻
チリの時刻　戦う尊厳の
赤い時刻表に刻まれた
ただひとつの分しかない

サンティアゴの娘たちや高級家具のそばでも
ランカグアで死と埃に囲まれているときでも
あなたはあなたのままである

あなたは堅固な肖像画である
父ではなく祖国を親にもつ者の肖像画
砲兵隊があなたと勝ち取るであろう
オレンジの花咲く祖国を
恋人の代わりに愛する男の肖像画である

ペルーで手紙を書いているあなたが見える
こんな流刑者　こんな巨大な亡命者はない
一つの地域が丸ごと亡命したと同じだ

あなたが不在のあいだのチリは
サロンのように輝き乱費に湧いた
あなたの禁欲的な兵士の規律に
リゴドンダンスが取って代わり
あなたの血で勝ち取った祖国は
今やダンスによって統治され
それを外から飢えた民が眺める

ランカグアの汗と血と埃にまみれたあなたは
もはやそのパーティーには加われない
首都の紳士たちにとっては
まったく場違いな存在だったろう
あなたがサロンに入ってしまえば

道と汗と馬の匂いが一緒に
春の祖国の匂いが一緒に入っていたろうから

あなたはこの舞踏会に加わることはできない
あなたのパーティーは爆発の城だ
髪を振り乱したそのダンスは戦闘だ
あなたにとってのパーティーの終わりは
敗北の衝撃と　メンドサへ向け
祖国を抱えて渡った不運な未来のみ

さあ地図の下を見るのだ
チリという細い帯がある
その雪原に小さな兵士を並べ
砂地に思いに耽る若者を置き
瞬いては消える工兵を置くのだ

目を閉じて眠れ　少しだけ夢を見るがいい
あなたの夢　繰り返しその胸に寄せる

ただ一つの夢　それは南の地に輝く
あの三色の旗だ　雨が落ちる
田舎の太陽があなたの地に降り注ぐ
蜂起した人民が銃を撃ち
いざとなれば発せられる
あなたの短い言葉を待つ
あなたが夢を見ているならそれは叶えられた
せめて墓場で夢を見るがいい
それ以上は知らぬが花だ
なぜならかつてと同様
勝利の後には宮殿で自称紳士どもが踊り
あのときと同じ飢えた顔が
路上の物陰からそれを見つめているのだから

だが我らはあなたの堅牢さを受け継いだ
あなたのもの言わぬ揺るぎなき心臓と
あなたの動じることのない父の姿勢を
そして過去という軽騎兵の目もくらむ
突進と　すばやい青と金の軍服に混じって
今日あなたはここにいる　あなたは我らのもの
民の父よ　悠然と佇む兵士よ

二十一

サン・マルティン（一八一〇年）◆

サン・マルティン　長らく方々を歩いてきた私は
あなたの軍服や拍車を見るのはすでに諦めた
戻るために開かれた道を歩いていれば
山の彼方のどこかで
あなたから受け継いだ
どこまでも清い悪天候の下で
いつか会えるとわかっていた

デイゴの木の瘤や
根や道の合間に

あなたの顔を見分けるのは難しい
鳥たちの顔にあなたの目を見出し
風にあなたの存在を見出すのは難しい

あなたはあなたの賜物である大地だ
アロマを叩きつけるヒマラヤスギの枝だ
あなたがどこにいるかはわからない
祖国の匂いがどこから草原に届くかはわからない
サン・マルティン　我らはあなたの上を駆ける
夜明けから繰り出してあなたの体を渡る
何ヘクタールもあるあなたの影を吸う
あなたの背骨の上で火を起こす

いかなる英雄にも増してあなたは広大だ

他の連中はせいぜいテーブルの端から端まで
つむじ風の吹く十字路で行き止まる
だがあなたはこの世の果てを骨格にした

そして我らはあなたの地表を見始める
あなたの究極の大草原　あなたの領土を
大いなる時が
恨みの土と
かがり火の鋭利な発明を
永久に尽きない水のごとくに撒くあいだ
あなたはそれよりはるかに広い領域へ及び
あなたの静けさから蒔かれたさらなる種が山を覆い
春をさらなる彼方へと押し広げた

建てる人もいずれは自らが建てたものの
灰となり　自らの燃え尽きた火鉢からは
誰も蘇ることはない
己の体を削って命を創りあげた男は
塵でしかなくなったとき崩れ落ちた

死してなおあなたはさらなる空間を見渡した

あなたの死は穀倉地帯の沈黙となった
あなたの命は過ぎ去り　他の命が
自ら扉を開け　自ら壁を築いた
穂は生えて地に撒かれた

サン・マルティン　他の将校たちは
あなたよりずっときらびやかだ
ぴかぴかの塩でできたブドウづるを刺繍し
滝のように淀みなく喋る奴もいる
だがあなたのような男は一人もいない
大地と孤独　雪とクローバーを着た男は一人もいない
我らは川から引き返すときにあなたと出会い
花咲くトゥクマンの大地で
あなたに向け農民風の挨拶をし
そして馬に乗り道を行くときは
あなたの衣服である父なる塵を
巻き上げつつあなた自身とすれ違う

今では太陽と月が　大いなる風が
あなたの血統とその簡素な組成を
熟成させている　あなたの真実とは
大地の真実だ　パンのように硬い
砂の塊と　粘土と穀物の
薄い層と　清いパンパの真実だ

こうしてあなたは今に至る　月と駆ける馬
兵士たちの季節　悪天候
そこを行く我らは再び戦い
村々と草原を渡り歩き
あなたの地上の真実を打ち立て
あなたの広大な胚芽を蒔き
小麦のページを風にさらすのだ

どうか我らに平和が付き従い
戦いを終えたときには
あなたの体に収まることができますように

あなたの芽を吹くこの広大な平和のなかで
我らが得たこの巨大な地が安らかに眠れますように

二十二

ミナ（一八一七年）◆

ミナ　あなたは山の斜面を
硬い一筋の水となり伝ってきた
明るいスペイン　透明なスペインが
あなたを痛みのなかで産み落とした
あなたには御し難い奔流のような
きらめく堅牢さがある

あなたのゆりかごでは長きにわたり
世紀と大地を越えて影と光が争った
獅子の前脚の爪が
民の明るさをぶち壊し
先祖代々の鷹飼いが
銃眼のついた壁の内側で
パンに睨みを利かせ
貧しき者が川に入るのを拒んだ

だがスペインよ　その無慈悲な塔にも
お前は常に抜け穴をつくっていた
そしてそこを反乱のダイヤモンドと
瀕死の淵から蘇る光の孫が通り抜けた

カスティーリャの旗が反乱者の
風の色をしていたのも無駄ではない
お前のその花崗岩の流域を
ガルシラソの青い光が流れていたのも
コルドバのずるい司祭たちに紛れて
ゴンゴラが
氷を散りばめた
宝石の皿を残したのも無駄ではない

スペインよ　お前の古《いにしえ》の
残酷な鉤爪のあいだで　お前の清い民が
苦痛の根を揺るがし
不屈の血を流し
間抜けな封建制をまかなった
影と同じく光にも長い歴史があり
がつがつした傷ですっかり荒んでいる
樫の木の息と交わった
煉瓦積み職人の平穏のそばで
帯と音節が光り輝く
粉々にされた泉のそばで
お前の齢に重なる闇が震えるように
その階段で白いハヤブサが生きる

飢えと痛みがお前の
先祖伝来の砂のシリカとなり
お前の民の根に絡まる

くぐもった喧騒が
世界中の自由に
稲光と歌声とゲリラの
永遠をもたらした

ナバラの低地が
生まれたばかりの光を守った
ミナが断崖から掘り出したのは
ゲリラの首飾りだった
彼は侵略された村から
夜の町から
火を取り出し
焼けつく抵抗に放った
雪に覆われた泉を渡り
曲がり角で素早く襲いかかり
谷あいの小道から姿を現し
パン屋から芽を吹いた

囚われても
この頑固な泉は
ごぼごぼと音を立てて
山上を通う風に帰還した

スペインに吹く自由の風が
彼をアメリカ大陸まで運び
そしてその尽きせぬ心臓は
密林を何度も横断し
草地に豊穣の種を蒔く

我らの戦いに　我らの大地に
このガラスの体が血を流し
追放されたあの不可分な
自由を求めて戦った

スペインの川を集めたこの水に
メキシコで縄がかけられた
どこまでも透き通る奔流は
動きを止めて沈黙した

二十三

ミランダ霧のなかに死す（一八一六年）◆

山高帽をかぶり遅まきながらヨーロッパに
大理石の泉の一度ならぬ秋に
勲章を授かり庭へと入れば
帝国ではぼろをまとった
黄金の木の葉が落ち
扉がサンクトペテルブルグの夜に
くっきり映える姿を切り取れば
橇の鈴の音が震え
誰か　白い孤独のなかの誰か
同じ足音　同じ質問
ヨーロッパの華やぐ扉を

出れば　紳士　影　スーツ
知性　記号　金モール
自由と平等　轟く砲兵隊の
合間にいる彼の額を見よ
島々の絨毯に受け容れられ
大洋を受け止める島　どうぞ　さあ
なんと多くの船か　そして霧は
一歩ずつ彼の遠征を追い続け
ロッジの書斎の物陰に
誰かがいて手袋　剣《つるぎ》　そして地図と
書類かばんはぎゅうぎゅう詰めで
なかには帆船たちの群れ
トリニダードでは戦いに次ぐ戦いの
煙の岸辺を目指しさらにまた海
そして再びベイストリートの石段
大気が得体のしれぬ男を貫く
リンゴの小さな中身のようだ
そして再びこの高貴なる手　この戦士の

青みがかった手袋は待合室に
長きにわたる戦の道と庭
彼の唇には敗北　さらなる塩
さらなる塩　さらなる焼けるような酢
カディスでは太い鎖で
壁につながれ　その思考　寒さ
剣《つるぎ》の恐怖　時間　虜囚
地下深くネズミのすみかへと下り
病のはびこる組石　さらなる錠前
絞首台には古くから知る顔
そこで言葉が一つ首をくくられて死んだ
言葉が一つ　我らの名　大地
あの大地へ彼の足は進みたい
彼のさまよえる炎に自由を
敵の冷たく湿った大地に
紐で吊るされ声をかけられず冷たく
ヨーロッパの墓は冷たい

二十四

ホセ・ミゲル・カレーラ（一八一〇年）◆

エポードス

誰よりも先にあなたは自由と言った
人々が中庭にこそこそと隠れ
石から石に囁き合っていた時から
誰よりも先にあなたは自由と言った
奴隷の息子をあなたは解放した
商人どもが異国の海の血を
影のように売りさばいていた頃
奴隷の息子をあなたは解放した

あなたは初めて印刷所を建てた
光を失っていた民に文字が届いた
秘密の知らせが彼らの口を開いた
あなたは初めて印刷所を建てた

あなたは修道院に学校を導入した
分厚い蜘蛛の巣は吹き払われ
十分の一税の息苦しさが払拭された
あなたは修道院に学校を導入した

コロス

そのそびえる資質を知らしめよ
光り輝く歴戦の強者よ
その素早い光が祖国に
落としたものを知らしめよ
荒々しい飛翔　赤紫の心臓よ

夜の錠前をも開く
その万能の鍵を知らしめよ
緑の騎士　激烈なる光線よ
その両手いっぱいの愛を
目もくらむ光のランプを知らしめよ
溢れるような株の房よ

その束の間の輝きを知らしめよ
その放浪の心臓と真昼の炎を知らしめよ

怒れる鉄　高貴なる花びらよ
臆病な丸天井を粉砕する
その脅威の光線を知らしめよ
嵐の塔　アカシアの枝よ
その睨みを利かす剣《つるぎ》を知らしめよ
その力と自然現象の礎を知らしめよ
その素早い偉大さを知らしめよ
ものに動じぬその物腰を知らしめよ

エポードス

海から海へ　言葉から言葉へ
衣服と異国の鳥たちのあいだを行き
解放者の船団を運び
火を書き　雲を並べ
太陽と兵士の資質を見抜き
ボルティモアの霧を渡り
扉から扉へ体をすり減らし
信頼と男たちで満たされ
あらゆる波を引き連れる
モンテビデオの海辺で
追放された先の自室で
印刷所を開き銃弾を刷る
放った反乱の矢は
遠くチリにも届き
燃えあがる透明な憤怒に
導かれ　救出の騎馬隊を
切り立った苦悶の
嵐のようなたてがみに
またがり立て直す
殺された兄弟たちが
復讐の壁の前から
彼に向けて叫ぶ
その血は焔のごとく

メンドサの煉瓦の壁に
悲劇の空位を赤に染める
パンパの地球規模の平穏を
地獄で飛び交う蛍のごとく
ぐらぐらと揺さぶる
部族が鬨《とき》の声をあげ
砦に襲いかかる
槍の暴風雨が
捕虜の頭を次々貫く
解き放たれたポンチョが
馬たちの死骸に囲まれ
噴煙のなかで閃光を発する

若きプエイレドンよ　あの最期の
痛ましくおぞましい光景を語るな
あの無念の夜を語って
私を苦しめるな
メンドサで連行された彼が
その大理石の仮面を人前にさらし
断末魔の孤独を見せたあの夜のことを

コロス

祖国よ　彼をマントで包め
この遍歴の愛をもらい受けよ
彼をあの薄暗い不幸の奥底で
転がるままにしてはならぬ
この輝き　忘れがたきランプを
お前の頭上に掲げるのだ
この逆上した手綱を折り畳み
この粉砕された瞼に呼びかけ
この赤い血の塊をぜひお前の
誇り高い布にとっておくのだ
祖国よ　この男の履歴を
光を　深く傷ついた滴を
この断末魔のガラスを
この火山の指輪をもらい受けよ

祖国よ　馬を駆り彼を守れ
馬を駆り走れ　ただひたすらに走れ

エクソドス

彼はメンドサの壁の前に連行された
残酷な木と　新たにお披露目された
血の流れへ　孤独な苦痛のもとへ
星の冷たい最期へ連行された
彼は未完の街道を進む
藪とぼろぼろになった日干し煉瓦の壁
死せる黄金を投げかけるポプラの木々
ぼろ切れを一枚かぶるように
役にも立たない誇りをまとうが
そこにもついに死の塵がかぶる

彼は大量の血を流した自らの家柄を思う
幼いころの悲痛な樫の木に
降り注いでいた原初の月を思う

カスティーリャでの試練を
スペイン民兵の赤く雄々しい紋章を
一族の殺害された先達を
オレンジの花に包まれた結婚式を
追放体験と世界のための戦いを
謎めいた旗持ち役のオイギンスを
遠いサンティアゴの庭で
何も知らずにいる姉ハビエラを思う
メンドサの街が彼の黒い家系を罵り
敗れ去ったその任務を殴りつけ
そして石が投げつけられるなか
彼は死へ向かってのぼる
　かくも精確な最期を迎えた男は
滅多にない　激しいゲリラ戦に始まり
風と獣どものあいだを縫い
この路地に至るまで
血という血を流してきた
　　処刑台の階段を踏むごとに

彼は己の運命に同調した
もはや誰も怒りを保てない
復讐も愛もその門戸を閉ざす
道たちが放浪の男を縄で捕える
銃が一斉に火を噴くと
民の王子の白いシャツに
血が溢れ出す　それは
忌まわしい大地をよく知る血
届くべき場所へ届いた血であり
自らの死という敗れたブドウを待つ
干上がった圧搾場の床へと流れ落ちた

彼は祖国に降る雪を探った
逆立つ高地はどこも霧だった

彼は銃を見た　その鉄の色は
彼の心に脆い愛を溢れさせ
根を失い　孤独な闘いのなかの
束の間の煙になった気にさせた
そして彼は二本の旗竿のような
埃と血に包まれて崩れ落ちた

コロス

不幸なる軽騎兵　燃える宝石
雪降る祖国に燃えあがるキイチゴ

諸君　彼のために泣け
女たちよ　涙で地を濡らせ
彼が溺愛した大地を濡らすのだ
泣け　チリの無骨な戦士たちよ
山と波とに親しんだ戦士たちよ
この空虚はまるで根雪のようだ
この死は我らに打ち寄せる海のようだ
理由は問うな　火薬で砕かれた真実を
言葉にできる者などいはしない
男の正体を問うてはならぬ　春の

到来を止められる者などいはしない
兄のバラは誰にも殺せなかった
我らは怒りと痛みと涙をのみ込もう
悲しみの空虚を満たしていこう
夜のかがり火に
亡き星たちの光を思い出させよう
姉よ　その聖なる恨みをのみ込め
人民の勝利のためにはあなたの
粉々になった慈しみの声が要る
弟の不在の上に毛布を被せよ
冷たい土のなかにいる彼にも
その沈黙で祖国を支えてもらうのだ

彼の命はただ一つの命ではなかった

それは炎のように完璧さを求めた
死が彼と共に行くことではじめて
その命は永遠に完成し消尽された

アンティストロペ

痛ましい月桂樹は冬の究極の実体を守れ
その棘の付いた冠に我らは輝く砂を運ぼう
アラウコの血を継ぐ糸たちは喪に服す月を守れ
芳しいボルドの葉たちは彼の墓に平和を下せ
チリの膨大な黒い水で養われた雪よ　彼が愛した
植物たちよ　野生の粘土を鉢にして育つペパーミントよ
黄色いケンタウロスの愛した無骨な植物たちよ
大地をぴりぴりする秋で満たす真っ黒な房たちよ
彼の大地への口づけの下で燃え上がる暗闇の目よ
祖国は鳥たちを　ふとどきな翼を　その赤い瞼を掲げよ
ナンベイタゲリの水の声は傷ついた軽騎兵のもとへ飛べ
南の地のロイカは真紅のアロマを胸の血に流し
その飛翔で祖国に婚姻の夜を広げたあの男に捧げよ
不動の高みに吊るされたコンドルはその残忍な羽根で
眠れる胸を　山の階段に横たわるかがり火を戴冠せよ
兵士は重圧の壁で圧し潰された怒れるバラを破壊せよ

農民は真っ黒な鞍をつけ泡の鼻面をした馬に飛び乗れ
草原の奴隷には彼の根の平和と喪に服した紋章を返せ
機械工は夜の錫で編み上げるその蒼ざめた塔を立てよ
籐と英雄の手で曲げられたゆりかごで生まれし民よ
諸君は苦痛と投票箱を持ち上げそのむき出しの記憶を
その鉄道的な偉大さと　石と傷との永久《とわ》の平衡で包め
芳しい大地はコピウエの花と開かれた本を与えるのだ
不屈の子　高名なる烈風　心優しき大胆不敵な兵士に
そして軍艦の名が海戦にも耐えるのと同じように
彼の名を人民の戦いにおける困難な局面にとっておけ
祖国はその船首に彼の名を刻み　稲光に口づけをさせろ
それこそが彼という自由の細々と燃える素材なのだから

二十五

クエカ

マヌエル・ロドリゲス◆

ご婦人よ
母が言うには
水と風が言うには
かつてゲリラがいた

生

司教か戦士か
ひょっとして
ただの風か
雪を渡る風
雪を渡る風か
誰も見てはならぬ
マヌエル・ロドリゲスが
今にも駆けてくる
すぐその浜辺を

ゲリラがやってくる

クエカ

情熱

メリピージャを発ち
タラガンテを抜け
サンフェルナンドを横切り
ポマイレで夜を明かす

ランカグアを抜け
サンロセンドを抜け
カウケネスとチェナから
ナシミエントを駆け抜け
ナシミエントを駆け抜ける
マヌエル・ロドリゲスが
チニグエからやって来て
あらゆる場所へ至る

カーネーションを渡せ
我らは彼と共に行く

クエカ

そして死

ギターの音を消せ
祖国が喪に服している
我らの大地が暗くなる
ゲリラは殺された

殺し屋どもが
ティルティルで殺った
彼の背が
道の上に
道の上に血を流す

なんたることか

我らの血が
我らの喜びが

大地が泣く
我らは黙る

二十六

アルティガス◆

1

アルティガスは茂みのなかで育ち　その足音は
地響きを立てた　石や鐘の駆ける音が草地に育ち
無慈悲な荒地を繰り返し閃光のように揺さぶり
天の水色を積み重ね　朗々たる兜をどこまでも広げ
そしてウルグアイの夜露に浸る一枚の旗が生まれた

2

ウルグアイ　ウルグアイ
ウルグアイ川がウルグアイを歌い
ムクドリとささくれた声のキジバトが
ウルグアイの雷鳴の塔が
水色の叫び声をあげ風のなかでウルグアイを歓呼し
国境まで勝利に等しい敗北の最後の粒を拾いに行く
悲痛な騎士たちの駆る音を滝が響かせ木霊《こだま》させれば
一羽の清らかな鳥のあの調和した名が響き渡る
荒々しい祖国に洗礼を授けるバイオリンの光が

3

おおアルティガスよ　広がる野の兵士よ
あなたが熟知する
星座を散りばめたそのポンチョだけで全軍が動いた
血は曙を砕いて救い出し　男たちが目を覚ませば
埃っぽい昼の小道を苦しみながら行進した
おおたゆまぬ進軍の父よ　導くカウディージョ
土煙のケンタウロスよ！

4

あなたが亡命してから一世紀と数時間が経過した
鉄の蜘蛛の巣が幾重にも絡み合うジャングルの向こう側
腐った実が沼地に落ちる以外は沈黙が支配する彼方
木の葉　土砂降りの雨　ハイイロタチヨタカの囀り
影の太陽の下で出入りするパラグアイ人の裸の足音
鞭を結う皮ひも　木の枝　コガネムシが齧る死骸
重たい錠前が掛けられジャングルの色は褪せた
青紫色の夕焼けが帯を幾重も掲げて
逆境でもウルグアイの光を探す彼の目を塞いだ

5

《亡命という名の苦行》とあの我が魂の兄弟は書いた
その通りアメリカ大陸の幕が暗い瞼のように降りて
悪寒の騎士アルティガスの目を塞ぎ　空ろな王国の
暴君の淀んだガラスの目に閉じ込めた

6

アメリカ大陸は贖罪の苦痛に震えていた　オリベが
アルベアールが　カレーラが生贄となるべく駆けていた
人は死に生まれ倒れ　盲人の目が殺し　唖者の声が
話をしていた　死者はようやく党派を見出し
死の世界でようやく祖国の仲間たちと出会った
血まみれの人々はみな同じ隊列を成していることを
ついに知ったのだ　かくして大地から敵が消えた

7

ウルグアイとは鳥の言葉である　もしくは水の言語
滝から落ちる音節であり　ガラス細工の苦悩である
ウルグアイとは芳しい春に果実が発する声である
密林の流れる口づけであり　大西洋の青い仮面である
ウルグアイとは風の強い日に黄金に吊るされた服である
アメリカ大陸のパン　食卓に置かれた清いパンである

8

ウルグアイよ　この記録者パブロ・ネルーダが

あなたに負うのはこの歌
この歌　物語　穂くず　このアルティガスである
私は義務を怠ったことも　頑固者の杞憂を
　真に受けたこともない
私は静寂の一時間を待ち　不穏の一時間を見張り
　川の標本を集めた
私は頭を沈めた　あなたの砂に　ペヘレイの棲む
銀の川に　そして子どもたちの明るい友情と
古い市場からあなたの愛と匂いに恩を感じるまで
　自分を磨いた
あなたの愛と匂いが伝えた音はおそらく書けているはず
あなたの輝く隊長を偲ぶこれらの暗い言葉によって

二十七

グアヤキル（一八二二年）◆

サン・マルティンが入ると見えにくい道の
夜のようなものが　影が　なめした皮が
部屋に入った
　　　　ボリーバルは待っていた
ボリーバルは近づく者の正体を察した
ボリーバルは空気　素早く金属的な男
すべてに先んじ　飛翔の技を心得る
そんな彼の抑制された姿が
歴史の暗闇に静止する
その部屋で震えていた

ボリーバルは言葉にできぬ高みから
星を散りばめた大気から現れ
その軍隊は先へと進み
夜と距離とを蹴散らし
透明な体の隊長は
雪を従えていた
その時ランプが震えた
サン・マルティンの背後で扉が

夜とその咆哮を　河口から吹く
生暖かいざわめきを締め出した

言葉が二人のあいだを行き来し
そこに一本の道が開かれた
二つの体は話し合い
拒絶し合い　隠れ合い
すれ違い　かわし合った

サン・マルティンが
南から運んできたのは
灰色の数字を詰めたずた袋
疲れを知らぬ馬上の孤独
大地を震わす馬たちが
その砂の砦に加勢していた
チリの無骨な馬方たちと
緩慢な鉄の軍勢と
予備の空間と

パンパで齢を重ねた名を刻む
旗が何枚も部屋に入った

言葉はいずれも二人の体をすり抜け
沈黙の淵から深い裂け目に落ちた
言葉ではなく敵対する二つの土地が
その場に出現し　人の形をした石が
とらえがたいもう一つの金属に触れ
言葉はもといた場所へと帰還した

それぞれが目の前に
己の旗を見ていた
片や美しい花の咲き乱れる時間
片や侵食された過去と
その軍勢のほころび

ボリーバルのそばでは白い手が
彼を待ち　別れを告げ

彼に熱い拍車を掛け
新婚の床にシーツを広げていた
サン・マルティンは己の草原に忠実だった
彼は夢のなかでも馬を駆っていた
皮ひもと危険で編まれた網
彼の自由は異口同音のパンパ
彼の勝利は穀物の秩序だった

ボリーバルは夢を築こうとしていた
知られざる規模の夢と
燃える速度を緩めぬ火
人には伝えがたい炎の虜となり
今にもその実体に迫ろうとしていた

言葉と沈黙が落ちた

扉が再び開き　アメリカ大陸の夜が丸ごと
無数の唇をもつ分厚い川が丸ごと
またもやその一秒を刻んだ

サン・マルティンは夜の部屋から
孤独と小麦のもとへ帰っていった
ボリーバルがひとり残された

二十八

スクレ◆

スクレが高原から
山々の黄色い輪郭を迸らせ
イダルゴが倒れ　モレロスが
音を摘み　鐘が震えて
その音が大地と血に行き渡り
パエスが道から道を駆け
征服した空気を分け与え
クンディナマルカでは

朝露が友愛の傷に滴り落ち
地方から秘密の組織まで
人民が恐る恐る蜂起し
どこもかしこも
別れの言葉と馬の足音で溢れ
旗が一枚また一枚
早咲きの花のごとく掲げられ
血まみれのハンカチと
自由の書物でできた旗が
道端の埃を引きずり
騎兵隊がそれを踏みにじり
それでも轟音と稲光に
旗はなおもたなびく

旗◆

あの芳しい時代の我らの旗
縫いたての旗
生まれたての旗
深い愛のように秘めた旗
愛すべき火薬の舞う青き風で
ふいに真っ赤に染まる旗

アメリカ大陸　広大なゆりかご
星の空間　熟したザクロは
突如としてミツバチで満たされた
お前の地表は
煉瓦と石が手渡しで導く
無数の囁き声に満たされた
通りは混乱した蜂の巣のように
人々の衣服で満たされた

銃声が響く夜には
人々は目を躍らせ
オレンジの花のように
シャツをはためかせた

別れの口づけ　小麦粉の口づけ
愛が口と口とを結びつけ
道では戦争が
ギターを奏でて歌っていた

愛の裏側でも苦痛は燃えていた
そしてあの春は血に濡れていた

僕は奴隷のために歌った　彼らは
怒れる木の暗い房のごとく船に乗り
やって来た　港に着いた船は血を抜いた
盗まれた血を我らの地に解き放った

あのころ僕は地獄に抗って歌った
飽くなき欲望の鋭い舌先に抗って
苦痛の汁にまみれた黄金に抗って
鞭を握り締める拳に抗って
闇の番人どもに抗って

バラの根のそばにも死者はいた
光と夜と空が泣き声で埋め尽くされていた
人々の目はあの傷ついた手から背けられた
沈黙をただひとつ満たしたのが僕の声だった

二十九

ブラジルのカストロ・アウヴィス◆

ブラジルのカストロ・アウヴィスよ　君は誰に歌ったか？
花を思い歌ったか？　その美しさが石にも言葉を伝える
水を思い歌ったか？
あのころ愛した女の両目を思い
彼女の細面を思い歌ったか？　春を思い歌ったか？

でもあの花びらから露は落ちなかった
あの黒い水は言葉をもたなかった
あの目は死を見た者の目だった

僕は人が人から解放されるのを望んだ
その道は人を通じてしかないと思った
そこからこそ運命が切り開けるはずだと
僕はあの声をもたぬ人たちを思って歌った
僕の声はそれまで閉ざされていた扉を叩いた
闘えばいずれ自由が来ると信じて

ブラジルのカストロ・アウヴィスよ　君の清い本は
今日再びこの自由の大地に生まれ落ちる
我らが哀れなるアメリカ大陸の詩人よ
我が人民の冠を君にここで被せたい
君の声は人々のいつまでも絶えない高貴な声に重なった
君はよく歌った　君は歌うべき歌を歌ったのだ

三十

トゥサン・ルベルチュール◆

ハイチはその温暖な錯綜から
悲壮の花びらと
庭園の幾何学と
偉大な建造物を取り出し
海は暗い肌の祖父のように
　古《いにしえ》から伝わる皮膚と空間の尊厳を囁く

トゥサン・ルベルチュールが
植物の尊厳と
鎖に繋がれた威厳と
くぐもった太鼓の声を結び合わせ
生まれながらの君主のごとく攻撃し
行く手を阻み　上昇し
命令し　追放し　挑むも
ついには闇の網にかかり
海から海へと連行され

引きずられ踏み潰され
彼の種が来た道を逆行するように
あの船底と地下室の
秘密の死へと捨てられた
しかし島では岩が燃え
隠れていた枝が口を開き
希望が人から人へ伝い
砦の壁が築かれる
暗い肌の兄弟よ
自由とは君の密林だ
君の苦痛の記憶を留めよ
そして過去の英雄たちに
君の魔法の泡を守らせるのだ

三十一

モラサン（一八四二年）◆

夜も更けてモラサンが目を光らせる
これは今日か昨日か明日か？　今に分かろう

アメリカ大陸の細い腰　中央の帯
二つの大洋の青い拳が
山とエメラルドの泡を
高々と持ち上げる場所
領土　団結　泡の戦い
そして生まれた細身の女神

息子どもとウジ虫がお前を侵食する
お前の体に害虫どもがはびこる
大きな火鋏がお前の夢を切り取る
ナイフがお前を血で染め
お前の旗を切り裂く

夜も更けてモラサンが目を光らせる

今にも虎が斧を振り回しに来る
お前の内臓を喰らいに来る
星を切り分けに来る

　　　奴らが来るぞ

芳しきアメリカ大陸のかけらよ
奴らがお前に十字を刺しに来る　皮をはぎに
お前の金属の旗竿を倒しに来るぞ

夜も更けてモラサンが目を光らせる

侵略者どもがお前の住み処を占拠した
奴らはお前を腐った果実のように分け合った
別の奴らはお前の背中に
残虐な一族の歯形を焼き付けた
別の奴らは港でお前を分捕り
お前の苦痛から吸った血を積み込んだ
これは今日か昨日か明日か？　今に分かろう

兄弟姉妹よ　じきに夜は明ける（そしてモラサンが
　　目を光らせる）

三十二

ファレスの夜を旅して◆

ファレスよ　共和国の奥底の
深みにある物質を拾えるのなら
共和国を掘ってその最下層の
金属に触れることができるのなら
そこを構成するのはあなただろう
あなたの不動の善良さと頑固な手だ

あなたのフロックコートや
その控えめな物腰や寡黙さ
アメリカ大陸の土でできた顔を見ても

見る人がここの出身でなければ　すなわち
この大陸の平原や　我らが孤独の山の斜面で
生まれた人でなければ話は通じない
彼らは石切場を見ながらあなたと話すだろう
川を渡るようにあなたを通り過ぎるだろう
一本の木かブドウづるか夜道を前にするように
あなたに手を差し出すことだろう

我らにとってあなたは石とパンである
竈《かまど》であり　暗い肌の色の血統である
あなたの顔は我らの泥から生まれた
あなたの威厳は我が降雪地帯である
あなたの両目は埋められた陶芸工房である

電気のきらめきやせわしないおき火の原子や
滴でできた人間もいるかもしれない
あなたは我らの血でできた壁である
あなたの貫き難い公正さは

我らの硬い地表から来る

あなたは空気に何も言わずともよい
遠くから吹いてくる黄金の風にもだ
憂いに沈んだ大地が代わりに伝えてくれる
石灰と鉱物と酵母があなたの代わりにものを言う

私はケレタロの石の壁を訪れた
丘陵の岩に一つずつ触れてみた
彼方に拡がる傷跡とクレーター
サボテンが棘のある枝を伸ばす
そこには誰もおらず　亡霊も去っていた
荒地で眠り込んだ者もいなかった
ただ存在していたのは光と
藪の棘とただひとつの清い存在
それがフアレス　あなたというこの公正にして
決定的な平和　鉄と星で作られた夜の平和なのだ

三十三

リンカーンに吹く風◆

南部の風は時として
リンカーンの墓碑にも届き
声を　都市と木々のかけらを運ぶ
墓には何も起こらず　碑銘は微動だにせず
大理石は遅々として進まぬ時の重みですり減り
あの往年の紳士はもはや生きてはおらず
彼が着たシャツのボタン穴はもはや存在せず
時の繊維と人の塵はもう混じり合った
立派な人生を送ったのねとヴァージニアの
夫人が身震いしながら言い　生徒たちが歌い
またもや生徒たちが考え事をしながら歌うが
南部の風　道から大地から湧き出した風が
時として墓で立ち止まる
透明な風は現代の新聞だ
運ぶのはかすかな恨みや嘆きの声
勝者の不動の夢が横たわる上を
数々の疲労と血を歌い　引きずり
泥だらけの足が通り過ぎていく
今朝大理石のもとへ戻るのは憎悪だ
眠れる男のもとへ白い南部の憎悪が戻る
教会では黒人たちが神と孤独に向き合っている
町の広場でみなが神と孤独に向き合っている
列車のなかでは世界が標識を掲げている
この標識は天を　水を　空気を分断する
なんて完璧な人生を送ったのでしょうと上品な
ご婦人が言い　そして今週もジョージアでは
若い黒人がまた一人棒で殴り殺され
ポール・ロブスンは大地のごとくに
海と命が始まるかのごとくに
人の残酷さとコカコーラの宣伝文句を歌う
罰の合間に世界に向け世界のブラザーに歌い
生まれ来る子どもたちのために歌い

人に聞かせ　鞭を握る手を止めるために歌う
その手はリンカーンが倒した者たちの手
真っ白な毒蛇のごとくに蘇る手だ
風が吹き　墓の上を吹く風が運ぶのは
人々の話し声と罵倒の言葉の断片
そして何かが大理石の上で細い雨のように泣く
埋められずに忘れられた昔の痛みを思って泣く
ＫＫＫが野蛮な人種を追いかけて殺す
吊るされた哀れな黒人は生きたまま焼かれ
銃弾で蜂の巣にされなおも呻いていた
頭巾をかぶったロータリアンの金持ちどもは
何も知らずただ自らを処刑人と思っている
臆病な肉食獣　金の亡者どもは
カインの十字に守られて帰宅し
手を洗い　日曜の礼拝に出かけ
上院議員に電話をかけ手柄を吹聴する
こうしたことをイリノイの死者は知らない
なぜなら今日そこに吹く風は

鎖で繋がれた奴隷の怒りの言葉だから
そして墓石の下に男はもはや存在しないから
あの男は今や勝利の単なる痕跡
亡き勝利の後で捨てられた塵にすぎないから
男のシャツが擦り切れただけではなく
死の穴が我らを滅ぼすだけではなく
春がめぐり　その卑怯な歌で
勝者を罵るこの時の経過のなか
昨日の価値は死に絶え　邪悪な者の
猛る旗が再び大きくはためき
誰かが墓碑のそばで歌い
女子生徒たちの甲高いコーラスは
空に昇れどあたりを漂う塵に触れることはなく
地に下れど眠れる樵《きこり》に届くことはなく
その視線の先のあの死せる勝利にも届かない
そして南部からはおどけた流浪の風が微笑む

三十四

マルティ（一八九〇年）◆

キューバよ　泡吹く花よ　泡立つ
真紅の百合よ　ジャスミンの園よ
お前の責めさいなまれた闇の炭を
死が刻んだ深い皺を
泡に覆われた傷跡を
花咲く地の下に見出すのは難しい

だがお前には雪を育てる
あの明瞭な幾何学のように
地の奥底の樹皮が開くその場で
清いアーモンドのようなマルティが眠る

彼は空気が循環する地の底にいる
彼はお前の領土の青い中心にいる
今は眠れるこの清らかな種は
水滴のごとくに輝いている

彼を覆う夜はガラスでできている

時としてふいに慟哭と苦しみが
むごたらしい血の滴が大地を伝い
眠れる永久《とわ》の明るみに届くこともある
時として人民が夜を抜けて
己の根を下へ下へと伸ばし
その隠された地層に触れることもある
時として憤った恨みの声が
種の蒔かれた大地を踏みつけ
死者が人民の杯に落ちることもある

時として埋められたはずの鞭が
あの丸屋根の空気を震わせ
一滴の血が花びらのように地に落ち
沈黙の底まで降りてくることもある

そのすべてはあの汚れなき輝きに届く
いかに小さな震えであっても
隠れた男のガラスの扉は音を立てる

涙はいずれも彼の水脈に触れる

火はいずれも彼の骨格を揺する
こうしてその横たわる要塞から
隠してある莫大な量の水源から
この島の戦士たちは現れる

彼らはいつも同じ泉からやってくる

同じ透き通る水源から生まれてくる

三十五

チリのバルマセーダ（一八九一年）◆

ミスター・ノースはロンドンからやってきた

彼は硝石王
一時は自分も硝石原で
日雇い労働者をしていたが
悟りを開いて帰国した
今やポンドを抱えての凱旋
土産は二頭のアラブ馬に
小さな純金製の蒸気機関車
それはどちらも
大統領への手土産だった
ホセ・マヌエル・バルマセーダとかいう男への
《あなたは実に狡猾ですな　ミスター・ノース》
ルベン・ダリーオはこの家の客人

大統領府を自由に出入りする
コニャックのボトルも置いてある
川霧に包まれた若きミノタウロスは
音の響きをさらに越え
ミスター・ノースには届き難い
大いなる高みを目指している
大統領は荒れ果てた北の
硝石原から戻ったばかり
そこで彼は言った《この大地と資源は
チリのものになる　この白い物質は
私が学校と道路に変えるつもりだ
我が人民のパンに変えるのだ》
大統領宮殿の書類に囲まれた
その細い体と強い眼差し
遠い硝石原を見つめる
高貴な顔に笑みはない

どこか蒼ざめたその顔には
祖国の先祖から受け継いだ
死者の相が見える

この男のすべては厳粛な試験である

その穏やかさと思いに耽る仕草には
冷たい風のように不穏な何かがある

ミスター・ノースの馬と金のおもちゃを
彼は拒絶した　ちらりとも見ず
イギリス人富豪に突き返した
蔑むように手を振って
《ミスター・ノース　今後
この種の譲歩はいたしかねる
ロンドン金融街の怪しい秘術に
祖国を縛り付けるわけにはいかぬ》

ミスター・ノースはクラブに陣取る

百本のウィスキーがテーブルに運ばれ
百の食事が弁護士と
議員に振る舞われ
シャンパンが伝統主義者に供される
代理人が北部へ走り
無数の糸が行き交い
薄っぺらなポンド紙幣が
金色の蜘蛛の巣のような
イギリスの布を合法的に編み
我が人民には一着のスーツを
血と火薬と貧困で仕立て上げる

《あなたは実に狡猾ですな　ミスター・ノース》
バルマセーダに影が迫る
その日が来ると彼は罵倒され
貴族どもには愚弄され
議会では怒鳴られ
陰口を叩かれ中傷される

奴らは戦争を仕掛けて勝利した
だがそれではすまなかった　歴史は
捻じ曲げる必要がある　正しきブドウは
《犠牲に》差し出され　アルコールが
惨めな夜を満たす
見目麗しい青年たちが
家の扉に印をつけると
武装集団がそこを襲い
バルコニーからピアノを放り捨てる
歩道に死体が転がるなか
貴族どもがピクニックを洒落こみ
クラブに戻りシャンパンで乾杯する

《あなたは実に狡猾ですな　ミスター・ノース》

アルゼンチン大使館が
大統領に門戸を開いた

その日の午後バルマセーダは細い手で
いつものようにきっちり文字を書く
疲弊のその奥底から
黒っぽい蝶のように
影が両目に入り込む

そして彼の厳めしい額は
孤独の世界から抜け出し
小さな部屋から外へ出て
暗い夜を照らし出す
彼は自らの名を丁寧に記し
裏切られた己の道理を
縦長の文字で書き記し
拳銃を手に取る

窓越しに
この世で最後となる祖国を見つめ
今や夜の帳のごとくに

暗くなったチリの
細長い全身に思いを馳せる
汽車の窓から眺めるように
見るともなしに振り返る
瞬く間に過ぎ去る野原　小屋
塔　増水した岸辺
貧困　苦痛　ぼろをまとう人々
それはくっきりした夢だった
彼はその痛々しい光景を
変えようとした　人々の
やつれた体を守ろうとした
もう遅い　遠くから銃声と
勝者の怒鳴り声が聞こえる
凶暴な襲撃音　《貴族》の
喚く声　彼は人生最後の音
大いなる沈黙に耳をすませ
それを抱えて横たわり死へと入る

三十六

エミリアーノ・サパタに（タタ・ナチョの伴奏つき）◆

苦痛が地を襲い
農民たちの遺産は
荒んだ棘だらけの茂みだけ
昔と同じく仰々しい髭面の
猛禽類と鞭がうなりを上げる
そのとき花と火が駆けだした……

酔っぱらって行ってやるわ
遠い首都までだらだらと

地は短い朝焼けのなか
ナイフに刺されて痙攣した
小作人はその悲しみの巣穴で
粒の取れたトウモロコシのように
目もくらむ孤独のなかに倒れた

ご主人様に仕えるの
私を呼びつけたあの方に

そのときサパタが地と曙になった
武装した種が群れを成し
地平線を埋め尽くした
水と辺境とが立ち上がり
コアウイラからは鉄の泉が
ソノラからは星の形の石が
先頭を行くあの男を追って
農村から吹く蹄鉄の嵐に続いた

あの子は農場を出ていくが
きっとすぐに戻るだろう

パンを配り地を分けるのだ

私がついている

私はこの空色の瞼を捨てる
私サパタは朝を駆ける騎馬隊の
汗に濡れて共に進む
サボテンの大地から
ピンクの壁の家々まで銃を撃ち

…お前にリボンを結んでやろう
こんなポンチョの男は捨てていけ…

月が馬上で眠る
集めて分かち合った死が
サパタの兵士たちと横たわる
夢が重たい夜の砦の下に
彼らを待ち受ける運命と
闇の密かなシーツを隠す
かがり火が不眠の空気を切り分け
あるのはただ脂と汗と夜の火薬

…酔っぱらって行ってやるわ
だってあなたを忘れたいから…

我らは虐げられた者の祖国を求める
お前のナイフは遺産を切り分ける
銃弾と我らの駿馬さえいれば
拷問人の髭も罰も恐れるに足らず
地は銃で分かち合うのだ
埃まみれの農民よ　汗はじゅうぶんかいた
僅かばかりの天や完全なる光を
ひざを抱えて待ってはならぬ
立ち上がりサパタと共に駆けよ

…送ろうとしたけれど
来ないでとあの子は言った…

メキシコよ　人を寄せつけぬ農地よ

暗い肌の人々が分かち合う愛の地よ
トウモロコシの剣《つるぎ》から陽の光の下へ
お前のあの汗まみれの部隊が現れた
私は南部の雪からお前を歌いに来た
私にもお前の運命を駆けさせてくれ
この身を火薬と犂とで満たしてくれ

…別に泣いてもいいけれど
私が戻ったときにしてと…

三十七

サンディーノ（一九二六年）◆

十字架が我らの地に
埋められ
その用を終え
単なる職業と化したとき
ドルがガチガチ歯を鳴らして
アメリカ大陸の喉元の
のどかな領土に噛みつきに来た
その硬い歯はパナマを捕え
新鮮な大地に牙が深々と刺さり
泥とウィスキーと血がじゃぶじゃぶ音を立てた
フロックコートを着た大統領は宣言した
《賄賂については
日に一度はお願いしたい》
次に剣《つるぎ》がやってきた
運河が家々を分断した
こちらは金持ち　あちらは奴隷
奴らはニカラグアにも急いだ
白いスーツ姿で降り立ち

ドルと銃弾をばら撒いた
だがそこで一人の男が現れ
こう言った《ちょっと待て
ここでは商売も酒もご法度だ》
奴らは彼に大統領の座を約束した
手袋をはめ国の肩章をかけ
新品のエナメルシューズを
履かせて写真を撮ってやると
サンディーノはブーツを脱ぎ
震える沼地へ足を踏み入れ
ジャングルの自由という
湿った肩章を自らかけた
そして一発ずつ倒していった
《文明化の先鋒》どもを

北アメリカ人の怒りは
想像を絶するものだった
外交官たちが資料をかき集め
世界中に伝えて回った
わが国はニカラグアの友人だ
いつかあの寝ぼけた奥地にも
秩序をもたらすべきであると

サンディーノは侵入者を狩った

ウオール街の英雄たちが
沼地に飲み込まれていった
稲光が彼らを刺し貫いた
マチェーテが何本も追ってきた
目覚めたときには
夜行性の蛇のような縄が首にかかり
そのまま木に吊るされ
青いカブトムシたちと
腹をすかせたつる草たちに
ゆっくりと運ばれていった

サンディーノは音もたてず
人民の集う広場に現れ
あらゆる場所に出没し
北アメリカ人を殺し
侵略者を処刑した
やがて戦闘機が飛んできて
鉄で武装した軍勢が現れ
その圧倒的な力で
切り込んでくると
サンディーノとゲリラたちは
ジャングルの亡霊のように
絡み合う一本の木と化した
あるいは眠れる亀と化し
あるいは流れる川と化したが
木も亀も流れる川の水も
すべては死と復讐をもたらす
ジャングルの冷酷なシステム
蜘蛛が運ぶ死の兆しだった

（一九四八年に
ギリシャのゲリラ
スパルタの一軍勢が
光を貯めるアンフォラとなり
ドルで雇われた傭兵どもの攻撃を受けた
彼らは山にたてこもり
シカゴから来たタコどもに火を噴いた
そしてニカラグアの勇士
サンディーノと同じく
《山賊》と呼ばれた）

だが火と血とドルをもってしても
サンディーノという高貴な塔を
倒すことができないと分かった
ウオール街の戦士たちは
和平を結ぶことにし
祝福の場にゲリラを招いた

そして雇われたばかりの裏切り者が
その小銃をゲリラに放った

裏切り者の名はソモサ
今に至るまでニカラグアを支配する男
あのときの三十ドルが奴の腹のなかで
その後もぶくぶく膨れ上がった

これがサンディーノの物語
ニカラグアの隊長
裏切られた我らの砂
分断され攻撃され
迫害され収奪された砂の
痛ましい権化の物語である

三十八◆

1

レカバーレンを目指して＊

大地　大地の金属
凝縮の美　鉄の平和
槍やランプや指輪になる
清い素材　時の営為の
賜物　裸の大地の
健全さの証

鉱物は沈められ埋められた
星のようだった
地球が一グラムずつ
その光を地下深くに隠した
でこぼこの地層と粘土と砂が
お前の面を覆い隠した

だが私はお前の塩を　お前の表面を愛した
お前の涙　お前の瞼　お前の像を愛した

わが手は硬く清いダイヤの輝きを歌い
エメラルドの婚礼歌に
呼び出されたこともある
鉄のくぼみにぴたりと顔を寄せて
深みと強さと湧き出るものを待った日もある

だが私には何も分かっていなかった

鉄と銅と塩に分かっていたことが

金の花びらが一枚ずつ血で摘まれたことを
どの金属にも兵士が一人ずついることを

2

銅
＊

銅に　チュキカマタにやってきた

山の日は暮れようとしていた
空気は冷たい杯のように乾き
そして澄んでいた
色々な船で暮らしてきたが
その砂漠の夜では
巨大な鉱山が
まぶしい船のように輝き
あの夜の高みに落ちる
まばゆい露を滴らせていた

目を閉じた　夢と影とが
私の頭上で巨大な鳥となり
その分厚い翼を広げていた
車が踊り跳ねるあいだ

かすかな振動を伴って
傾いた星が　尖った
惑星が　槍のように
恐ろしい冷たい火の
凍った光線を投げかけていた

3

チュキカマタの夜 *

鐘の内側のように深い
高原の夜がすっかり更けて
ふと目の前に無慈悲な壁が見えた
崩れたピラミッド形の銅
大地の血は緑色をしていた

夜と緑の巨体は
濡れた星々に届くほどうずたかく
トルコ石のミルク
石の曙を一滴ずつ絞り
人の手で建てられた山は
砂埃の舞う夜を圧し
どこまでも星降る大地の
無限の彼方へと燃えていた

そのとき影が私の手を取り
　　一歩また一歩
鉱山組合のもとへと導いた
　　　　チリは六月
寒い季節だ

足もとではたくさんの日々が
（あるいは世紀が）（あるいは単なる
銅の歳月が　石と石と石が
すなわち時の底の地獄が
硫黄の手で支えられた
無限の歳月が）

その歩を進めていた
銅だけが知る歩みを

油にまみれた群衆の
飢えとぼろ着と孤独が
その縦坑を掘っている
彼らの数え切れない傷が
鉱山の過酷な縁に並んでいるのが
その夜の私には見えなかった

だが私もまたその苦しみの一部となった

銅の背骨は湿り気を帯び
アンデスの空気を照らす果てしない光のなか
飛び散る汗でぬらぬらとてかっていた
何世紀もかけて埋められた像の
鉱物の骨を掘り起こすべく
人はその無人の劇場に
無数の回廊を組み立てた
だがその硬い髄
背に沿って伸びる石
銅の勝利は火山のように見事な
クレーターを残して去った
あたかもその全身が　緑の星が
鉄の神の胸から引っこ抜かれて
高原に青い穴を残して消滅したかのように

4

チリの人々　＊

すべてはあなたの手

あなたの手は鉱山仲間の爪
抑圧された《落伍者《ロト》》の爪
踏みにじられた人という資源の爪
ぼろをまとったちっぽけな人の爪だった

あなたの手は地表のようだった
この緑色をした闇のクレーターを掘り
海の色をした石の惑星を築いた

あなたの手は車輌製造工場を渡り歩き
先の割れたシャベルを握り
あらゆる場所で
やかましい雌鶏の卵のような
火薬をしかけたのだ

それはこの世の果てのクレーター
その深さは満月からも
はっきり見えるはず
それを手で掘ったのは
ロドリゲスにカラスコ
ディアス・イトゥリエタ
アバルカにグメルシンド
千の名をもつチリの男たち

痛々しいチリの男が腕力のみで
爪をたて全力で
来る日も来る日も
そのまた次の冬も
緩慢な高原の大気のなかで
石灰質の土からこの巨大な穴を掘り
一帯にその名を知らしめたのだ

5

英雄

＊

硬く激しい指だけでなく
シャベルだけでなく
腕と腰と体全体の重みと
エネルギーだけでなく
痛みと不安と怒りが
石灰質の高原を一センチずつ

掘り下げ　星の緑の血管と
埋もれた彗星の
きらめく尾を探し求めた

穴の底で身を削った男から
あの血にまみれた塩は生まれた

なぜなら石を探すのは
攻撃的なレイナルド
あなたの息子の果てしなきセプルベダ
あなたの叔母の甥エドゥビヘス・ロハス
燃える英雄たち　鉱物の山脈を
解体する男たちなのだから

そうして彼らは地と命の内奥に
まだ見ぬ子宮を求めるように
はじめて分け入ったのだ
そして私の体はたわみ出し

ついには人のなか　すなわち
鍾乳石に落ちる涙の水
突き落とされた哀れな血の滴
塵に落ちた汗粒のなかへと沈んだ

6

職人 ＊

エリアス・ラフェルテとさらなる奥地を目指し
青く禁欲的なイキーケから
砂の辺境を抜け
タラパカに入った

エリアスが私に
鉱夫のシャベルを見せた
木の取っ手に
男の指の形が刻まれていた
指の腹で表がこそげていた

その手の握力が
シャベルの火打石を溶かし
そしてこれらの苦しみの爪が
土と石の　金属と酸の
回廊をこうして切り開き
手で作られたこの黒ずんだ帯が
星たちを打ち壊し
塩たちを天に掲げ
まるで天上の物語の
一幕のように言った
《ここに大地の時が始まる》

こうしてかつて（創世の日以前）
誰も見たことのないあの男
シャベルと人との混合物が
地獄の殻の上に立ち上がり
その焼けつくざらざらの手で
そこにあるすべてを支配し
大地のページを繰ったとき
白い歯をした隊長
硝石の征服者が
青いシャツ姿で現れた

7

砂漠＊

大いなる砂漠の
過酷な正午がやってきた
砂の果てるところまで
世界はむき出しのまま
広大で不毛で清潔だ
塩田で孤独に生きる塩の
か細い音に耳をすませろ
太陽が虚ろな空間でガラスを割る音が
大地が苦悶する音が
塩の呻く重苦しい乾いた音が聞こえる

8

(夜想曲) *

砂漠の周りへ来たまえ
高原に広がる硝石原の風の夜へ
夜の輪のなかへ　宇宙と星のなかへ
タマルーガル平原が
時のなかに失われた沈黙を拾う場所へ

青い石灰質の杯に
千年の沈黙と距離と月が
夜の裸の地表を刻んでいる

清らかな大地よ　私はお前を愛する
私が愛するのはどれもみなばらばら
花　街路　豊穣　儀礼
海の清らかな妹よ　私はお前を愛する

この空っぽの学校は私には難しかった
なにしろここには支えになる
人も壁も木もないのだから

私はひとりきりだった
平原と孤独だけが息をしていた

ここは世界の逞しい胸だった

そして私はお前の真っ直ぐな形状と
どこまでも広がるその精緻な空虚を愛した

9

荒地 *

人は荒地でやつれ果て
土を噛んで生きていた

私は彼らの巣穴に直行し
シラミのなかへ手を差し入れ
悲しみの夜明けまで
レールのあいだを歩き
硬い板の上で眠り
午後には仕事場から下り
蒸気とヨードで火傷を負い
ドアを閉め
雌鶏とぼろ着と
焼けつく貧困の匂いのなか
男の手を握り
女と話をした

こうしてかくも多くの痛みを
集め　かくも多くの血を
魂の杯に汲んだその時
果ての見えない硝石原の
澄み切った空気のなかから
砂でできた一人の男が来るのが見えた
細長く微動だにしない顔
でっかい体を包むスーツ
御し難いランプのような
その半開きの目

レカバーレンが男の名だった

三十九

レカバーレン（一九二一年）◆

男の名はレカバーレン
のん気でふくよかで恰幅がよく
澄んだ目とがっしりした額
ゆったりした身のこなしが
まるで無数の砂のように

そのみなぎる鉱脈を覆っていた
諸君　アメリカ大陸のこの平原に来て
(入り組んだ川と真っ白な雪原と
鉄の断層にある)
このチリを見よ
生態は破壊され
枝は引っこ抜かれ
指の骨が嵐を
ただ撒き散らす
一本の腕のような国を

金属と硝石の
筋肉地帯の上に
運動選手のような
掘りたての銅の上に
ちっぽけな民が暮らしている
やみくもに積み重なり

そそくさと雇われ
ぼろを着た子どもたちを連れ
砂漠の塩の面に
へばりついている

それは失業や死に
行く手を阻まれたチリの民

作業場を生き残り
塩の死に装束を着せられた
恐ろしく我慢強いチリの民

そこへこの人民の隊長が
冊子を手にやってきた
飢えた子らを
破れた毛布で包み
過酷な不正を甘んじて
受け入れていた

傷つき孤独な者の手を取り言った
《あなたの声を仲間の声に重ねなさい》
《あなたの手を仲間の手に重ねなさい》
男は不吉な硝石原を
隅々まで回り
父のように任務を授け
見えない隠れ家に住む
あらゆる鉱夫の前に姿を現した

殴られた《雄鶏》が一羽ずつやってきた
嘆きの声が一つずつ届いた
それらは亡霊のようにやってきて
潰れた白い声で語り
男の手に触れ
尊厳を取り戻して帰っていった
彼の名は硝石原に知れ渡った
彼はさらに国中を回って
人民を組織し

痛んだ心臓を鼓舞した
刷りたての新聞が
石炭の回廊に入り
銅の山を上り
それを見た人たちは
踏みにじられた者の声を初めて伝える
彼のコラムに口づけした

彼は人々の孤独をまとめ上げた
書物と歌とを
恐怖という壁にまで届け
不平の声を一つずつ集めた
こうして声も口ももたぬ奴隷が
どこまでも広がる苦しみが
名前をもつに至った
人民　プロレタリア　労働組合
人々は人格と品格を備えたのだ

そしてこの生まれ変わった住民たちは
戦いのなかで己を鍛え上げた人々は
この勇敢なる組織は
この妥協なき企ては
この取り替え難い金属は
この苦痛と苦痛の団結は
この人の砦は
この明日への道は
この果てしのない山脈は
この芽を吹く春は
この貧しき者たちの武器は
すべてあの苦しみから
祖国のもっとも深い場所から
もっとも辛い打ちのめされた場所から
もっとも高貴で永久《とわ》なる場所からやってきて
党を名乗るようになった
　　　　　それは
共産党
　　　　新しい党の名だった
戦いは熾烈を極めた　黄金の所有者が
ハゲワシのように襲いかかった
奴らは誹謗中傷を武器にした
《この共産党とやらは
ペルーから金をもらっている
ボリビアや他の外国からも》
党員たちが汗を
一滴ずつ流して建てた
印刷所にも襲いかかった
奴らは本を破り火を放ち
人民の活字を
撒き捨てた
レカバーレンは尾行された
立ち入りと通行を拒絶された
だが彼は砂漠の縦坑に
その種を呼び集め
こうして砦は守られた

すると米国や英国の
企業家たち
弁護士と上院議員
下院議員と社長たちが
砂に血を注ぎ
我らの一族を
チリの奥深い力を追い詰め
縛り上げてしまった
黄色く広大な硝石原の
方々の小道に沿って
撃ち殺された人々の
粗末な十字架が並び
砂漠の谷間に死体の山ができた

沿岸のイキーケでは
学校とパンを要求していた
男たちが集められた
中庭に押し込められ
まごついていた彼らに
死がもたらされた

銃弾が
唸りをあげる機関銃から
密かに用意されたライフルから
ひしめき合う寝ぼけ眼の
労働者たちに降り注いだ
イキーケの白い砂地を
血が川のように満たし
そのとき流れた血は今なお
無慈悲な赤い花のように
歳月を越えて燃えている

だが抵抗は生き延びた
レカバーレンの手で
まとめられた光と赤の旗は
鉱山から村々へと渡り

都市や畑の溝へと流れ
鉄道の車輪に乗って転がり
コンクリートの土台となり
通りと広場と農家の小屋を
埃で煙る工場を
春に覆われた傷を次々と押さえていった
夜明けを迎えた団結のなかで
あらゆるものが勝利を目指して歌い戦った

あれからどれほど経ったろう
どれだけの血が大地に流され
どれだけの戦いがあったろう
輝かしい征服の時
一滴一滴絞り取った勝利
打ちひしがれた苦しみの通り
トンネルのように暗い領域
命を切り裂くような
裏切り行為

憎悪で武装し
軍を先頭に立てた抑圧
大地は沈むかに見えた
だが戦いはしぶとく続く

別れの言葉（一九四九年）

レカバーレン
今この迫害の日々を送る私は
裏切り者に追放された兄弟姉妹
倒された兄弟姉妹の苦悩を抱え
憎悪に包まれ
圧政に傷ついた祖国を前にして
投獄中のあなたが示した恐るべき抵抗と
あなたの最初の数歩と

不屈の塔のごとき
その孤独を思い出す
荒地から現れたあなたのもとへ
一人また一人と集まった人々が
人民の団結によって守られた
質素なパンの生地を捏ねた
あの時代のことを

チリの父

レカバーレン　チリの息子
チリの父　我らの父よ
大地と苦痛で鍛えられた
あなたの建設と直線に
未来の勝利の日々の
力が生まれる

あなたは祖国　硝石原　人民
砂　粘土　学校　家
復活　拳　攻撃
命令　隊列　襲撃　小麦
戦い　偉大さ　抵抗

レカバーレンよ　あなたの眼差しの下で
我らは祖国の傷と
切断の痕を舐める

辱められた砂の上で
自由にその裸の花を
咲かせることを誓う

人民が勝利する日まで
あなたの道を継ぐことを誓う

四十

ブラジルのプレステス（一九四九年）◆

崇高なるブラジルよ　お前の膝に
私がどれほど寝転がりたいか
お前の巨大な葉で巻かれ
鬱蒼と広がるジャングルと
生きたエメラルドのかけらに包まれたい
ブラジルよ　お前に養分を届けるあの
司祭のような川から大地を見守りたい
川面から月明かりが照らすテラスで踊りたい
人跡未踏の領土に
この身を切り分け
泥のなかから
金属の白い鳥たちに囲まれ
分厚い野獣が生まれるのを見たい
またもやあの複雑な回り道をして

港の税関から入国し
街に出て
お前の奇妙な儀礼の香りを嗅ぎ
血液が循環するあの中心街へと
お前の寛容な心臓部へと至るのだ

だがそれはできない

かつてバイーアの
あの悲しみの地区で
昔の奴隷市場だった街で
(今では新たな奴隷制すなわち
飢えとぼろ着と痛ましい状況が
かつてと同じ場所で健在だ)
女たちから花と一通の手紙を託された
優しい文字の列と数本の花を
誰であれ苦しむ者から我が声を遠ざけることはできない

お前の天然の広大な岸辺が
私にどれほどの見えない真実を
語ってくれるかは知っている
秘密の花が
一斉に舞う蝶の群れが
生命とジャングルの
あらゆる肥沃な酵母が
尽きせぬ湿潤の道理で
私を待ち受けているのは知っている

だができない　できないのだ

今はお前の沈黙から
もう一度あの人民の声を取り出し
それをジャングルのもっともきらめく
羽根のようにそっと持ち上げ
やがて我が口から語りだすまで
そばに置いて愛してやるしかない

だから私にはプレステスが見える
彼が自由を目指し歩いているのが見える
そしてブラジルよ　その自由の扉は閉ざされ
痛みで釘付けされ　誰にも通れないようだ
プレステスが見える　飢えをも克服する
勝利の隊列がジャングルを越え
青白い目の暴君から逃れて
ボリビアへと向かうのが見える
故国に戻り
戦いの鐘を鳴らすと
彼は捕えられ　その伴侶は
ドイツの青い目の拷問者に
引き渡された

（詩人よ　本をめくって
古代ギリシャ人の苦痛を調べるのだ
古《いにしえ》から今に至る呪いによって
鎖に繋がれたこの世界を

せいぜいその瞼をゆがめて
人の才知が生み出した拷問の数々を見るのだ
少なくともそうすれば
君の家の扉を波と化した人民の
暗い胸が叩くのは見ずにすむ）
受難のさなかに娘が生まれる
だが彼の伴侶は斧の下をくぐり
ガスのなかに消え　人殺しの沼に
飲み込まれていく
ゲシュタポという名の沼に

　　　　　　おお投獄中の
あの拷問！　おお我が傷つきし隊長の
筆舌に尽くしがたい苦しみ！
（詩人よ　お前の本から
プロメテウスの責め苦を消し去れ
あの寓話ですら
これほど酷くはない
これほどおぞましい悲劇ではない）

プレステスは十一年間
鉄格子の向こう側で
彼を殺す気配すらない
死の沈黙に捕らわれる

人民に知らせは届かない
圧政者が彼の黒い世界から
プレステスの名を消し去る

そして十一年間彼の名は音を絶った
その名はブラジル中の人々のあいだで
敬われ　待ち焦がれられ
一本の木のように生き続けた

ついに自由が
刑務所を訪れると
彼は再び光の下へ現れた

愛され　勝ち誇り　人懐こく
我が身に降りかかった憎悪など
どこふく風とばかりに颯爽と
私は一九四五年にサンパウロで
彼と出会った時のことを覚えている
(痩せてはいるが精悍
大理石のように白い肌
水槽から取り出したように清潔
孤独に吹く風のように
清らかで繊細
偉大さが苦痛という番人を
従えているかのごとくに純粋)
彼はパカエンブー・スタジアムで
初めて己の人民を前に話していた
大スタジアムにひしめく
十万の赤い心臓が
その姿を見て触れようとしていた
歌と慈しみの混じった
言いようのない波が打ち寄せ
十万のハンカチが森のように
歓迎の言葉を送っていた
彼が深い目で見つめる前で
私はこう語った

四十一

パカエンブーで語ったこと（一九四五年ブラジル）◆

ブラジルの人々よ　今日はどれほど多くのことを語り
　たいか
無数の歴史と戦いと幻滅と勝利とを
何年もこの胸に抱いてきた私は　あなた方に思いを伝
　えたかった
挨拶をしたかった　雪積もるアンデスからの挨拶を
太平洋からの挨拶を　通りがかりの労働者から
鉱夫から　煉瓦職人から　あの遠い我が祖国の

あらゆる人々から聞いた言葉をあなた方に伝えたかった
雪は　雲は　旗は私に何を伝えたか？
船乗りは私にどんな秘密を教えたか？
小麦の穂を分けてくれた少女は私に何を伝えたろう？

それはどれも一つのメッセージ　プレステスによろしく
彼らは言った　ジャングルや川でプレステスを探せ
彼の束縛を解け　彼の独房を探せ　呼びかけろ
話しかけるのが許されないなら飽きるまで見つめろ
そしてお前が見たことを明日伝えてくれと

今日こうして彼が勝利に湧く心臓の海に
囲まれているのを見るのは誇らしい
私はチリに戻って言おう　人民の自由な旗が
はためくなかでプレステスに挨拶をしたと

何年か前にパリで過ごした夜を思い出す
私はスペイン共和国とそこで戦う人民のために
援助を求めていた　そして大衆に向け語った
スペインは廃墟と勝利に満ちていると
フランスの人々は私の呼びかけを黙って聞いていた
私はこの世に生きるあらゆるものの名において援助を
　請うた
私は言った　新たな英雄たち　スペインで戦い死んで
　いる人々
モデスト　リステル　ラ・パショナリア　ロルカ
これらはみなアメリカ大陸の英雄たちの子どもである
ボリーバル　オイギンス　サン・マルティン　プレス
　テスの弟妹であると
私がプレステスの名を口にした瞬間　フランスの空気に
とてつもないざわめきが生まれた　パリ中が彼に敬意
　を示した
古参の労働者たちが目を潤ませて
遠いブラジルとスペインを見つめた

もうひとつささやかなエピソードを披露しよう

チリの海沿いを走る巨大な炭鉱の近くに
タルカワーノという寒い港町がある
ここにかつて一隻のソ連船が寄港した
(ソヴィエト社会主義共和国連邦とは
チリはその時まだ国交がなかったため
愚かな警察は
ロシア人船乗りの下船と
チリ人の乗船を禁じた)
夜になると
巨大な山の裾を何千もの鉱夫が降りてきた
男たちが　女たちが　子どもたちが山から
採掘用の小さなカンテラを手に降りてくると
一晩中それを点滅させて
ソヴィエトの港から来た船に合図を送った
真っ暗な夜は星で満ちていた

人の振る星　人民のランプでいっぱいだった
そして今日もまた我らのアメリカ大陸の隅々から
自由なメキシコから　喉を乾かせたペルーから
キューバから　人で溢れるアルゼンチンから
亡命した兄弟姉妹の安住の地ウルグアイから
プレステスよ　人民があの人類の高貴な希望が
輝く小さなランプを振りあなたを歓迎している
だからこそ私はアメリカ大陸の風に乗りここへ送られた
あなたを見つめ　そうしてあなたがどんな人であったか
かくも長く孤独と闇のなかで沈黙を余儀なくされた
彼らの隊長がいったい何を語ったのかを伝えるために
私は彼らに伝えよう　恨みをためてはいけない
祖国が生きることだけを望めばいいと
自由がブラジルの奥地で
枯れることのない木のごとく育てばいいと

ブラジルよ　お前に語りたいことも　伝えていないことも多い
何年もかけこの皮膚と魂のあいだにため込んできた言葉がある
血　痛み　勝利　すなわち詩人と人民とが
交わすべき言葉が山のようにある　それはまたの機会にしよう

今日は火山にも川にも完全なる沈黙を請いたい
大地にも殿方にも完全なる沈黙を願いたい
雪原からパンパまでアメリカ大陸はたった今黙るべし
静かに　人民の隊長が語る
静かに　ブラジルが今から彼の口を借りて語る

四十二

再び暴君どもが

今日またもや
ブラジル全土で狩りがあった
奴隷商人どもの冷酷な強欲が
獲物を探して蠢いた
ウオール街が
その傘下の豚どもに
人民が負った傷を
さらに噛めと命令した
そして狩りが始まった
チリで　ブラジルで
商人と拷問人に荒らされた
アメリカ大陸全土で狩りが始まった

人民が私の道を隠し
私の詩を手で覆い
死から守ってくれた
ブラジルでは人民が
果てしない扉を閉ざし
その内側からプレステスが
邪悪な者を再び閉め出した

ブラジルよ　痛ましい隊長が
お前のために救われんことを
ブラジルよ　明日
彼についての記憶をもとに
その像を作るのはしばし待て
下らぬ石の像で彼を奉ってはならぬ
今はまだお前の心臓のなかに
彼を留め置くがいい
自由を謳歌させるがいい
さらなる自由をブラジルにもたらしてもらうのだ

四十三

日は昇る

解放者たちよ　アメリカ大陸の
この薄明のなかで　人けのない
朝の暗がりのなかで
あなた方に我が人民の
果てしのないページを
その戦いに刻まれた喜びを伝えよう

青き軽騎兵たちよ
時の奥底で倒れた者たちよ
編んだばかりの旗を抱え
朝を迎える兵士たちよ
今を生きる兵士たちよ
共産主義者よ

冶金の激流を受け継ぐ戦士たちよ
氷河に生まれた我が声を聞け
素朴で単純な作業だと思って
毎日かがり火に立ち上る我が声を聞け
我らは同じひとつの大地
同じ迫害された人民であり
我らのこのアメリカ大陸の腰には
同じ戦いの帯が巻かれている
　　　君たちは見たか？
午後になると現れる
兄弟の体のどす黒いへこみを
　　　君たちは踏み込んだか？
彼らの闇に包まれた生に
　　　見捨てられ沈められた人民の
その千々に砕けた心臓に！
英雄から平和を受け継いだ者のなかには
それを自分だけの倉にしまった奴もいる
別の奴らは血で摘み取られた果実を盗み

地表を勝手に切り分け
敵対的な境界線を引き
荒れ果てた盲目の影の領域をつくった

だが君たちは大地から来るかすかな苦痛の脈を
孤独を　ばらばらにされた地表の
小麦から立ち上る音を聞き取れ
なにかが旗の下で芽生えている
遠い声が我らを再び呼んでいる
君たちは鉱物たちの根と
砂漠の金属の深みに降りていけ
光に届く運命を授かったその手で
我らを痛めつけるこの苦難を越え
地上に広がる人々の戦いに触れよ

戦って死んだ者たちが君に贈る日を
手放してはならぬ　穂とはいずれも
大地に撒かれた粒から生まれるのだ

小麦と同じく数え切れぬ我らもまた
根を手繰り寄せ　穂を積み重ね
いずれ怒涛の嵐と化して
輝く宇宙へ昇るのだから

五章　裏切られた砂

おそらく　おそらく忘却が　地に置かれた杯のように
森に広がる黒い腐葉土のように成長を促し
命を養うのだろう（きっとそのはずだ）

おそらく　おそらく人は鍛冶職人のように
おき火に近づき　鉄に鉄をぶつけはしても
やみくもに石炭の都市に入ったりはせず
目を閉じることも　慌てて水に潜ることも
鉱物や災害に身を投じることもないのだろう
だが我が皿は別にあり　我が食事は人とは異なる
我が目は忘却を噛みしめるために来たのではない
我が唇はあらゆる時を越え開かれる　あらゆる時だ
時のある一部が我が手をすり減らしたわけではない

だからできれば遠ざけたいこれらの痛みを君に語ろう
君にはもう一度火傷のなかで生きてもらうことになる
楽しいお出かけの前に駅で引き留めるわけではない
大地に額を打ちつけろと言っているのでもない
塩水に心臓を浸せと言っているわけでもない
歩きながら知ってもらいたいだけだ　どこまでも
意義のある決断力をもって正しきものに触れてほしい
厳しさを喜びの前提条件としてもらいたいのだ
そうすることで共に無敵となろうではないか

一◆

冷血漢ども

ウロコに覆われたアメリカ大陸のトカゲよ
生い茂る木々に　沼地に突き立った竿に
不気味なとぐろを巻く者よ
お前はその恐るべき子どもたちに
毒蛇のミルクを飲ませ
炎熱のゆりかごで孵化させ
残忍な子孫に
黄色い泥を塗った
ジャングルの祖国で
雄猫と雌サソリがまぐわったのだ
光は枝伝いに逃げ出したが
眠れる者が目覚めることはなかった
そいつの毛布からは焼酎の匂いがした
人が寄りつかないその昼寝の場所に
マチェーテが何本も転がっていた
人もまばらな酒場の
トサカのような屋根から
靴も履かない日雇い労働者が
そいつのうぬぼれた自尊心に唾を吐いた

ドクトル・フランシア ＊

パラナ川のもつれた奥地
何本もの支流がじめじめ脈打つ場所
ヤベビリ川　アカライ川　イグレイ川
水の網のよく似た宝石たちは
ケブラコで染められ
コパルの木の森に覆われ
大西洋のシーツへ向かって流れ
紫に陶酔するナザレの木の枝と
砂の夢を見るクルパイの根を

ずるずると引きずっていく

熱い泥のなかから　肉食のカイマンが座る
王座から　野生の悪臭が
ぷんぷん漂う真っただ中を
ドクトル・ロドリゲス・デ・フランシアが現れ
パラグアイの肘掛椅子を目指した
そしてピンクの石を積み上げた
バラ形装飾のなかに住み込んだ
どす黒い蜘蛛の産毛に覆われた
汚らしい皇帝の彫像のごとく

鏡で覆われた大広間に佇む
孤独なる権力
赤いビロードと夜に怯えるネズミを
じっと見つめる黒いカカシ
偽りの柱　邪悪なるアカデミー
ハンセン氏病に罹った王の

不可知論　どこまでも広がる
マテ茶畑のど真ん中
処刑を繰り返した絞首台で
観念の杯に汲んだ数字を飲み
星の織り成す三角を数え
天体の手がかりを計測し
パラグアイの黄土色の夕空を
じっと見つめる
窓からは銃殺された者の
断末魔に喘ぐ時計が見え
片手には自ら閉じ込めた黄昏の
巨大な門がぶら下がる

デスクでの研究
天空に輝く拍車に注がれる目
あのひっくり返した幾何学のガラスを
凝視する彼の眼差し
いっぽう銃床で殴り殺された男の

はらわたから血がこぼれて
大階段を滴り落ち　それを
きらきら輝く緑の蝿の大群が
ぴちゃぴちゃ舐めていた

彼はパラグアイを王の巣穴のごとく
ぴたりと閉ざし　その国境を
拷問と泥とで塗り固めた
彼が街に姿を現すと
インディオたちは
壁にへばりつき目をそらす
彼の影はその背後に
二枚の悪寒の壁を残す

死がドクトル・フランシアのもとを
訪れても　彼は無言である
身動き一つせず　己自身に縛られ
その洞窟でただ一人きり
全身麻痺の縄に捕獲され
部屋に入る者もいないまま
主の部屋のドアを叩く者さえいないまま
孤独に死んでいく

こうして体内の蛇にぐるぐる巻きにされ
舌を引っこ抜かれ　骨髄を沸騰させ
苦しみぬいた末
孤独の宮殿で消え入るように死ぬ
そのあいだ
大聖堂のように居座った夜が
苦痛の血で汚された
惨めな柱頭をむさぼり食らう

ロサス（一八二九年—一八四九年）＊

大地の向こう側を見るのはかくも難しい
（時なら話は別だ　時はその透明な杯を掲げて

高貴な露の結晶を照らしてくれる）
だが骨粉と恨みの濃密な大地は
死者と金属で固められた倉庫は
交わり合う孤独がはねつける
あの奥底を見させてはくれない

だが私は彼らと話すことにしよう　私の仲間たち
かつて我らの旗がその布地に星のごとき透き通る
清さを編みこんでいたころ逃げてきた人々と

サルミエント　アルベルディ　オロ　カリル
やがて汚されることになる我が清い祖国が
その細長い金属の光を
あなた方に差し出した
貧しい農村の日干し煉瓦のなかで
故国を追われた思想が
硬い鉱物の布と鋭いブドウの針によって
じょじょに縫われていった

チリが彼らを砦に迎え
海の裾で塩を与え
埋もれていた種を蒔いた

いっぽう草原では馬が駆け
空色の髪の繊維が
鉄の枷をぶち壊し
濡れた猛獣の蹄鉄を
パンパが嚙んでいた

ナイフとロサス民兵団の
高笑いが犠牲者を襲う
川から川へ白くかかる月は
不気味な影のトサカとなった！
曙のもやのなかで盗まれ　銃床で殴られ
血を流し　狂うまで罰を受け

虚ろになり　不機嫌な親方どもに
蹂躪されたアルゼンチンよ

お前は赤いブドウ畑の行列と化した
仮面になり　震えぬ地震になった
お前は空気のなかで
悲しい蠟の手に変えられた
ある夜お前から出てきたのは
廊下　黒ずんだ石の床　階段には
音が沈み込み　謝肉祭の十字路に
死者とピストルが溢れた
あらゆる夜の目の上に
沈黙の瞼が降りた

お前の泡吹く小麦はどこへ逃げたのか?
お前のあの果物の物腰　あの大きな口
歌うときにゆったり動かすギターの弦
大いなる太鼓の　際限なき星の
あの震える皮は
その閉ざされた丸屋根の
辛い孤独の下で黙り込んだ

地球よ　緯度よ　力強い明晰さよ
お前の縁で　雪を分け合った帯で
目もくらむほど速い海にまたがり
夜の沈黙が集まってきた
裸の水は波から波へ語りかけ
灰色の風は震えながら砂を解き放ち
夜は草原の泣き声で我らを傷つけていた

だが人民と小麦は捏ねられた　すると
大地の頭は平らになり　埋もれていた光の繊維に
櫛が入り　苦悩はついに
風に壊されていた自由の扉に手をかけ
道を覆う土煙からひとつずつ
沈んでいた威厳がひとつずつ

学校が　知性が　人の顔が土埃から現れ
ついには星の形に融合して
光の像を結び　清い草原となった

エクアドル　＊

トゥングラワが赤い油を放ち
サンガイが雪の上に
燃える蜜をこぼし
お前のてっぺんで雪を抱く教会
すなわちインバブラが
魚と植物　届き難い無限の
硬い枝々を投げつける
荒地の向こうから赤褐色の
月がパチパチと立ち上がれば
お前の傷跡が血管のように
アンティサナに落ちてくる
プマチャカの皺だらけの
孤独　パンバマルカの
硫黄で作られた威厳
火山と月　冷気と石英
氷の炎
壊滅的な運動
蒸気とハリケーンの遺産

エクアドル　エクアドルよ　見えない星の
紫の尾よ　お前を覆いつくす虹色の人民に
果てしのない果物屋の皮をもつ群衆に
死がその罠を仕掛けている
貧しい村々が激しく燃えている
飢えが犂のように
尖った棘を大地に刺している
慈悲の心が
毛織物と修道院を差し出し
涙をしぼり出す病気のように
お前の胸を叩いている

ガルシア・モレノ ＊

そこから暴君が現れた
ガルシア・モレノがそいつの名
手袋をはめたジャッカル
教会の道具部屋に住む辛抱強い蝙蝠が
そのシルクハットに
灰と拷問と苦痛を集め
赤道の川たちの血に
その爪を沈めていった

ちっぽけな足を
エナメルシューズに包み
祭壇の絨毯の上で
ずらずらと並ぶ聖水の鉢に
長いスーツの裾を浸らせ
十字を切り蠟を塗る
銃殺したての死体を引きずり
犯罪のダンスを踊る
死者の胸を切り裂き
その骨を棺の上に放り
不吉なウールで
着飾って歩く

インディオの村では
血がどくどくと流れ落ち
街にも影にも恐怖が忍び寄る
(恐怖は鐘の下からも
夜な夜な音を立てて出歩く)
修道院の分厚い壁が
真っ直ぐに封印された壁が
キトに重くのしかかる
あらゆるものが教会の軒の
錆びた金の花形装飾に眠りこけ
天使たちは秘跡のハンガーから

吊るされて眠りこけ
あらゆるものが司祭の布のように
眠りこけ　あらゆるものが
膜のような夜の下で苛まれる

だが残虐が眠ることがない
白い口髭を生やした残虐が
手袋と鉤爪を携えて出歩き
支配下の鉄格子に
暗い心臓を突き刺していく
そしてついにある日
ナイフのような光が宮殿に差し込み
彼の無原罪の胸当てを
すぱっと切り裂く

こうしてガルシア・モレノは
今一度宮殿から外へ姿を現し
死の気配をしぶとく漂わし
墓を吟味しにきたが
今回は自分が虐殺の淵に
転がり落ち　捕えられ
名もない犠牲者と共に
じめじめした遺体安置所へ運ばれた

アメリカ大陸の妖術師ども　*

フクロウたちが踏みしめ
酸っぱい汗を油代わりに塗る中米よ
その焼かれたジャスミンの園に入る前に
私をお前の船をつくる繊維と思ってほしい
両側から挟む泡が鍛え上げた
お前の木材の縁だと思ってほしい
そして私を圧倒的なアロマで満たしてほしい
お前の梢にたたずむ花粉と羽根とで
お前の水から生える芽の伸びしろで
お前の巣の切り立った直線で満たしてほしい

しかし妖術師どもが復活の金属を殺し
その扉を閉ざし
まばゆい鳥たちの
棲み処を闇で覆うのだ

エストラーダ　＊

ちっちゃなエストラーダがやってくる
使い古した小人用の燕尾服をまとい
一つ咳をするたびに
尿と涙をすき間なく撒かれた
グアテマラの城壁が
じわじわ発酵する

ウビコ　＊

あるいは刑務所から刑務所へ
バイクで通りかかったウビコが
石のように冷たく
その恐怖の位階を
怪物の仮面にはりつけて

ゴメス　＊

ベネズエラのゴメス沼が
人々の顔と知性を
クレーターにじわじわ沈める
人は夜　この沼に沈む
両腕を振り回し
残虐な拳から顔を守るも
最後は沼にのみこまれ
地下の倉庫に沈むか
街道に連れていかれ
鉄をもたされ土を掘り
ついにはバラバラにされて死に
消え失せて行方不明となる

マチャド ＊

キューバではマチャドが
機械で島を責め立て
米国産の拷問具を輸入し
機関銃が唸りをあげて
咲く寸前の花々をなぎ倒し
キューバの神聖な海を汚した
傷を負った学生は
海に投げ込まれ
そこで鮫どもが
栄誉ある仕事を完遂した
殺し屋の手はメキシコにも届き
メリャが犯罪の通りで
血にまみれてくるくると
転がりながら倒れた
そのあいだも島は青く燃え

宝くじの紙に包まれ
砂糖を抜き取られ続けていた

メルガレーホ ＊

ボリビアがその壁の内側で
しおれた花のように死ぬ
敗北した将軍たちが
鞍にしがみつき
ピストルを天に撃つ
メルガレーホの仮面
酔っぱらった野獣
裏切られた鉱物の唾液
汚辱の顎髭　悪寒の顎髭
恨みをためた山々で
錯乱に身を任せた顎髭
血のりで固めた顎髭
壊疽の悪夢に現れる顎髭

馬方たちを従える
この放浪の顎髭が
サロンと同衾しているあいだ
インディオとその荷が
酸素の最後の膜を越え
貧しさに血を抜かれ
山の回廊でよろめく

ボリビア（一八六五年三月二十二日）＊

ベルスが勝利した　夜だ　ラパスが
最後の銃声に燃える　乾いた火薬と
悲しみのダンスが高原に向けて
月のアルコールにからみつき
搾りたてのおぞましい血とのぼる
メルガレーホは倒れ　その頭が
血にまみれた山頂の
鉱物の縁を打つ

金モール
金で編まれた軍服
邪悪な汗にまみれたずたずたのシャツが
馬の骸《むくろ》と飛び散った脳髄の
すぐそばに横たわる
宮殿のベルスは手袋と
フロックコートに身を包み微笑みに囲まれ
そして暗い人民の領土は
アルコールの高みで分配され
新たな取り巻き連中が
ワックスをかけたサロンの床をすべり
涙とランプの光が
ぼさぼさのビロードに
数滴のきらめきとなって落ちる

群衆をぬって
メルガレーホが行く
怒りを杖代わりによろめく荒れ狂った亡霊は

己のものだった領土に耳をすませる
口をつぐんだ群衆
散り散りになった叫び
山高く燃えるかがり火
新たな勝者の窓

メルガレーホの命は（それは
やみくもな力の断片　クレーターと台地に
繰り広げられるオペラ
行軍の夢では軍服が
ボール紙のサーベルを手に
無防備な大地へ雪崩れ込むが
そこには汚らわしい傷があり
斬首された真の死が田舎の広場に
徳高きこの男の演説と
仮面をかぶったコーラスの後に
馬どもの糞と絹と血を残し
そして死者が選ばれ
銃殺隊の銃が轟き
その体を刺し貫き固める）
彼の命は塵の奥底に
軽視と空虚の極みに
おそらく屈辱に満ちた
死のなかに落ちたが
雄牛のごとく敗北から牙をむき
金属の砂をほじり
こうしてボリビアのミノタウロスは
よろよろとその獣の歩を進め
絢爛たる黄金の間を目指す
人群れをかきわけ
名もない群衆に切りつけ
気の触れた王座にのっそりのぼると
勝者のカウディージョに襲いかかる
糊で染まったベルスが転がり
ガラスが割れて液状の光をぶちまけ
胸に二度と消えない穴が開き
そしてこの孤独な攻撃者

炎に包まれた血まみれの野牛は
バルコニーに全体重をもたせかけ
声の限りに叫ぶ《ベルスは死んだ》《俺は誰だ》
《言ってみろ》すると広場から
しわがれた大地の叫びが　混沌と恐怖の
黒い叫びがそれに応じる《メルガレーホ
生きていたぞ　奴だ　メルガレーホ万歳》
死者を囲んでいた群衆　宮殿の階段で血を流す
ベルスの死体を囃し立てていた連中が
《万歳》を叫び
うぬぼれ屋の巨体が
ずたずたの軍服を野営地の泥と汚い血に染め
バルコニーに立ちはだかる

マルティネス（一九三二年）　＊

エルサルバドルの呪術医
マルティネスが
色とりどりの小瓶を分け与えると
大臣どもがひれ伏し
感謝の言葉を口にする
菜食主義の魔法使いが
宮殿で薬を調合するあいだ
嵐のような飢えが
サトウキビ畑で唸りをあげる
そしてマルティネスが命令を下せば
数日のうちに
二万の農民が殺され
マルティネスが衛生の観点から
火をつけさせた村で腐乱してゆく
彼は再び宮殿の大切なシロップに
戻ると　かけつけた米国大使に
お世辞の言葉をもらう
《あなたのおかげで
西洋の文化は
西洋のキリスト教文化は安泰だ

ついでに順調なビジネスも
バナナの利権も
税関の通過も》

それから二人はいつまでも
シャンパンを酌み交わし
熱帯の雨が納骨堂の
腐った塊に降り注ぐ

暴政　*

トルヒーヨ　ソモサ　カリーアス
今日に至るまで
一九四八年九月の
この苦い日に至るまで
パラグアイのモリニゴ（あるいはナタリシオ）
我らの歴史に現れた
獰猛なハイエナども

あれほどの血とあれほどの火で
勝ち取った旗を齧るネズミども
己のアシエンダに浸りきった
地獄の肉食獣ども
繰り返し買収される圧政者ども
ニューヨークの狼たちに
けしかけられた商人ども
生贄に捧げられた人民の
血に染まった奴ら
アメリカ大陸のパンと空気を
差し出し金をせびる男娼ども
ぬかるみのような冷血漢ども
娼館を経営するカシーケども
人民の凄惨な飢えと拷問以外には
なんの法律をもたぬ連中

コロンビア大学の
ご立派な名誉博士ども

牙とナイフを
トーガに隠す
ウォルドルフ・アストリアの
獰猛な常連ども
その邪悪な部屋では
永遠の囚われ人が
今年も腐り続けている

ミスター・トルーマンに歓待される
ちっぽけなハゲワシどもよ
金時計を全身に詰め込まれ
その忠犬《ローヤルティ》ぶりを表彰され
己の祖国を搾取する奴らよ
お前らよりひどい男が一人だけいる
我が人民にとっては不幸なことに
我が祖国はこの最悪の男の手に渡った

二◆少数支配者　＊

旗についた血が乾きもせず
兵士たちがまだ眠りもしないころ
自由がその衣を変えて
アシエンダに姿を変えた
種を蒔かれた大地から
ある一族が現れた
紋章と警察と監獄をもつ
新たな金持ちどもの群れだ

奴らは黒い線を引いた
《こちら側にはメキシコの
ポルフィリオ・ディアスの仲間たち
チリの紳士たち　ブエノスアイレス
ジョッキークラブの伊達男たち
ウルグアイのめかし込んだ海賊たち

エクアドルの二枚目たち
そしてあらゆる国々の
教会に寄生する旦那衆》

《あちら側はお前ら下々の連中　混血ども
メキシコの庶民　ガウチョども
豚小屋に群れて暮らす奴ら
家なき奴ら　ぼろを着た連中
シラミと暮らす奴ら　浮浪者　悪党
ふしだらな奴ら　貧乏人
不潔な連中　怠け者　民衆》

壁は線の上に築かれた
大司教が洗礼を施し
このカーストの壁を
越えようとする反逆者には
炎のような破門を下した
拷問者の手で

ビルバオの著書が燃やされた
　　　警察が
この壁を警護し　飢えた者が
聖なる大理石の壁に近づくと
棒で頭を殴られるか
農耕用の締め具にくくられるか
蹴られて無理やり徴兵された

奴らは心の平穏と安心を得た
人民は通りと畑に繰り出し
窓も床もシャツも
学校もパンももたず
ひしめき合って生きた

我らのアメリカ大陸を
ゴミ屑を糧とする無学な亡霊が歩いている
我らの大陸のどこをもさすらう人々
ぬかるんだ牢獄から現れた人々

下層階級の人々　逃亡者
スーツと秩序と蝶ネクタイを所有する
恐るべき同胞たちに印をつけられた人々

メキシコでは彼らのために
プルケが製造された　チリでは
紫の色をした大量の安ワインが
彼らを毒し　その病んだ魂を
一枚一枚こそげ落とし
書物と光とを退け
ついに彼らは塵のなかへ落ち
薄暗い屋根裏部屋に沈んだが
まともな葬儀のひとつも
開かれぬまま
裸の状態で
名もない腐肉の山に捨てられた

特定優遇法の公布　*

彼らは愛国者を自称した
クラブで勲章を互いに授与し
自らの手で歴史を書いていった
議会は虚飾で満たされ
彼らは土地を分け合い
法を　最良の街区を　空気を
大学を　靴を　彼らだけで分け合った

彼らは並外れたやる気をもって
その同じやり方で国家を立ち上げ
厳かに代表に成りすました
彼らは宴会に次ぐ宴会のあいだに
いつものごとく真顔で国家を論じた
まずは大農園主の集まりに
軍人と弁護士どもを招いた
そしてついに国会に

名高い至高の法案がかけられた
あの敬うべき不可侵の
天下の特定優遇法が
　　承認された

金持ちにはご馳走を
貧乏人にはゴミを
金持ちにはカネを
貧乏人には労働を
金持ちには大きな家を
貧乏人にはあばら家を
偉大な盗人には特権を

パンを盗むこそ泥は刑務所へ

パリへ　旦那衆はパリへ行け

鉱山へ　貧乏人は砂漠へ行け

ロドリゲス・デ・ラ・クロッタ氏が
その甘ったるい優雅な声で
上院の演説を行った
　《この法はようやくにして
この国に必要不可欠なヒエラルキーと
とりわけキリスト教精神の
原則を打ち立てるものであります
　　この法はまさしく
水のごとく必要なものでした
この賢明かつ厳格な特定優遇法を
唯一論破できる者がいるとすれば

それは皆さんご存じのごとく
地獄生まれの共産主義者どもでしょう
ですが皆さんご安心を
この人間未満のアジアから来た野党は
簡単に抑えることができます
全員刑務所か収容所にぶち込めばよろしい
そうすれば残るのは私どものみ
すなわち我々立派な紳士と
急進的野党のあの愛すべき
ヤナコーナどもだけになりましょう》

貴族たちの議席から
一斉に拍手が起こる
なんたる雄弁！　なんたる精神性！
なんたる哲学！　なんたる聡明さ！
そして各自が走り回り
己のビジネスで私腹を肥やす
ある者はミルクを独占し
ある者は針金をちょろまかし
ある者は砂糖を盗み
そして全員が互いを声高に
愛国者と呼び合い　愛国主義の意味を
独占し　それを特定優遇法にも
しっかりと書き込んでおく

チンバロンゴの投票日（一九四七年）＊

かなり前にチリのチンバロンゴで
国政選挙の投票に立ち会った
祖国の礎が選ばれる様を
この目で見届けたのだ
午前十一時に
小作人を満載した馬車が
平原からやってきた
冬なのに体を濡らし
寒そうに飢えた裸足の人々

チンバロンゴの奴隷たちが
街道からこちらへ降りてきた
こんがりと日に焼けたおっかない顔の
みすぼらしい服を着た人々がひしめき
投票券を手にして連れていかれ
見張られ　押し合いながら
金をもらいに戻ってきて
そしてまた馬車に一列に
家畜のように詰め込まれ
運ばれていった

　　　　このあとで彼らには
肉とワインがたっぷり与えられ
やがては獣のように追い払われ
そして忘れられていく

こうして選ばれた上院議員の
演説をやがて聞くことになった
《我々はキリスト教徒の愛国者
我々は秩序を守る者
我々は精霊の子ども》

そして彼は腹を揺すり
その酒焼けした声は
マンモスの鼻面のように
先史時代の甲高い音で
闇の夜空をも
震わすようだった

エリート　＊

我らのアメリカ大陸の
グロテスクな偽の貴族よ
漆喰で塗り固めた哺乳類
不毛な若者　頑固な愚か者
邪悪なるアシエンダの主
クラブの酔っ払い王

銀行と株式相場の追いはぎ
洒落者　二枚目　伊達男
大使館の粋な虎
青白い肌の高貴な女子
虫を喰らう花
香水の洞窟に生えた作物
血と糞と汗とを
たっぷり吸ったツタ
首を絞めるつる草
地主の姿をしたボアの群れよ

ボリーバルやオイギンスの馬が
（貧しい兵士たちと鞭打たれた人民と
裸足の英雄たちが）駆ける音に
草原がぶるぶる震えていたころ
お前たちは副王の前で列をなし
教会の井戸の前に列をなしていた
つまりは祖国の旗を裏切っていたが

槍を振りかざした人民の
恐れを知らぬ風が
我らの両腕に祖国をもたらしたとき
こそこそ現れたお前たちは
大地を囲って柵を築き
土地と家畜を分捕り
警官と特権を分かち合った

戦争から戻った人民は
鉱山に潜り　大農場の
暗い奥底に消え
石だらけの畑の溝に転がり
油にまみれて工場を動かし
長屋式共同住宅《コンベンティージョ》で子を産み
他の不幸な連中と
ひしめき合って暮らした

彼らは酒の海で遭難し

ついには溺れて見捨てられ
シラミと吸血鬼の軍勢に襲われ
壁と警察署に包囲され
パンももたず
音楽ももたず
錯乱の孤独に落ち込み
オルフェウスが魂に届ける
かすかなギターの音を聞いた
テープと傷とでぼろぼろの
そのギターは　人民の頭上で
貧しさを糧とする鳥のごとくに歌った

天界の詩人　＊

諸君はいったい何をしていたのか
第二のジッドよ　自称知識人よ　第二のリルケよ
実存派の謎めいた偽の魔術師たちよ
シュルレアリスムの
墓場で燃えるヒナゲシたちよ
ヨーロッパ化された
モードの死体どもよ
資本主義のチーズに群がる
白いミミズよ　諸君は何をしていたのか
苦悩が支配するこの世を前に
この暗い人類を前に
彼らの足蹴にされた体躯を前に
糞の山に沈められたその顔を前に
踏みにじられた辛い暮らしの
この本質を前にして

諸君は何もせずに逃げた
山積みのがらくたを売りさばいた
諸君が探求したのは空色の髪の毛に
臆病な植物に割れた爪
《純粋な美》と《魔術》
ただその目を覆うための

傷つきやすい瞼を絡ませるための
哀れなる怖がり屋の作品である
諸君は金持ちが食べ残した
汚らしい料理を
ありがたく授かり
苦悶する石には目もくれず
何かを守りも倒しもせず
墓場に備えられた花輪より
ずっと盲目なので　墓石の
腐った花に雨が落ちても
それを見ることすらない

搾取者 ＊

若きアメリカ大陸よ
かくしてお前の命はむさぼられ
拒まれ　従わされ　引っかかれ　盗まれた

灰と倒れたばかりの微笑みを
カウディージョが踏みつける
怒りの断崖に始まり
宴席を取り仕切り
出席者を祝福し
暗い貪欲と
どす黒い淫欲と
強欲とを抱えこんだ
その真の顔を覆い隠す
髭面のセニョールどもの
家父長制の仮面に至るまで
都市の冷酷なげっ歯類
恐るべき虎ども
人肉愛好家どもによる汚い仕事
奴らの得意技は
闇に沈んだ人民を狩ること
大地の奥底の片隅に
見捨てられた人々を狩ること

おすまし野郎 *

家畜小屋かごみ溜めか
瘴気漂う酒場に
尊大なる腐敗の申し子
膿から生えた青い花がいた

チリの《おすまし野郎》こと
ラウル・アルドゥナティージョ
(インディオ殺害犯どもの手を借りて
雑誌業界を制覇したコンキスタドール)
気障を極めた大将　ビジネスの帝王
文学を金で買い取り
教養人を自称する野郎
サーベルを金で買い取り兵士を名乗る野郎
だが人としての清さまでは買えず
しかたなく毒蛇のように唾を吐く

哀れなるアメリカ大陸が
血の市場で転売にかけられる
売りさばくのはサンティアゴで育った
ミナス・ジェライスのサロンで育った
埋もれていた青二才ども
《優雅》を勝手に気取り
《サロン外交》で騎士道を実践し
愚にもつかぬ胸フリルを着飾り
墓地でゴルフクラブを振りまわす馬鹿者
哀れなるアメリカ大陸が
ぽっと出の成金どもに
己の顔を偽造する輩に覆われ
いっぽう下では真黒な風が
倒れた心臓をさらに傷つけ
そして石炭の英雄は
貧者の納骨堂へ転がり落ち
悪臭に吹きさらされ

暗闇に覆われ
残された七人の飢えた息子たちが
道に放たれるのだ

阿諛追従の輩　＊

圧政の青い濃厚チーズから
ウジ虫がもう一匹朝を迎える
もみ手の得意な阿諛追従の輩が

汚れた手を称えるべく
調教された卑怯者ども
雄弁家やジャーナリスト
ある朝なぜか宮殿に呼ばれた彼らは
君主の排泄したものを
熱心に頬張り
君主の一挙手一投足を
じっくりと考察し

水を濁らせ
化膿した沼で魚を釣る
その名はダリオ・ポブレーテ
あるいは《コーク》ことホルヘ・デラモ
（こいつのことはどう呼んでも同じ
マチャドがメリャを暗殺させ
中傷したときに
そのそばにいた奴だ）

ポブレーテならメリャの暗殺事件を
こう書いたろう《ハバナの現代版ペリクレス》が
《邪悪なる敵》を倒したと
やがてポブレーテは色々なものを舐める
トルヒーヨの馬の蹄鉄を
モリニゴの馬の鞍を
そしてガブリエル・ゴンサレス・ビデラの尻の穴を

つい昨日まで馬の骨だった

こいつら阿諛追従の輩が
嘘をつくために雇われ
処刑と略奪を隠ぺいするために雇われ
そして今やその卑怯な筆を
ピサグアの苦悶に
何千人もの男と女の
痛みの上に振るっている

苛まれた我らの黒い地表で
暴君どもは必ず
ぬかるんだ大卒の馬鹿を見つけ
彼らに嘘を言わせ
書かせてきた《冷静きわまる君主
祖国の建造者　我らを統治する
大宰相》そしてその卑猥なインクから
泥棒どもの黒い鉤爪はいつも滑り落ちる
チーズが賞味期限切れとなり
暴君が地獄に落ちると

ポブレーテの奴は姿をくらまし
《コーク》ことデラモの奴は雲隠れする
ウジ虫は糞だめに帰還し
遠ざかった汚辱の車輪が
新たな暴政を運ぶのを待ち
そして次の暴君に狙いを定めると
新たに書き上げた文章を手土産に
にやつきながら現れるのだ

だからこそ人民よ　誰よりもまず
ウジ虫に気をつけよ　奴の魂を破壊せよ
踏み潰された奴の体液が
ネバネバのどす黒い塊が
奴らの最後の言葉と化して
地上から一掃されねばならない

ドルの弁護士　＊

アメリカ大陸の地獄よ
毒に浸かった我らのパンよ
お前を裏切るかがり火にはもう一枚舌がある
それは外国の企業に仕える
地元の弁護士どもだ

己の祖国の奴隷たちの
足枷を溶接するような連中
経営者どもの身分を盾に
我らの破れ果てた旗を
偉そうに見下ろしながら
蔑むように歩き回る連中

ニューヨークから
帝国の先遣部隊がやってくる
エンジニアが　会計士が
測量技師が　専門家が
征服した土地を吟味する

錫　石油　バナナ
硝石　銅　マンガン
砂糖　鉄　ゴム　土地
すると一人のうす暗い小人が
黄色い笑みを浮かべて現れ
やってきた侵略者たちに
優しく助言するのだ
ここの土着民に
そんな大金を払う必要は
まったくありません
ここの給与水準を引き上げるのは
ちょっとまずいんじゃないでしょうか
こいつらのような下層民　混血野郎に
そんな大金を与えても酒に消えるだけ
なんてもったいないことでしょう
こいつらは原始人　獣並みなんだ
私はよく知っているんです
そんな大金を出してはいけませんよ

男は彼らに採用され下僕の制服を与えられる
アメリカ人の格好をし
アメリカ人のように唾を吐き
アメリカ人のように踊り　そして成り上がる

男は車と酒とメディアを手中に収める
判事や国会議員に選ばれる
表彰されて大臣になる
政府にも顔が効く
誰が買収可能かを知っている
誰が買収されたかを知っている
媚びへつらい　買収し　勲章を授け
お世辞を言い　微笑し　脅迫する
そして共和国から血を吸い上げて
それを港から送り出すのだ

諸君は問うことだろう　このウィルスは
この弁護士は　この汚物の酵母は

我らの血で膨れ上がった
この吸血シラミは
いったいどこにいるのかと
奴はエクアドルの低地や
ブラジルに住んでいるが
アメリカ大陸の中央の帯も
奴の住み処である

チュキカマタの峻嶮な山にも
奴を見つけることができる
奴は富の匂いを嗅ぎつければ
山にも登るし崖にも降りていく
法規集と対応策マニュアルを小脇に抱え
我らの大地を盗みに行くのだ
プエルト・リモン
シウダー・トルヒーヨ　イキーケ
カラカス　マラカイボ
アントファガスタ　ホンジュラス

奴は我らの兄弟を牢屋へ送る
同胞を告発する
小作人を排除する
アシエンダの主に判事を紹介する
警察と棍棒とライフルを
かつての己の家族へ差し向ける

記念碑の除幕式があれば
タキシードを着飾り
ちゃらちゃらと駆けつけて
こんなことを言う　**皆さん**
祖国とは人の命よりも大切な
我らの母であり国土なのであります
祖国の秩序を守りましょう
新たな刑務所と監獄を作りましょう

そして《愛国者》として輝かしい死を迎える
上院議員　貴族　著名人として
ローマ法王から勲章を授かり
名門　財界人　大物として死んでいく
いっぽう悲劇の家系につながる
我らの死者たち　すなわち銅に
手を沈め　深く厳しい大地を
手で引っ掻きまわし
殴られ忘れられ死んでいく人々は
粗末な棺に
そそくさと詰め込まれ
十字の標識には名前と番号が一つずつ
それもやがて風がなぎ倒し
英雄たちの人数さえ消し去る

外交官（一九四八年）＊

君がルーマニア生まれの馬鹿なら
引き続き馬鹿の人生を歩むしかない
君がアビニョン生まれの馬鹿なら

その馬鹿ぶりは学校でも
農場の生意気な子どもたちのあいだでも
フランスの年老いた石たちにも知られているはず
だが君がチリ生まれの馬鹿なら
今すぐ大使に任命されるだろう

名前は馬鹿の何某とでもしておこう
馬鹿のホアキン・フェルナンデス
セニョール馬鹿とでもなんとでも
可能なら立派な顎髭をたくわえよう
それさえ心がけておけば後は簡単
今すぐ《外交の舞台》に登場だ

それからもったいぶって
大統領の信任状を
仰々しく捧げて演説をぶつ
台詞は適当　さあさあ　**お車を回して**
えー　陛下におかれましては　あー
好意的な　あー　お言葉を頂戴し　いー

声は重々しく　そして
乳牛みたいな安心感を醸し出し
トルヒーヨの使節とも
お互いに勲章を授け合うこと
逢引き部屋の管理は慎重に
(君なら分かるだろう
縄張りをめぐる交渉では
常に駆け引きが求められる)
一昨日《おととい》の朝飯の最中に読んだ
説教臭い新聞の社説を
少々わざとらしく盛って
《機密事項》として報告すること

いわゆる《社交界》の
いわゆる《大人の世界》に加わり
あちらの国の馬鹿どもとつきあうこと

銀製品は買えるだけ買うこと
何かの周年パーティーでは
ブロンズの馬のそばで
何でもいいから話せ　えへん　**この絆は**
あー　えへん　んー
えへん　子々孫々の代まで
えー　民族は　えへん　**純粋にして**
きわめて神聖なる　えへん　えへんえへん
とにかく気楽に　心配は要らない
君もチリの立派な外交官になった
勲章だらけの天才的な
お馬鹿さんにね

娼館　＊
繁栄から生まれた娼館
札束の旗の
下を流れる
敬うべき
資本の下水道
時代の船の最下層
　　　いち早く機械化されたのは
ブエノスアイレスの
髪の毛に絡む売春宿だった
カネが水瓶の歩みを見張り
つる草までを絡み取る
悲惨な都市部から
辺鄙な農村から
新鮮な肉体が運ばれてくる
田舎の人買いが冬の夜に
村々を馬車で回り
家々の扉を叩く
呆然とした少女たちが
売人から売人の手へ渡り
ついには大金持ちの手のなかへ
のんびりした田舎の娼館では

地元のアシエンダの主どもが
――ワイナリーの独裁者が――
今にも死にそうなおぞましい喘ぎで
性病にかかった夜の空気を脅かす
片隅にはひっそりと
娼婦たちの群れ　移り気な
亡霊たち　死のトンネルを
旅する女たち　お前たちは奪われた
汚れた網にかかってしまった
二度と海を見ることもかなわない
お前たちは狙いをつけられ狩られた
生のもっとも輝けるものを
すべて失った死の淵に立ち
影をひたすら壁に滑らせる
地上に伸びるこの壁は
ある場所に向けて伸びる
死という一点を目指して

聖ロサの行進（一九四七年リマ）＊

大勢の人々が
聖像を担いでいた
群衆のつくる尾が
海が流れ出すように
紫の燐光を放っていた

跳ねながら踊る人々
くぐもった祈りの呟きに
揚げ物の爆ぜる音と
物悲しい小太鼓の音

紫の胴着と
紫の靴と帽子が
大通りを紫に染め
まるで膿の噴き出した
病気の川のような流れが

大聖堂のご利益もない
ステンドグラスを目指していた
立ち込める香の煙と
立ちならぶ蠟燭の炎
とてつもない陰鬱が
密集した人の川の
催淫性の潰瘍に重なり
見ていて目が痛んだ

太った大地主が見えた
白い聖衣に大汗をかき
うなじに流れる
聖なる精液の粒を拭っていた

不毛の山から来た
みすぼらしいウジ虫を見た
器に顔を隠したインディオを
可愛いリャマを連れた

牧童を　教会の道具部屋で
辛辣な顔の娘たちを
青く飢えた顔つきの
村から来た教師たちを見た
赤紫のネグリジェを着た
陶酔顔の踊り子たち
黒人たちは見えない太鼓に
足を叩きつけていた
ペルー中の人々が胸を叩いて
その気取ったおばさんの像を
一心に見つめていた
青と空色とピンクに塗られ
汗臭い空気に膨らみ
砂糖漬けの船に
頭を載せた女を

スタンダード・オイル社　＊

削岩機が深海の岩礁に
第一歩を切り開き
その容赦ないはらわたを
海底のアシエンダに沈め
死んでいたはずの歳月と
過ぎ去った時代の目と
閉じ込められていた植物の根と
硬い鱗に覆われた地層が
液状になったそのとき
冷たい水と化した火が
チューブを伝って上り
水中の税関を通過して
闇に包まれた深海の
元いた世界を脱してみれば
そこには白い顔をした技師と
所有者の債権が待ち構えていた

石油の道が直線ではなく
なめした皮の層が石油たちの
沈黙の場所を次々に移動させ
大地の腹から別の腹へと
その領域を動かしても
プラットフォームの配管が
そのパラフィンの枝を揺さぶるときは
そこにはもうスタンダード・オイルがいた
彼らの法律家と彼らのブーツが
彼らの小切手と彼らの小銃が
彼らの政府と彼らの囚人がいた

その太った皇帝たちは
ニューヨークに住んでいる
物腰穏やかでにこやかな人殺し
彼らは絹とナイロンと葉巻とくるみ割りを買い
ついでに独裁者も買い上げる

彼らは国を　人民を　海を買う

警察を　地方議会を買う
貧しい人々がトウモロコシを育てている
遠い辺境の土地を買い上げる
そこにはまた金の亡者もいる
スタンダード・オイルは彼らの目を覚まし
制服を着せ　そして指示をする
どの兄弟が敵なのかを教える
こうしてパラグアイの男が牙をむく
こうしてボリビアの男がジャングルで
機関銃を撃ち自らの体を傷つける

石油一滴のために
暗殺された大統領
何ヘクタールもの
抵当にされた土地
光も死ぬ石のような朝の
速やかな銃殺刑
生き延びた人々の
新たな収容所はパタゴニア
石油に濡れた月明かりに響く
裏切りの声と銃声
首都では大臣が巧みに
とり替えられ　油の波のような
ざわめきが聞こえたら
闇から鉤爪が伸びてくる
雲間に　波間に
君の家に
スタンダード・オイルの文字が
その支配域を明るく照らし出す

アナコンダ・コッパー・マイニング社＊

その名が蛇のようにとぐろを巻く
飽くなき牙よ　緑の怪物よ
分断された高原の
我が国の木もまばらな山の

地に穴を穿つような
硬い月の下で
お前は鉱物に
月のクレーターを開き
いまだ人を知らぬ銅をこじ開け
そこを花崗岩の砂で覆う

チュキカマタの　高原の
あの果てしない夜に
生贄の炎が燃え上がるのを見た
一つ目のキュプクロスが
チリの男たちの手を　全体重を　腰をむさぼり
パチパチと爆ぜながら溢れ出し
男たちをその銅の脊椎で
きりきりと締めあげ
温かい血を搾り取り
頭蓋骨を粉砕し
荒れ果てた砂漠の山に
吐き出していた

星降るチュキカマタの高みで
風が唸りをあげる
掘られた縦坑は
ちっぽけな人の手を酷使して
地球の抵抗を押さえつける
その喉元からは
硫黄の鳥が飛び散り
金属の冷たい鉄分が
不気味な傷を見せつけ蜂起する
サイレンが鳴り響けば大地が
クレーターの口で
ずらずらと整列する
極小の人間たちを飲み込んでいく
ちっちゃな隊長たちを
私の甥っ子たち　私の息子たちを
そして銅の延べ棒が

海へと運ばれ
男たちが額を拭いながら
悪寒に震えて戻ってくると
巨大な蛇は彼らを喰らい
彼らを摩耗させ粉砕し
彼らを邪悪な涎で覆い
彼らを道端に遺棄し
彼らを警察に殺させ
彼らをピサグアで腐らせ
彼らを閉じ込め唾を吐きかけ
裏切り者の大統領を買収して
彼らを罵倒させ追跡させ
平原で飢えさせて殺し
巨大な砂漠に押し殺させる

鉱山の木からつくられた
ただひとつの貴重な薪が
地獄の木材と化し
十字架に姿を変える

ユナイテッド・フルーツ社　＊

ラッパが鳴り
地の用意が整ったとき
神は世界を分け与えた
コカコーラ社とアナコンダ社に
フォード・モーターズとその他の社に
そしてこのフルーツ社には
もっともジューシーな部分がとっておかれた
そこは我が大地の中央の浜辺
アメリカ大陸のたおやかな腰だ
それらの土地は新たに
《バナナ共和国》と名付けられた
そして眠っていた死者たちの上で
偉大さと自由と旗とを
自らの手で勝ち取り死んでいった

英雄たちが不安げに見つめるなか
道化芝居が始まった
奴らは人々の意志を錯乱させ
シーザーの冠を贈呈し
人々の羨望を露出させ
蝿どもの独裁を呼び寄せた
トルヒーヨ蝿にソモサ蝿
カリーアス蝿にマルティネス蝿にウビコ蝿
貧しい人々の血とマーマレードで
べたべたでぬるぬるになった蝿ども
人民の墓場の上を
ぶんぶんと飛び交う蝿ども
サーカスの蝿ども　暴政には
やたらと詳しい蝿どもを呼び寄せた

残忍な蝿どもの縄張に
フルーツ社が船を停め
コーヒーと果物をかっさらい
我らの沈める大地の
宝を満載した皿が
海を引き返した

その間　砂糖を漬け込んだ
港の海底には
朝もやのなかで
インディオの死体が折り重なっていた
死体が　名前もないモノが
単なる数字が転がる
腐り落ちた果実が
汚泥のなかで淀む

土地と人々　＊

猛獣の骨のように
大地に埋められた
かつての土地の所有者

エンコミエンダの
迷信深い後継者
憎しみと鉄条網に
閉じ込められた
暗い大地の皇帝

柵のなかで人の
おしべは窒息し
子は生きたまま埋められ
パンと言葉も与えられず
小作人の印をつけられ
飼育場に閉じ込められ
不幸な農奴は哀れにも
藪のあいだに縛り付けられ
存在すらも否定され
野蛮な農場の影に生きる
お前は本をもたぬ無気力な肉となった

やがて思慮を欠く骸骨になった
一つの命からまた別の命へと買われ
白い扉に拒絶され
悲しみのなかで悲痛な音をかき鳴らす
ギター以外に愛するものをもたず
湿ったつむじ風のように
束の間輝くダンスを踊った

しかし人の傷は
農場に留まらなかった　その傷は
より遠くで　より近くで　より深く刻まれ
都市で　宮殿のすぐそばでも
ハンセン氏病の長屋が
汚物にまみれ
壊疽にかかり何かを咎めていた
タルカワーノで見たことがある
悪臭漂う曲がり角の向こう
山裾の灰色の水たまりに

貧困の汚辱の花びらが
咲き乱れていた
堕落した心臓の塊
海底の夕暮れの影に
ぱっくり開いた膿疱
ぼろ着をまとった傷
殴られ続け他人を信じなくなった
その年老いた実体を見た

硝石と腐った塩に濡れた
ネズミの棲む洞穴のような
細長い家に入った
飢えた人々が
歯の欠けた闇が這い回り
邪悪な空気の向こうから
微笑もうとしているのが見えた
我が人民の痛みが私を貫いた

まるで鉄条網のように
魂に絡みついた
心臓が痙攣した
道に出て叫んだ
煙に包まれて泣いた
家々の扉を叩くごとに
ぎざぎざのナイフで刺される気がした
かつて星のごとくに愛したその
無気力な顔たちに呼び掛けると
彼らはその虚無を見せつけた

そのとき私は兵士になった
暗い認識番号に　軍隊に
戦う拳の部隊に
知性の編隊に
数えきれない時間の隊列に
武装した木に　地に伸びる
人の不滅の道になった

そして私は見た　我々がどれだけの数なのかを
どれだけの人々が私のそばにいるかを見た
それは他でもない世のあらゆる人だった
彼らに顔はなかった　彼らは人民だった
金属だった　道だった
私は世界を訪れる春に
足並みを合わせて歩きだした

物乞い ＊

大聖堂の壁にへばりつくように
彼らの足が　塊が　黒い眼差しが
ガーゴイルのように痩せこけた体が
穴だらけの食料缶が
近づいてきた
そして石でできた
堅牢なる聖地から

道に花となって溢れ出した
すばらしい悪臭を放つ流浪の花だ

枝や根を痛めつけられた木々と同じく
公園にはいつだって
物乞いがいる
庭のすぐ足もとで奴隷が暮らしている
人のなれの果てのようなゴミと化し
その汚らしい場違いを許され
死の箒で掃かれるのを待つ
慈悲の心は彼を
ハンセン氏病の地の穴へと埋める
彼は我が時代の人間の手本なのだ
彼は踏みつけることを学ぶべきだ
軽視の沼に人類を沈め
敗者の制服を人類に着せ
人類の額を靴で踏みつける方法を
少なくとも彼は人類を

同じ自然の産物として理解すべきだ
アメリカ大陸の物乞いよ
一九四八年の息子よ
大聖堂の孫よ　私はお前を崇めない
書物がお前を正当化するように
ここで記すお前の姿に髭の王や
象牙の箱を加えるつもりもない
私は希望を抱いてお前の姿を消そう
我が組織された愛にお前が入ることはない
わが胸にお前とお前の仲間が入ることはない
落ちぶれたその姿に
唾を吐きかけお前を創った者たちもだ
私はお前という粘土を大地から遠ざけ
金属でお前をもう一度組み立て
剣のように光り輝かせてやる

インディオ　＊

インディオが己の皮膚から
古《いにしえ》の広大な地底へ逃げ　そこからある日
島のようにせり出してきた　打ちひしがれ
見えない空気と化し
大地を徐々にかき分け
秘密の印を砂に撒いた

かつて月をすり減らした者が　世界の
謎めいた孤独に櫛を入れた者が
戴冠した風吹く石の高みでも
立ち上がらずにはいられなかった者が
かつてその巨大な木立の下で
天上の光のごとくに生きた者が
ふいに自らすり減り糸と化し
何本かの皺と化して
その激流の塔を粉々に砕き
ぼろ着の包みを受け取ったのだ

私はアマティトランの
磁気を帯びた高みで
貫き難い水の岸辺を嚙む彼の姿を見た
私はある日ボリビアの山の
鳥と根の残骸の散らばる
気圧されそうな威容を歩いた
　　　　私は見た
とてつもない詩を書く我が兄弟
アルベルティがアラウコの地で
エルシーリャのように彼らに囲まれて
ただし遠い日のあの赤い神々ではなく
死者の蒼ざめた輪に囲まれて泣くのを見た

さらに彼方　フエゴ島の
野生の水の網のなかで狼が
おお髪を振り乱した彼らが
粗末な丸木舟に乗り込んで
大洋のパンを乞いに行くのを見た

こうして彼らの不毛の領土は
繊維一本ずつ潰されていった
そしてインディオを狩る者は
殺した彼らの頭を運ぶごとに
空気の主から　南極の雪の孤独をも
支配する王たちから汚い札束を受け取った

この犯罪に出資した奴らが今
国会で多数議席を占め
大統領府で婚姻届けを提出し
大司教や経営者と仲良く暮らし
かつて南部の土地の主だった人々の
切り裂かれた喉からは花が生えている

すでにアラウカニーアでは
戦士の羽根飾りも酒でしおれ
居酒屋の汚い顎に齧られ

彼らの王国を盗むのに精を出す
弁護士どもの手で黒ずんでしまった
そして銃を大地に撃つ奴らが
かつて我ら固有の岸辺で
輝かしい剣闘士が
守り抜いた道に
銃をぶっ放して商売をしに来た奴らが
《平定者》などと呼ばれ
どんどん肩章を付けられていった

こうして敗れたインディオは
自らが受け継いだ土地の侵食も
見ることなく　旗を見ることもなく
駆けだし血にまみれた矢を転がすこともなく
少しずつ毟り取られていった
政府高官　盗人　アシエンダの主
あらゆる者が彼らの甘美な帝国を簒奪した
あらゆる者が彼らの毛布にくるまった

そしてついには彼らを血だらけにし
アメリカ大陸最果ての泥沼に追いやった

そして薄く広がる緑の層
枝葉の茂る果てしなく清い空
花崗岩の重い花びらで作った
南部の不滅の住み処から
引き離され　粗末な小屋へ
貧困うずまく下水道へ移された
金色の胸板と白い腰をもつ
その輝く裸体は
肌に露を落とす
鉱物の装飾をはぎ取られ
ぼろ着の糸に押し込められ
死者の履くズボンが与えられ
その威厳はかつて我が物にした
彼らの世界の凪にさらされたのだ

責め苦はこうして実行に移された

この事実は　裏切り者の出現や
感知し難い癌と同じで　目に見えなかった
そしてついに我らの父は疲れ果て
亡霊同然の生活に慣れてしまい
用意された扉にのみ入るようになった
それは他の貧しい者たちの入る扉
大地のあらゆる鞭打たれた者たちの扉

判事 ＊

ボリビアでも　ニカラグアでも
パタゴニアでも　各地の都市でも
君が正しかったことは一度もなかった
貧困の杯よ　アメリカ大陸の見捨てられた子よ
君は何も持たない　法もない
土地を　トウモロコシ畑のある家を

君のために守ってくれる判事はいない

かつての鉤爪やナイフの夢が忘れられ
君のためのカースト制がやってきた時
つまり君の主の家柄がやってきた時
法がやってきて君の空を丸裸にし
君が愛した農地を根こそぎ奪い
川の水にまで所有権が争われ
君の木々の王国は盗まれた

君は存在を証明され
シャツに印を押され
心臓を書類で包まれ
冷たい法で葬られた
荒れ果てた悲惨な辺境で
目を覚ましてみると
貧しく孤独で住む場所もなく
独房に放り込まれ　縛られ

貧者の集う水たまりから
逃げないよう手錠をかけられ
もがきながら溺れていく

君のような者たちが解放し
そのために死んでいった青い地表
その全域に善良な弁護士どもがいる
彼は君に条文四〇〇番を読み聞かせる
彼は君に条項第三段落を読み聞かせる
彼は君に手持ちの遺言補足書に従って指示をする
上訴の機会もなく残るのは疥癬病みの犬のみ

君の血が言う
なぜ金持ちと法は結託したのか？
どんな硫黄と鉄の糸で結ばれたのか？
貧しいものだけがなぜ裁かれるのか？
貧しい子たちにはあまりに辛いこの大地
石と苦痛の乳をのませるしかない子たち
この大地はいかにしてつくられたのか？
それはこういうわけだ　この詩に書いてある
多くの命が私の額に書き込んだのと同じことが

三◆

広場の死者（一九四六年一月二十八日チリのサンティアゴ）

彼らが倒れたこの場所へ泣きに来たのではない
私は君たちに会いに来た　生きている諸君と会いに来た
君と私のもとへ　そして君の胸を叩きにきた
彼らは倒れた　覚えているか？　ああ覚えているとも
我らと同じく姓名のあったあの人々のことを
サングレゴリオで　雨降るロンキマイで
ランキルで風に吹かれ
イキーケで砂に埋められ
硝石原から太平洋の群島まで

海と砂漠のあちこちで
煙と雨の舞うなか
彼らは殺されていった
君と同じくアントニオと名のった者が
君と同じ漁師が　君と同じ鍛冶屋が
チリの肉体が　顔が
風に切り刻まれ
硝石原に埋められ
苦悩の名を刻印された

祖国の壁という壁に
雪の上に　ガラス工場に
緑の支流の川下に
硝石と穂の下に
我が人民の血が見えた
その一滴一滴が火のように燃えていた

虐殺

しかしそのとき血は木の根に
隠され　拭われ　否定された
（あまりに遠い）南部の雨が大地から消し去り
（あまりに遠い）硝石が砂漠で飲み込んだ
そして人民の死はいつものようにされた
一人も死ななかったかのように
大地に落ちた石であるかのように
水に落ちた水であるかのように

北から南まで
死者が切り刻まれ焼かれ
闇のなかに埋葬された
夜中に密かに焼かれ
縦坑に山積みにされ
骨は海に捨てられた
どこにいるかは誰も知らない

墓すらなく
国中の根と根のあいだに散る
彼らの切り取られた指
彼らの銃殺された心臓
チリの人々の微笑み
硝石原の勇者たち
沈黙の隊長たち

殺し屋どもがこれらの体を
どこに埋めたかは誰も知らない
だが彼らはいつか地中から戻るだろう
人民の復活の瞬間に
そのこぼれた血を贖うため

この犯罪は広場の真ん中で起きた

藪は人民の清い血を覆い隠せず
硝石原の砂にも飲み込めなかった

誰もこの犯罪を隠せなかった

この犯罪は広場の真ん中で起きた

硝石の男たち

私はどす黒い英雄たちと硝石のなかにいた
その男は惑星の硬い外皮から
豊穣にして繊細な雪を掘る
私は彼の大地の手を誇らしく握った

彼らは私に言った
《なあ兄弟　俺たちはここで生きている
ハンバーストーン　マポーチョ
リカベントゥーラ　パロマ
パン・デ・アスカル　ピオヒージョでな》

そして彼らは見せてくれた
そのわずかばかりの食料品を
家々の土間を
太陽と砂埃とブラジルサシガメを
そして広大な孤独を

坑夫たちの仕事を見た
その手の皺と指紋はすべて
シャベルの束に摺り切れて
とうの昔に消えていた

地獄の子宮のような
縦坑の狭い奥底から届く
一本の声を聴いた
そのあと穴の上から
顔のない生き物が現れた
汗と血と土埃で
覆われた仮面が見えた

その男が言った《どこへ行こうとも
この苦しみを語ってくれ
兄弟よ　お前の兄弟のことを語ってくれ
この下の地獄にいる俺たちのことを》

死

人民よ　ここで君は決めた
硝石原で迫害される労働者に手を貸すことを
そして呼んだ　男を　女を　子どもを
一年前この広場に呼び集めた
　　　そしてここで君の血は流された
その血は祖国の真ん中で流された
宮殿の前で　道のど真ん中で
そしてみんながそれを見た
もはや誰にも消せなかった
惑星のごとく容赦ない

赤い染みが残された

チリ人とチリ人が
その手を硝石原に差し伸べ
指を　心臓を丸ごと差し出し
彼らの言葉がまとまりかけたそのとき
人民よ　君が
痛みと希望を抱えて
古《いにしえ》の涙の歌を歌おうとしていたそのとき
死刑執行人の手がやってきて
広場を血に染めたのだ！

旗はいかにして生まれるか

こうして今日に至るまで我らの旗はある
人民が慈悲の糸で縫い上げ
苦しみで繕った布がある

人民は焼けた手で星を突き刺した

そしてシャツを　青い天空を
祖国の星のために切り裂いた

赤が一滴ずつ生まれようとしていた

私は呼びかける

今日の午後は彼らと一人ずつ話すことにしよう
諸君は記憶のなかを一人ずつ集まってくるのだ
今日の午後　この広場に

マヌエル・アントニオ・ロペス

同志

リスボア・カルデロン
裏切った者もいる　我らは君の仕事を引き継ごう

アレハンドロ・グティエレス
君とともにあらゆる大地に落ちた
旗がいま立とうとしている

セサル・タピア
君の心臓はこの旗にあり
今日広場の風に脈打っている

フィロメノ・チャベス
君の手を握ったことはないが　それはここにある
死ですらも殺せぬ清い手が

ラモーナ・パラ
輝く若き星よ
ラモーナ・パラ　か弱きヒロインよ
ラモーナ・パラ　血にまみれた花よ
我らの友　勇敢なる心臓
模範的な少女　金色の戦士よ
我らは君の名にかけてこの戦いを続けることを誓う
散った君の血から花が咲くまで

敵

彼らはここに火薬の詰まった小銃を
運んできた　彼らは厳しい弾圧を命じた
彼らはここで歌っている人民と出くわした
義務感と愛から集まっていた人々と出くわした
そして痩せた少女が旗とともに倒れ
そばに笑みを浮かべた少年が傷ついて転がり
呆気にとられた人民は死者たちが
怒りと苦痛とともに倒れていくのを見た
そしてその場所に
殺された人々が倒れていた場所に
落とされて赤い血に染められたあの旗は
人殺しどもの前に再び掲げられるだろう

これらの死者のために　我らの死者のために
私は罰を求める
祖国を彼らの血で汚した者どもに
私は罰を求める
この死の命令を下した冷血漢に
私は罰を求める
この犯罪を踏みつけて成り上がった者に
私は罰を求める
苦悶の命令を下した者に
私は罰を求める
この犯罪を擁護した者に
私は罰を求める

奴らの血に染まった手を
握るつもりはない
私は罰を求める
奴らが大使になるのも望まない
奴らの平和な暮らしも望まない
奴らがこの広場で
この場所で裁かれるのを見たい

私は罰を望む

彼らはここにいる
彼らがここにいるかのごとくに呼びかけねばならぬ
兄弟姉妹よ　我らの戦いが
これからも地上で続くことを知れ

工場で　農場で

通りで　硝石原でなおも続くことを

緑と赤の銅のクレーター
石炭とその恐るべき洞穴
我らの戦いはあらゆる場所に及ぶのだ
そして我らの胸にはこの旗がある
諸君の死を見届けたこの旗が
諸君の血で染まったこの旗が
果てしなく続く春の若葉のごとく
いずれ無数に翻るのだ

いつまでも

人の足が千年かけてこの地を踏もうとも
ここに倒れた人々の血を消すことはできぬ
何千何万の声がこの沈黙に通おうとも
諸君が倒れた時刻だけは消えることはない

雨は広場の石を今後も濡らすだろう
だが諸君の火で書かれた名を消すことはできぬ
千の夜がその黒い翼を降ろそうとも
ここの死者が待つ夜明けを破壊はできぬ

世界中でかくも多くの人々が待つその日は
苦痛に終止符が打たれる日だ

戦って勝ち取る正義の日だ
そして倒れた諸君　君たち兄弟姉妹は
黙ったまま我らのそばに立つことだろう
その長い最後の戦いの日　その素晴らしい日に

四◆

一九四八年の年代記（アメリカ大陸）

災いの年よ　ネズミどもの年よ　汚れた年よ！
大洋と空気の岸辺に沿い
お前がつくりだすその線は
嵐で張り詰めた針金のごとく
高貴で金属的である
だがアメリカ大陸よ　お前は
夜でもあり青くぬかるんでもいる
沼地と空が　踏みつけられた
心臓たちの苦悶が
お前の船底の沈黙で潰れた
黒いオレンジのように淀む

パラグアイ ＊

荒れ狂うパラグアイよ！
清い月が
金色の幾何学の
紙を照らしたのは
何のためであったか？
荘厳なる数字と
隊列から受け継いだ思想は
何のためであったか？

腐り果てた血があふれる
この深い穴のためか
死により奪われた
この春分の肝臓のためなのか

パラフィンの池の
牢獄に君臨する
あのモリニゴのためか
密林の哀れな死者たちの上では
電気の火花を散らすハチドリが
真紅の羽根を飛翔させ
きらめかせる

災いの年よ　しおれたバラの年よ
小銃の年よ　見よ　眼下に
まぶしいばかりの
アルミの飛行機が光る
甲高く乾いた銃声が聞こえる
お前のパンを　大地を　くたびれた群衆を見よ
お前の絶たれた血統を見よ！
　　遥か天空から
あの緑と灰色の谷間をお前は見ているか？
蒼ざめた農地　ぼろをまとった鉱山を
小麦のような
沈黙と泣き声が落ち
絶えることのない邪悪の地に
　　生まれ落ちるのを見ているか？

ブラジル　＊

ブラジルのドゥトラ
熱帯の瘴気を吸い
苦い枝を食い肥えた
恐ろしい七面鳥
我らがアメリカ大陸の月が照らす
黒い沼に住むヒキガエル
金ボタンに
黄ばんだ灰色のネズミの目
おお我らが哀れな飢えたる母の
内臓から生まれ落ちた王
あれほどの夢と
卓越した解放者から生まれた王
鉱山の穴にこぼれた大量の汗と
プランテーションが見つめた
あれだけの孤独から生まれた王
アメリカ大陸よ　お前はその
惑星規模の明瞭さに突如として
その爬虫類だけが住む奥地から
その汚らしい深奥と先史時代から

ドゥトラを引っ張り出して掲げたのだ
そしてこうなった！
　　　　ブラジルの
煉瓦職人たちよ　国境を叩け
漁師たちよ　夜に沖合いで
泣くがいい
いっぽう野生の豚の
小さな眼をしたドゥトラが
斧で印刷所を叩き壊し
広場で書物を燃やし
投獄し　追い詰め　鞭をくれ
ついには我らの闇の夜に
沈黙の帳が降りる

キューバ　*

キューバで人が殺されている！
すでにヘスス・メネンデスが
新品の棺桶に放り込まれた
彼は人民から王のように現れ
根と根を見つめて回り
通行人を呼び止め
眠れる者の胸を叩き
時代を打ち立て
壊れた魂をくっつき合わせ
そして砂糖を
血だらけのサトウキビ畑を
石をも腐らせる汗を立ち上がらせ
貧しい人々の台所を訪ね回った
元気か？　きちんと食べているか？
彼は人の腕に　人の傷に触れて
これらの人々の沈黙をキューバの
途切れがちでしわがれた一本の声にまとめた

彼を殺したのは一人の軍人
ある大尉殿　列車内で
《おい》と声をかけ
背中から彼を撃った
サトウキビのしわがれ声は
こうして沈黙した

中米　＊

災いの年よ　濃い藪の影の向こう側に
我らの大陸の
腰は見えるか？
　　　　蜂の巣のような波が
その青い蜂たちを岩場に打ちつけ
狭まった大地に
二重の海のきらめきが飛び交う……

鞭のごとくに細い地よ
傷のように熱した
お前のホンジュラスの足が
夜のサントドミンゴの血が
ニカラグアから見つめる目が
私に触れ　私を呼び　私を求める
だから私はアメリカ大陸の地を歩き
扉を叩いては話しかけ
縛られた舌たちに触れ
カーテンを開いて
この手を血に浸す
　　　　おお　我が大地の
痛みよ　おお　この大いなる
沈黙に鳴り響く今際の喘鳴《ぜんめい》よ
おお　長びく苦悶に喘ぐ人民よ
おお　すすり泣く腰よ

プエルトリコ　＊

ミスター・トルーマンが
プエルトリコ島にやってくる
　　　　　　　我らの清い海の青い水で
血に濡れた手を洗いにくる
彼はギリシャの二百人の若者の死を
命じたばかり
その機関銃は
精確に機能し
　　　　　　　毎日のように
彼の命令によってドーリスの頭が
ブドウとオリーブが
古《いにしえ》の海の目が
コリントの花びらが
ギリシャの塵に舞い落ちた
　　　　　　　殺し屋どもは
キプロスの甘い酒で
米国から来た工作員と
高笑いしながら

祝杯をあげ
その口髭からは
揚げ油とギリシャ人の血が滴った
トルーマンは我らの海へやってきて
異国の血で染まった
その赤い両手を洗う
大学では彼の言葉で
カスティーリャ語の口は塞がせて
命令を出し説教を行ない微笑む
あの国をガラスの川のように
朗らかに流れる
言葉の光を覆い
それから宣告する《プエルトリコは
自らの言語に死を》

ギリシャ　*

（ギリシャの血が
この時刻に流れ落ちる　丘の上で
その血は朝を迎える
　　それは塵と
石のあいだをつたう一筋の血
羊飼いが
別の羊飼いの血を踏む
　　それは山から
海まで伝っていく
一筋の細い糸
人がよく知り歌にもなったあの海まで）

…お前の大地に　お前の海に　目を戻せ
南の地の水と雪の明るさを見つめよ
そこでは太陽がブドウをつくり
砂漠は輝き　チリの海が
波頭を躍らせ湧き立っている…

ロタの沖に海底炭鉱がある
そこは寒い港町だ
南部のずっしりとした冬
ぽたぽたと屋根に落ちる雨
霧の色をしたカモメの翼
暗い海の底では人が
黒の領域をひたすら掘る
人の命は石炭のように黒く
ぼろをまとった夜であり
みじめなパン　辛い昼である

長らく世界を歩いてきた私だが
いかなる都市でも
いかなる路上でも
人がこれほど虐げられているのを見たことはない
十二人が一部屋で眠る
天井には名もなき品
ブリキの板とがれき

ボール紙と湿った紙が重なる
チリの寒い季節の霧のなかで
子どもたちと犬たちが
暖まるまで互いの身を
いつかまた飢えと闇に捕らわれる
その哀れな命を必死で寄せ合う

責め苦 ＊

再びのストライキ　給料は
足りず　女たちは台所で泣き
坑夫たちは
手を一つずつ重ね
痛みを結集させる
　　　　それは
海の下の湿った洞窟に
へばりついて掘り続ける男たちの
炭鉱の黒い土塊を己の血と力で
抜き取り続ける男たちのストだ
今度は軍が派遣された
夜中に家々が壊された
彼らは刑務所に追われるように
夜の炭鉱へ連行された　そのあいだ
とってあったわずかばかりの小麦と
子どもたちの米粒が押収された

それから家々の壁が打ち壊され
彼らは追放され　沈められ
包囲され　獣のように
印をつけられ　そして道中
痛みのエクソダスのなかで
石炭の隊長たちは
自分の子どもが追い立てられ
妻が蹂躙されるのを見た
何百という坑夫たちが
連行され閉じ込められた

冷たい南極圏のパタゴニアに
あるいはピサグアの砂漠に

裏切り者　＊

そしてこうした災いの頂点で
にやつくひとりの暴君が
裏切られた坑夫たちの希望に
唾を吐きかけていた
いずこの人民にも痛みはつきもの
いずこの戦いにも責め苦はつきもの
しかしどうかここに来て教えてほしい
数ある残虐な人間たちのなかで
憎しみを戴冠し
緑の鞭を杖がわりにする
あらゆる手に負えぬ専制君主のなかで
チリのあいつに匹敵する者がいるだろうか？
この男は自らの約束と自らの笑みを
自ら足蹴にして裏切った
このむかつく男は王の錫杖を自らつくった
自ら唾をはきかけた哀れな民衆の苦痛の上で
ダンスのステップを踏んだ

そしてこの男の汚い命令のせいで
すし詰めになった監獄に
傷つけられ侮辱された者たちの
黒い目が積み重なっていくあいだ
この男はビニャ・デル・マルで
宝石類とグラスに囲まれ踊っていたのだ

だが閉じ込められた黒い目たちが
黒い夜の向こうから奴を見つめている

いったい何をしてくれた？　貴様の言葉は
海底の炭鉱にいる兄弟には届かなかった
裏切られた者たちの痛みには届かなかった

貴様のもとへは人民に訴えて彼らを守る
あの炎の音節が届くことはなかったのか？

私は弾劾する　＊

そこで私は希望を
絞め殺したこいつを弾劾した
アメリカ大陸の隅々に呼びかけ
奴の名を不名誉の洞窟に
刻んでやった

　　　すると私が
罪を咎められた
買収され雇われた猟犬どもが
《政府の高官たち》が
警察が私に対する罵倒を
濃いタールで書き殴ったが
裏切り者どもがでかい文字で
私の名を記すあいだも壁は見ていた

そして夜がその無数の手を
人民の手と夜の手を動員し
我が歌へ無駄に投げつけられた
恥辱を綺麗に消し去ってくれた

すると奴らは夜中に私の家を
燃やしに来た（その火は連中を
送りつけた者の名を描いた）
判事までが結託して
私を罪に問い　居場所を探し
私の言葉を十字架にはりつけ
これら真実の言葉を罰しようとした

私がここで起きていることを
外に出て語ったりしないよう
チリの山々が封鎖された
メキシコがその門戸を開き
私を迎え庇護しようとしたが

トーレス・ボデ　哀れな詩人が
怒れる看守どもに
私を渡すよう命じた

それでも我が言葉は死なない
我が自由の心臓は弾劾をする

さあどうなる　いったいどうなる？
ピサグアの夜で　監獄で　鎖で
沈黙　悪に染まった祖国
この災いの年は　盲目のネズミどもの年は
この怒りと恨みの年はどうなる
お前は問う　私に問うているのか？

勝ち誇る人民
我が心臓はこの戦いに投じられた
我が人民は勝利するだろう

あらゆる人民がひとりずつ勝利するだろう
　　　　これらの痛みも
いずれはハンカチのように絞られ
そこから砂漠の縦坑や墓に流れた
人の犠牲の階段に流れた涙が落ちる
しかし勝利の時は近い
罰を与える手が震えぬよう
憎悪は今はしまっておけ
　　　　その時刻は
清い瞬間となって必ず訪れる
人民が晴々とした確かな足取りで
無人の通りを埋め尽くす瞬間が

だからここには私の優しさを置いておく
諸君は知っている　私にそれ以外の旗がないことを

五

チリの裏切り者ゴンサレス・ビデラ（エピローグ）

一九四九年◆

古《いにしえ》の山々から冷血漢どもは降りてきた
アメリカ大陸の災いの系譜を背負う穂
背が棘だらけの骨のような連中が降りてきて
民衆の貧困のあいだにどっしり腰をおろした
血が毎日のように奴らの飾りボタンを染めた
奴らは痩せぎすの獣のように山からやってきた
奴らは我らの黒い粘土を糧に産み出されたのだ
奴らはトカゲと虎のあいのこ　氷の君主だった
奴らは我らの洞穴と我らの敗北から飛び出した
我らの血が五十年かけて染めてきた街道から
あのゴメスの顎も掘り起こされたのだ

獣はその肋骨で地から光を奪った
死刑執行の後は米国大使のそばで
お茶を飲みながら口髭を撫でていた

怪物どもは邪悪だったが下劣ではなかった
　それが今
光がかろうじて清いものを照らす片隅から
アラウカニーアの雪に覆われた白い祖国までを
ひとりの**裏切り者**が腐った王座でにやけながら見ている

今や我が祖国を支配するのは下劣である

ゴンサレス・ビデラは己が売り渡した我が大地で
汚物と血にまみれた髪の毛を
振り回すネズミである
奴は日に一度ポケットから盗んだ金を取りだして
明日は誰の土地と誰の血を売ろうかと思案する
　奴はあらゆるものを**裏切った**
人民の肩にネズミのごとくちょろちょろと駆けあがると
我が国の神聖なる旗をガジガジ齧りながら
ネズミのしっぽを振ってみせた
そしてアシエンダの主に　外国人に

チリの下層土の所有者にこう言った
《こいつら人民の血を好きなだけお飲みあれ
締め付けについては執事の私にお任せあれ》
　　哀れなる道化
みじめなる猿とネズミのあいのこよ
ウオール街の金のポマードでしっぽを塗り固めた
お前はそう遠くない日に木から落ちる
そして見るからにおぞましい汚物に埋もれ
通りがかりの歩行者すら避けて通る存在になるのだ！

こういうわけだ　**裏切り**はチリ政府によるもの
裏切り者はわが国の歴史にその名を残した
ユダがされこうべの歯をむき出して
我が兄弟を売り
　　我が祖国に毒を盛り
ピサグアを建て　我らの星を潰し
あの清い三色の旗に唾を吐きかけたのだ

ガブリエル・ゴンサレス・ビデラ　ここにその名を記し
　ておく
時がいつか恥辱を消し去ってしまっても
我が祖国がいつか小麦と雪で照らして
奴の顔を綺麗に拭ってやったとしても
それでもなおこの本を開く人が　私がこれらの詩行に
緑のおき火のように託すこの遺産を敢えて求める人が
我が人民が拒絶した苦悶の杯をかつて運んだ
あの裏切り者の名を知ることができるように

人民よ　我が人民よ　運命は自ら切り開くのだ！
牢獄を破壊せよ　あなたを閉じ込める壁を倒せ！
宮殿でちょろちょろと指令を出す邪悪なネズミを
踏み潰すのだ　槍を暁に掲げよ
その頭上にアメリカ大陸の進む道を照らす
あの怒れる星を輝かせるのだ

六章　アメリカ大陸よ　その名を無駄に呼び出しはしない

上空から（一九四二年）◆

一

めぐりゆくもの　見定めにくい
空気　クレーターだらけの月
傷跡の上に撒かれた
乾いた月
破れたガウンの石灰質の穴
凍れる血管の末梢　石英の
小麦の　曙のきたす恐慌
秘密の岩石に延ばされた鍵
砕け散った南部の
すさまじい稜線
やたら長い地表の
背丈いっぱいに眠る硫酸塩
切り取られた光と
絶えず花を咲かす辛辣な枝と
どこまでも広がる濃密な夜
そのあいだを転がるトルコ石の技

二

殺し屋は眠る

男は帯をワインで染めている
そのとき居酒屋の神が
割れたグラスを踏み
もつれた夜明けの光をかき乱す
ちっぽけな娼婦のすすり泣きに濡れるバラ
豊穣なる日々の風がガラスのない窓から入り込み
そこで仕返しをされた男が靴を履いて眠る
ピストルの苦い匂いに包まれ
呆けた目を青色に染めて

三

海辺で

サントス　常軌を逸した楽園
背後には柔らかい黄金の川のごとく
うぬぼれた唾液をその余白に残す
バナナの甘酸っぱい香り
影と水と機関車から届く鉄の叫び声
汗と羽根とが形作る流れ
脈打つ腋の下から溢れるように
何かが焼けつく葉叢の奥から下りて走る
いっせいに飛び立つ羽音　かすかに聞こえる
泡の音

四

南部の冬　馬上にて◆

南極の拳に千回痛めつけられた
地の外皮を横切ったことがある
馬が南部の夜の冷たい石の下で
首筋から眠りに落ちてゆくのを
葉を散らした山の磁気に震え
始まりゆく蒼い頬を昇るのを感じた
私は霧の旅が行きつく彼方に詳しい
哀れな旅人のぼろ着にも詳しい
そして私には暗い砂以外の神はない
それは砂と夜との果てしのない背中
付き合いにくい昼に
やがて到来するのは
貧相な服に破壊された魂

五

犯罪

おそらくお前は夜に幾度もナイフを叫ばせ

血の足跡を経めぐらせてきた
幾度も踏みつけられた我らの十字の
孤高の刃《やいば》
もの言わぬ扉をどんどんと叩く音
殺し屋を飲み込んだ断崖や陽の光
そのとき犬たちが吠え狂暴な警官が
眠れる者たちをかきわけ
涙の糸を無理やり捻じ曲げ
ひきつる瞼を剥がしに来る

六

青春

道端に成るプラムの
酸っぱい剣のような香り
歯に触れる砂糖のキス
指のあいだを滑り落ちる命の滴

エロティックな果肉
脱穀場　干し草置き場　広い家屋の
秘密のいやらしい隠れ処
過去に眠るマットレス　上空から
隠されたガラスから見える険しい緑の谷
雨に打たれたランプのように
あらゆる若さが濡れながら燃え

七

気候

秋にはポプラの木から高貴な矢
新たなる忘却が落ちてくる
その清い毛布に足は沈む
苛立つ木の葉の冷たさは
濃厚なる黄金の泉であり
棘の輝きが天空のそばに

聳え立つ乾いた燭台を掲げ
黄色いジャガーが爪のあいだの
新鮮な水滴を嗅ぐ

八

キューバのバラデーロ

バラデーロが電気の岸にきらめくとき
アンティル諸島の腰が砕け
夜光虫と海水が一斉にぶつかり
燐光と月の果てしない光が照りつけ
死せるトルコ石が濃密な死体となり
暗い肌の漁師は金属から
海のスミレのとがった尾を取り出す

九

独裁者たち

サトウキビ畑に匂いが残る
血と体臭の混じり合った匂い
鼻を刺すむかつく匂いの花びらだ
ココヤシの木のあいだで墓はばらばらの骨と
くぐもった死者の喘ぎ声で満ちている
ほっそりした暴君が
杯とカラーと金モールを相手に話す
ちっぽけな宮殿が時計のように輝き
手袋をはめた短い笑いが
ときおり廊下を渡る
そして埋められて間もない青い口と
死んだ声が集まってくる
泣き声は植物のように隠され
その種が地面に落ちるともなしに落ち
光も浴びず大いなる盲目の葉を茂らせる
憎悪の鱗が沼地の恐ろしい水のなかで一枚ずつ

一発ずつ育ちやがてそこから
泥と沈黙に満ちた鼻面をのぞかせた

十

中米

血まみれの銃床のごとく凄惨な月が
鞭のごとく狂暴な枝が
引き剥がされた瞼に映る凶悪な光が
お前から声と動きを奪い　ひたすら呻かせる
お前から声と口を奪い　その傷を切り裂く
おお中央の帯よ　おお容赦ない
潰瘍の楽園よ
夜も昼もお前の痛苦が見える
昼も夜も鎖につながれた人々が
白人が　黒人が　インディオが
夜の終わりなき壁に

砕けた光る手で何かを書いているのが見える

十一

南部の飢え◆

ロタの石炭にすすり泣く影が見える
屈んだチリの男の皺だらけの影が
地の奥底の苦い鉱脈を突くのが　死ぬのが
生きるのが　辛い灰から生まれるのが見える
屈んだり伏せたり
黒い塵と炎のなかを
世界が出入りするかのように
そしてそれに続くのはただ
冬の吐き出す咳と
馬が進む黒い水　ユーカリの葉が
死んだナイフのように落ちる

十二

パタゴニア

凍れる領域の奥底
大洋の最果てに突き出した鼻面
黄昏に煙る洞穴で
アザラシが子を産んでいる
パタゴニアに棲む牛たちは
日中はとても目立つ
それは黒い巨魁　ずっしり重い蒸気
冷気のなかでその熱い柱を立て
寂寥の野を睥睨する

アメリカ大陸よ　お前は鐘のごとく荒漠である
その内側に充満する歌は空に昇ることもない
羊飼い　牛飼い　漁師
彼らのそばには人の手も耳もピアノも
人の頬もない　月が彼らを見守り
空間が彼らを膨らませ　夜が彼らを待ち受ける
そして今なお変わらぬ古《いにしえ》からの緩慢な朝がやってくる

十三

一輪のバラ

水辺に一輪のバラが見える
赤い瞼のちっちゃい杯が
風の音に支えられ立っている
葉叢からもれる光が泉に触れ
足の見えない孤高の生き物で
森を変容させる
空気は淡い色の衣をまとい
木はその眠れる威容を確立する

十四

一羽の蝶の生と死

ムソの蝶が嵐を渡る
春分のあらゆる糸が
エメラルドの凍った塊が
あらゆるものが一直線に飛ぶ
風が最後の一踏ん張りを終えた時
緑のおしべが雨のように舞い
驚いたエメラルドの花粉が昇る
しっとりと香る大ビロードが
嵐の淵の青い岸辺に降りてゆき
崩落した大地の酵母と混じり合い
落ち葉たちの祖国へと帰還する

十五

パンパに埋まる男◆

タンゴからタンゴに　もしこの
領土に　大草原に線を引けたなら
もう眠っている俺の口から
野生の穀物が芽を生やして
ここから草原の
馬たちの轟きや
怒れる嵐のような蹄が
この埋められた指の上を通る音が聞けるなら
俺の錯乱が愛したあの馬の疾走が見られるなら
唇のないこの口で種にキスをしてやろう
俺の両眼の痕跡を
植え付けてやろう
俺を殺してくれ　ビダリータよ
俺を殺してくれ　俺の体の隅々までを
ギターの弦のかすれた音みたいに撒いてくれ

十六

海の労働者たち

バルパライソで海の労働者たちから
招かれた　小柄で屈強な男たち
日に焼けた顔は太平洋の海図
莫大な海水のなかを走る
一本の海流　筋肉質の波
嵐のなかで海鳥が休む枝だった
半裸で痩せこけた　その小さく貧しい
神々のような男たちを見ているだけでわくわくした
彼らは海の彼方から来た別の男たちと競い合い息づい
　ていた
みな同じように貧しい港の男たちだった
スペイン人と中国人が同じ言葉を話していた
ボルティモアとクロンシュタットの言葉が聞こえた
彼らがインターナショナルを歌い出すと私も一緒に
　歌った
喉元にある歌が湧きあがり　思わず言いそうになった
《兄弟よ《エルマーノス》》
だが慈しみの感情だけが溢れて歌となり
それは私の口から出ると男たちの歌に混じり
　海へと消えた
彼らは私を受け入れ　その力強い眼差しで私を抱き留め
言葉には出さず　ただ私を見つめ歌い続けた

十七

一本の川◆

パパロアパンを遡りたい
かつてのように濃い土色の水面を
逞しい水の爪に触れながら
原初のガラスの支流が織り成す
あの母胎まで辿り着きたい

我が額を湿らせ
その秘められた露の塊に
我が皮膚と渇きと夢を浸らせる
銀色のバイオリンのような
サバロが水から跳ねる
岸には大気の花々
動かぬ翼たちは
青い剣に守られた
空間の熱にたたずむ

十八

アメリカ大陸

私は　私は囲まれている
スイカズラと荒地に　ジャッカルと稲光に
つながりあうリラの花の香りに
私は　私は囲まれている
日々に　月日に　私だけが知る水に
爪たちに　魚たちに　私だけが築く月日に
私は　私は囲まれている
鐘が方々に響く沿岸の
戦う細身の泡たちに囲まれている
火山とインディオの真紅のシャツが
人が裸足で葉と穂のあいだに
根と根のあいだに切り開いた道が
夜に私の足もとまでやってきて歩けと言う
秋のように
地に撒かれた真っ黒な血
密林では死の恐るべき旗
侵略者たちの散開する足音
戦士の叫び　眠れる槍の黄昏
不意打ちを喰らった兵士の見る夢
カイマンが呑気にぱちゃつく大いなる川
予期せぬ市長を抱くお前の新しい都市群
抑え難い習性をもつ鳥たちのコーラス

密林の腐った昼　夜光虫の
見守るようなきらめきの下
私はお前の腹のなかに生きる　お前の安らぎに
お前の凸凹の午後に　お前が生まれた子宮に
地震に　農民の悪魔に　雪渓から
舞い落ちる灰に　空間に
循環する清らかでとらえ難い風に
コンドルの残忍な鉤爪に
グアテマラのはずかしめられた平和に
トリニダードの　ラ・グアイラの
波止場の黒人たちのなかに私は生きる
あらゆる夜は我が夜
あらゆる昼は我が昼
あらゆる風は我が風
生き　苦しみ　立ち　悩む者すべてが私である
アメリカ大陸よ　私の歌の音節をつくるのは
夜でも光でもない
我が勝利のきらめきとパンをつくる
その強力な素材は大地である
我が夢は夢ではなく大地である
私は広大な粘土に囲まれ眠り
私が生きるとこの手から
豊穣な大地の泉が溢れ出す
私が飲むのはワインではなく大地である
隠された大地　我が口という名の大地
露に濡れた農耕の大地
光り輝く豆の嵐
穀物の血統　金の穀倉である

十九

アメリカ大陸よ　その名を無駄に呼び出しはしない

アメリカ大陸よ　その名を無駄に呼び出しはしない
私が剣を胸に抱えるとき
魂の雨漏りを耐え忍ぶとき

お前の新たな朝の光が
窓から私を貫くときに私は
私を生み出す光となる　私を生み出す光のなかにいる
私の姿を定める影のなかで生きる
お前を凝縮した夜明けのなかで眠り目を覚ます
私はブドウのように甘いもの　恐ろしいもの
砂糖を導くもの　そして罰
お前の種の泡に濡れ
お前の遺した血を糧に育つ

七章　チリの大いなる歌

永遠◆

乾きたての大地に宛てて
咲きたての花と花粉とモルタルに
石灰岩のドームがその丸い空虚を
清い雪に届けるクレーターに宛てて書く
地の底から出てきたばかりの鉄分を含む蒸気が
かすかに運ぶものについてふと意見を述べる
いまだ自らの姓を知らぬ草原に
ちっぽけな苔の泡や焼けたおしべに
雌馬が燃える茂みに語りかける

私はどこから来たのか?
絡まりあい　縮れあい　壊しあい
叫びながらこぼれ　夢見ながらあふれ
はい上がり　木の砦をつくり
沈みこみ　銅の細胞を縛り
川の支流に飛び込み　地中の石炭の
種族に屈し　ブドウの緑の闇できらめく
これらの青い初産の素材から来たのか?

夜になると川のように眠り
なにかを絶え間なく渡りながら壊し
泳ぎゆく夜をかきわけ　時刻を
光に掲げ　石灰が払いのけた
まだ見ぬイメージに触れ　青銅を伝い
鍛えられたばかりの滝へと至り
川が集まる道では沈んだ西半球が
咲かぬバラを除いて届けたものに触れる
大地は蒼ざめた瞼を積み上げた大聖堂だ
破片を運ぶ烈風にいつまでも結ばれ
丸屋根から丸屋根を伝う一粒の塩に
許された秋の終わりの色に集う

あなた方は道端で一度も触れたことはない

むき出しの鍾乳石が定義するものに
南極の灯りと灯りの祝祭に
黒い木の葉の崇高な冷たさに
あなた方は大地が隠した繊維のなかへ
私と入ったことはまだない
あなた方は一度死者となり
またあの砂の階段を一粒ずつ上り
開いたバラの扉に
再び露が落ちるのも見ていない
あなた方は幸福という古着を着て
少しずつ死んでいくしかない

だが私は金属の光の輪となり
風と雲と土に繋がれた鉄輪となり
突き落とされ沈黙した水に触れ
再びあの無限の荒れ野に挑んでみせる

一

賛歌と帰還（一九三九年）◆

祖国　祖国よ　我が血をあなたに帰そう
だがお願いがある　子が母に泣きじゃくり
乞うようなお願いが
　　　どうか温かく迎えてくれ

この盲目のギターを
この道を踏み外した額を
私は地にあなたの子どもたちを探し求めた
倒れた者たちをあなたの雪の名で手当てした
一軒の家をあなたの清らかな木材で建てた
傷ついた英雄たちにあなたの星を運んだ

今はあなたの体に抱かれて眠りたい
あの切り裂く弦のように明るい夜
あの船の夜　あの星でいっぱいの全身がほしい

祖国よ　私は影を移し替えたい
祖国よ　私はバラを取り替えたい
この腕をあなたのくびれた腰に休ませ
灰色の海に転がるあなたの石たちに腰かけ
小麦を呼び止めて内側から見つめたい
選ぶのは硝石の細いフローラにしよう
紡ぐのは鐘の形をした氷のおしべにしよう
そしてあなたの輝ける孤高の泡を見つめ
海辺の枝をあなたの美に縫いつけよう

祖国よ
我が祖国よ
戦う水と吹き寄せる雪で全身を覆われた
あなたの手のなかで鷲は硫黄と集い
南極ではあなたの純白とサファイアの手に
清い人の光が一滴おちて
刃向から空を明るく照らす

おお祖国よ！　その光を失うな
手ごわい盲目の颪にさらされても
そのかたい希望の穂を立てよ
辺境の地では消え去ったこの扱いにくい光
それこそが人々の運命であり
眠れる広大なアメリカ大陸にひっそり咲く
神秘の花を一輪あなたに守らせるのだ

二

南部に帰りたい（一九四一年）◆

ベラクルスで病に伏せる今　南部の
故郷で過ごした日を　天空の水に跳ねる
いきのいい魚のような銀の日を思い出す
ロンコチェが　ロンキマイが　カラウエが
空からばらまかれ　静寂と根に囲まれ
その皮と木の王座に鎮座する

南部とは水没した馬だ
緩慢なる木々と露を頭にかぶり
緑の鼻面をもたげれば滴がぽたぽた落ち
尾のふる影が大いなる群島をしっとり濡らし
その内臓では人の崇める石炭がすくすく育つ
影よ　教えてくれ　手よ　教えてくれ
足よ　扉よ　脚よ　戦いよ　どうか教えてくれ
お前は二度と乱すまいな？　森を　道を　穂を
霧を　寒さを二度と　常に憔悴したその歩みの
一歩一歩が切り取るものを二度と乱すまいな？
空よ　いつか私を星の彼方に届かせよ！
光と塵を踏み　我が血を絞り
雨の巣へと至らせよ！
　　　　材木のそばで
芳しいトルテン川を下りたい
製材所から出て
濡れた足のまま酒場に入り
はしばみの木の電気の光に導かれ

牛の糞のそばに横になり
小麦を噛みつつ死んでは生まれ変わりたい
　　海よ　私のもとへ運べ
南部の一日を　お前の波に絡んだ一日を
湿った木の一日を私のもとへ運べ　南極の
青い風を私の冷たい旗まで吹かせてくれ！

三

オリサバ近郊の憂愁（一九四二年）◆

南部と聞いて何を思う？
川　夜　冷気にくっきり浮かび上がり
空の岸辺を覆うまで広がる木の葉だろうか？
愛する者の髪が　ばらばらになった群島の
もうひとつの雪か水のように　地下の炎の
もうひとつの動きのように流れだし
またあの小屋で待つ場所だろうか？

幾度も幾度も震えながら落ちる木の葉を
幾度も幾度も濃密な口がむさぼる場所か
雨の光が秘密の粒たちの会合から
釣り鐘と水滴に満ちる藪に至るまで
緑のツルを閉じ込める場所だろうか？

そこでは春が濡れた声を運び
眠る馬の耳にぶんぶん囁き
潰された黄金の小麦に落ちて
ブドウのなかで透明な指を一本見せる
君を待つ南部には　廊下も壁も
通り抜けて君を呼ぶ場所には何がある？
君は牧童のように木の根に耳をあて
手に大地の杯の音を聞き取る
遠くからは恐るべき南半球の風
警官たちの霜をふむ足音
そこでは針が細い水で時を縫い
そのぼろぼろの縫い目が解け散る

野生の脇腹をもち真っ青な口で咆哮する夜
そんな夜には何があると君は思う？

おそらく停止した一日というものがある
一本の棘が老いた日にやつれた穴を刺し
その古びた婚礼の旗がびりびりに破れる
黒い森の一日を守ったのは誰か？
石の数時間を待っていたのは
時に傷つけられた遺産を囲むのは
風の真ん中を消えずに逃げるのは誰か？
ある一日　必死な木の葉にあふれる一日
ある一日　冷酷なサファイアに破壊された光
昨日の穴に　不在の領域が蓄えられた場所で
手つかずのままにされている昨日の沈黙
私はお前のもつれた皮の髪が大好きだ
お前の荒天と灰色をした南極的な美が
お前の戦う空の痛々しい重さが
私を待つ昼の風の飛翔が大好きだ

大地の口づけに変わりのないことは知っているし
　実際に変わりはない
木の葉が落ちないことは知っているし　実際落ちない
稲光はどこでも現れるたびに甲高く鳴り響き
遺棄された夜はどれも同じなのも知ってはいるが
あれは私の夜であり　あれは私の木であり
あれは私の毛を濡らした氷の涙の水なのだ

昨日まで人に望まれていたものでありたい
人の瞼が月桂樹に　灰に　量に　希望に
血をもって押し広げるものでありたい
その血は台所と森を満たすのだ
鉄が黒い羽根で覆う工場に
硫黄の汗で穿たれた鉱山でありたい

私を待つのは植物の尖った空気だけではない
雪積もる輝きに轟く雷鳴だけではない
涙と飢えとが二つの悪寒のごとくに

祖国の鐘楼に駆けあがり鐘を鳴らす
かくしてあの芳しい空の中心に
かくして十月がはじけ南極の春が
ワインのきらめきに注ぎ込むそのときに
嘆きの声が聞こえてくる　ひとつまたひとつ
ついには雪と銅と道と船を渡り
夜と大地を抜け
喉から血を抜かれた私の耳に届く

我が民よ　どうした？　水夫よ
小作人よ　市長よ　硝石掘りよ　我が声は届いている
　か？
聞こえる　亡き弟よ　生きている兄弟よ　私には聞こ
　える
君が望んだこと　君が埋めたもの　なにもかもが聞こ
　える
君が砂と海に流した血の音が
殴られても逆らい突然動き出す心臓の音が

南部と聞いて君は何を思うだろう？　降り注ぐ雨？
南部はその裂け目からいかなる死者を襲ったか？
私の大切な人々　南部の人たち　孤独な英雄たち
苦々しい怒りでばらばらにされたパン
長引く喪　飢え　辛苦と死
木の葉が彼らに降り注いだ　木の葉が
月が兵士の胸に降り注いだ
貧困の路地　あらゆる場所で
黙り込む人々　硬い鉱物のような沈黙
その冷気の鉱脈は地上で鐘となるより先に
我が魂から発する光を凍らせる

芽に満ちる祖国よ　私を呼ぶな
お前のガラスと闇の目がなくては眠れない
水と生き物たちのしわがれた声に揺すられ
私は夢のなかをお前の荘厳な泡に沿って歩き
お前の青い帯の最果ての島にたどり着く

お前は貧しい恋人のように私を優しく呼ぶ
いつまでも消えないその鋼鉄の光が目をくらませ
木の根をいっぱいぶら下げた剣のように私を求める

祖国よ　敬うべき大地よ　焼かれて燃える光よ
お前の恐るべき塩は　お前の裸の影は
火のなかの石炭のようにぴくぴくと震える
私は昨日まで望まれていたものでありたい
そして明日はヒナゲシと塵を握って抗いたい

四

大洋◆

むき出しの緑の姿
常軌を逸したリンゴ
暗闇で踊るマズルカ
だがあなたの源はどこにある？

夜よりも甘い
夜よ
　　塩よ
母なる塩　残忍な塩　水の母なる曲線
泡と骨髄がへめぐる惑星
星ほどにも長い巨人的な優美
片手で波をひとつさらう夜
計り知れぬ硫酸塩で
前も見えぬ海鷲たちを襲う嵐
かくも広大な夜を埋葬した蔵
浸食と音を集めた冷たい冠
星に力づくで埋められた大聖堂よ

あなたの岸辺の時代に　取り替えられた
氷の火のなかを走る　傷ついた馬がいる
羽根に姿を変え　残忍なガラス工場の手で
分解されたモミノキがいる
島々で攻撃されている不断のバラが

あなたがつくりだす水と月のティアラがある
祖国よ　この暗い空はすべて
あなたの地のため
この普遍の果実はすべて
このめくるめく王冠はすべて地のためのもの
この泡を注いだ杯はあなたのもの！
陽の光も盲目のアホウドリのように迷い
南部の太陽もあなたの聖なる機嫌をうかがいつつ昇る

五◆

馬具屋

ずっしり重い銀と皮の　バラ色の底まで
磨き上げられた　すべすべで丈夫な
この鞍が　私のものになる
裁断のひとつひとつが手
裁縫のひとつひとつが命

そこには森の暮らしが生きている
人々の目と馬が生きている
エン麦の粒がこれをつくり
藪と水がこれを強くした
豊かな実りが誇りと
金属となめし皮を与えた
こうして逆境と支配から
大草原を抜けこの王座が現れた

陶芸工房

ぶかっこうなハト　粘土の貯金箱
その喪の服す背にひとつの記号が
君を読み解く何かがかすかにのぞく
我が民よ　苦痛を背負い
叩きのめされ　ならされた末に
君は身を削って技を積み重ねた
盲目の指で光にかざされる

黒い驚異よ　魔法の素材よ
地のもっとも深い秘密が我らに
その言語を開示する微小の像よ
口づけすれば大地と皮膚が集う
ポマイレのつぼよ
泥の無限の形象よ　器たちの光よ
我が手でもあった手の形よ
私を呼ぶ影の歩みよ
君たちは隠れた夢の会合だ
陶器よ　不滅のハトよ！

織物工場

君たちは知っている
そこでは雪が谷間を　いやむしろ南部の
暗い春と暗い鳥たちを見守っているのを
鳥たちの胸に血が一滴
落ちて震え　大いなる冬の霧が
その翼を広げた
それが領土となり　その芳香は
銅と山の重みでなぎ倒された
ちっぽけな花々から立ちのぼる
そこでは織機が糸を一本ずつ手繰り
花を再構築し　羽根を
真紅の帝国に押し上げ
青色とサフラン色を
火の綛《かせ》とその黄色の勢力を
スミレ色をした稲光の血統と
トカゲの砂っぽい緑を織り込む
織物工場の民の手と手よ
その貧しい手と手が一枚ずつ
諸君の肌にはない星の羽根を
編んでいく　くすぶる祖国が
繊維一本ごとに空を取り替え
こうして人は自らの愛を歌い
穀物を燃やして駆けるのだ！

六◆

洪水

貧しい人たちは低い場所で暮らし
夜に川が立ち上がり　海に流されるのを待つ
私は見てきた　水に浮かぶちっぽけなゆりかごを
住居の残骸を　椅子を　軽やかな水が
怒りに任せて空と恐怖を飲み込んでいくのを
貧しき者よ　これは君だけを流す水　君の妻と君の畑
君の犬と道具だけ流す水　君が物乞いの術を学ぶよう
水は紳士連中の家まではのぼらない
雪の色をしたシャツが洗濯屋から直行する家には届か
　ない
君に届くのは押し流す泥とこの瓦礫
哀れなテーブルと折れた木々を飲み込み
ばりばり音をたてて木の根をさらし
死者を連れて海へゆったりと流れていく

地震

ベッドの下で大地が消える夢から
ふと目を覚ました
行方の定まらぬ灰の柱が
夜の真ん中で揺れていた
　　私は問う《死んだのか？》
地球が割ける　私の手を取れ
紫色の空の傷が星になる
そうだ！　思い出した　みんなはどこだ？
大地はなぜ死者で煮えたぎっているのだ？
おお倒壊した住居の下の仮面よ
驚く間もなかった微笑みよ
梁に潰され夜に覆われた者よ
そして今日お前は　おお青い一日よ
舞踏用の衣装で朝を迎え　その金色の尾を

火の色をした瓦礫だらけの海に伸ばし
迷える行方不明者たちの顔を探すのだ

七

アタカマ◆

聞くに堪えない声　ばら撒かれた
塩　取り替えられた
灰　黒い枝
その先に滴る水滴から
真っ黒な銅の回廊に沿って盲目の月が現れる
いかなる素材が　いかなる空ろな白鳥が
苦悶の裸体を砂に埋め
緩慢な泥の光を凝固させたのか？
どれほど強い陽の光が
硬い石をかき分けエメラルドを砕き
失われた塩を結晶させたのか？

大地　海よりも空気よりも
花にあふれるアマゾン川の
疾駆よりさらに上にある大地
音響く釣り鐘状の根のなかで
小麦が眠る山積みの倉庫
おお大海の花よ！
盲目の碧玉と金色のシリカの生みの親よ
森から遠いあなたの清いパンの肌には
その秘密の線しか描かれていない
その砂の額しかありはしない
そこには人の夜と昼しかない
だが喉を乾かせたアザミの花のそばに
埋めたまま忘れられた一枚の紙と石が
大地の深みにある剣と杯の位置を示し
眠れる石灰の足を指差している

八

トコピージャ◆

トコピージャからは南も北も砂
崩れた石灰　はしけ　板の切れ端
捻じ曲がった鉄骨
煮詰まった黄金の地球と
夢と塩と塵の引いた清い線に
がらくたやゴミを置いていったのは誰か？
崩れた屋根を放って去ったのは
壁をひび割れたままにしていったのは
紙くずを踏みつけていたのは誰なのか？
いつだってお前の石灰の月の穴へと戻り
死をもたらすお前の砂を浴びていた
あのもういない人たちの陰鬱な光は！
影も薄い作業場のカモメよ　ニシンよ
巻き毛のウミツバメよ
果物よ　意地悪な定置網と嵐の子らよ
諸君はチリの人を見たことがあるか？

入り江の稜線がつくる両顎のなかに
冷気と海水のつくる二本の線のあいだに
人というものを見たことはあるか？

シラミ　塩に襲いかかる燃えるシラミ
シラミ　岸辺のシラミ　人々　坑夫が
砂漠の傷から砂漠の傷へ
月の浜辺に逆らって
齢なき冷たい印を踏み去っていった！
カツオドリの足のさらに先
水もパンも影も辛い時代に触れぬところ
硝石の軍隊が姿を現し
あるいは銅の像がその身長を決める
すべては埋められた星のごとく
あるいはとげとげしい先端のごとく
あるいは震える光を雪のように抱く
白い地獄の花のごとく
あるいは過去の輝きの緑と黒の枝のごとく

そこで役立つのはペンではなく
チリの男のどす黒く潰れた手
疑いではなく血　硬い拳のみである
拳は鉱脈で人のことを問いかける
鉱脈で　鉱山で　水も月桂樹もない
くりぬかれた洞穴のなかで

おお
死の泉より酸っぱいこの光で焼かれた
小さき同胞たちよ　地中の塩の夜明けで
黒ずんだ英雄たちよ　さまよえる息子たちよ
お前たちは巣をいったいどこでつくるのか？
さびれた港の
切れた繊維のあいだにお前たちを見た者は？
　　　　塩水の
霧の下で
あるいは金属の岸辺の向こうに
あるいはおそらく　あるいはおそらく
もう砂漠の下なのか
その言葉は塵に埋もれたか
永久に！
チリ　金属　空
そして君たちチリ人
種　頑丈な兄弟姉妹
あらゆるものが命令と沈黙を待ちかまえる
石のようにただ黙々と

九◆

ペウモ

茂みに生える葉を一枚ちぎった
切り口から立ちのぼる甘いアロマが
大地から　彼方から　無から飛ぶ
長い翼のように私に触れた
ペウモよ　そのときお前の葉叢を見た

その緻密に縮れた緑が自らの衝動を覆うのを
大地の幹とお前の芳しい全身を覆うのを見た
そしてお前こそが大地のすべてなのだと思った
我が旗を広げればペウモの香りが漂わねばならぬ
それは辺境の香り　あるときお前の葉脈に
祖国が全土をあげて一斉に入り込んだ匂い
清いペウモ　風に漂う歳月と黒髪の芳香
雨に濡れ　山のくりぬかれたすそ野で
我らの根に通う水の音を聞く
おお愛するペウモ　田舎の時間よ
その香りは一枚の葉から生まれてほどけ
我らを満たし　そして我らはお返しに
古いつぼを掘り出すように土を撒く！

キラ

笑いを知らぬ真っ直ぐな葉と葉のあいだに
お前は地下の槍の苗床を隠しもつ
お前は忘れなかった　お前の藪を通れば
ポキポキとした呟きが　触れると傷つく語が
棘に乳を与える音節が目を覚ます
お前は忘れない　かつてお前は血でこねた
漆喰だった　家と戦場でお前は柱になった
お前は我が母なるアラウコの旗になり屋根になった
野生の戦士の剣　花々を頭に飾り
傷つけ殺すアラウコの戦士の剣になった
お前がつくりだす槍は隠しようもない
この槍は辺境の風に詳しい
雨のこと　焼かれた森を飛ぶ鷺のこと
追い立てられたばかりの見えない住民のこと
おそらく　おそらくその秘密を誰にも言わぬことだ
私に野生の槍を一本つくってくれないか　あるいは
矢の材料を　私もお前を忘れなかったのだから

冬の夢《ドリミス・ウィンテリ》

名もなき植物
山の葉とツル
緑の風で編まれた枝々
縫われたばかりの糸　黒っぽい金属の鉤針
輪を描く無数の花
じめじめと　もうもうと　どこまでも漂う水
そしてこの枝葉が求めるあらゆる形のなかで
その手つかずの輪郭が雨に打たれて
驚異のバランスを保つ葉のなかで
おお木よ　お前は雷鳴のように目を覚ました
そして緑という緑を宿したお前の梢で
冬が小鳥のように眠りに就いた

十

未開拓地帯◆

見捨てられた辺境よ！
かがり火やいきり立つアザミが
電気の青の層を形成する狂った線よ

銅の針でつつかれた
石たち　物質が黙り込む
街道　石たちの
塩に沈んだ枝葉

私はここだ　ここにいる
杯か鎖のように停止した時の
蒼ざめた歩みに託された人の口
出口のない水がたまる中心の刑務所
倒された肉体の花を咲かせる木
ただがさつで耳の聞こえない砂
祖国よ　砂から生まれた針のような
地上的な盲目の祖国よ
我が魂のよりどころはすべてあなたのもの
我が血の途絶えぬ瞼はあなたのもの

我が戻りしヒナゲシはあなたのもの
夜には地上の植物の真っただ中で
旗にひっそり眠るその露のバラが欲しい
月や土からは
恐るべき暗い血をまぶしたパンが欲しい
あなたの砂の光のもとでは
死者はおらず　あるのは塩の緩慢な循環
死せる金属の謎めいた青い枝

十一◆

チェルカン

お前たち　気をぬいてはいけないよ
夏の私は水を浴びると　木の枝みたいに
喉が渇く　歌を歌えばどうにかこうにか
しわだらけの木のように立っていられるけれど

ちっちゃなお前　可愛いお前　私の頭におとまり
私の肩に巣をおつくり　そこはトカゲが目を
光らせているよ　私の頭に巣をおつくり
そこは木の葉がいっぱい落ちているよ
ちっちゃくまんまるいおてんばさん
空飛ぶ小麦の粒　羽を生やした卵
鷹のような目が空と命を狙い定める
清らかな姿　ここまでおいで
臆病でちっちゃな子たちよ
私に力を貸しておくれ
これでも一度は鳥になってみたいのだ

ロイカ

血の色が近くにいるのに見えない
冷酷な仮面と戦士の目
畑のなかを宝から宝へと
わき目もふらず一心に飛ぶ君

教えておくれ　雨が涙で黒く染めた
我らの藪のあんなに真っ暗な場所で
育った君は　たった一羽なのに
どうしてそんなに真っ赤な胸になった？
ああ　きっと夏の赤色を化粧したのだね
真っ赤な花粉の洞穴に潜り込んだのだね
そしてその胸に火という火を摘んだのだ
星空の動きを止めることはできても
アンデスに砦を構える雪の夜を
止めることはできても　君の目は
止められぬ　君のそのキイチゴは
大地を焼くことなく燃え続ける

チュカオ

生い茂る冷たい藪に　ふいに響く
チュカオの囀り　湿った木々の声
あの孤独を凝縮したような叫び
それ以外には誰もいないかのような音
震える暗い囀りが私の馬を越え　飛ぶよりも
ゆっくり深くまで届いた　私は馬を停めた
あれはどこだったか？　いつだったか？
あの失われた季節に馬上から見つめた
すべてが　窓を打ちつける
雨の世界が　残虐な炎の目を光らせ
荒地をうろつくピューマが
島と島のあいだを縫う海が　そのしっとりとした
美しい緑のトンネルが　孤独が
若き頃にはしばみの木陰で愛した女が
チュカオがそのしとしとの囀りを森に放った瞬間
あらゆるものが一気に湧き出してきたのだった

十二

植物学◆

血に飢えたリスレアと善良なボルドが
その文体を
エメラルド色の動物の激しい口づけや
川床の黒い水のアンソロジーに繰り広げる

木のてっぺんにはりついた吸枝が
純白の顎をくっつけ
野生のはしばみが
ページと滴の城を建てる
オウシュウヨモギとギョウシバは
オレガノの両目を囲み
辺境の燃え上がる月桂樹は
過疎の地を芳香で満たす

朝にはキラとケレンケレン
そしてフクシアの冷たい言葉が
三色の石を伝って泡を吹き
《チリ万歳!・》を叫ぶ

金色のジキタリスは
雪の細い指を待ち詫びるが
時は火の天使と砂糖の天使を結ぶ
婚姻など気にもかけずひたすら回る

魔法使いのニッケイは
その民族の枝を雨で洗い
南部の養分いっぱいの水に
緑の延べ棒を投げ落とす

可憐なウルモの十字の花が
地の果てにまで咲き乱れ
赤いコピウエの滴を吸い上げ
ギターが響く太陽まで連れていく

無骨なデルガディージャと
天国からきたセイヨウハッカが

トルテン川で武装したばかりの
うら若き朝露と草原で踊る

謎めいたドカの花が
赤紫の血を砂にぶちまけ
ヒトデのような三角の葉を
海辺の乾いた月へと向ける

つやつやとしたヒナゲシ
稲光にして傷跡　矢にして口
焼けつく小麦の上に
真紅の句読点を打つ

まぎれもないパタグアは
死者に勲章を授け
泉の水と川のメダルで
その家族を編む

眠ることなき
海の夜が訪れると
寄る辺なき南部の空に
ケアリタソウがランプを灯す

樫の木はひとりで眠る　まっすぐで
哀しげで　ずたずたになっても
清らかな草原でなんの迷いもなく
ぼろぼろに破けたスーツを着て
厳かな星に満ちるその頭をかざす

十三

アローカリア◆

風に貫かれた堅固な土台に
お前の野生の都市に
冬と戦が　湿った鉄の巣が

なにもかもが立ち上がる

石たちの怒れる牢獄が
沈められた棘の糸たちが
お前の金網の髪の毛から
鉱物の影さす天蓋をつくる

逆立つ涙　水の永遠
鱗の山　蹄鉄の光線
痛めつけられたお前の家は
清らかな地質の花びらで建てられる

高貴なる冬はお前の甲冑に口づけし
荒れ果てた唇でお前を覆う
荒々しいアロマの春は
お前の容赦ない体を覆う網を破り
重厚な秋はお前の緑色の全身から
金が舞い落ちるのをむなしく待つ

十四◆

トマス・ラゴ

別の連中はページとページのあいだで
エルゼビル版本の紙魚《しみ》のごとく眠りについた
彼らはいくつかの新しい本をめぐって
サッカーのように知識のゴールを競い合った
同じころ私たちはアンデスの石を運ぶ川辺で
ともに春の歌を歌っていた
それぞれの妻の髪に絡まれ　あちこちで
はちみつをなめ　地球の硫黄まで味見した
それだけではなくさらに多くを求めた
愛する貧しき人々と暮らしを共にした
彼らは私たちにワインの日付を教えてくれた
砂の高潔なアルファベットを　辛苦のなかで
歌いながら出かける術を学んだ人々の休息を

ああ過ぎ去りしあれらの日々
洞穴とあばら家を訪ね
蜘蛛の巣をはらいのけ　南部辺境の
モルタルの夜空の下を
二人で旅したあの日々
なにもかもが花と過ぎ行く祖国
なにもかもが雨と煙の素材だった
なんと広い街道を歩いたことだろう
宿があれば足を止め
究極の黄昏を　石ころを
一本の石炭で書かれた壁を
ふと冬の歌を教えてくれた
火夫たちの顔をじっと見つめた
我らの窓辺では七色の毛虫が
セルロースを全身にまとい
神々しくその信仰の務めを果たしていた
それだけではない　鉄を帯びた怒れる牧童に
二丁拳銃を突きつけられ
お前らの母親を食ってやる
さあ有り金をよこせと脅されたこともある
(奴はこれぞ英雄の仕事だとかのたまった)
私たちは他の連中がじろじろ見るのを放っておいた
彼らはなにも奪えず　私たちをひるませることもできず
ヨーロッパの新聞やボリビア通貨が眠る
それぞれの墓地へと去っていった
私たちのランプは今なお消えていない
札束や無法者どもよりはるかに高く燃え盛る

ルベン・アソーカル

島に行こう!　私たちは言った　あれは信頼の日々
私たちは高名なる木々に支えられていた
どんな場所も遠く思えなかった　どんな場所も
私たちの光に簡単に絡まりそうな気がした
私たちは分厚い革靴を履いて島々を訪れた
そこでは雨が降っていた　その雨は一帯に

緑の手と手袋を養っていた
その指には
　　赤い海藻が絡みついていた
私たちは群島を煙草の煙で満たした
ホテル・ニルソンで夜遅くまで煙草をふかした
新鮮な牡蠣の殻を東西南北にぽいぽい捨てた
町には宗教の工場があった
どんよりした午後には　その大きな扉から
司祭服姿の長いカブト虫のような黒の行列が
うらさびしい雨のなかへと出てきた
私たちはボルゴーニャがあれば飲み
得体の知れない痛みの記号でノートを満たした
私はあるときぷいと逃げ出した　それから何年も経ち
我が情熱を蓄えた遠い異なる気候の地でも
君と過ごしたあの雨中の丸木舟を思い出した
君はあのまま島に留まり　その分厚い眉は
島々の湿った大地に根を張ったのだ

フベンシオ・バジェ

フベンシオ　君と私以上に
ボロアの森の秘密を知る者はいない
はしばみの木が目を覚ます
赤い大地のいくつかの小道は誰も知らない
人々はこちらに耳を貸さない限り
私たちが木やトタン屋根に落ちる雨音を聞き
今なおあの電信係の娘を愛していることを知らない
そうだ　あの子のことだ　私たちと同じく
あの地区に冬になると訪れる機関車の
くぐもった音を聞き分けられたあの子だ
　　ただ静かなる君だけが
雨が打ちつけるアロマに入っていった
花々の金色に輝く成長を促した
ジャスミンを花咲く前に摘み取った
雑貨屋の手前のわびしい泥
苦しみを背負う黒い粘土のような泥

重たい馬車に踏み潰された泥が
深い春の向こう側にたまっている
あの泥に君ほど詳しい者はいない
　　　　　他にも私たちは
いくつかの宝を共有している
真っ赤な舌のように
大地を覆う落ち葉　急流で
すべすべになった石　川辺の石

ディエゴ・ムニョス

我々は騒々しい紙の上の発見だの記号だので
我が身を守ってばかりいるように見えるかもしれない
だがときには指揮官と化して
邪悪な通りを拳で一掃し
それからアコーディオンの音色にのせ
水とロープで心臓を持ち上げもする
船乗りよ　港を経めぐる旅から戻ったか

グアヤキルの埃っぽい果物の匂いを連れてきたか
地球のあらゆる場所で鋼の太陽を集め
勝利の剣をきらめかせてきたか
今日祖国の石炭に我らがともにする
時刻が——痛みと愛が——やってきた
そして海からは君の声に乗って糸が
大地より広大な友愛の糸がのびる

十五

雨中の騎手◆

礎の水　水の壁　クローバーと
踏みつけられたエンバク
湿った夜の網に繋がれた雨の糸
ぼたぼたと荒々しく紡がれる糸
嘆きの声となり夜空を切り裂く滴
天を切り取る斜線の怒り

濡れた匂いのする馬が駆ける
雨の下を駆ける　雨を駆ける
赤い枝の体毛と石と水とをかき混ぜる
軽やかなハトのように凝固した水が
腐ったミルクのような蒸気をまとう
昼は曇天と移ろいゆく緑の
巨大な貯水槽と化し
馬の脚が獣の臭いと雨のアロマのあいだで
素早い大地と時の経過を結ぶ
ポンチョ　鞍　燃える硫黄の背に
どす黒いザクロのような剛毛
森を駆け
森を裂く
　　　　　　　　　先へ　先へ　先へ　先へ
先へ　先へ　先へ　さらにさらにさらに先へ
騎手たちが雨をなぎ倒す　騎手たちが
意地悪なはしばみの木の下をくぐる
雨が彼らの変わらぬ小麦を震える線でねじる

水にも光が映る　落ち葉に撒かれた
弱々しい陽の光　まさに馬の足音から
大地に痛めつけられた飛べない水が散る
じっとりとした手綱　枝の天蓋
足音さらに足音　氷や月のように
砕けた星がまたたく植物の夜想曲
凍った亡霊のごとき矢で覆われた奔馬
怒りで新しい手をにょきにょき生やす馬
おそるべき旗を振る偉大な君主と
恐怖に包囲された地を駆けるリンゴ

十六

チリの海◆

遥か彼方の領域で
お前の泡の足　広がった岸辺を
流刑者の狂った涙で濡らした私は

今日お前の口に　額にやってくる
血の色をした珊瑚にも焼けた星にも
白熱光を発する打ち倒された水にも
厳かな秘密を明かしはしなかった
お前の怒れる声を　優しい砂の
花びらを一枚
たんすと古着のなかにしまっておいた
鐘についた塵　しっとりしたバラ
多くの場合それはアラウコの
水そのものだった　硬い水だ
だが沈んだ石はとっておいた
そのなかに脈打つお前の影の音も
ああチリの海よ　鋭いかがり火のように

くびれて燃え上がる水よ
圧力と夢とサファイアの爪
ああ塩と獅子たちの地震よ！
泉　源　地球の
岸辺　その瞼は
大地の真昼を開き
星々の青色を襲う
塩と運動はお前から離れ
人の洞穴に大洋を分け与え
ついにお前の重みは島々の向こうで
すべてを合わせた実体の枝を砕き拡張する
北の砂漠の海　銅を打ちつける海
孤独で無骨な住人の手にも
海は泡を送り
カツオドリと冷たい太陽とグアノがはりついた岩から
人のいない夜明けの歩みに岸が焼ける！
バルパライソの海

孤独な夜の光の波
その大海の窓から
我が祖国が身を乗り出し
いまだ見えぬ目で見つめる

南部の海　海　大洋
海　神秘の月
樫の木の恐ろしいインペリアル川を抜け
チロエ島を抜けてずっしりと赤い血まで
マゼラン海峡からさらに最果てまで
塩の吹く音が丸ごと　狂える月が丸ごと
そして星から駆ける氷の奔馬

十七

マポーチョ川の冬の頌歌◆

おおぼやけた雪よ
おお満開の雪に震える
北の瞼よ　凍れる小さな光線よ
いったい誰がお前を灰色の谷に呼んだのか？
いったい誰がお前を鷲の頂から引きずり下ろし
その清い水が我が祖国のおぞましいぼろ着に
触れるこの場所まで連れてきたのか？
川よ
冷たい秘密の水を
石に夜明けの光を留めおく水を導いて
我が民の傷ついた足もとにいたるまで
その近寄りがたい大聖堂に隠してきたのはなぜか？
マポーチョ川よ　夜が訪れ
その黒い全身を寝かせて
お前の橋たちの下で眠り
頭の黒い房を寒さと飢えに打たせ
巨大な二羽の鷲につつかれるとき
おお川よ　おお雪から生まれた硬い川よ
忘れられた人々を照らす新たな十字星のごとく

巨大な亡霊のごとくお前も立ち上がってはどうか？
いや　お前の荒々しい灰は
黒い水に投げられた嘆きのそばを
身を切る風が鉄の木の葉の下で震わす
破れた服の袖のそばを流れているのだから
マポーチョ川よ　永遠に傷ついた氷の羽を
お前はいったいどこへ運ぼうというのか？
お前の蒼ざめた岸辺のそばではこれからも
シラミに噛まれた野生の花が咲くのか？
そしてお前の冷たい舌はこれからも
我が裸の祖国の頬を刺し続けるのか？
　　　　　　　　　おおそれはないだろう
おおそれだけはない　お前の黒い泡の滴は
泥から火の粉に跳ね飛び
人の種を投げ落とすべきなのだ！

八章　その地の名はファン

一

クリストバル・ミランダ（港湾作業員／トコピージャ）

クリストバル　湾に浮かぶはしけで
君と出会った　あれは十一月の
焼けつく衣に包まれた日　硝石を
海におろす作業場でのこと
君の夢見るような物腰を覚えている
金属の山々と静かな水面のことも
はしけにはただ人だけがいて
汗に濡れ　雪を動かしていた
硝石の雪が
苦痛の両肩に舞い
見えない船底へと落ちていった
酸に侵食された曙の英雄たち
死の宿命にとらわれた
屈強な港湾作業員たちが
大量の硝石を受け取っていた

クリストバル　この回想は君に捧げよう
シャベルをつかむ同志たちに捧げよう
胸に酸を吸い込んでいる男たち
その人殺しの毒はやがて
心臓をひしゃげた鷲のように
膨らませ　ついに男たちは倒れ
街中を転がり落ち
最後は硝石原の折れた十字架へ至る
いや　これ以上は言うまい　クリストバル
ここでは君たちを回想するに留めよう
君たちみんなを　はしけの操舵手を
船の煤で真っ黒になった男たちを
私の目は今なお君たちと共にある
私の魂はシャベルとなり
血と雪をすくっては放り投げ
砂漠の命である君たちのそばにいる

二

ヘスス・グティエレス（農地改革運動家／メキシコ）◆

親父はモンテレイで死んだ
名前はヘノベボ・グティエレス
サパタの仲間だった
夜には馬が家のそばを通った
もうもうと煙をあげる連邦派の奴ら
風を割く銃弾　トウモロコシ畑の嵐
俺は銃をあちこちに運んだ
ソノラからあちこちに
俺たちはすこしだけ眠り
馬の上から川と森を見定めた
死体をかきわけ守ったのは
貧しい者の土地　インゲンマメ
トルティーヤ　ギター　俺たちは
辺境まで走った　埃まみれでな
旦那どもにはよく先を越されたが
最後はどこへ行っても
俺たちの銃が先回りをした
ここが俺の家さ　俺のささやかな
土地ってやつ　カルデナス将軍の
お墨付きだってあるよ
シチメンチョウに
沼にはアヒルだっている
もう戦は終わったからね
親父はモンテレイに留まった
俺はここで壁にもたれてる
弾薬帯はそのドアの後ろさ
銃だってまだある　馬もいる
俺たちの土地とパンを守るためなら
明日にでもまた馬に乗って戦うよ
カルデナス将軍の命令とあらばね

三

ルイス・コルテス（トコピージャ出身）

同志　俺の名はルイス・コルテスだ
弾圧が始まったときトコピージャで捕まり
ピサグアに放り込まれた
同志　あそこがどんなか知ってるな
大勢が病気で死んでいった　狂った
奴も大勢いる　ゴンサレス・ビデラ
奴がつくった最悪の収容所が
あそこだ　ある朝アンヘル・ベアスが
心臓の病で死ぬのを見た　あんな
鉄条網で囲まれた血も涙もない砂漠で
あれほど人に寛容な人生を送った男が
死ぬのを見るのは辛かった　俺も心臓の
病気になっちまって　それでガリタヤに
送られた　ご存じないようだね　同志
ボリビアとの国境近くの高地だよ
標高五千メートルの荒涼たる場所だ
飲み水はとても塩辛い
海水よりずっと塩辛くて　ピンクの
ウジみたいなアブラムシが浮いている
寒いし　空は孤独の果てから
俺たちを圧し潰してくるようだ
俺の心臓も圧し潰されちまった
これには看守が同情してくれて
俺たちには手当ても何もせず
そのまま死なせるという命令に逆らって
俺をラバにくくり山から降ろしてくれた
ラバに乗って二十六時間　俺の体は
もう限界だったよ同志　道なき山を
しかもこんな心臓だ　ほら触ってみな
硬いだろう　いつまで生きられるかもわからん
でもあんたがいる　なにも頼むつもりはない
ただあいつが人民にしていることを伝えてほしい
俺たちが担いでやったあの男がしていることを
この苦しみをハイエナみたいに笑ってる奴のことを

同志よ　あんたが伝えるんだ　俺は死んだっていい
少々苦しい思いも平気だ　戦いは先が長いからな
だがせめてこの苦痛をみんなに知ってもらいたい
知ってほしいんだ同志　忘れないでほしいんだ

四

オレガリオ・セプルベダ（靴職人／タルカワーノ）◆

わしの名はオレガリオ・セプルベダ
靴屋だ
この足はあの地震のときからだ
丘がまるごと長屋に落ちてきた
世界がまるごと足に落ちてきた
わしはまる二日声を出していた
でも口のなかが土でいっぱいで
声も弱々しかった
そのうちに眠った　死ぬのを待った

地震ってのはひどく静かなもんだね
丘は一面の恐怖だ
家政婦たちが泣いていた
立ち込める埃の山が
言葉を埋めてしまった
今じゃこの靴底といっしょに
浜辺に住んでいる　海はいいね
あの青い波がこの家の
扉に届かない限りはね
タルカワーノよ　お前の汚い石段
お前のその貧困の回廊
丘に淀む腐った水
折れた木材　黒い洞穴
そこでチリの人が殺し死ぬ
（おお！　貧困の開かれた
刃《やいば》よ　世界のハンセン氏病よ
死者たちの場末よ　苛烈で
毒々しい潰瘍よ！

貴様らは夜に紛れてこの港まで
暗闇の太平洋から来たのか?
貴様らはその汚い膿みで
子どもの手に触れ
バラの花に塩と尿をかけたのか?
貴様は曲がりくねった階段に
その目を向けたのか?
貴様は物乞いの女を見たか?
ごみ溜めの金網のように震え
尻をついて膝を抱え
涙も憎しみも枯れ果てた
地の底から見つめる女を?)
わしはタルカワーノの靴屋だ
名はセプルベダ　家は大堤防のそば
いつでも来てくれていいんだよ旦那
貧乏人は家に鍵をかけたりしないから

五

アルトゥーロ・カリオン（航海士／イキーケ）

一九四八年六月　大好きなロサウラへ
僕はここ　まだイキーケの獄中だ
シャツと煙草の差し入れをよろしく
このダンスがいつまで続くかはわからない
グレンフォスター号に乗ったとき
君を思った　カディスから手紙を書いたね
人が平気で撃ち殺されているって
そのあとのアテネはもっとひどかった
あの日の朝　刑務所で撃たれて死んだのは
二百七十三人もの青年たちだった
血は壁の外まで流れてきた
僕たちはギリシャの将兵たちが
アメリカのボスどもと笑って出てくるのを見た
奴らは人間の血が大好物なんだ
でも町には黒煙のようなものがたちこめて

泣き声も苦痛も喪に服す人たちも見えなかった
あそこで君にカード入れを買ったっけ
チリの仲間とも知り合った
ちっちゃなレストランをやっていた
この町はひどい　憎しみばかりだって言ってたっけ
そのあとのハンガリーはましだった
農民が土地をもっていたし
本も配給されていたからね
ニューヨークで君の手紙を受け取った
それにしてもみんなよってたかって貧乏人をいじめる
そうじゃないか　僕はベテランの船乗りなのに
組合に入っていたものだから
船からおりたとたん　くだらないことで
尋問されて　ここにぶち込まれた
ここはどこへ行っても警官だらけ
砂漠の荒地にまで涙の雨が降る
いつまでこんなことが続くのか
みんながそう思っている

今日も明日も貧乏人がいじめられる
ピサグアには二千人もぶちこまれているらしい
いったい世の中どうなっちまったんだって言いたい
でも警官いわく《お前に質問する権利はない》んだ
煙草を忘れないでくれ　まだ捕まってなければ
ロハスの奴に相談してみるといい
泣いちゃだめ　涙はもうたくさんだ
やるべきことは他にある
この辺で終わりにしておくよ
キスとハグを　君を心から愛する夫
アルトゥーロ・カリオン・コルネホ
イキーケ刑務所

六

アブラアム・ヘスス・ブリート（吟遊詩人）◆
その名はヘスス・ブリート　ヘスス・パロン　あるい

は人民
目を通して水となり
手を通して木の根となり
ついに自らが生まれる前に
貧しい石のあいだで芽を吹く前に
彼がもともといた場所に根を張った

そして彼は鉱山と水夫のあいだで節くれだった
鳥となり　恐るべき祖国のなめらかな樹皮を
たやすくさばく馬具職人の親方になった
祖国に寒さと青さが増せば増すだけ　地面が
硬くなればなるだけ　彼から多くの月が昇り
人が飢えれば彼はそのぶん声をからして歌った

そして彼はあらゆる鉄道の世界を
そのキーと細長い竪琴でこじ開け
星明かりの袋をいっぱいぶら下げ
祖国の泡のなかをさまよい歩き

彼自身が銅の木となって
道端のクローバー一本一本に
おぞましい犯罪に　火災に
心優しき川の支流に水を撒いた

彼のしわがれた叫びは
陶酔の夜に消えていった
夜中にその帽子で集めた
鐘の音の激流を携え
ぼろぼろのずた袋に
人民のあふれる涙を拾った
砂の支脈を遡り
地下に広がる硝石を渡り
海辺の険しい山々をのぼり
釘一本ずつロマンセを打ち
瓦一枚ずつ詩行を重ね
そこに己の手の染みを
水漏れする綴りを残していった

ブリート　首都の壁から壁へ
カフェテリアの喧騒のなかを
流浪の木のごとくさまよい
その深い足で大地を探り
そしてあなたはついに根となり
石となり　土となり　暗い鉱物となった

ブリート　あなたの威厳は
厳粛な皮の太鼓のように叩かれ
あなたの並木と人民の領地は
野ざらしの君主国となった

流浪の木よ　今やあなたの根は
地の下で静かに歌っている
今のあなたは前より少し深くなった
今のあなたの手には大地と時がある

七

アントニーノ・ベルナレス（漁師／コロンビア）◆

マグダレーナ川は月のごとくに流れ
緑の葉がなびく地球をゆっくり進む
赤い鳥が鳴き　老いた黒い羽根が
音を立て　岸辺はどこまでも
どこまでも水の流れに染まり
なにもかもが川に　あらゆる命が川になり
アントニーノ・ベルナレスは川そのものになった
漁師　大工　船頭　網の
針　材木を繋ぐ釘
金槌　歌　どれもがアントニーノだった
緩慢な月のようなマグダレーナ川が
川の命を脈々と押し流していた
遥か高みのボゴタでは炎　火事
血　かすかに人の声が聞こえる

ガイタンが死んだと　木の葉のあいだから
ラウレアーノのジャッカルの笑みが
火を掻きたて　人民の
悪寒のような震えが
マグダレーナ川にも伝わる
犯人はアントニーノ・ベルナレス
彼はちっぽけな小屋から一歩も出なかった
そのころの彼は眠って過ごしていた
だが弁護士どもは彼を有罪にし
エンリケ・サントス殿が血を求める
フロックコートを着て全員が集まる
アントニーノ・ベルナレスは
奴らの報復として殺され
両手を掲げて川に落ち
母なる水へと戻っていった
母なるマグダレーナが彼の体を海へ運ぶ
海からまた新たな川へ　新たな水へ
そしてまた新たな海と新たな小川へ
こうして彼の体は地球を回る
　　　　　　　　　　　　そしてまた
マグダレーナへ戻る　かつて愛した
岸辺になる　その赤い水の両腕を開き
影と影のあいだを　濃い光のあいだを歩き
またその水の歩みを進める
アントニーノ・ベルナレス
君の姿は誰にも見えないが　私は君を覚えている
死ぬことのない君の名が川底を這う音が聞こえる
やがてそれが地を覆う音が私には聞こえる
数ある名にすぎないものが人民となる音が

八

マルガリータ・ナランホ（マリアエレナ硝石原／アントファガスタ）◆

わたしは死んでいます　生まれはマリアエレナ

一生をあの硝石原で過ごしました
わたしたちはアメリカの会社に血を捧げました
最初は両親　次は兄たちでした
ストもなにも起こしていないのに捕まりました
夜のことでした　軍がみんなでやってきました
家から家へと回って住民を叩き起こし
全員を強制収容所に連行しました
自分たちは大丈夫と思っていました
夫は会社のためにあれだけ尽くしてきたのです
大統領にとって恩人みたいな人なんです
ここで票を集めたんです　みんなから好かれてますし
誰も夫のことを悪くは言いません　理想のために
戦う人なんです　一途で正直で
めったにない人です　なのに彼らはうちに来ました
ウリーサル大佐に率いられた人たちが
あの人をろくに着替えもさせず小突いて連れ出し
トラックの荷台に放り込みました　トラックは
夜の闇のなかをピサグアへ向け発っていきました

そのときから息ができなくなったようでした
足もとの地面がなくなってしまったようでした
あまりの裏切り行為に　あまりの不正に
涙のようなものがこみあげてきて　生きる力が
なくなりました　仲間が食事を運んでくれましたが
わたしは言いました《あの人が戻るまで食べない》
三日目みんながウリーサル大佐に訴えましたが
大佐は笑い飛ばしました　今度はサンティアゴに
電報を何度もしましたが　それをあの大統領はすべて
無視しました　わたしはだんだん眠り　死んでいきました
なにも食べず　歯をくいしばり　スープも水も
拒みました　それでもあの人は戻りませんでした
わたしはだんだん死んでいき　そして埋められました
ここに　硝石会社の墓地に　埋められました
その日の午後は砂漠から風が吹いていました
お年寄りと女たちが泣き　わたしも何度も歌った
あの歌を　みんなで歌ってくれました

もしそんなことができたなら　夫のアントニオがいたか
確認していたことでしょう　でも夫はいませんでした
妻の死にも立ち会わせてもらえなかったのです
わたしは死んでいます　硝石原の墓地にいます
まわりには孤独しかありません　わたしは存在をやめ
　ました
あの人がいない存在に意味はありません　あの人がい
　なければ

九

ホセ・クルス・アチャチャージャ（坑夫／ボリビア）◆

はい旦那　ホセ・クルス・アチャチャージャです
オルーロの南のグラニート山地の出身です
母のロサリーアは
あちらでまだ達者でいるはずです
母は数人のセニョールの下で働いてました
服を洗ったりする仕事です
子どもの頃は腹を空かせてばかりいました
母は毎日のように
セニョールたちに棒で叩かれてました
だから俺は坑夫になったんです
高い山をいくつも越えて
コカの葉持参で逃げたんです
帽子がわりの枝をかぶってね
もう歩きに歩きましたよ　旦那
空ではハゲワシが俺を狙ってました
それでも思いましたね　ハゲワシなんか
オルーロの白人のセニョールよりずっとましだって
そうやって歩いていった末
鉱山に着きました
　　　　もう
四十年も前の話ですよ
腹を空かせたガキの俺を
坑夫たちは弟子にしてくれました

それから薄暗い坑道で
爪で大地を引っ掻いて
錫を掘りまくってきました
あの白い金属の板がいったいどこへ
何のために向かうのかは知りません
ここの暮らしは最悪　家はぼろぼろ
腹が減るのも昔と同じですよ　旦那
それでね
たまに集まってたんです
給料をあと一ペソあげさせようとね
すると赤い風が吹いて　棒と火が襲ってくるんだ
警察が俺たちを殴りにくるんだ
それで今じゃここですよ
仕事も奪われちまった
いったいどこへ行けばいいんだか
オルーロにはもう知り合いなんていないし
俺はもう石ころみたいにくたびれちまった
もう峠ひとつ越えるのも無理なんだ

それに道中いったいなにをすればいいのか
このままずっとここにいたっていいんだ
できれば錫に埋めてもらいたい
錫の奴なら勝手知ったる仲ですから
ホセ・クルス・アチャチャージャよ
もうこれ以上その足を動かす必要はない
君はここまで来たのだから
アチャチャージャよ

十

エウフロシーノ・ラミレス（カサベルデ／チュキカマタ）

私らは焼けた銅の板金を
手で運びシャベルカーに
載せていたんだ　熱いし
とてつもなく重いし　あれを運べば
誰でもくたくたになる　ときには

足の上に落として骨折したり
片手を切断した奴までいる
アメ公が来てこう言ったよ
《さっさと切り上げて家に帰れ》
それで勤務時間の短縮を目指して
頑張ったら　また来て言いやがった
《勤務時間が減ったから給料を減らす》
それでカサベルデでストをやったんだ
十週間のストだ　で仕事に戻ったら
《お前の場所はもうない》と言われて
くびになった　この両手を見てくれ
銅のおかげでこんなになっちまった
この胸の音を聞いてみてくれ
ひどいだろう　銅に潰されちまったんだ
こんな体じゃろくに歩くこともできない
腹が減るばかりで仕事も見つからない
こうしてしゃがんでいると奴らに見られてる気がする
目には見えない危険な銅の葉を運んでいる姿をな

十一

フアン・フィゲロア（**マリアエレナヨウ素精製工場／アントファガスタ**）

あんたがネルーダかい？　入んな　同志
ああそうさ　ヨウ素精製工場の生き残りは
もう俺だけさ　まだ踏ん張ってる
俺だって死んだも同然なのはわかってる
硝石原の墓地に予約席だってある
ヨウ素精製工場は一日四時間操業だ
あれはチューブを伝ってここまで来て
青いゴムみたいな塊になって出ていく
桶を使って取り出すんだ
赤ん坊みたいにくるんでな
俺たちは酸にやられっ放しだよ
目からも　口からも

皮膚や爪のあいだからも入ってくる
同志　残念ながら　このヨウ素精製工場を
歌いながら出ていく奴なんていないよ
子どもに靴を履かせたいから
給料をもう少し上げてくれなんて言えば
奴らすぐに《モスクワの命令か》なんて言いやがる
とたんに戒厳令を出すんだ　俺たちのことを
家畜かなにかみたいにいじめ倒すんだ
そうさ同志　あの糞ったれどもがな！
俺はまだ踏ん張ってる　最後の生き残りだよ
サンチェスの奴はどこかって？　ロドリゲス？
みんなくたばっちまった　もう塵の山の下だ
死がお望みの安らぎをもたらしてくれたってわけだ
あいつらの顔にはヨウ素の仮面が貼りついてる

十二

名人ウエルタ（ラ・デスプレシアーダ鉱山／アントファガスタ）

旦那　北部へ行くことがあれば
ラ・デスプレシアーダ鉱山に行って
名人ウエルタのことを尋ねてみてくれ
遠くからじゃわからない
灰色の砂丘だけが見えている
しばらくすると建物がわかる
ケーブルや廃石が見えてくる
疲労や苦痛は見えない
それは地面の下でうごめき
人間を喰らっている最中だ
あるいは横になって休憩中
静まりかえっているかもしれない
ウエルタって男はピカーノだった
身長は一九五センチもあった
ピカーノってのは
採掘が進んだ縦坑の底で

垂直の穴を掘る役回りのこと
地上から五百メートル下
腰まで水に浸かって
ピカーノはひたすら土を突く
一度入ったら四十八時間
あの地獄から出られない
ピカーノが仕事を終えれば
削岩機が投入されて
岩と闇と泥をかきだし
こうして鉱山に道ができる
ウエルタは超一流のピカーノだった
奴の背中は坑道を塞いで見えた
あそこじゃ奴が隊長だった
奴は歌いながら縦坑に降りていった
出てくるときは全身黄色で肌はぼろぼろ
背はひん曲がり　骨と皮ばかりになって
その目はまるで死んだようだった
そのうち奴は坑道をはいずるようになった

縦坑にも降りて行けなくなった
アンチモンに体のなかをやられちまったのさ
どんどん痩せておっかない姿になった
でも奴はもう歩けなかった
両脚がなにかで突かれたみたいに
穴だらけになった
背の高い奴だったから
腹をすかせた幽霊みたいになった
物乞いするわけでもないのに何かを訴えていた
奴はまだ三十歳にもなっていなかった
奴の墓がどこなのか尋ねてみるといい
きっと誰も知らないだろう
風が墓標の十字架をなぎ倒し
砂が綺麗に埋めちまうからね
そこは北部の軽んじられた《ラ・デスプレシアーダ》鉱山
名人ウエルタが働いていた場所なんだ

十三

アマドール・セア（コロネル出身／チリ／一九四九年）

父が逮捕されたあと
僕たちが投票した大統領が来て
みんな自由だと言ったので　なら父を釈放してくれと
　言いました
すると連行されて一日中殴られました
刑務所に知り合いなんていません
顔は分かりませんが警察官でした
気を失うと水をぶっかけられて
それからまたひたすら殴られました
夜になって釈放される前に
トイレに連れていかれました
糞で一杯の便器に頭を突っ込まれて
喉が詰まって死にそうになりました
《釈放してやるぞ　せいぜい感謝しな
これは大統領からの贈り物だ》と言われました
まだ痛いこの肋骨はそのとき折られたんです
でも僕の中身はまったく変わらないですよ　同志
殺されない限り心が折れることはありませんから

十四

ベニルダ・バレーラ（コンセプシオン大学町／チリ／一九四九年）◆

子どもたちの食事をつくってから出かけました
夫に会うためロタ炭鉱に入ろうとしました
ご存じですよね　あそこは警察がいて
許可なしには入れないんです
警察は私の顔が気にくわなかったようです
ゴンサレス・ビデラの命令でした
この地へ演説に来る前に
住民を怖がらせておけというわけです
私は縛られ　裸にされ　殴り倒されました

意識を失い　目が覚めたときは床に
裸で転がっていました　血だらけの体に
濡れた毛布が一枚だけ　拷問人の顔が見えました
その悪党の名前はビクトル・モリーナ
目が腫れてほとんど見えませんでした
その後もゴムサックで殴られ続けました
青あざだらけになり　身動きすらできません
彼らは五人でした　五人で私を六時間
サンドバッグみたいに殴り続けました
死ななかったのは　同志たちに言うためです
こういう拷問人たちが地球から一掃されるまで
私たちは戦い続けなくてはならないと
奴らは国連で《自由》について演説しています
みんなその演説とやら読んでみるべきでしょう
だってそのあいだには今日もどこかの地下室で
悪党どもが密かに女を殴り殺しているんです
この国は平穏無事だ　きっとそう言うんでしょう
モリーナ教育相は《精神》の勝利を語るでしょう
でもこんなこといつまでも続くわけがありません
ある亡霊が地球を徘徊している　奴らが地下室で
また誰かを殴り始めても　いつかはそれを償うのです

十五

バナナ農夫カレーロ（コスタリカ／一九四〇年）◆

君とは会ったこともない　ファジャスの小説で君の一
　生を知った
暗い肌の巨人　ぼろを着た流浪の子よ　虐げられた子よ

あの本のページから　君の笑い声と歌が
バナナ農夫と黒い泥と雨と汗に混じって飛んでくる
どれだけの人の命が　どれだけの喜びが台無しにされ
どれだけの力が下劣な食べ物で破壊され
どれほどの歌が壊れた住居になぎ倒され
どれだけの人の力が人により壊されていることか！

だが我らは地上を変えるのだ　君の明るい影は
泥水から泥水を渡り裸の死へ向かうことはない
君の手を私の手に重ね　君を緑の天蓋で覆う
あの闇夜を我らは変えていくのだ

(倒れた死者たちの手は
ものを建てるこれらの手とともに
アンデスの山々が地下深くに隠す
鉄のように封印されたままだ)

我らは生を変えるのだ　君の血筋が生き延び
いつか組織された光を打ち立てるために

十六

セウェルの災害◆

サンチェス　レイエス　ラミレス　ヌニェス　アルバ
　レス
これらの名はチリの土台のようなもの
人民は祖国の土台である
彼らを死なせてしまえば　祖国が倒れる
血を失って空っぽになってしまう
オカンポは我らに言った　一分ごとに人がひとり傷つき
一時間ごとに人がひとり死んでいると
一分ごとに　一時間ごとに
我らの血が流れ　チリが死んでいる
今日は火災の煙　昨日は可燃性ガス
一昨日は土砂崩れ　明日は海か寒波か
機械か飢えか　不注意か酸か
だが船乗りが死ぬその場所では
だが硝石原の人々が死ぬその場所では
だがセウェルで人命が失われたその場所では
機械もガラスもあらゆるものが手入れされている
鉄も書類もあらゆるものが手入れされている

手が届いていないのは男と女と子どもだけ
セウェルの人殺しはガスではなく強欲である
セウェルの蛇口は閉められた　坑夫たちが
質素なコーヒーを淹れる水すらなくなった
ここにこそ罪がある　火に罪はない
いたるところで人民の蛇口が閉められる
彼らに命の水は分け与えられない
しかし飢えと寒さは　我らの民をむさぼる火は
花やチリの土台をむさぼる火は
ぼろ着とみじめな家をむさぼる火だけは
おしみなく与えられ　燃やし放題だ
かくして一分ごとに人がひとり傷つき
一時間ごとに人がひとり死ぬ
我らには頼りになる神もない
哀れな黒衣の母たちは
涙を流し祈ったかもしれない

だが我らは祈らない

スターリンは言った
《我らの最高の宝は人である
国の礎は民である》
スターリンは立て　清め　建て　励まし
守り　見つめ　かばい　養うが
罰しもする
これこそ諸君に言いたいことだ　同志よ
罰が求められている
こんな人間の破壊はあってはならない
愛する祖国がこんな血を流してはならない
一分ごとに人民の心臓からこんなに血が流れたり
一時間ごとにこんな死がもたらされるなど
あってはならないのだ
私の名は彼らと同じである　死んでいった者たちと
私はラミレス　ムニョス　ペレス　フェルナンデス
私の名はアルバレス　ヌニェス　タピア　ロペス　コントレラス
私はあらゆる死にゆく者たちの親戚である　人民である

私はこうして流される血のため喪に服す
同胞よ　セウェルの死んだ仲間たちよ　チリの
死者よ　労働者よ　兄弟姉妹よ　同志よ
君たちが沈黙しても　今日は我らが話そう
そして君たちの苦難が我らの支えとなり
花の咲かせ方と罰の与え方を知る
厳格な祖国をつくりあげるのだ

十七

その地の名はフアン◆

解放者たちの背後にフアンがいた
彼は自らの作業場やじめじめした鉱山で
それぞれ働き　魚を釣り　戦っていた
彼の両手は大地を耕し　道の長さを
測っていた
　彼の骨はあらゆる場所に埋まっている
しかし彼は生きている　地から戻った　生まれた
彼は永久に滅びない惑星のように再び生まれた
汚れた夜の闇に沈められそうになったが
夜明けにはその不屈の唇を噛み締める
縛られたが　今や決然たる兵士である
傷つけられたが　リンゴのごとく元気である
両手を切られたが　今日はその両手で殴る
埋められたが　我らと歌いに来る
フアン　扉と道は君に開かれている
　大地は
君のもの　人民のものだ　真実は君と
君の血から生まれた
　誰も君を根絶やしにはできなかった　君の根は
人類の木は
永遠の木は
今は鉄の鎧を着ている
君のその偉大さで武装している
人民の祖国ソヴィエトでは

木が瀕死の狼の歯から身を守っている

人民よ　苦しみから秩序が生まれた

秩序から君の勝利の旗が生まれた

あらゆる倒れし者たちの手で旗を支えよ
あらゆる人々の手を重ね合わせ旗を守れ
最後の戦いへ向け　星を目指し
君の無敵の顔たちが力を合わせて進むのだ

九章　樵《きこり》よ目覚めよ

カペナウム。どうしておまえが天に上げられることがありえよう。ハデスにまで落とされるのだ。

ルカの福音書　十編十五節

樵よ目覚めよ（一九四八年）

一◆

コロラド川の西に
大好きな場所がある
この体に脈打ち流れるもの
過去の私　今の私　背負うもの
すべてを抱えてそこへと向かう
赤い岩がいくつかそびえている
千の手をもつ野生の風が
その構造をつくりあげた
真紅の盲者が深みから這い上がり
石のなかで銅と火と力に姿を変えた
バッファローの皮のごとく伸びるアメリカよ
軽やかで明るい夜に馬を駆り
あの星の高みを目指しながら
緑の露に満ちた君の杯を飲もう

刺々しいアリゾナと節くれだったウィスコンシンから
風雪に抗ってそびえるミルウォーキーに至るまで
あるいはタコマの松林の近く
ウェストパームのざわつく湿地に至るまで
君の森の濃厚な鉄の匂いのなかを
母なる大地を踏みしめ歩いた
青い木の葉　滝つぼの小石
音楽と化して震えるハリケーン
修道院のような祈る川たち
カモとリンゴ　地と水
小麦を育む無限の静寂

その私の大切なコロラドの岩の上で
風に目と耳と手を広げれば聞こえてくる
書物の音　機関車の　雪の　戦いの音
工場の　墓地の　植物が育つ音
マンハッタンから船が運ぶ月

糸を紡ぐ機械の歌
大地を食べる鉄のスプーン
コンドルのくちばしを打ちこむドリル
切る音　押す音　走る音　縫う音　ありとあらゆる音
繰り返し生まれる生き物と車輪の音

農民《ファーマー》のちっぽけな家が好きだ
アイロンをかけたシーツに　なりたての母が
タマリンドの蜜のように眠る　玉ねぎに囲まれた
何千もの竈の火が燃えている
(川べりで歌う男たちの声は
水底の小石のようにざらざらだ
煙草はその大きな葉から飛び出して
火の妖精のように他の家々の竈へと届く)
ミズーリ川の上流へ来たまえ　チーズと小麦粉を見たまえ
バイオリンのように赤く香り立つ木の板を
大麦のなかを泳ぐ男の姿を見るがいい

初めて人を乗せた青い仔馬からは
パンとアルファルファのアロマが漂う
町の鐘　ヒナゲシの花　製鉄場
老朽化した野生の映画館では
愛がその口を大きく開き
地から生まれた夢を見る
我らが愛するのは君の平和　君の仮面ではない
君の戦士の仮面は美しくない
北のアメリカよ　君は美しく広大だ
君は川辺の白いセキレイのような
質素なゆりかごから育った
未踏の地に構築された君は
蜂の巣のごとく穏やかで甘い
オレゴンの泥で手を赤く染めた男を
我らは愛する　象牙の領域で生まれた
音楽を君にもたらした黒人の子どもを
我らは愛する　我らは愛する
君の都市を　君の中身を

君の光を　君の仕組みを　西部の
エネルギーを　蜂の巣と村の
海のごとき蜜を
トラクターに乗る巨漢の青年を
君がジェファーソンから受け継いだ
エンバクを　君の大洋と大洋をつなぐ
あの響きのよい車輪を
工場の煙と　新しい植民地の
千回目の口づけを
君の土を耕す血を我らは愛する
君の油にまみれた人民の手を我らは愛する

夜空の草原でバッファローの皮に横たわれば
重々しい沈黙のなか　生まれる前の私自身と
かつての私たちの言葉が　私たちの歌が
じわじわと溢れ出していつまでも消えない
メルヴィルは海のモミノキで　その枝からは
なめらかなカーブを描く船底と
木の船団が生まれる　穀物のように
数えきれぬホイットマン　数学の闇に潜む
ポー　ドライサーとウルフ
我々自身の不在に刻まれた新鮮な傷たち
最新のロックリッジ夫妻　みなが深みに繋がれ
他にも多くの人々が影に繋がれ
彼らの上から同じ西半球の夜明けが燃え
我らの存在は彼らによって築かれる
強力なる歩兵たちが　盲目の隊長たちが
数々の事件と時として脅かされた藪のあいだを
乗り物が行き交う大草原を
未踏の平原をいったい何人の死者が
悩める無実の者が　刷られたばかりの予言者が
大草原というバッファローの皮を踏んできたか

フランスから　沖縄から　レイテの環礁
（ノーマン・メイラーが記した場所）から
怒れる空気と波間から

ありとあらゆる青年たちが戻ってきた
ほぼ全員が……　彼らの泥と汗の話は
緑色で苦かった　彼らはサンゴの歌を
ろくに聞きもしなかった
島で死んだ者以外はきらめく芳香の冠に
触れることすらなかった
　　血と糞が
死とネズミが　疲れ果て悲痛にくれる
戦士の心臓が彼らの後を追った
それでも彼らは戻ってきた
　　　君たちは彼らを出迎えた
地がどこまでも続くその広大な空間に
そして彼ら（戻ってきた者たち）は
無数の花びらをもつ花のように
再生と忘却を願い己を閉ざした

二◆

だが彼らは
我が家に見知らぬ客がいるのを知った
あるいは新しい目を持ち帰った（か蒙が啓かれていた）
あるいは刺々しい藪がその瞼を破った
アメリカの地に見慣れないものがある
君と戦ったあの黒人たちが　タフで
にこやかなあの連中が今や　見よ
　　　彼らの家の前で
十字架が燃やされた
血を分けたブラザーが吊るされ火を放たれた
かつて兵士にされた彼らは
言葉と自己決定を拒まれ
頭巾をかぶった冷血漢どもが
十字と鞭を手に夜な夜な集まる
　　　（海外からは
別の戦いの音が聞こえてくる）

その予期せぬ客人は
嚙み傷だらけの年老いた蛸のごとく
巨大な触手を四方に伸ばし
君の家に居座ったのだ　兵士よ
報道機関はベルリンが育てた古い毒を蒸留する
新聞が（タイムズが　ニューズウィークが）黄色い
暴露のページに姿を変えてしまった　ハーストが
ナチに愛の賛歌を送ったあの男がにやつき
その爪を研ぎ　君たちが再び
あの岩礁や草原に出兵して
君の家を牛耳るこの客のために戦うのを待っている
奴らは容赦なく君を追い詰める　奴らは鉄と銃弾を
これからも売り続けたい　奴らは次々に火薬を作り
そして新鮮な火薬が他人の手に渡るより先に
一刻も早く売りさばく必要がある
君の屋敷に居座った主どもは
あらゆる場所にその指骨《ファランヘ》を伸ばし

黒いスペインとそこで受け取る血の杯を好む
（銃殺一人につき百杯の）マーシャル・カクテルだ
若い血を選べ　中国の
農民の血　スペインの
囚人の血を
砂糖の壺キューバの血と汗を
チリの銅鉱山と炭鉱の
女たちの涙を
そしてシェイクするときは
処刑用の鉄輪のようにギリギリ回せ
あと氷と歌のトッピングも忘れずに
《見よや十字架の旗高し……》
こんなカクテルはまずいだって？
すぐに慣れるさ　兵士よ　飲むがいい
世界中のいたるところで　月明かりの下で
あるいは山で　デラックスなホテルで
この元気の源のカクテルを注文するがいい
ワシントンの顔が描かれたあの素敵な札で

そのカクテルのお代を払うといい

さらに君たちは知った　チャールズ・チャップリン
あの世界に残された心優しきただひとりの父が今や
逃げねばならぬ　作家たち（ハワード・ファストら）が
賢者たちが　芸術家たちが
君の地で
戦争で潤った売人どもの法廷に座らされ
その《非米》思想により裁かれていることを
この恐怖は世界の果てまで届いている
私の叔母がこのニュースを読み怯えている
世界中の人々の眼差しが今や
あの恥辱と復讐の法廷に注がれている
そこは残忍なバビットどもの法廷だ
奴隷商人とリンカーン殺害犯どもの法廷だ
その新たなる異端審問の法廷を支えるのは
（言い知れぬ恐怖だったあの）十字架ではなく
娼館のテーブルや銀行に転がる
人を裁く権利など持たぬはずの
丸い黄金の延べ棒なのだ

ボゴタでモリニゴとトルヒーヨが集い
ゴンサレス・ビデラとソモサとドゥトラが喝采を送る
若きアメリカ人よ　君は奴らを知らない
我らの空に巣食うどす黒い吸血鬼ども
奴らの翼の影までもが苦い

投獄
苦難　死　憎悪
南の大地　その石油と硝石が
怪物どもを身ごもった
夜のチリに　ロタの炭鉱に
坑夫たちの質素でじめじめとした家に
冷血漢の命令が届く　子どもたちが
泣きながら目を覚ます
何千もの人々が
これから捕まると思い泣いている

　パラグアイの
密林の濃い影が
殺された愛国者の骨を覆い隠し
一発の銃声が
夏の燐光に轟く
　　そこで死んだのは
真実だ
　　ミスター・ヴァンデンバーグは
ミスター・アーマー　マーシャル　ハーストは
なぜサント・ドミンゴに介入して西洋文化を守らぬ?
なぜニカラグアの大統領閣下は
夜中に怯えて目を覚まし
追放され死なねばならない?
（あの国に守るべきバナナはあれど《自由》はない
バナナを守るならソモサでも楽勝というわけだ）
　　《偉大》で
輝かしい思想はギリシャにある
水に浸かった絨毯のように
みじめな政府を救う思想は中国にあるのだ
　　ああ兵士よ!

三◆

アメリカよ　私は君の大地の彼方へも足を伸ばし
我が流浪の家を建てている　空を飛び　陸を歩き
月日を通して歌い　話をしている
そしてアジアで　ソ連で　ウラルの森で足を止め
孤独と樹脂を塗りたくったこの魂を広げている
私は人が愛と戦いによって
広大な領域につくりあげたものが好きだ
我がウラルの家を今なお囲むのは
針葉樹林の太古からの夜と
そびえる柱のような沈黙だ
ここでは小麦と鋼鉄が

人の手から　胸から生まれた
そしてハンマーの歌が年老いた森を
新たなる青い自然現象のごとく喜ばす
私はここからどこまでも広がる人の領域を
子どもたちと女たちの地表を　愛を
工場と歌を　つい昨日までは
野生の狐が住んでいた密林に
アラセイトウのように咲く学校を見つめる
そこから先の地図上で私の手が届くのは
緑の草原　千の工場から立ちのぼる煙
繊維のアロマと
手なずけられた
エネルギーの驚愕
午後になれば
ひかれたばかりの新たな道を戻り
台所に入る
そこではキャベツが煮え
世界の新たな泉が湧き出ている

ここにも青年たちが戻ってきた
だが数百万の青年たちが取り残された
ある者は絞首台に吊るされ
ある者は特殊な炉で焼かれ
こうして破壊された彼らは
記憶のなかの名前でしかない
民間人も殺害された
ソヴィエトの大地が蹂躙された
何百万ものガラスと骨が　牛と工場が
砕けて混じり合い　ついには春が
戦争に呑まれて消え失せた
だが青年たちは戻ってきた
建てられた祖国への愛が
血に濃く混じっていたのだ
血管は《祖国》と言葉を発し
血はソヴィエト連邦を歌っていた
プロイセンとベルリンを征服した若者たち

帰国した彼らはかくも意気軒昂で
そして故郷の都市はすぐに蘇り
動物たちと春も戻ってきた
ウォルト・ホイットマンよ　その草の顎をあげ
私と共に森から見よ
この芳しい偉大な場所から見よ
ウォルト・ホイットマンよ　そこに何が見える?
《見える》と我が深遠なる兄は言う
発電所の稼動が見える
死者も回想する都市が
清らかな都市が見える
輝くスターリングラードが見える
打ちのめされた大草原から
苦難と火災から一台のトラクターが
朝の湿り気のなかで生まれ
平原を埋め尽くすのが見える
ウォルト・ホイットマンよ　あなたの声と
埋められたあなたの胸の重みと　その顔に
生える重たい根っこを私に貸してくれ
これらの建造物を歌おうではないか!
あらゆる痛みから立ち上がるものを
大いなる沈黙から生まれるものを
厳粛なる勝利を
あなたと共に歌おう
　スターリングラードよ　君の鋼鉄の声は生まれる
希望が集合住宅のように
一階また一階と再生する
そして声は再び前進し
諭し
歌い
建てる
スターリングラードが人々の血から
水と石と鉄の楽団のように生まれ
パンがパン屋でまた生まれ
春が学校にまた姿を現し
新たな足場と新たな木々を立ち上げ

年老いた鉄のヴォルガ川が脈を打つ
　　これらの書物は
松とヒマラヤスギの新鮮な箱に収められ
死んだ拷問者たちの
墓の上に並べられている
廃墟に築かれたこれらの劇場は
苦難と抵抗を覆っている
記念碑のように明瞭な書物が
英雄ひとりにつき一冊の書物が
一ミリの死ごとに一冊の書物が
この不朽の勝利の花びら一枚ごとに一冊の書物がある

ソヴィエト連邦よ　君の戦いで流された血を
私たちが一滴残らず集めることができれば
君が死にかけていた自由を蘇らせようと
世界のため母のように流した血を集めれば
きっと新しい海ができるに違いない
とてつもなく大きく
とてつもなく深く
あらゆる川の水がどくどくと流れこむ
アラウコの火山の炎のように燃え盛る海だ
あらゆる地上の人々よ
その海に君の手を浸すがいい
その手にすくった水で溺れさせるのだ
忘却した輩を　侮辱した輩を
嘘をついた輩を　名誉を汚した輩を
西洋のごみ溜めに潜む数百の犬とつるみ
君の血を貶めようとした輩を溺れさせろ
自由人の母よ！

ウラルの松の馥郁たる香りから
ロシアの心臓部に生まれる
図書館を見つめる
黙々と働く研究所を見つめる
新たなる都市群に
木材と歌を運ぶ列車を見つめる

この安らかな平和のうちに
新生児の胸のような脈が育つ
ステップには少女と鳩が
白い体を揺すり帰還する
オレンジ畑は黄金で満たされ
市場には今や
夜が明けるごとに
新たなアロマがひとつ
犠牲者をもっとも多く出した遠隔地から
アロマがひとつ届けられる
技師たちは平原の地図に
その数値を刻み震わせ
蒸気立ちのぼる新たな冬の大地を
配管が長大な蛇のように覆いつくす

旧クレムリンの三つの部屋に
ヨシフ・スターリンという男が住んでいる
彼の部屋の明かりが消えるのは遅い

世界と祖国が彼に休む間を与えない
世の様々な英雄たちが祖国を産んだ
彼もまた己の祖国の誕生に手を貸し
その建造と
その防御に手を貸してきた
その巨大な祖国は彼自身の一部であり
祖国が休まぬ以上は彼もまた休めない
かつては雪と火薬に囲まれ
宿敵の盗賊どもと対峙したこともある
忌まわしい拷問具と貧困と奴隷の懊悩を
何百万という貧しい人々の眠れる苦痛を
（今と同じく）蘇らせようとした宿敵だ
ヴラーンゲリ　デニーキン　西欧世界が
《文化防衛》のため派遣した連中と対峙した
拷問者たちを守りに来たその連中は
そこで命を落とし　そして完成したソ連の
広大な領土でスターリンは昼も夜も働いた
しかし次に押し寄せてきた鉛の波は

チェンバレンに餌をもらったドイツだった
スターリンは広大な戦線の端から端まで
あらゆる地点と前線でこれを迎え撃った
彼の息子たちは人民のハリケーンと化して
ベルリンまで到達しロシアに永い平和をもたらした

モロトフとヴォロシーロフが
そこにいる　他の高官たち
不屈の男たちといる彼らが
私には見える
樫の林のごとく堅牢な彼らは
誰ひとりとして宮殿をもたない
誰ひとりとして奴隷の軍隊をもたない
誰ひとりとして血を売り戦争で儲けるような
真似はしない
誰ひとりとしてシチメンチョウのような姿で
リオデジャネイロやボゴタまで行き
拷問に手を汚した圧政者を手なずけたりしない

彼らの誰ひとりとしてスーツを二百着揃えたりしない
彼らの誰ひとりとして武器工場でその作戦を
立てたりはしない
彼らは全員
その作戦を
死の闇夜から立ち上がった暁の鳴り響く
広大な祖国への愛と
その建設のために立てる
彼らは世界に《同志よ》と語りかけた
彼らは大工を王にした
あの針穴をラクダが抜けることは二度とない
彼らは村々を清めた
彼らは土地を分け与えた
彼らは奴隷の地位を高めた
彼らは物乞いを消し去った
彼らは残虐な連中を除去した
どこまでも広がる夜に光を灯したのだ

だからこそ私は君に言う　アーカンサスの娘よ
あるいはウェストポイントの金髪の青年よ
いやデトロイトの工員の君
あるいは昔ながらのオーリンズに荷を下ろす君に
君たちみんなに私は言いたい　足を踏みしめるのだ
広大な人の世界に耳を傾けるのだ
君にここで語りかけているのは
国務省のお上品な連中でもなく
獰猛な鉄鋼王たちでもなく
アメリカ大陸の南の端から来た詩人だ
パタゴニアの鉄道員を父にもつ男だ
アンデスの風と同じアメリカ大陸の産物だ
私は今や祖国で追われる身となっている
牢獄と悲嘆と苦悩が支配するあの国では
銅と石油が我らには無縁の王たちの金に
ゆっくりと変わりつつある
　　　　　　　　それは君ではない
片手に黄金をもち

片手に爆弾をもつ偶像は君ではない
　　　　　　　　実際の君は
今の私であり　かつての私であるはず
我らが守るべきもの　このとてつもなく清い
アメリカ大陸の友愛という下層土であるはず
どこの街の通りにもいる素朴な人であるはず
我が兄フアンは
君の兄ジョンのように靴を売る
我が姉フアナは
君の従姉ジェーンのようにジャガイモの皮をむく
我が体には坑夫と漁師の血が流れているが
ピーターよ　それは君の血も同じはずだ
君と私とで扉を何枚も開けようではないか
そしてインクのカーテンの向こう側から
ウラルの風をこの大陸にも通すのだ
君と私とで怒れる者に言ってやろう
《待て　ここから先へは通さない》

なぜならここから先は我らの土地
ここから先で聞こえてくるのは
機関銃の唸る音ではなく
歌また歌　歌しかないのだから

四◆

だが北のアメリカよ　君が軍を送り
汚れなき国境を破壊するなら
シカゴから殺し屋を派遣し
我らの愛する音楽と秩序を
支配するというのなら
　我らは石と風から飛び出し
君に噛みつくだろう
　我らは最上階の窓から飛び出し
君に火を放つだろう
　我らはもっとも深い波から飛び出し
君に棘を刺すだろう
　我らは畑の溝から種となり飛び出し
コロンビアの拳となり君を殴るだろう
　我らは君にパンと水を与えるのを拒むだろう
　我らは君を地獄の業火で焼くだろう

だから兵士よ　あのたおやかなフランスに
踏み入ってはならない　あそこへ行っても
生い茂るブドウ園でビネガーしかもらえぬし
貧しい少女たちが君に指し示す場所には
ドイツ人が流した血しか残っていないから
スペインの乾いた岩場に登ってもならない
なぜならあの国の石はどれも火と化して
猛者たちは千年先でも戦い続けているから
スペインのオリーブ畑に迷い込んではならぬ
オクラホマへ帰れなくなるぞ　ギリシャにも
入ってはならない　君が今日流した人の血が
いつかは地から立ち上がって君を止めるから

同じくトコピージャへ釣りに来てもいけない
チリのメカジキは君たちの略奪を知っていて
アラウコの地からは真っ黒な顔をした坑夫が
君たち新たな侵略者が埋めたと思っている
あの古《いにしえ》の酷い矢を抱えて狙いに来るぞ
ビダリータを口ずさむガウチョのことも
冷凍運搬船の船乗りのことも信用するな
彼らはあらゆる場所で目と拳を光らせている
そのときが来るまでベネズエラ人は君たちのことを
片手にギターを　片手に石油瓶をもち　待っている
入ってはならぬ　ニカラグアへも入ってはならぬ
その日が来るまでサンディーノが密林で眠っている
彼のライフルはつる草と雨に覆われ
彼の眼にもはや瞼はないが
君たちが彼を殺したときにつけた傷は生きていて
プエルトリコ人の手のように刃《やいば》のきらめきを
今なお求めているのだ
　世界は君たちに容赦をしないだろう

君たちが行く島からは人がいなくなるばかりか
空気も好みの言葉を他に見出し出ていくだろう

ペルー山岳部に人の肉を求めてはならぬ
遺跡の立ち並ぶ傷だらけの霧のなかで
我らの血の心優しき先祖たちが
アメジストの剣を研いで待ち伏せしている
谷間では戦さを告げるしゃがれた法螺貝が
戦士に　投石器を操るアマルの息子たちに
呼びかけるだろう　メキシコの山々を
曙と戦う戦士を狩りに侵略してもならぬ
サパタの銃たちが決して黙ってはいない
油を差され大挙してテキサスを襲うだろう
キューバに入ってもならぬ　海の輝きから
汗にまみれたサトウキビ畑から
真っ黒な目が君を見張っている
彼らはかけ声ひとつで君を殺すか自ら死ぬ
　入ってはならぬ

ざわつくイタリアでパルチザンの地には入るな
ローマにいる駐留部隊の列からはみ出るな
サン・ピエトロ大聖堂から一歩も出るな
そこから先では村々の粗野な聖人たちが
魚を守る漁師の聖人たちがすでに
北の大いなる草原の国を愛したのだ
新しい世界が花咲いたあの国を愛したのだ

　触れてはならぬ

ブルガリアの橋には触れるな　ルーマニアの川は
二度と君を通さない　我らが川に血を撒けば
水が沸騰して侵略者を焼き殺すだろう
地主たちの墓のありかを知る
現代の農民に声をかけてもならぬ
彼らの犂とライフルをせいぜい見張るがいい
君など星のように焼き殺されるかもしれない

　中国に船着けしてはならぬ

北京の腐った宮廷で官吏に囲まれていた
あの傭兵の蒋介石はすでにいない

そこで君たちを待ち受けるのは
農民の鎌の森と火薬の火山だ

かつての戦争では城の堀に水をためていた
それはやがて棘と鉤爪のついた幾重もの金網になった
だが君の前にある堀はそれより大きくそれより深い
君の前にあるこの金網はどの金属よりも硬い
それは人という金属の原子が集まったものだ
それはひとつの命に何千もの命を結んだものだ
それは古《いにしえ》より積み重ねられた人民の痛みである
あらゆる辺境の谷間や王国
あらゆる旗と船団
あらゆる洞窟を積み重ねたもの
嵐に抗って投げられたあらゆる網が
地上に刻まれたあらゆる痛々しい皺が
燃え盛るカルデラから見えるあらゆる地獄が
あらゆる機織工場と鋳造所が
あらゆる機関車が迷い集まったその結果なのだ

この金網は地球を千周する
途中で切れて埋もれたかに見えて
ふいに磁石のようにつながりあい
やがて地上を埋め尽くす
だがさらにその先には
ツンドラとタイガから来た男と女が
死をも打ち負かしたヴォルガの戦士たちが
スターリングラードの子どもとウクライナの巨人が
顔を輝かせ　すでに心を決め
鉄のようにたくましく　にこやかに
石と血　鉄と歌　勇気と希望とで築いた
高く分厚い一枚の長大な壁と化して
ある者は戦い　ある者は歌うべく
君たちを待ち構えている
その壁に触れようものなら
発電所の石炭のように焼かれて死ぬだろう
ロチェスターの微笑みも闇と化し
ステップの風に撒かれて
雪で永遠に覆いつくされるだろう
ピョートル一世の時代に戦った人々から
世界を驚かせた新たな英雄たちまでが馳せ参じ
そのメダルを小さな冷たい銃弾に変えて
今や喜びに満ち溢れる大地の隅々から
容赦なく銃声を轟かせるだろう
そしてツタに覆われた研究所から
原子もまた解き放たれて飛び出し
君たちの誇り高い都市を目指すだろう

五◆

そんなことがあってはならぬ
樵よ目覚めよ
来たれエイブラハム
斧と木の皿を携え
農民と食事をしに来い

そして世界を再び見よ
その樹皮の頭で
木の板や樫の木の皺に
深く刻まれたその目で見よ
木の上に登るのだ
セコイアの高みから見るのだ
薬局で薬を買い
タンパでバスに乗り
黄色のリンゴをかじり
映画館に入り
あらゆる素朴な人々と語り合え

樵よ目覚めよ

来たれエイブラハム
あなたのあの古《いにしえ》の酵母で
イリノイの金と緑の大地を膨らませ
故郷の町に再び斧を振り下ろすのだ

新たなる奴隷制支持者に
奴隷を襲う鞭に
印刷所の毒に
金の亡者が売る血まみれの品に
その斧を振り下ろせ
そして白い若者と黒い若者が
歌って笑いながら歩くのだ
金でつくられた壁を
憎悪の製造工場を
自分の血を商う者たちを
歌って笑いながら打ち倒すのだ

樵よ目覚めよ

六◆

来たる日々の黄昏に平和を

橋に平和を　ワインに平和を
私を求めるこの文字たちに
古《いにしえ》の歌に土と愛とを絡めて
我が血を昇るこの文字たちに平和を
パンが目覚める朝の
都市に平和を　根たちの川に
ミシシッピ川に平和を
我が兄弟のシャツに平和を
風の印のような本に平和を
キエフの大いなるコルホーズに平和を
これらの死者たちの　そしてあれらの
死者たちの灰に平和を　ブルックリンの
黒い鉄に平和を　家から家へ
日を届けて回る郵便配達人に平和を
踊るつる植物たちに向けて
メガホンで怒鳴る振付師に平和を
Rosario と書きたいだけの
我が右手に平和を

錫のように秘められた
ボリビアの男に平和を
君が結婚するための平和を
ビオビオのすべての製材工に平和を
ゲリラ戦を続けるスペインの
引き裂かれた心臓に平和を
ハート形を刺繍した枕が
とっても可愛いらしい
ワイオミングの小さな美術館に平和を
パン屋と彼の愛に平和を
小麦粉に平和を
生まれるべきあらゆる小麦に平和を
藪の陰を求めるあらゆる愛に平和を
生きとし生けるものに平和を
あらゆる地と水に平和を

ここでお別れだ
私は帰ろう　夢のなかで

パタゴニアに帰ろう
風が厩に打ちつけ
大海が氷をはじくあの地に帰ろう
私はただの詩人　君たちみんなを愛し
愛する世界をさすらう者
我が祖国では坑夫が囚われ
兵士が判事に命令を下している
それでも私はあの寒い小国を
根の先まで愛している
千回死ぬとしても
あの地で死にたい
千回生まれるとしても
あの地で生まれたい
原始のアローカリアのそばで
南部のすさまじい風に吹かれ
買ったばかりの鐘の音を聞くのだ
どうか誰も私のことなど思わぬこと
我らは愛でテーブルを叩き

全世界に思いを馳せよう
パンやインゲンマメや音楽を
血が赤く染めるようなことは
二度とあってはならない
どうか私と来てほしい　坑夫
少女　弁護士　船乗り
人形工場の工員
みんなで映画館に入ろう
いちばん赤いワインを飲みに出かけよう

私は何かを解決しにきたのではない

私はここに歌いにきた
君に共に歌ってもらうためにきたのだ

十章　逃亡者

一◆

夜も更けて人生の真っただ中を
涙から紙へ　服から服へ
このうんざりする日々を歩いた
警察から追われる身になっていた
ガラスの時刻
孤高の星たちの分厚い壁の下を
町から町へ　森から森へ
畑から畑へ　港から港へ
人の扉から人の扉へ
人の手から人の　そしてさらに人の手へと渡った
夜がのしかかる　だが人は
その友愛の印を差し出してくれた
道から道　影から影へ　行方も定めず
やがて明かりの灯る扉にたどり着いた
私のものである小さな星の光
森のなかで狼どもが喰らいそこねた

小さなパンのかけらに

あるとき田舎の小さな家を
夜中に訪ねた　その夜まで
会ったこともない人たち
存在すら予見しなかった人たち
彼らのしていること　彼らの時間
すべてが私の知識を越えていた
なかに入った　五人の家族だった
夜中に火事でも起きたかのように
全員がさっき起きたばかりだった
　　　　　　私はひとりずつ
その手を握り　ひとりずつ顔を見た
その顔はなにも訴えてはいなかった
かつて見えなかった扉
私の顔など知らない目
真夜中に　歓迎の言葉も
ろくに聞かぬまま　疲れた体を横たえ

我が祖国の悲嘆を眠らせた
やがて夢が訪れ
大地の無数の反響が
そのしわがれた咆哮に
孤独の糸を絡めて夜を進めるあいだ
私は思った《ここはどこなのだ？
彼らは何者だ？　なぜ私をかくまってくれた？
なぜ今日まで私と会ったこともない人々が
その扉を開いて私の歌を守ってくれたのだ？》
誰も答えてはくれなかった
聞こえてきたのは落葉した夜のざわめきと
布擦れのように広がるコオロギの声
夜がまるごと枝葉のなかで
かすかに震えているようだった
夜の大地よ　私の窓辺に
お前はその唇を寄せて
落ち葉の絨毯を踏むように
私をそっと眠らせてくれた
駅から駅へ　巣から巣へ
枝から枝へと伝い　いつもふと気づくと
お前の根に絡む死者のように眠っていた

二

それはブドウの秋だった
広大なブドウ畑が揺れていた
ヴェールのかかった白い房が
その甘い指に粉を吹いていた
真っ黒なブドウの実が
丸い秘密の川の
小さく張り詰めた乳房を満たしていた
その家の主　痩せこけた顔の
職人が私に読んでくれた
黄昏の日々をつづる

青白い地上の書物
彼の優しさは果実と
枝と梢をまる裸にする
剪定の仕方を知り尽くしていた
まるで大きな子をあやすように
彼は馬たちに話しかけた
その背中を家に住む
五匹の猫と犬が追った
冷たい桃の木の下を
猫たちが背を丸めてのんびりと
犬たちがやたらはしゃいで駆けた
彼は木々の枝の一本一本から
樹皮についた傷の形まで知り尽くしていた
その年老いた声が馬を撫でながら
私を教え諭すのだった

三

そして私はまたもや夜を目指した
町を越えるとアンデスの夜が
こぼれ落ちた夜が私の服に
そのバラの花を開いた
　　南部は冬だった
雪が
その高貴な土台に鎮座し
冷気が千の凍った先端で体を焼いた

マポーチョ川に黒い雪が流れていた
そして私は静まりかえった通りを
暴君に汚された町を行く
ああ！　私自身も静まりかえり
いったいどれほどの愛と愛が我が目を抜け
この胸へと落ちていったかを思う
なぜならその通りも次の通りも

雪降る夜の戸口も　死の巷に
暗く沈んでいる我が人民も
なにもかもが　小さな枝に
最後まで偽の明かりを灯す窓も
部屋また部屋　どこへ行っても
黒く押し込められたサンゴも
我が大地の決して疲れぬ風も
なにもかもが私のものであり
あらゆるものが静かに私を目指し
キスに満ちた愛の口を掲げてくるのだから

四

若い夫婦が開けてくれたその扉も
一度も訪れたことのない家だった
　　　　　　　　　　　彼女は
六月のように日焼けをしていた
彼は高貴な眼差しの技師だった
それ以来二人とパンとワインを
分かち合い
　　　　　　少しずつ
まだ見ぬその心に入っていった
彼らは言った《私たちは
別れていたのです
どうしようもなく破綻していたのです
こうしていっしょにいるのはあなたが来るから
あなたをいっしょに待つことにしたからです》
その小さな部屋で
三人がいっしょに
静かな砦を築いた
私は夢のなかでも沈黙を貫いた
そこは首都のまさにど真ん中
あの裏切り者の足音が
聞こえてきそうな場所
ほんの壁一枚を隔てて

看守どもの汚らしい声や
盗人の高笑い　我が祖国の
腰に食い込んだ銃弾のあいだで酔っぱらう
悪党どものくちゃくちゃ嚙む音が聞こえていた
オルヘルやポブレーテのような輩のげっぷが
黙り込む私の肌まで届いてきそうだった
彼らのずるずるした足音が
我が心臓と炎に今にも触れそうだった
奴らは同胞たちを責め苦にあわせ
私はこの剣の刃を研いで備えていた
そして再び真夜中　さらばイレーネ
さらばアンドレス　さらば新たな友
足場たちよ　さらば　星よ　さらば
窓越しにいつも見えていた
細長い亡霊のような住人の
奥の見えない家よ　さらば
午後になると我が目を捉えた
丘の麓の貧しい光景よ　さらば
夜になるたび稲光のように
きらめいた緑のネオンよ　さらば

五◆

再び夜　さらなる彼方を目指す
沿岸山地を突っ切って
太平洋へ伸びる長い帯を抜け
やがて見える曲がりくねった路地
バルパライソの狭い路地また路地
とある水夫の家に入った
母が私を待っていた
《昨日聞いたんですよ》彼女は言った《息子が
電話をくれたんです　ネルーダの名を聞いて
思わず体が震えました
でも子どもたちに尋ねたんです
いったい何をしてあげられるかしらって

あなたは貧乏人の味方だって息子は言いました
僕たちの惨めな暮らしを笑ったり
嘲ったりする人じゃない　むしろ僕たちを支え
守ってくれる人だって　だからわたしは言いました
では今日からあなたはうちの家族よって》
私は清潔なテーブルクロスと水差しを見つめた
その水は夜の底からガラスの羽のように
私のもとまでやってき彼らの
命のように清らかだった
窓から外を見ると　バルパライソが
震える千の瞼を開き
夜の海風が口に流れ込んできた
丘の上に輝く光
海上に揺らめく月明かり
緑のダイヤを散りばめた
君主国のような闇
生が私にもたらした
新たな安らぎ

　ふと見るとテーブルの支度が終わっていた
パン　ナプキン　ワイン　水
大地と慈しみの香りが
我が兵士の目を潤ませた

そのバルパライソの窓辺で
私は昼も夜も過ごした
我が新居の船乗りたちは
毎日のように
私を運ぶ船を探してくれた
　アノテマ号は
だめだった　スルタナ号も
だめだった　彼らは言った
何人かの船長に
賄賂を渡してきたんですが
どうやら他にも大金を出す奴がいましてね
　いずこも腐敗に満ちている
サンティアゴの大統領府とそっくりだ

ここでは港のボスや
船会社の役員のポケットが潤う
それは大統領のポケットほど大きくはないが
貧しい者の骨をしゃぶることに変わりはない
哀れな共和国が鞭うたれている
盗人どもに蹴飛ばされ
警察どもに殴りつけられ
道端で孤独に鳴いている犬のようだ
ゴンサレス化した哀れな国家が
ペテン師どもの手にかかり
密告者の吐いたゲロに突き飛ばされる
汚らしい街角の店で商品にされ
バラバラにされ売り飛ばされる
己の娘を売りわたした男
己の祖国を傷つけ言葉を奪い
手枷をはめて売り渡した男の
手に落ちた　哀れなる共和国
二人の船乗りは家に戻り
波間の塩を　海のパンを
遥かな空を懐かしみながら
袋やバナナや食料を担いでまた出ていった

孤独な日中　海は私から
遠ざかった　しかたなく
丘に拡がる命の炎を
家々を　バルパライソの脈を
見つめていた
命が溢れる小高い丘
ターコイズブルーと
真紅とピンクに塗られた扉
ところどころ歯の抜けた石段
寄り集まる貧しい扉
がたがたの住居
霧と煙が家々に
その塩の網を広げ
木々が必死の形相で

断崖にへばりつき
ひと気のない家々の
腕から吊るされた洗濯物
船という素早い息子の
しわがれた汽笛
塩水の立てる音
霧の音　海の声
拳とせせらぎがつくりだす
新たなる地上の衣服のように
それらすべてが私の体を包んだ
こうして私は丘の上の霧のなかに
貧しき人々の気高い町に住み処を得た

六

山々の窓バルパライソよ！　冷たい錫よ！
民という石が叫ぶたびに壊れる町よ！
この隠れ処から私と見よ
船が点在する灰色の港
凪いだ月のような水面
揺るぎない鉄の倉庫
遠い昔は
バルパライソの海も賑わった
誇り高い細身の船
小麦の囁きをのせた五本マスト
硝石の運搬船
婚礼の大洋から満載の彼らが
お前のもとに集まってきた
昼には帆をなびかせる船
十字に行き交う商船
夜には風に膨らむ旗
お前たちのもとへ集う黒檀が
清く透明な象牙が　コーヒーの
アロマが　夜からまた次の月へ
お前の危険で和やかな海に集い

その港を香りで包んでいた
硝石を積んだポトシ丸が体を震わせ
海を進んでいた　魚と矢が
優しいクジラの青い塊が
地球のどこかの黒い港を目指していた
船首の貴婦人に
揺れる舳先の顔に
バルパライソの夜が
世界の南の夜が降りると
南部の夜がいっせいに
帆に絡みつき
尖った乳首にまで触れた

七

かつて砂漠の硝石はここで夜明けを迎えた
肥沃な地球が脈をうち
ここでチリを
白い船倉を満たしていた
今日私の見つめる先には
その痕跡すらない　すべては
太平洋という砂に消えてしまった
　眼前に広がるこの光景を見よ
金の雨が我が祖国の喉元に
膿の首飾りのごとく残した
おぞましいこの残骸を見よ
バルパライソの空に結ばれた
すべてを貫く我が不動の目を
旅人よ　君にも共有してほしい

ここにチリ人が生きている
ごみ溜めと嵐のあいだで生きている
辛い祖国の陰気な息子が生きている
窓ガラスは割れ　屋根は崩れ落ち
塀は倒れ　壁土はこそげ落ち

扉は埋められ　床は泥だらけ
わずかばかりの土地に
必死でしがみついている
バルパライソよ！
汚辱のバラ　悪臭を放つ海の棺よ！
その棘ある街路で私を傷つけるな
その酸っぱい路地の冠で
底なし沼のようなその貧困に
傷ついた子を私に見せるのはよせ！
お前を歩けば　我が人民が私を苛む
アメリカ大陸のすべてが私を苛む
あらゆるものがお前の骨をかじり
朽ち果てた哀れな女神のように
お前を泡で染め
その優雅に引き裂かれた胸に
飢えた犬たちが小便をかける

八

バルパライソよ　大海の花嫁よ
そこに封じ込まれたものを私は愛する
耳を貸さぬ光の輪から放たれるものを
お前から届く荒っぽい光を私は愛する
お前の光は夜の海を行く船乗りに届く
そのときお前は——純白のバラよ——
その裸体を輝かせ　火と霧になるのだ
私が愛するものを壊し　お前を守るために
怪しいハンマーを持ち込むのはお断りしたい
お前の秘部には私という男さえいればいい
お前の肌にのる露　海の塩辛い母性が
口づけをするその石段には
私が声をかけるだけでよい
山上の空気までのぼる
その海の女神の冷たい冠には
私の唇さえ触れればよいのだ

海に愛されたバルパライソよ
世界のあらゆる海辺の女王よ
波と船が集まる真の中心よ
私のなかでお前は月や
木立のあいだの風向きにも等しい
お前のその犯罪の路地を
丘にのぼるナイフの月を
広場を行き交うクルーを
青をまとう春を私は愛する

我が港よ　お願いだ　わかってほしい
私には権利がある
お前に善と悪を書き伝える権利がある
私はまさに割れたボトルを照らす
不機嫌なランプのような男なのだ

九

世界の名だたる海を回ってきた
島々で新婚のおしべを見た
私は偉大なる紙の船乗りだ
海の最後の泡に至るまで
ひたすら歩いてきたが
お前への刺すような愛は
常に別格だった
お前は大いなる海の
中心にそびえる
岩だらけの頭である
センタリウムの花咲く水色の尻から
お前の下町が赤や青の
おもちゃ屋のような七色を見せつける
その小さな家々と　シーツの上を走る
灰色のアイロンのような帆船ラトーレ号は
小さな瓶に愛らしく収まることだろう

だがあの限りなく濃密な
海の大時化は
　　　凍りついた突風が繰り出す
緑のパンチは　あの水底から押し寄せる
恐怖は　お前の松明にぶち当たる
海をすべて合わせたような大波は
お前を日の当たらぬ暗い巨岩に変え
泡にまみれた嵐の教会にも変えたのだ
バルパライソよ　我が愛を打ち明けよう
いつかまたお前の十字路で生きてみよう
お前と私が再び自由になったそのときに
お前はその海と風の王座で
私はこの湿った哲学の土で
海と雪のあいだに自由が生まれるのを見届けよう
バルパライソよ　孤高の女王
孤独な南太平洋の
孤独のなかでひっそり佇むお前を
　　　私は見つめた

お前の山の黄色い岩のひとつひとつに
お前の荒々しい脈に触れた
港に突き出た両腕は
夜になれば私をそっと抱いてくれた
お前が王国に跳ねる青い泥をかぶり
凛々しく国を統べていた姿を思い出す
砂の上でお前ほど映える女王はいない
南のメカジキよ　水の女王よ

十

こうして夜から夜へ
あの長い時刻　チリの
あらゆる海辺の沈んだ暗闇を
扉から扉へと逃げ回った
どこへ行っても貧しい家が
祖国の片隅で必ず人の手が

私の訪問を待っていた
　　　　そして私は
もの言わぬ扉を千度も開け
ざらざらの質素な壁に触れ
しおれた花を飾る窓から入った
私にとってはまさに謎だった
あの家は私のために鼓動していた
あの家は苦難の血に濡れた
石炭の町にあった
あの家は南極圏の半島の
岸辺に点在する港にあった
あの家は　そう　おそらく
あのにぎやかな通りにあった
真昼に通りで響く音楽に包まれていた
あるいは公園のそばの
誰もそれとは気付かない地味な窓
そこでも人は必ず私を迎えてくれた
彼らは必ずテーブルに

透明なスープ皿と心臓を差し出した
あらゆる扉が私の扉だった
我が祖国が
あれほど厳しい罰を受け
渋いワインのようになっていたとき
みんなが言ってくれた《彼は兄弟だ
この貧しい家に連れてこい》と
小柄なブリキ職人がいてくれた
あの娘たちの母がいてくれた
不格好な農夫がいてくれた
石鹸をつくる男がいてくれた
優しい小説家の女性がいてくれた
殺伐としたオフィスに
昆虫みたいにピンで留められた
それは地味な若者がいてくれた
彼らはいてくれた　そしてその扉には
秘密の印がついていた　塔の入り口のように
頑丈な鍵がついていた

私がふいに現れても彼らは必ず開けてくれた
朝でも夜でも昼でも
会ったこともないその相手に
私は言った《やあ　私が誰だかわかるね
どうやら私を待ってくれていたみたいだね》

十一◆

呪われし者よ　貴様は風に逆らえるか
呪われし者よ　貴様には何もできまい
花咲くものを相手に　現れ黙り見つめ
私を待ちお前を裁くすべてを相手には
呪われし者よ　貴様の買収行為は
裏切りと表裏一体だ　だから貴様は
いつまでも金を撒き続けねばならぬ
呪われし者よ　貴様は人を追放する
人を拘束する　拷問だってできる
売られた者が悔やむよりも先に
新たな買収をすることもできる
金でかき集めた銃に囲まれ
安眠できるかもしれないが
我が祖国に散る安らぎの場で
夜の逃亡者たる私は生きているぞ！

貴様のちっぽけな束の間の勝利など
哀れなものだ！　私にはついている
アラゴンとエレンブルグが
エリュアールと
パリの詩人たちが
ベネズエラの勇敢な作家たち
他にも多くの作家がついている
いっぽうの貴様のお取り巻きは
エスカニージャにクエバス
ペルショノーにポブレーテときた！
私はわが人民の支える梯子で

我が人民が覆い隠す穴の底で
我が祖国の鳩の翼で夢を見る
そして貴様の国境を壊してやる

十二

あなた方みなに言おう
闇のなかで私の手をとってくれた
もの言わぬ夜の人たちみなに言おう
星の航跡　不滅の明かりを灯す
ランプ
命のパン　秘密の兄弟姉妹
あなた方みなに
私は言おう　お礼の言葉ではない
正しさという名の
杯を満たせるのは
その不屈の春の旗に

輝く陽の光を受け止めるのは
あなた方のもの言わぬ威厳を置いて他にはない
ただひとつ
私が思うのは
私もまたあなた方のその素朴さに
その清らかな花に見合う者であったということ
おそらく私はあなた方である　同じものである
同じ大地のパンくずであり　小麦粉と歌である
どこから来たかもどこに根を張るかも知らない
自然に生まれ落ちたパン生地なのだ
私はあなた方に聞こえも見えもしないような
遥か彼方の高尚な鐘でもなければ
地中深くに埋もれたガラスでもなく　単なる
人であり　隠れた扉であり　黒いパンである
私を迎えるとき　あなたは
あなた自身を迎えている
あれほど何度も殴られ
あれほど何度も蘇った

宿主本人を迎えている
　ありとあらゆる人々
まだ見もせぬ人々　我が名を聞いたこともない
あらゆる人々　我らの長い川たちの
流域に沿って暮らしているあらゆる人々
火山の麓　硫黄に焼けつく銅の影に暮らす
あらゆる人々　漁師たちと農夫たち
ガラスのようにきらめく湖の
岸辺で暮らす青いインディオたち
その年老いた手で今ごろ皮をなめしながら
何かを問うている靴職人
あなた　意図せずして私を迎えてくれたあなた
私はあなたである　あなたを知っている　あなたに歌
　いかけている

十三

アメリカ大陸の砂よ　厳かな
プランテーションよ　真っ赤な山なみよ
息子たち娘たちよ　古《いにしえ》からの嵐で
散り散りになった兄弟姉妹よ
土に戻ってしまう前に
生きている粒をみなで集めよう
次に生えてくるトウモロコシは
君の言葉をすでに聞いていて
それを繰り返す　こうして言葉は伝わる
そして言葉は昼夜を問わずに歌われ
かみつきあい　むさぼりあい
地に拡がっていく
ふとしたときに黙り込み
石の下に埋まることがあっても
夜のどこかで扉を見出して
再び生えてくると
パンと希望のように分け与えられ
船を運ぶ風のように人を導くのだ

トウモロコシが我が歌をあなたに運ぶ
その歌は我が人民の
根から生え　育ち
建て　歌い
再び種となり
その数は嵐をも凌ぐ

私の迷える両手がここにある
目には見えない　だがあなたには
夜の向こうからそれが見えている
見えない風の向こうから見えている
あなたの手を貸してほしい
我らがアメリカ大陸の夜の
ざらつく砂の向こうにあなたの手が見える
私はあなたの手と　あなたの手もとろう
その手と　そしてまた別の手もとろう
戦うために掲げられるその手を
種となり再び蒔かれるその手をとろう

夜でも　闇の地にあっても
私はさびしくはない
私は民　無数の民だ
私の声には
沈黙の旅を乗り切り
暗闇に芽を出す清い力がある
死が　苦難が　影が　氷が
ふとしたときに種を覆うこともある
民が地に埋もれて見えることもある
だがトウモロコシは必ず地上に姿を現す
その容赦のない赤色の手はいつだって
沈黙を貫き高々と掲げられた
我らは死から蘇る

十一章　プニタキの花々

一

石の谷（一九四六年）

四月二十五日　今日　雨が降った
オバージェの野原に待望の雨が
一九四六年はじめての水が落ちた

はじめてのしけった木曜　蒸気の日
山の峰には灰色の製鉄場が建つ
飢えた農民がポケットに集めた
ちっぽけな種にも木曜は来る
農民たちは今日急いで地を掘り
緑成す命の粒をそこに蒔くのだ

昨日リオ・ウルタドの奥へ向かった
気難しい峻険な山中の棘だらけの地
アンデスの偉大なサボテンたちが
残虐な燭台のように突っ立っている

そしてその荒々しい棘を覆うように
真紅のドレスか　すさまじい朝焼けのように
幾千本もの針に刺されて噴き出した血のように
赤いヤドリギの花が血まみれのランプを灯していた

その岩たちは火の時代に凝固した大袋だ
石でできた盲目の袋が転がり
やがて谷を見下ろすこの
容赦ない像となった

小川がクロヤナギの鬱蒼たる
茂みのあいだから新しい水の
優しくもだえるざわめきを運び
その黄色の細身をぽたぽたと垂らす

これがチリ中北部の秋　遅れて届く秋

ここの陽光はブドウの房をいっそう輝かせる
透明な太陽がまるで蝶のように
たたずみ　やがてブドウを固まらせ
谷間にマスカットの布が光る

二

パブロ兄さん

しかし今日は農民たちが会いに来た《なあ兄弟
水不足だ　水がないんだパブロ　雨が降らない
川の水も
ちょろちょろだ
七日流れちゃ七日干上がる
牛たちも山で死んじまった
干ばつで子どもが死に始めている
高地では食い物にも事欠く始末だ
パブロ兄さん　あんたから大臣に話してくれよ》
(たしかにパブロ兄さんは大臣に話すけれど
この人たちには決して見えないのだ
あの恥ずべき皮椅子野郎が私を迎える様子も
省庁の木製の床がごますりどもの唾で
どれだけつるつるに磨かれているかも)
大臣は嘘を言い　両手をもむ
そして貧しい村民の放牧地は
かさつく岩場のロバと犬は
飢えから飢えに崩れ落ちる

三

飢えと怒り◆

さらば　お前の地にさらば
お前にできた影にさらば
透き通る枝に
神聖なる地に
畑の牛にさらば　強欲な水にさらば
川の流れに　雨で聞こえなかった音楽に
干からびた岩だらけの夜明けの
青白い帯にさらば

フアン・オバージェよ　お前の手　その水なき手
石の手　壁と干ばつの手を私は握った
そして語りかけた　茶色の羊やいびつな星は
蒼ざめたアザミの花のような月は
花嫁の唇の折れた枝のことは呪うがいい
だが人には触れるな　人の血管を破ったり
痛めつけるのはよせ　砂を赤く染めるな

折れた静脈の枝をぶら下げる木で
谷に火を放ってはならぬ

フアン・オバージェよ　殺すな
するとお前の手が答えた《我が地は
殺したがっている　夜になれば
復讐を求めるのだ　悲嘆にくれた
遠い昔の琥珀色の空気は毒をはらみ
ギターは罪深い尻のようになり
風は刃《やいば》となるのだ》

四

彼らの土地が奪われる◆

なぜなら谷と干ばつの背後には
川と細長い葉の背後には
土と作物をつけ狙う

土地泥棒がいるからだ

あの音響く赤紫の木を見よ
赤く染められたその旗を見よ
朝に流れるその血の背後に
土地泥棒がいる

お前には聞こえる　岩場に潮がぶつかるように
クルミの木にガラスの風がたたきつける音が
しかし毎朝の青空の向こう側には
土地泥棒がいる

お前には分かる　その胚芽の地層のあいだで
小麦が黄金の矢を脈打たせているのが
しかしパンと人とのあいだに仮面が挟まる
それが土地泥棒だ

五

鉱物を目指して

それから塩と金の
険しい石の坂から
埋もれた金属の共和国に
私は登った
両脇はなだらかな塀で
石がまた次の石へと
泥土のキスでつながっていた

心地よい道の両側の
石と石とをつなぐキス
真っ赤に実ったブドウの下の
土と土とをつなぐキス
歯と歯が寄り添うような
大地の両顎
清らかな素材の石塀

川底の石の無数のキスを
道の千の唇に
運ぶ壁

畑から金に登ろう
ここに来れば上等な火打石がある

手が鳥のように軽い
人　鳥　空気中を漂う
かたくなな飛翔と苦悶の実体
おそらく瞼　しかし戦い

そしてそこから金の傾いたゆりかごへ
プニタキへ　縦坑を降りるトロッコの
寡黙な制動係と　シャベルを担いだ男と
面と向かうのだ　さあ来い
ペドロ　なめした皮のように温和な男よ
来い　ラミレス　閉ざされた鉱床の
子宮を探ったばかりの
焼けついた手を出せ
縦坑の階段を降りた先
石灰にまみれた地下の
金　その母胎の奥深くに
君たちの指という道具が
火でその跡を刻んでいる

六

プニタキの花々

そこでは祖国が昔と同じく硬かった
金は迷える塩だった
　　　　　それは
赤い魚だった　その怒れる土で
微塵切りにされたちっぽけな一分が
血まみれの爪から生まれ出ようとしていた

冷たいアーモンドのような夜明けに
峰々の咢《あぎと》の下で
心臓は地に穴を掘り
調べ　触れ　苦しみ　登り
地球のいちばん奥深い本質まで
ずたずたのシャツを着て降りていく

心臓を焼かれた兄弟よ
君の仕事に私の手を重ねるがいい
眠れる地層までもう一度降りよう
君の万力のような手が
さらに深くさらに下へ逃げようとする
生の金をつかんだ　あの場所へ降りよう
そこで花を手にした女たちが
地上で待っていたチリの女たちが
鉱山に生まれた鉱物の娘たちが

花束を私に託した　数本の
プニタキの花々　赤い花々
ゼラニウム　あの硬い地に咲く
質素な花々を　女たちはまるで
縦坑の底で見つけた花のように
赤い水から生まれたその花々が
人の埋まる縦坑から戻ってきた
命であるかのように差し出した

私は女たちの手と花々を
鉱物がへばりつく土くれを
奥深い花の香りと苦痛を受け取った
見た瞬間にそれがどこから来たのか
金の硬い孤独の果てまで分かった
女たちは縦坑に散った男たちの命の花を
血を垂らすようにして見せてくれたのだ

女たちは貧しい暮らしのなか

花咲く砦となり　慈しみと
手の届かぬ金属の束となった

プニタキの花たちよ　動脈よ　命よ
夜中にベッドのそばでお前のアロマが立ち上がり
地の奥底に横たわる
あの悲しみの回廊へ
削られた高原と雪へ
涙しか届かない根の領域へと私をいざなう

花たちよ　高原の花たちよ
鉱山と石の花たちよ
プニタキの花々よ　悲しみにくれる
下層土の娘たちよ　お前たちを二度と忘れない
お前たちは私のなかに生き延び　あの不滅の
清らかさを　決して死ぬことのない
石の花を咲かせたのだ

七

黄金◆

黄金は純潔の日を迎えた
やがて待ち受ける汚い旅に
その全身を再び沈める前の
届いたばかりの金　地の厳めしい体から
取り外されたばかりの金は
火で清められ
人の汗と手で包まれた

人はそこで金に別れを告げた
彼らのふれあいは地上的で
灰色をしたエメラルドの母のように清かった
金の絡み合う塊を拾い上げた
汗にまみれた人の手は
無限に広がる時の次元で

縮められた土の切り株に等しかった
秘密を押し込めた地層の
種子を孕む土の色に等しかった
ブドウの房をつくる地に等しかった

汚れなき金の大地
人の物質　人民の
純潔な金属　無垢な鉱物
二つの道が交わる容赦のない十字路で
彼らは互いを見もせずに触れ合う
人は塵と埃を嚙み続け
岩だらけの地であり続ける
金は人の血を糧に昇りつめ
ついには人を傷つけ君臨する

八

黄金のたどる道◆

よく来たね　君　国でも土地でも買いなさい
部屋でも祝福の言葉でもオイスターでも買いなさい
君がたどりついたこの場所ではなんだって買えるんだ
君の粉さえあれば倒れぬ塔などない
拒める大統領なんてひとりもいない
どんな粗い網でもお宝をすくえる

何しろ僕たちは風のごとくに《自由》だからね
その風だって滝だってなんだって買えるのさ
君を最新式のセルロースに包めば
不道徳な意見をおしつけることも
意志などもたぬ愛の相手を拾って
欲望のシーツに押し倒すこともできる

そして金は衣替えをされた
布切れやすり切れた紙にくるまれ

見えない板の冷たい縁と骨ばった指の腹が締め付けた
新たな城に居座った姫に
大口を開けてにたつく父親が
札束の皿をもってくると
美しい姫はそれを床にぶちまけ
げらげら笑ってむさぼりつくした
金は司教に
黄金世紀の位階を授け
判事に扉を開き　絨毯を買い替えさせ
娼館で夜の闇を震わせ
風に髪をなびかせて走った

（私は黄金が統治する時代を生きた
私は腐敗が蔓延するのを見た
栄誉を圧し固めた糞のピラミッドを見た
膿の雨を降らすシーザーたちが
連れてこられては取り替えられ
それらの金勘定にだけ長けた
死のあやつり人形どもが
貪欲で冷酷な己の灰で真っ白になるのを見た）

九

スト

金鉱の彼方に足を運びストの現場に入った
そこに人と人を繋ぐ
細い糸が生きていた
人を結ぶ清い帯が生きていた
　　　　　　　　死が彼らに嚙みついていた
金が　酸の牙が　毒が
押し寄せてきたが
人民は扉に火打石を置き
団結した土となり
いたわる心と戦いとを

並行する二本の川のように
　　地下に伸びる根のように
血の波のように流していた

腕と腕とを組み合わせたストが
不眠を押し戻しているのを見た
戦いの震える小休止のなかで
初めて生き生きとした何かを見た！
人々の命の団結
質素な火種が燃える
抵抗の台所に　女たちの
目のなかに　わずかな気晴らしの最中
見知らぬ青い海に呼びかけるように
ぎこちなく前に伸ばされる
その厳かな手のなかに
乏しいパンの同胞愛のなかに
鋼の団結のなかに　次々に生えてくる
ありとあらゆる石の芽のなかに

孤立無援の塩のなかに立てられた
あの勇敢なるザクロのなかに
あの失われた人の組織をついに見た
慈しみという名の遠い町灯りが見えた

十

詩人

かつては痛々しい恋の道を
勝手気ままに歩いていた
目を生に釘付けにして
薄っぺらい水晶のページを開けていた
人の好意を金で買い
強欲の市場に出かけ
妬みというもっとも鈍感な水を
仮面や人間の薄情な敵意を吸っていた
私は海中のぬかるみの世界を生きていた

そこでは花が突如として私をむさぼった
白百合の花が泡を吹いて私をむさぼった
そして足を置いたその場から魂がこぼれ
ぱっくり口を開いた深淵に飲み込まれた
こうして私の詩は生まれた　毒のある
イラクサからかろうじて取り出された詩
罰として孤独にがんじがらめにされた詩
その詩はその秘められた花を抜き取って
猥褻の庭にむざむざ埋めてしまっていた
こうして深い溝の底を流れる
どす黒い水のように孤立した私は
手から手へと　人それぞれの孤立と
日々の些細な憎悪へ向けて走り
かくして人類がもう半数の人類を
奇怪な深海魚のように覆い隠して
生きているという事実を知り
広大な泥沼に死を見出だした
死はその扉と道を開けていた
死は壁面をずるずると這っていた

十一

世界中の死

死があらゆる場所とあらゆる墓で
その貢物を指示し拾い集めていた
ナイフやポケットをもつ男が
真昼にも夜の灯りのもとでも
殺すことを望み　殺して回り
人々と枝々を埋めて回り
殺した相手をむさぼり食っていた
彼は捕獲用の網を用意し
血を搾り取り　血を抜き取り
毎朝血の匂いを漂わせ狩りに出た
勝ち誇って戻ってきたときには
死と絶望の粉で全身が汚れていた

それから彼は己自身を殺し
葬儀を行ない己自身の足跡を消した

生者の家々もまた死んでいた
瓦礫　穴の開いた屋根　尿瓶
ウジの湧いた路地
人の泣き声が積み重なる地下室
《それがお前の生きる道》法律は言った
《自分の体液で腐るがいい》上司は言った
《あなたは汚らわしい》教会は論証した
《泥のなかで寝ていろ》皆があなたに言った
舞い落ちた灰を武器にして
統治と決断を目指した者もいたが
人という生ける花は
彼らを遮る壁にぶち当たっていた

墓地は華やかな石の世界
あらゆる者を覆う沈黙と
鋭く伸びる植物の像
あなたもついにここへ来た　悲痛の森に
あなたもついにまたひとつ穴を残す
決して越えられない壁に囲まれ
あなたもついに動けなくなる　こうして毎日
香り高い川のような花々が
死者の川に合流していく
命が触れることのない花々が
あなたが残した穴にまた落ちたのだ

十二

人

ここで私は愛を見つけた　それは砂から生まれ
声を出さずに育ち　屈強な火打石に触れ
そして死に抗った
ここで人は命となり

手つかずの光に生き延びた海を結び合わせ
金属のように堅く結束し
攻撃し　歌い　戦っていた
ここの墓地は掘り起こされたばかりの
大地だった　十字架は折れ
なぎ倒された板の上を
風が砂埃を立てて前進していた

十三

スト

動くのをやめた工場は奇妙な場所だ
建物は静まりかえり　機械と人とが
星と星を結ぶ糸が切れたように離れ
ものづくりで時を満たしていたあの
人の手がどこにもなく　仕事も
音もない裸のままの空間が広がる

人がタービンの巣窟から去ったとたん
人が燃え盛る溶鉱炉から両腕を離し
機械の内臓が動くのをやめたとたん
人がシリンダーから目を離し
閃光が見えない車軸から消えたとたん
あらゆる強力なパワーが
絶大な力をもつ清い回転軸が
おそるべきエネルギーが瞬時に止まり
役に立たぬ巨大な鉄の塊だけが残った
建物は見放され　空気は伴侶を失い
鋼鉄のアロマだけが孤独に漂った

拳をふるうあの欠片《かけら》なしには
ラミレスなしには
ぼろ着の人なしには無きに等しい場所
あるのはモーターの抜け殻だけだった
それが凪いだ海の悪臭漂う底をすべる
黒いクジラのように

失われた力に覆いかぶさっていた
それは孤独に輝く星空のもとで
ふいに沈み込んだ山脈のようだった

十四

人民

人民が赤い旗を振り
私はそのなかにいた　彼らの踏む
石を踏んだ　耳をつんざく行進を
とどろく戦いの歌をともに歌った
彼らが一歩ずつ前進するのを見た
彼らの抵抗のみが道を切り開いた
孤立している人は星屑のように
口ももたず　輝きも放てない
静かなる団結のなかで手を組んで
はじめて火となり不滅の歌となる

大地を進む緩やかな足取りが
はじめて奥行きをもち戦いになる
こうして彼らは戦う尊厳となった
踏みつけられた者たちを集め
組織として目覚め　隣人の扉を
叩き　各自が己の旗を携えて
家の真ん中に座り　生命の秩序となった

十五

文字

そういうわけだ　これは今後も変わることはない
石灰質の山々で　煙の岸辺で
町の工場で
いたるところの壁に言伝が書かれている
それは人民にしか見ることができない
それらの透明な文字を書いたインクは

汗と沈黙である　それは消えていない
人民よ　あなた方が路上で練り上げたその文字は
夜の闇を越え　夜明けの光に隠れ
焼けつく炎のように　そこにある
人民よ　昼の世界の隅にあなた方も加われ
軍隊のように団結して歩け
大地を踏み鳴らせ
大地と同じくみなで音を合わせるのだ
戦いのなかでみなが同じ汗を流したように
その道中で銃殺された人民が
みな同じ血を土埃に流したように
あなた方の歩みは揃っていなければならない

この明るさの向こう側に農場が
都市が　鉱物が生まれるだろう
そしてこの堅く肥沃な団結が
創造的な安定というものを
生命にとって新たなる都市を
産み出してきたのだ
虐げられた組合が掲げた光
冶金の手で練り上げられた祖国
釣り船を進めるオールのように
漁師たちのなかから現れた秩序
レンガ積み職人が束になって建てた壁
穀物たちの学校
人の建てた工場の骨組み
あなた方が呼び戻した流浪の平和
分け与え合うパン　夜明け
地上の愛という魔術　あらゆるものが
地球の四方から吹く風の上に築かれる

十二章　歌の川

一

カラカスのミゲル・オテロ・シルバへの手紙（一九四八年）◆

旅人が君からの手紙を運んできた
それは彼のスーツと目に透明な字で書かれていた
明るいものだな　ミゲル　私も君も！
汚い腫瘍を塗り隠した世界にあって
わけもなく明るいのはもう我々しかいない
私の目の前をカラスが通るが危害は加えてこない
君はサソリどもの目の前でギターを磨いている
我々は猛獣に囲まれて歌っているというわけだ
人に　かつて信じていた誰かの体に触れると
その体が腐ったケーキのように崩れていく
君は先祖から受け継いだベネズエラで
救えるものを拾い集め　私はこちらで
生命のかがり火をなんとか守っている
　　　　　　　　　楽しいなミゲル！
こちらとはどこか？　では教えよう
――政府に《有利な》情報に留めよう――
この野生の石でいっぱいの海岸では
海と野が出会い　波と松の木が寄り添い
鷲とウミツバメが　塩の泡と草原が結ばれる
君も間近で見たことがある
一日じゅう海上を飛び交う鳥たち
あれはまるで行く先々から世界中の
手紙を届けているようじゃなかったか？
カツオドリが風に乗る船のように行き交い
他の鳥たちも矢のように飛び
亡き王たちの言伝や　アンデスのすそ野に
トルコ石の糸と埋められた王子たちの言伝を運ぶ
真っ白でふわふわのカモメたちは
言伝を忘れてばかりいるけれど
ミゲル　我々はどこまでも青いこの世界に
愛と戦いを　パンとワインである言葉を運んだ
それは奴らにもまだ手出しができない言葉だ

なぜなら我々は銃と歌をとって街へ出たから
そんな我々を見て奴らも途方に暮れている
奴らは我々を殺す以外には何もできまいが
ただ殺してしまっては元も子もないのだろう
我々の家の前に部屋を借りたりしようとする
我々を尾行して笑い方や泣き方まで真似する
私もかつては恋の詩を書いていた
詩が全身から湧いて　悲しみのあまり死にかけ
しょんぼりさまよい　めそめそ字を噛んでいた
《偉大なるテオクリトスよ！》とも称された
何がテオクリトスだ　私は生をつかみ
生と向き合い　生にキスをしてのけ反らせ
それから皆がどんな暮らしをしているかを見に
鉱山地帯の路地へと足を向けた
そして両手を汚物と苦痛に染めて戻ったとき
その手を掲げ　黄金の縄でくくると
こう言った《私は犯罪には加担しない》
人々は咳ばらいし　眉をひそめ　私を避けだした

テオクリトスとお世辞を言うのもやめ　ついには
私を罵り　警察を動員して拘束しようとした
お前は抽象的な詩だけ書いておけと言われた
だが私はすでに陽気さを身につけていた
そのときから私は立ち上がった
海鳥たちが遠方から運んでくる手紙を読み
その湿った手紙を　その言伝をひとつずつ
丁寧に翻訳していく　この奇妙な職務では
エンジニアのような繊細さを自らに課す
そのうちふと窓から飛び出るのだ　透明な
正方形の枠を飛び出せば　そこは草と岩が
どこまでも広がっている　そこで私は
我が愛するものたち　波　石　ミツバチ
人をまどわす海の至福に包まれて仕事を続ける
だが陽気な詩人は概して嫌われる　君の役回りは
ただのお人好し《でも誇張と過剰な心配はなしで》
私の役回りは　昆虫館で涙の虫と陳列されること
涙が枯れ果てたときは奴らが弔辞を読んでくれる

硝石の砂漠でストをしている
五百人の労働者と過ごした日を
思い出す　あれはタラパカの焼け付くような
午後だった　人々の顔に砂という砂がへばりつき
血を抜かれ干からびた太陽が照り付けるのを見て
この胸にかつての憂愁が忌まわしい杯のように
戻ってくるのが分かった　あの荒れ果てた塩湖で
みながもう少しで屈しそうになっていたとき
あの戦い最大のピンチ　最悪の危機が訪れた瞬間
鉱山から来ていた顔色の悪いひとりの少女が
ガラスと鋼を混ぜた勇敢な声で読んだのは
君の詩だった　君が昔書いた一遍の詩が　我が祖国の
アメリカ大陸の労働者と農夫の皺だらけの目を伝い
流れ落ちた　そしてその断片的な歌がふいに
紫の花のように私の口のなかできらめき
私の血管に入り　君の歌から生まれた
溢れんばかりの喜びで満たしてくれた

そして私は君だけでなく苦しむベネズエラを思った
何年も前にある学生がひとりの将軍によって
鎖をはめられた跡を残す足首を見せてくれた
逮捕された人たちは路上で働かされるか
牢獄で朽ち果てる　我らの大陸はいつもこう
平原を貪欲な川が流れ　蝶たちは星座をつくりだす
(場所によってはエメラルドがリンゴのように熟す)
だが夜になればいつだって　川沿いではどこだって
誰かの足首が血を流している　かつては石油のそば
今では硝石のそばだ　汚らわしい暴君がピサグアに
我が祖国の花を閉じ込め死なせ　その骨で甘い汁を吸う
だから君は歌うのだ　辱められ傷ついたアメリカ大陸が
拷問人どもや商売人どもに罰せられたり
恐ろしい血にまみれたりすることなく
その蝶を羽ばたかせ　エメラルドを拾えるように
私はオリノコ川のそばで歌う君の楽しさを知った
君がワインを買って家に帰るときの喜び
戦いと高揚感に身を任せる喜びを知った

君はいかにも現代の詩人だ　広い肩幅
空色のジャケット　ピクニック用のシューズ
あれからずっと君に手紙を書こうと考えていた
君に関する話を山と抱えた友人が訪ねてきて
君に関する話がその男の服から溢れ出し
我が家の栗の木の下にばら撒かれたとき
私は《今だ》と思ったが　それでも書けなかった
だが今日はもう我慢ができない　我が家の窓辺に
一羽ではなく数千羽の海鳥たちが集まってきて
私は彼らが世界中の岸辺から運んできた
誰も読まないぼろぼろの手紙を受け取った
そしてその手紙の一行一行に君の言葉を見た
それはこの私が書き　夢に見　歌う言葉だった
そのときこの手紙を君に送ることを決めた
我らのものである世界を窓からともに見るべく

二

（スペインの聖母の港出身の）ラファエル・アルベルティに◆

ラファエル　スペインへ行く前　とある道端で君の詩が
言葉のバラが　つるつるの房が　頭に浮かんできた
やがてその詩は私にとって単なる思い出ではなく
芳しい光となり　ひとつの世界の出現となった

過酷なまでに乾燥したあのスペインという地に
君は時が忘れたままにしていた水滴を運んだ
こうして朝露の玉を再び戴冠したスペインは
君によって腰から目を覚ましたのだった

君は私が連れていた詩を覚えているか？
容赦ない酸で砕け散った夢
追放された水の永続性
焼けた森に突き出た杭のように
苦悶する木の根が姿をさらす沈黙
ラファエル　誰があの頃を忘れられようか

石の月に降り立つように
私は君の国へ辿り着いた　いたるところで
荒れ野の鷲たちと乾いた棘を見たが
そこでは君の船乗りの声も待っていて
私に歓迎の言葉とアラセイトウの香りを
海の果実からとれた蜜を手向けてくれた

君の詩は裸でテーブルに置かれていた

南部の松林とブドウの血族が
君のカットされたダイヤに樹脂を塗り
私が世界各地を連れまわしていた陰影も
君の美しい光に触れたとたんに消え失せた
光でできた建造物　まるで花びらのような
嗅いでいると酔いそうな君の詩行を通じて
私ははるか昔の水と代々伝わる雪を見た
他の誰よりも君からスペインを教わった

君の指であの国の蜂の巣と荒野に触れ
波と人の手で摩耗した
あの国の浜辺を知った
詩がサファイアの衣装をきらめかせる
あの国の石段を知った

ご存知のように兄以上の手本はない
あのころ君が私に教えてくれたのは
我らの血統の今はなき栄華のみならず
君の運命が備えていた公正さでもあった
そしてまたもスペインに血が流れたとき
私は我が民でもある人民の遺産を守った

それは君も　世界中の人々も知っている
今の私はとにかく君のそばにいたい
今の君には人生の半分が欠けている
君の大地　木より君にふさわしい大地だ
君の祖国は今やあの災厄に見舞われ

我らが愛する者への哀悼に加え君の不在が
オオカミどもが食らうオリーブの遺産を覆っている
ああ偉大なる兄よ！　君には今こそ
私が受け取ったあのきらめく明るさを返したい

私たちにとって詩は
天空の皮膚のような手触りをもつ
私は君とブドウの房を摘むのが好きだ
このブドウとあの闇の根を掘るのが好きだ

どんな心の扉もこじ開ける羨望も
私と君の扉を開けることはできなかった
素敵なのは　風が怒りにまかせて
そのドレスをはためかせるときも
我らのそばにパンとワインと火があるように
怒りに燃える商人がいれば好きに怒鳴らせ
君のそばを通りかかる奴には好きに野次らせ
こっちは透き通る儀式を盛大に執り行って

二人で琥珀の杯を掲げることだ

君が常に先を行くのを知らない奴もいる
彼にはぜひ海に出て君の顔を見てもらおう
私たちの存在をさっさと消したい奴もいる
別に構わないが　そいつには空を飛ぶ義務がある

誰が来ようと　かつて秋の手が摘み
震えるワインとなり掲げられたあの収穫
あれを凌げる者などこの世にはいないはず

兄よ　その杯を私に渡せ　そして聞くのだ
私の周りは水のほとばしる我がアメリカ大陸
私は時として静寂と夜の花輪を見失って
憎しみに　あるいは無に　空《くう》の空《くう》に
犬とカエルの黄昏に包まれることもある
そんなときに私はとても残念に思うのだ
君とのあいだに広大な我が大地が横たわることを

君の家に行きたい　待っているのは知っている
会えば昔と変わらぬ親友に戻る　私たちだけの
対等な関係　貸し借り抜きの関係だ

君に借りがあるのは祖国である　待つがいい

いつか戻れる　二人で戻ろう　いつか私と行こう
祖国の岸辺を黄金に酔いつつ君の港まで行こう
私が辿り着けなかった南部の港へ行こう
そして君から見せてもらうことにしよう
イワシとオリーブの実が砂浜を奪い合う海を
ビリャロンの（もう埋められていたので
やはり私に会いに来てくれなかった友の）
あの緑の目をした雄牛たちがいる野を
シェリーの樽を　そして
散りばめられたゴンゴラの心臓に
トパーズが青く燃え盛る大聖堂を

行こう　ラファエル　彼が横たわる地へ
君とともにスペインの足腰を支えた
あの男がいる地へと帰るのだ
その死者は死ねなかった　君が今も守る彼は死んでい
　ない
君が生きている限り彼は守られる

そこにはフェデリコがいる　だが他にも多くの人が
スペインの山々に捨てられ　埋められた
不当にも倒され　散り散りになり
山中の穀物となり消えた彼らは
私たちのものだ　私たちは彼らの粘土のなかにいる

絶えず奇跡を起こす神のごとく君は生き延びた
君ほど奴らからつけ狙われた男も他にはいない
狼どもは君を喰らい　君の力を打ち砕こうとした
奴らは君の死体に群がるウジ虫になろうとした

しかし奴らは間違っていた　おそらく
地上のために君という愛を救ったのは
君の歌の堅固さ　その優しさに秘めた
比類なき透明さと　鎧をかぶった決断
堅い意志　繊細な頑丈さであった

私は君と行く　ヘニル川の水を飲みに
かつて私に捧げてくれた地の水を飲みに行く
流れゆく銀の水面にのり
君の歌の青い音節がつくる
眠れる像たちを眺めるのだ

鍛冶屋にも入ろう　人民の金属が
そこでナイフに生まれ変わるのを
今かと待っている　天空が動かす
赤い網のそばを歌いながら歩こう
ナイフが　網が　歌が痛みを吹き飛ばすだろう
人民は火薬で焼けたその手に

草原に立つ月桂冠のようなその手に
君の愛が災いのなかで撒いたものを受け取るだろう
我々を追放した地にも花が咲くなら　そこに咲くのは
人民が雷鳴を轟かせて取り戻す祖国の形である
失われた蜜と夢の真実をつくる日は
たったの一日で終わるわけではなく
それらの根の一本ずつが歌と化し
やがて世界を葉で埋め尽くす

君はスペインにいる　君が残したダイヤの月に
動かせぬものなどありはしない

孤独　片隅に吹く風
なにもかもが君の清い領土に触れ
ついさっき死んだ人々が　牢獄に
突き落とされた人々が　銃殺された獅子たちが
ゲリラ戦を続ける心臓の隊長たちが

君の透き通る衣装の香りを
根を生やした君の心臓の匂いを
今まさに嗅ぎ取っている

あれからずいぶん経った　我らが分かち合ったのは
焼けるような傷跡が残した痛みと
村々をその蹄鉄で蹂躙し
家々のガラスを割った軍馬
あのすべてが火薬の舞うなかで生まれ
あのすべてが穂を伸ばすべく君を待っている
そしてその誕生の暁には再び君を
あの辛い時代の煙と慈しみが包むだろう

スペインの皮は広い　そこでは君の拍車が
誉れ高き握りの剣のように今も生きている
輝く兄よ　人民の口から君の名を消すほど
ひどい忘却も　冷たい冬も　ありはしない
こうしているあいだも　ある言葉が出てこない

君が覚えていないあの手紙　東部の気候が
真紅のアロマで私を覆ったころ
我が孤独に届いたあの手紙に
どうにか答えているだけだ
　　願わくばこの手紙に
君のその金色の額が懐かしい昔日と
いつか来たる別の時代を見出さんことを
　　　　　　　　　　　これでお別れだ
今日は一九四八年十二月十六日
アメリカ大陸のこの詩を歌っている某場所で

三

(ラプラタ川の) ゴンサレス・カルバロへ◆

夜が人の物音を飲み込みその影を
一本ずつ傾けたとき
深まりゆく静けさのなか　人々の彼方から

ゴンサレス・カルバロの川のざわめきが聞こえてきた
深くいつまでも絶えぬその水と
木の成長や時の経過と同じく止まって見えるその流れが

この大いなる川の詩人はつつましやかな音をたてて
世界の静寂に寄り添う　慌ただしい日常で
その声を聞きたければ　大地に（森や平原で
道に迷った探検家がそうするように）耳を
つけてみるがいい　どんな雑踏のなかでも
足音の合間からこの詩が聞こえてくるだろう
大地と水から湧きあがるあの深い声が

すると都市とその喧騒のはるか下から　真紅の
ランプシェードの影から小麦が生えるように
この歌う川が地球のあらゆる場所に現れる

川床には怯えた黄昏の鳥たちが集い
空間を切り裂く朝焼けの喉元には
赤紫の木の葉が舞い落ちる

孤独を敢えて見つめるような人々
見捨てられた弦に触れるような人々
どこまでも清い心をもつ人々　かつて船上で
塩と孤独と夜とが集う音に耳をすませた人々には
気高く澄み切ったゴンサレス・カルバロの歌が
その暗闇の春から立ちのぼるのが聞こえるだろう
諸君はアキテーヌ公を覚えているか？
その崩れた塔を
人が千年かけて無数の杯に移し替えてきた
涙を集める場所に初めて変えた男のことを
それら孤独の顔を見なかった者も
勝者も敗者も今こそ知るべし
サファイアの風や苦い杯を気にかける者よ
通りのさらに向こう　この一時間の彼方にある
あれらの暗闇に触れ　ともに進もうではないか

やがて小さな命が息づくあの青いインクで描かれた
見にくい地図に　歌を歌う水の川が現れてくる
希望と敗れ去った苦痛を流す川
勝利へ向けて昇る悩み無き川が

我が兄がこの川をつくった
気高く地下を流れる彼の歌から
静寂に浸るこの重厚な音が建てられた
我が兄はあらゆるものを取り囲むこの川である

諸君がどこにいようとかまわない　昼夜は問わぬ
路上　平原を眠らず走る列車内
寒い夜明けの湿ったバラのそば
あるいは単に
服に包まれて
つむじ風にさらされているとしても
大地に伏せ耳をすませよ　そしてその顔で
この密かに流れる水の鼓動を感じ取るのだ

兄よ　君は地上でもっとも長い川である
君の川の重たい声は地球の裏から響く
私は君の胸で我が手を濡らそう
その手つかずの宝を信じて
透き通る高貴な涙を信じて
人の押し寄せる永遠を信じて

四

メキシコの亡きシルベストレ・レブエルタスに寄せて（小聖譚曲）◆

シルベストレ・レブエルタスのような男が
ついに地へ戻るときは
ざわめきがおこり
声と慟哭の波がその旅立ちを用意し広める
か細い根が穀物に《シルベストレが死んだ》と伝え

小麦が斜面いっぱいに波打ちその名を広め
やがてはパンが彼の名を知る
アメリカ大陸のあらゆる木が
我が極北の凍れる花までがすでに彼の名を知った

水滴がその名を伝え
アラウカニーアの暴れる川が
　すでにその知らせを受け取った
雪渓から湖へ　湖から植物へ
植物から火へ　火から煙へ
燃え　歌い　花咲き　踊り　蘇るありとあらゆるものが
我らがアメリカ大陸の永く高く深いあらゆるものがそ
　の名を受け止める

ピアノと鳥たちが　夢と音が　脈打つ網が
我らのあらゆる気候を空気のなかに集め
弔いの合唱を震わせ　風にのせている
シルベストレが死んだ　シルベストレが音楽になった
その朗々たる静寂のなかへと入っていった

大地の息子　地の子よ　あなたは今日から時の仲間入
　りをする
今日からは祖国に触れるだけであなたの音楽に満ちた
　名が鐘の音のように飛翔する
兄よ　それは聞いたこともない音色　まさしく生前の
　あなたと同じ音色
その瞬間にはあなたの大聖堂の心臓が我らを天空のよ
　うに覆い
あなたの巨大で雄大な歌が　あなたの火山のような優
　しさが
大きな像のようにひとつになり　高々と燃え上がる
なぜあなたは自ら命を撒いたのか？　なぜあなたは
自らの血で
杯をひとつずつ満たしていったのか？　なぜあなたは
盲目の天使のように
暗い扉に自らの体を打ちつけ求めたのか

ああしかし　あなたの名からは音楽が飛び出し
あなたの音楽からはまるで市場のように
芳しい月桂冠がいくつも飛び出し
香り高く凛々しいリンゴが姿を現す

この厳粛なる日に　あなたには別れの言葉が届く
だがあなたにはもう聞こえない
あなたの高貴な額を失うのは
人の家が土台を欠くのに等しい

だが我らの目にする光は今日から違う光になる
我らが道を曲がった先には新たな道が生まれる
我らが触れる手には今日からあなたの力が宿る
なにもかもがあなたのつくった安らぎから力を得る
そしてあなたの清らかさは石から空へと上昇し
我らに明るい希望の光を示すだろう

兄よ安らかに眠れ　あなたの日はこれで終わった
その優しく力強い魂であなたはこの日を満たした
昼の光よりもずっと高くから届く光と
天の声と同じくらい青い音で満たした
私はあなたの兄弟と友人から頼まれている
アメリカ大陸の空気にその名を唱えさせ
パンパの雄牛に　雪にその名を知らしめ
海に奪わせ　風に取り合いをさせろと

今やアメリカ大陸を照らす星々があなたの祖国だ
今日からは地球があなたの扉なき家となる

五

スペインの刑務所で殺害されたミゲル・エルナンデスに◆

君はレバンテから直接私のもとまでやってきた
山羊飼いの君が運んできたのは皺が刻まれた純真さと

古書に埋もれたスコラ哲学　ルイス師と
柑橘系の花と山上で焼かれた堆肥の香り
君の仮面は刈り取られたエンバクのざらつく手触りを
　もち

君の目には大地を測る蜜が流れていた

君の口は小夜鳴鳥《ルイセニョール》も運んできた
オレンジ色の模様がある小夜鳴鳥《ルイセニョール》
落ち葉のようにたくましい汚れなき歌の糸
ああ青年よ　光のなかをふいに火薬が舞い
そして君は小夜鳴鳥《ルイセニョール》と銃を手に
月と戦場の太陽の下を歩き始めた

我が子よ　君は知っている　わたしがどれほど無力
　だったかを
私にとっての君があらゆる詩に燃え盛る青い火であっ
　たことを
今日私は地にこの顔をつけて　君の声に耳をすます

君の声　血　音楽　断末魔の蜂の巣に耳をすます
君ほどまばゆい種族は見たことがない
これほど硬い根　こんな兵士の手は
私自身の旗のなかで赤紫色に燃える
これほど逞しい心臓は見たこともない

永遠の若者　古《いにしえ》の反乱者《コムネーロ》よ　君は生きている
小麦と春からわきたつ芽に浸り
生まれつきの金属のようにギザギザで暗く
その甲冑を掲げる瞬間を待っている

君が死んでからの私は孤独ではない　君を求める人た
　ちが共にいる
いつの日か君に代わり復讐を遂げる人々がそばにいる
スペインの胸から転がり落ちたあの人たちと共に
いつの日か私の足がカインを踏みつけ
埋められた人々の顔を取り戻すのを

君は目の当たりにすることだろう
君を殺した奴らは血の贖いが待ち受けることを知るが
　いい
君を痛めつけた奴らはいつか私に会うのを覚悟するが
　いい
君の名を自分の書物に勝手に含める邪な連中
ダマソたちにヘラルドたち　雌犬の息子ども
口をつぐんで拷問者どもに加担した奴らは
君の殉難という事実は決して消せぬことを
卑怯者の月にも君の死が影さすことを知るがいい
そしてアメリカ大陸という　君の血を絞って編んだ
流れる冠が覆うこの地に　あの腐った月桂樹を植え
その木から君を平気で除外した連中
君を消して私の体の一部を切り取ろうとした奴ら
奴らのことは蔑んだうえで忘れ去っていいだろう
ミゲル　オスーナ刑務所のはるか遠くで　残虐から

はるか遠い場所で　毛沢東という男が
戦闘中に散った君の詩を率いて
勝利へと導いている
　　　　そしてざわめくプラハは
君が歌った甘い蜂の巣を実際に建てた
緑のハンガリーはその穀物倉庫を洗い
夢から目覚めた川のそばで踊っている
ワルシャワからは裸のサイレンが舞い
透き通る剣をきらめかせて建てている
さらに彼方では大地が巨大化している
　　　　　　　君の歌が訪れた
その大地と　君の祖国が防衛した
その鋼鉄は今なお健在で
スターリンとその息子たちの
堅牢な礎の上で成長を続けている
　　　　　　既に君の住み処にも
光が近づこうとしている

　　　　　スペインのミゲル
蹂躙された地の星よ　我が子よ　私は君を忘れない
私は君を忘れないぞ　我が子よ！
　　　　だが君の死で
私は生を学んだ　我が目は少しも曇らなかった
そして私は我が胸に慟哭ではなく
非情な武器があるのを
ついに知ったのだ！
　　　　その武器を待つがいい！　私を待つがいい！

十三章　闇に沈む祖国へ宛てた新年の賛歌

一

挨拶（一九四九年）◆

チリの人々よ　闇の祖国よ　新年おめでとう
みんなに　ひとりを除く全員に幸せな年となりますように
今や数少ない同胞よ　新年おめでとう　同志よ　兄弟姉妹よ
男たちよ　女たちよ　子どもたちよ　今日私の声はチリへ
あなた方へ向けて飛び　盲目の鳥のように
家の窓にぶつかり　遠くからあなたを呼ぶ

祖国よ　夏がお前の甘くて硬い体を覆う
雪が溶けだし　濁った唇をわなわな震わせ
海へ走り去ったあとには　山々の尾根が
天空の石炭のように青々とそびえ立つ
おそらく今ごろお前は　私の大好きな森と川の
緑のチュニックを着て　腰に小麦を巻いている
そして愛する浜辺では　祖国の海よ　お前が
砂と牡蠣とで彩られたその宇宙を動かしている

きっと……おそらく……遠くからお前の船や香りに
触れる資格など私にはない　私はお前の一部なのだ
木々を切り倒せば姿を現す秘密の輪
なめらかな硫黄のごとく静かに育つもの
地下の魂に潜むあの耳をつんざく灰なのだ
追われてやむなくお前を後にしたとき
髭ぼうぼうで一文無しの私は服ももたず
我が命である言葉を記す紙一枚すらなく
ちっぽけなずた袋に二冊の本と
(本の一冊は地理の図鑑
もう一冊は『チリの鳥たち』)
切り取ったばかりのエスピノの枝を入れた
毎晩のようにお前の言葉と川を読む

彼らが私の夢を　亡命を　国境を導く
お前の列車に触れ　お前の髪を撫でる
立ち止まってお前の地表に拡がる
鉄っぽい皮に思いを馳せ　月のような
皺とクレーターでいっぱいの地面に目を落とす
そして眠るあいだも我が沈黙は侵食された塩の
最果ての轟きに包まれ南へと向かう

目が覚めると（そこは空気も光も新しく
通りも野も星も新しい）メリピージャで
一本の木から切り取ってもらってから
持ち歩いているエスピノの枝に触れる

そして棘の表皮にお前の名を見出すのだ
ざらざらのチリ　祖国　樹皮をまとった心臓よ
地のごとく硬いその形に　愛する者たちの顔が
ごつごつした手で私の手を握った人たちの顔が
砂漠と硝石と銅の男たちの顔が見える

棘もつ木の心臓は
鈍く光る金属のように滑らかな輪を描き
乾いて凝固した血の染みのように褐色で
焼けた薪の硫化した虹に包まれている
森が生んだこの清らかな驚異に触れると
幾重にも棘が折り重なった冠に乗せて
荒々しい力の香りがお前を飛ばすときの
人を寄せつけぬあの渦巻く花々を思い出す
こうして我が国の命と匂いが私に従い
私とともに生き　私の体内に頑固な炎を
燃やし　私を消尽し　そして生まれる
よその地にあっても服を通し私を見つめ
道を行くランプのように私の姿を照らし
家々の扉を越えて海の光を伝えてくれる
私はお前が与えてくれたこの炎の剣を抱こう
エスピノらしい清く力強く御し難いこの剣を

二

ピサグアの人たち◆

だがお前の樹皮を撫でた手は
海に面した砂漠のそば
死に鞭打たれた世界で動きを止める
祖国よ　これもお前か　お前の顔か
この苦難　塩水で錆びついた鉄線の
この赤黒い冠もお前の一部か
今やピサグアもお前の顔なのか
誰がお前を傷つけた？　裸の蜜は
なぜナイフで切り裂かれたのか？

誰よりもまず彼らに我が挨拶を
男たちに　痛みの柱に
女たちに　マニオの木の枝に
子どもたちに　透き通る学校に

ピサグアの砂の上にあって
あなた方は迫害される祖国となり
我が愛する地の名誉を一身に担った
ピサグアよ　邪道に落ちた裏切り者の命令で
彼らが貴様の砂の上に投げ出されことも
恐怖の夜にいきなり捕らわれたことも
人としての尊厳を守ろうとしたばかりに
貴様の石灰地獄に放り込まれたことも
いずれ未来の聖なる名誉となろう

私は貴様の死の浜辺を忘れない
荒い海が汚い歯をむき出しにして
そびえたつ苦しみの壁に襲いかかり
緑ひとつない地獄のような砂丘が
敵意もあらわな砦が立ちはだかる
私はあなた方が海を見ていた姿を忘れない
自分の顔を忘れた世界を見ていたあなた方
問いかける光に満ちたその目で

オオカミと泥棒に支配されたチリの
蒼ざめた大地を見ていたあなた方を忘れない

まるで皮膚病の犬に餌でも与えるように
あなた方の食事が地面にばら撒かれたのを
あなた方が小さな空き缶の切れ端を
皿がわりにしていたのも知っている
床に雑魚寝させられたことも
長い列をなして
仏頂面をし　勇敢にも
汚いインゲンマメの煮込みをもらい
何度も砂にぶちまけたのを知っている
国中から集まってきた
服や食料を受け取ったとき
あなた方が誇りで胸をいっぱいにして
自分はたぶんひとりではない　たぶん
孤独ではないと感じたのを知っている
勇者たちよ　鋼のような同志たちよ

あなた方は地に新たな意味を与える
あなた方は狩りの獲物となったが
あなた方を通してあらゆる人民が
その砂漠の流刑地で苦しんだのだ
奴らは地図を開いて地獄を探した
そしてついにこの塩の刑務所を
この恐怖と苦悩に満ちた
孤独の壁を見つけ出し
そこであなた方をあの
下劣な君主にひれ伏させた

だがあなた方の中身は奴らとは違っていた
あの腐った裏切り者のウジ虫とは違い
体に糞など詰まってはいなかった
奴らは報告書をごまかした
人民の金属のような頑丈さと
静かなる銅の心臓に触れたからだ

人民から吹き寄せる砂嵐が
あのごみ溜めの隊長をいつか吹き飛ばすとき
祖国を新たに建造する金属だ

頑張れ　頑張れ　兄弟姉妹よ
あなた方は夜中に小屋を追い出された
トラックの荷台に押し込まれた
両手首をワイヤーで縛られた
寝ぼけ眼のまま踏みにじられた
武装した警官に連行された先が
ピサグアだった

それから奴らは戻ってきて
今度は残された哀れな家族を
トラックに載せ　子どもたちを殴りつけた

優しい子どもたちの泣き声が
夜の砂漠に今なお聞こえている

幼い何千もの口から発せられた泣き声が
身を切るような風を求めて合唱している
私たちには聞こえる　私たちは忘れない

三

英雄たち◆

フェリクス・モラレス　アンヘル・ベアス
ピサグアで殺された男たちよ
新年おめでとう
君たちが愛し守り抜いた大地に
今では眠る兄弟よ
岩塩坑が今日もうめいている
白いバラのように広がる硝石
果てしない砂漠の
残酷な砂の下で
君たちの清らかな名を呟いている

新年おめでとう　我が
兄弟よ　君たちは私に
ありったけの愛を教えてくれた
君たちは死してなお遥か彼方まで
その慈しみの手を伸ばしてくれた！

君たちは大洋のど真ん中で
ふと生まれる島々のように
深海の堅固さと空間を
その糧とする

私は君たちから世界を学んだ
清らかさと無限のパンを知った
君たちは私に命と塩の領域を示し
貧しき者たちの十字架を見せてくれた
暗い海を進む小舟のように
私が砂漠の家々を回るあいだも

君たちがいつも私のそばにいて
人の仕事というものを　地面を
ぼろをまとった家を　唸りをあげる
砂の平原の貧しい姿を見せてくれた

フェリクス・モラレス　君が
干上がった硝石原を背景に
イナゴマメの新木のように
すらりと背が高く細身で若い男の
肖像画を描いていたのを思い出す

君はその猛々しい前髪を
白い額に打ちつけながら
次の選挙に出ようとしていた
その扇動家の肖像を描いていた

脚立によじのぼった君が
若さと優しさを総動員して

その絵に命を与えようと
苦闘していたのを思い出す

君はやがて君を痛めつけるその男の
微笑みをキャンバスに描いていった
君が白を塗り重ね　加減を見ながら
光を当ててやったその口が
やがて君の苦難を命じたのだ

アンヘル　天使よ　アンヘル・ベアスよ
硝石原から掘り出された金属のように
清らかな砂漠の労働者よ
すでに君は殺され
チリの土地の所有者たちが
望んだ場所に埋められている
君が大いなる目的に向かい
何度も何度も持ち上げた
あの獰猛な石たちの下に埋まっている

君の命ほど清らかなものがあるとすれば

風の瞼と

水の母と

人に届かぬ金属のみである

君の高貴な戦士の手を
握りしめたこの栄誉を
私は死ぬまで手放すまい

静かなる君は
苦しみを糧に育つ木材だった
やがて清らかな道具になった
労働者　苦行者　兄弟として
イキーケ市から表彰された

君の姿を思い出す

パンと粉が足りなければ
君は夜明け前から起き出して
その手でみんなにパンを配った
あのときほど君が大きく見えたことはない
君はパンそのものだった
君は人民のパンと化して
その心臓もろとも地に拡がった

夜遅くにようやく仕事を切り上げ
辛い闘いの一日を背負い
帰宅した君は
小麦のように微笑み
君自身のパンの平和に入り
もう一度その体を家族に分け与え
やがて散り散りになったその心臓が
夢のなかで再び結ばれるのを待った

四

ゴンサレス・ビデラ

どんな奴だった？　どんな男なんだ？
行く先々で　さまよい歩く先々で皆が訊く
でもチリでは誰も尋ねない　風に突き出された拳と
坑道に光る無数の目がある一点に向けられるのみだ
王座に這い上がろうとして人民の票を求めたときに
涙を流した邪悪な裏切り者がその目と拳の先にいる
ここピサグアの人々や勇敢なる石炭の巨人たちが
あのとき奴の姿を見た　奴が涙をぽろぽろ流し
歯をむき出してあれこれと約束をし
子どもたちを抱き寄せキスするのを見た
その子どもたちが今や砂で腫瘍を洗っている
我が人民に　我が地に　奴を知らぬ者はいない
農夫はあの嘘つきの犬の首をいったいいつになれば

この固い手で絞められるかと思案しながら眠り
崩れそうな坑道の闇にいる鉱夫は足を伸ばし
いつか奴の顔を踏んづける日のことを夢想する
あの邪悪なシラミ野郎　強欲で堕落した男の顔を

奴の素性はもはやみなが知るところだ
銃剣のカーテンや見本市の獣どもの陰に隠れて
新たにやってきた商人どもとはこそこそ話すが
たった一時間を　人生で最後の一時間を割いて
話し合いたいと願う人民にはまず寄り添わぬ男

奴は我が人民の希望を根こそぎ奪い去ると
闇市で高値を付けた入札者に笑顔で売った
人民には新しい家も自由も与えず痛めつけ
鉱山の入り口で人々に警棒を振り下ろさせ
人民の賃金を銃床の隊列の向こう側で定め
そして夜行性のワニどもが鋭い歯を光らせる
仲間内でダンスを踊りながら統治を行なった

五

私は辛くはなかった

辛くなかったか？　いや辛くはなかった
私が辛いのは我が人民の苦しみのみだ
私は体内で　我が祖国の体の内側で
無限に流れる焼けた血の細胞を生きる
自分の痛みにかまっている暇はない
清らかな信頼を寄せてくれたあの命
裏切り者に死の穴へ突き落とされた命
あの人々だけが私を辛い気持ちにさせる
あの穴から再びバラを咲かせねばならない

あの冷血漢が判事に圧力をかけ
我が心臓と決然たる蜂の群れを
有罪に処したとき

人民はその広大な迷宮を開放し
愛する家族が眠る地下室を開き
そこで私を支え　夜明けの光と
風が届くまで見張ってくれた
彼らは言った《この見返りは
あの悪者の汚らわしい名前に
あなたが刻む冷たい印だ》
自分が苦しまなかったのは辛い
全身を傷だらけにしなかったこと
我が兄弟や姉妹が囚われている
闇の牢獄を訪れなかったことが辛い
足音が一歩途絶えるごとに我が足も止まり
あなたが背中を打たれるたびに私も打たれ
殉難の血が一滴流されるたび
それは血を流す我が歌にも落ちた

六

この時代に

新年おめでとう……仲間よ　君は今日
我が大地をその両眼で見られて幸せだ
私は愛するものから離れた流浪の息子だ
どうか答えてくれ　私は君とともにいると
君に問いかける一月の山の風《プエルチエ》と思ってくれ
私は山から吹き降ろす風となり君を訪れよう
扉が開いてもなかには入らず問いだけを吹きつける
教えてくれ　小麦や大麦の畑にはもう入ったか？
畑は金色に輝いているか？　スモモの日は来たか？
チリから遥か遠くで私が思うのはあの完璧な一日
砂糖が房を成し　青い濃密な粒が液を滴らせる
あの紫の透き通る一日のことを思うのだ
君は今日ぷりぷりの桃のお尻をかじり
不死のネクターを口いっぱいにふくんだか？
そうすることで君自身が大地の泉となり
豊穣なる果実で世界を輝かせただろうか？

七

かつては声が聞こえた◆

今と同じこれら異邦の地を
かつて歩いたとき　我が祖国の名は
夜空に輝く秘密の星座のように輝いた
あらゆる場所で追われ　なにも見えず
数々の脅しと恥辱にまみれていた私は
手を合わせ自らに《チリ人《チレーノ》よ》と呼びかけた
その声は希望に染められていた　そのとき
チリ人という言葉は賛歌となって響いた
祖国よ　お前の砂の手はちっぽけだが
人の傷を何度か覆ってくれたし
荒れる春を何度か救ってくれた
お前はその希望を一身に抱え
地中の平和のなかに
あらゆる人に届く種を
星の確かな生まれ変わりを隠しもつ

八

チリの声◆

かつてチリの声は
金属的な自由の声　風と銀の声だった
かつてチリの声は
傷が癒えたばかりの地球の
植物とケンタウロスに攻め込まれた
我らがアメリカ大陸の山々に響き渡った
新雪までもが夜を徹して
お前の栄えある木の葉の合唱と
お前の川たちの自由な水の歌と
お前の気品ある青い尊厳を高めてくれた
それは繋がれていた暗い人民に

その戦うガラスの星をまく
イシドロ・エラスリスだった
それは騒然たる小惑星のごとき額の
フランシスコ・ビルバオだった
それは印と種に満ちた
数えきれない胚の茂みを
窓が光を閉ざしていた
辺鄙な町々まで運ぶ
ビクーニャ・マッケンナだった
彼らは夜の世界にランプを灯し
苦い日を送っていた遠い町を
はるか高みから照らす雪の光となった

九

うそつきども◆

それが今やガハルドが　マヌエル・トゥルッコが
エルナン・サンタクルスが　エンリケ・ベルシュテインが
ヘルマン・ベルガラが——金にあかせて——
おお祖国よ　お前のその聖なる名の代弁者を騙り
お前を守るためと言いつつ実は
その獅子の遺産をゴミ溜めに捨てているのだ
裏切り者の薬局に陳列される
錠剤のように太った小人ども
国家予算に巣食うネズミども
最低のうそつきども
人の力を出し惜しむ小物ども
悪口に長けたウサギの舌を伸ばし
だらしなく両腕を広げる哀れな傭兵ども
この大地に聞く耳をもつ人がいるなら
断言しよう　奴らは我が祖国ではない
奴らは偉大なる硝石の男とは違う
奴らは透き通る人民の塩とは違う
奴らは農耕の記念碑を打ち立てる
あのゆったりした手などではない

いや　奴らは生きてすらいない　生きもせず
ただ金をせびるためにうそをつき理屈をひねるのだ

十

奴らの名を挙げねばならぬ

右手で書いているあいだも左手が私をなじる
どうして奴らの名を挙げる　何者だ　何の意味がある?
そのまま名もなき冬の泥のなかに
馬が放尿する汚い泥に埋もれさせておけばよかろう?
すると右手が答える《私がこの世に生まれたのは
家々の扉を叩き　この拳を握り
毒蜘蛛どもが這い回る最果ての地へも行き
その片隅に光をもたらすためである》
奴らの名を挙げねばならぬ　祖国よ　お前は私に
アラセイトウの花や海の泡だけでその名を語る
あの甘美な特権を与えてはくれなかった
祖国よ　金や花粉や花の香りの名だけで
お前に呼びかけ　その雄々しい黒髪から滴る
朝露の滴を種として蒔くためだけの言葉を
お前は私に渡してはくれなかったのだ
ミルクや肉とともにお前から授かった
これらの音節は　お前の体内に巣食い
お前の血を吸い　命を縮めようとする
あの白いウジ虫の名も挙げるだろう

十一

森のウジ虫たち

古い森のなかで何かが倒れた　きっと
嵐だ　植物と地層が入れ替わり
倒木の幹に菌類が増殖し
ナメクジが気色の悪い糸を伝い
腐り落ちた木々の無数の穴から

おぞましい毛虫がはい出した
祖国よ　これぞお前の脇腹で起きていることだ
お前の傷口に巣食う虫どもによる破廉恥な政治
針金をチャカチャカ噛む太った商売人ども
宮殿のなかから黄金を取引する奴ら
バス業界と水産業界をくっつけるウジ虫ども
狂乱のサンバを踊る裏切り者に守られて
お前の体のどこかを今日も齧る奴ら
己の同志を牢にぶち込む記者
政治を司る薄汚い密告屋
ヤーガンの人々から盗んだ黄金で
気障な雑誌を仕切る気障な馬鹿
頭がトマトより空っぽな提督
異国の家来にドルの袋をばら撒くヤンキー

十二

祖国よ　お前は解体されつつある
ウジ虫どもが噂する《奴はチリ人《チレーノ》と呼ばれていたそうだ》
奴らは私の足もとから祖国を奪い去りたい
お前を汚れたトランプみたいにシャッフルし
脂にまみれた肉のように切り分けたがっている
私は彼らを愛さない　彼らはお前がもう死んだと
とっくに分配は済んだと考えて　その邪な祝宴で
主人面してお前をしゃぶる　私は彼らを愛さない
私はお前の地と人民を愛そう　海と雪の狭間で
我が夢を追い求めよう
お前のあらゆる苦い香りを
旅路をともにする杯に集めよう
だが彼らと過ごすのだけはごめんだ
いつかお前がその肩をぶるっと揺すって
彼らの腐った獣の抜け殻が地面に落ちるときに
あれも我が息子と思えなどとは言わないでくれ
我が人民の聖なる木は別にある

明日

くびれた船のような細身のお前は
海と雪の二つの霧のあいだで
もっとも愛される存在になる　パンと土と子になる
昼には解放された時を祝う崇高な儀礼となり
夜には天を埋め尽くす星となるのだ

十三

彼らはチリに背く命令を受けている◆

だが彼らの背後に探すべきものが他にある
裏切り者と有害なネズミの陰に潜むもの
すべてのおぜん立てを整えて
糧食と弾薬を補給する帝国がいるのだ
この帝国はギリシャでの成功体験を応用したい
地元のお偉いさん方は宴会にお連れし
山に潜む人民には銃弾を浴びせるのだ

《サモトラケのニケを再び飛ばしてはならぬ
あいつらの首をくくり　殺し　たたき潰し
ニューヨークで握られた殺しのナイフを突き刺せ
血を糧に大地から雨後の筍のごとくに生えてくる
地球のあらゆる場所に育つ人の誇りというものを
火力を総動員し徹底して摘み取っていくのだ
蒋介石と愚劣なビデラに武器を与えよ
奴らにカネを与えて牢獄を建てさせ
奴らに翼を与えて同胞を爆撃させ
あとはドルを撒いておけば奴らが仕上げてくれる
奴らがうそをつき国を腐らせ　死者を足蹴に踊り
妻に世界で一番高いミンクのコートを着せてやる》
人民がいくら苦しもうと関係ない　彼らの殉難は
銅の真の所有者が求めたもの　これは事実だ
なんと退役した帝国軍の将軍たちが
チュキカマタでアドヴァイザーをしている
そして硝石原では《チリ人の》将軍様が
賃上げ要求をしてきた砂漠の息子たちに

その代償がいかに高くつくかをナイフで教える
これが奴らのドルの袋を介した指揮系統だ
あのチビの裏切り者はこうして命令を受ける
あの将軍たちはこうして警察役を引き受ける
祖国という木の幹はこうして腐っていく

十四

海を思い出す

チリ人よ　近ごろ海を訪れたことはあるか？
どうか私の代わりに行き水をすくってくれ
無限の海から君の顔に落ちるその滴を
異国の地で私も愛でることにしよう
我が国のあらゆる海辺で暮らしてきた私は
北部の荒れ野に面した分厚い海から
島々に吹く泡の激烈な重みも知っている
海を思い出す　コキンボの亀裂の入った
鉄のような海岸を　トラルカの尊大な海水を
私をつくりあげた南部の孤独な波を思い出す
プエルトモンで　島々で　夜
浜に戻ってくると　待っていた船や
私たちの足もとに奇妙な火が灯ったのを
火神の不思議な炎が立ち上ったのを思い出す
一歩踏み出すごとに燐光の筋が生まれた
私たちは砂地に星の文字を書き込んでいった
そして海上で船が海の火の枝を折り
夜光虫の筋をかき分けて進むと
いっせいに目を覚ました海の小さな目が
やがて波と化し再び深淵で眠りについた

十五

弁解の余地なし

私は地を求める　火とパンと砂糖と小麦粉を

海と本とみんなの祖国を求める　だから私は
さすらう　裏切り者の手先の判事は私を追い
飼い慣らされた猿みたいな太鼓持ちどもは
私の思い出に泥を塗ろうと腐心している
そのすべてを仕切る裏切り者と私はかつて
鉱山や忘れられた夜明けの砂漠を訪れた
私は彼のそばで我が哀れなる仲間たちに言った
《ぼろきれのような服を縫う糸はもう必要ない
こんなパンもない日は二度と来ない　諸君は
祖国の子としてしかるべき扱いを受ける
これからは人生の美を分かち合おう
母が我が子を思い泣く必要もない》
ところが愛を分かち合うどころか
夜中に飢えと苦難の世界に連れ出されたのは
まさにその声に耳を傾けた人々　大木のような
その力と慈しみを投げうってくれた人々だった
そのとき私はあのちっぽけな暴君を見限った
それらの名もなき人々に　人民の側についた

私は我が同胞に寄り添う国を求める
我が燃える祖国の髪に
等しく降りかかる光を求める
真昼の愛を　畑の愛を求める
人民をパンから遠ざけるべく
憎悪で引かれた線を消し去りたい
祖国が辿るべき道を逸脱させたあの男
看守面をして祖国を縛り上げ傷つけ
売り渡したあの男も消し去りたい
彼を歌うつもりも無視するつもりもない
ただその数字と名前を
不名誉の壁に刻もう

十六

君は戦え

同志よ　今年は君の年になる

今年は時間ではなく君から生まれた年になる
命の限りを尽くして戦いに身を投じるのだ
死者のように墓に崩れ落ちたこの年を
愛と恐怖で葬り去るわけにはいかない
この死せる年は告発する痛みの年になる
そしてその苦い根が祝宴の時刻に
夜に抜き取られ　捨てられ
見捨てられていたもうひとつのガラスが
君の命が徐々に満たしていく空白の年に現れてきたら
我が祖国にふさわしい威厳を与えてやるのだ
君の祖国に　この火山とワインの細長い地に
私はもはや我が国の市民ではない　手紙によると
国を治めるあの下品な道化師が
他の何千もの名とともに私の名を
共和国の法の定めるリストから削除したという
私の名を消したのは私に存在をさせないためだ
そして地下牢のいかめしいハゲワシに投票させ
政府の地下室から拳骨と拷問を命じる
獣のような代理人どもに投票させ
祖国を売り渡したあの商売人の
執事や大将やお仲間たちにも
心置きなく安心して投票させるためだ
私はさすらいの身だ　囚人と花から遠く
人と地から遠く離れてひとり悶々としている
だが君は戦え　そして生を一変させるのだ
君は戦え　そして地図から糞の染みを
消し去るのだ　君はきっと戦うはずだ
そしてこの時代の恥辱に終止符を打つ
そして人民の監獄を開放し
裏切られた勝利の翼を広げるのだ

十七

闇に沈む祖国へ宛てた新年の賛歌

あなたに　あらゆる人々に　愛するアラウカニーアに

今年がどうかよい年となりますように
あなたと私のあいだには　互いを分かつ
この新たな夜が　森と川と道が横たわる
しかし我がか弱き祖国よ　そこを目指し
我が心臓は暗い色の馬のように駆ける
あの砂漠の清らかな地表へ入り
ブドウが緑のアルコールをたたえ
房の海をなす緑の谷を通るのだ
椿の花のように真っ白な
閉ざされた庭の村々へ入り
ワイン醸造所の酸っぱい香りに包まれ
唇をわなわな震わせのたくり歌うあの
揺れる川の水に丸太のように飛び込もう

思い出す道端の光景　おそらくこの時期
というより秋だろうか　家々の屋根では
トウモロコシの金色の穂が干してあった
私は何度も何度も　呆けた子どものように

貧しい人たちの屋根を飾る金を見に行った
あなたにハグを　私はもう隠れ処に
戻らねばならない　名も知らぬあなたに
私からのハグを送ろう　あなたはどんな人だろうか？
生まれいずるものの歌の輪に私の声も届いているだろうか？
あなたを囲むすべてのなかに私の声は混じっているだろうか？
私の言葉が地から湧き出す天然水のように
あなたを包むのを感じてくれてはいないだろうか？

祖国の花咲く体　その甘い全身を抱き寄せ
喜びが消えたときにもなんとか話をすべく
この時を閉ざされた花のように手渡すべく
あなたにこうして呼びかけている私から
闇に沈む祖国によい年が来ることを祈ろう
ともに進むのだ　目の前に小麦を頂く世界がある

遥かな空は滑るように走り　清く高貴な石を
夜にぶつけて打ち砕く　新たなる杯には
まだまだ水を注がねばならぬ　時の川が
我らに運ぶ水を　一分ずつ合わせるのだ
この時代は　この杯は　この地はみなあなたのもの
我がものとし　夜が明ける音に耳をすませるのだ

十四章　大洋

一

大洋

海よ　お前の恵みと破壊のなかから
韻律を　果実を　酵母を我が手にするなら
その遥かなる休らぎ　その鋼の輪郭
風と夜とが見守るその広大さ
隊列をなして押し寄せては
自らを潔く破壊して圧し潰す
その白い言語のエネルギーを選ぼう

岸辺を打ち砕き
世界を囲む砂の平和をうみだすのは
塩の重みを備えた最後の波ではなく
中心を目指して集まる力の体積であり
どこまでも広がる水の支配であり
生命に満ちた不動の孤独である
あるいはもしかして時間か

あらゆる運動を注ぎ込んだ杯
死の文字を刻まれぬ清らかな調和
燃える体の緑の内臓である

腕を沈めて水をすくっても
残るのは塩の口づけのみ
お前の岸辺に暮らす人々の体からは
濡れた花のしっとりした香りが漂う
お前のエネルギーは減ることもなく滑り
安らぎの場へと戻っていくようだ

波はお前からちぎれて
同じ形の弓　星の羽となり
転がり落ち　ただの泡となって
消えずに生まれるべく戻っていった
お前のあらゆる力が再び源になる
お前が差し出すのは粉々の残骸のみ

それはお前の積み荷からこぼれた抜け殻
お前の豊穣なる営みからはじき出され
房となるのをやめたものたちだ

お前の像は波の彼方に拡がっている

大きな生き物とその息遣いを覆う
胸とマントのように逞しく整然と
高く掲げられた光の素材のなかで
波に持ち上げられたその平原は
地球の素肌を形づくっている
お前は自らの命を実体で満たす

お前は静寂の曲面を覆いつくす

塩と蜜とで震える杯
水を収めた世界のへこみ
そこに欠けているものはない

恥知らずの火山口とは大違いだ
あの野蛮な器　空っぽの頂　傷口
切断された風を睨む目印とは大違いだ

お前の花びらは世界に抗って瞬き
深海ではお前の育てた穀物が震え
やさしいアオサは脅威を吊るし
航海をし　学校を次々に増やす
網の糸を孤独に這いのぼるのは
鱗の死せるきらめきのみ
お前のガラスの全身の彼方で
傷となった一ミリの欠片

二

誕生

星々が地と金属に姿を変え

エネルギーを消し
曙と石炭の杯が
ぶちまけられ
炎がその住み処に沈んだとき
海が彼方から彼方へ　時から時へ
燃える滴のように落ちてきた
やがてその青い火は球体となり
その車輪のなかの空気は鐘となり
その本質の内側が泡のなかで震え
塩の光のなかで持ち上げられたのは
広大なる自主独立の花であった

分離した星々が眠りにつき
昏睡に陥ったランプのように
その不動の清らかさを研ぎ澄ませるあいだ
海はその巨体を塩と噛み傷で満たし
広大な昼間を
炎と運動で覆いつくし

地を創り　泡を解き放ち
不在の場にはゴムの痕跡を残し
無数の像となって海淵を侵略し
その岸辺に血の礎石を置いた

荒波の星　水の母
物質の母　不滅の骨髄
泥に築かれた震える教会
生命はお前のなかで夜の石に触れ
傷口と出会えば後退し
盾と王冠を抱いて前進し
透明な咢《あぎと》をぱっくり広げ
そのお腹で戦を積み重ねたのだ
海よ　稲妻の冷たいエキスで砕かれ
あらゆる暗闇をつくりだしたものが
お前の命と今なお生きている

地は人を自らへの罰とした

獣を解任し山の法を廃止し
あの死の卵を凝視したのだ

しかしお前がこの齢に至るまで
沈める時の糸巻きは生き延びた
産み出されたその巨体のなかには
今なおエメラルドの鱗たちがいて
お腹をすかせたモミノキたちが
巻き毛のある青い口で喰らいつき
髪の毛が溺れ死んだ目に絡みつき
イシサンゴが戦う星となり
クジラの油を塗った力を
粉々の影たちがすり抜ける
無数の木材がひとりでに集まり
この大聖堂は建造された
塩は針のように尖り
水の板が孵卵器となった

ようやく広がりだした清い生物が
増殖するうち壁を織り成し
ついにはたくさんの巣に分かれ
海綿動物の灰色の衣装をまとい
真紅のチュニックがたなびき
黄色のアポテオーシスが命を帯び
アマランサスの石灰の花が咲いた

あらゆる命が体を震わせていた
噛みつく肉食の花びらたち
むき出しで積み重なる数
種子植物たちの振動
湿り気を帯びた球体の血
絶え間なく吹く青い風が
生物たちの険しい境界をなぎ倒す
こうして不動の光は口となり
その紫の宝石を噛んだ　海よ
それはまるで硬さのない形

半透明な命の洞窟だった
房と房が滑りあう実在の塊
卵巣が織り成す布
ばら撒かれた芽の歯
朝の血清を運ぶ剣
繋がる酸っぱい臓器
なにもかもがお前のなかで震え
空洞と振動とで水中を満たした
こうして生命の杯は
荒々しいアロマと根を得た
波は星降る侵略者となり
腰から上も下も生き延び
頭を突き出し　両腕を広げ
泡という金色の宿主を掲げた
岸辺に海の声が
いつまでも震えた　水の閨《ねや》
すべてをなぎ倒す嵐の皮
星の荒れ狂うミルク

三

魚たちと溺れた男

ふいに辺りが激しさを増し
強靭な形に満ちるのが見えた
切り裂く線のような口
闇に沈む銀の稲光
喪服の魚　尖った魚
天空に鋲を打つ魚
輝く斑模様の魚
悪寒のようによぎる魚
真っ白な速度　循環する
細長い科学　肉食と
成長を続ける楕円の口

束の間の月明かりに包まれ

魚群が揺れるのを見つめる
その男の手や腰は美しかった
柔らかくしっとりした命の川
鱗の一枚ごとに育つ星々
大洋の真っ黒なシーツに
散らばる精液のオパール

男は鋭い銀の石が燃えるのを見た
震える宝が掲げる旗も見た
そして下降しながら己の血を
獰猛なる深みに捧げた
小さな口たちが男を持ち上げ
その胴体に血を吹く輪を刻んだ
やがて体はばらばらにほどけて
血まみれの穂となった　潮の盾
アメジストに引き裂かれた服
海中の生い茂る木に架かる
傷だらけの遺産となった

四

人々と島々

大洋の人々が目を覚ました　島々では
緑の石と石のあいだで水たちが歌っていた
布の乙女たちが島の面を行き交い
火と雨とが絡み合って
王冠と太鼓を産んでいた
　　　　　メラネシアの月が
硬いイシサンゴになった　硫黄の花々が
大洋から押し寄せていた　地の娘たちは
ヤシの木の婚礼の凪に
波のように震えていた
泡のなかの命を狙う銛は
肉に深々と突き刺さった

昼は人気のない波間に揺れる丸木舟
夜は島々が花粉の点のように
アメリカ大陸の金属塊を見つめる
名もなき極小の星たち　泉のごとく
芳香を放つ秘められた存在
羽根とサンゴの溢れる場所
大洋から現れた目が
銅の岸辺の薄暗い影と
険しい雪の塔を見つけたとき
粘土の民は　湿った軍旗と
敏捷な大気の息子たちが踊るのを見た
海の孤独の彼方から
　　　　　失われたオレンジの
花の枝が届いた　海から
マグノリアの風が届いた
その獣の尻に優しく触れる青い拍車
初めて金属を見た島の口づけ
乱れた蜜のように清く
空のシーツのように響き渡る

五

ラパヌイ◆

テピト・テ・ヘヌア　大海の臍
海上の工房　滅びた王冠
溶岩の山から突き出たのは
太平洋を見下ろす人の額だ
ひび割れた石の目は
嵐にもまれる宇宙を見つめ
清く大きなお前の像たちを
掲げた手がその中心にいた
お前の宗教の岩は
海の全方角に切り取られ
人の顔が

島々の内臓から飛び出し
空っぽのクレーターから
沈黙に足をとられて出現した

彼らは見張りとなり
あらゆる湿潤な領域から届く
水の循環をつないだ
海は仮面たちの前で
その青い嵐の木々を止めた
王国の輪に住み着いたのは
これらの顔たちのみだった
島の口を包んでいた糸は
星の入りのごとく寡黙だった

こうして海の長軸をつなぐ光のなか
石の神話がその死せるメダルを
広大な島に今なお授けている
かつて海の泡の不滅を願って
この孤独な君主制を打ち立てた
あのちっぽけな王たちは
見えない夜の海へ帰る
彼らの塩の棺へ帰る

砂浜に打ち上げられたマンボウだけが
モアイたちを浸食する時間だけが
砂のなかの永遠だけが
その言葉を知っている
封じられた光を　死の迷宮を
沈められた杯のなかの鍵を

六

像を建てた人々（ラパヌイ）◆

私は像を建てた者　名はない
顔はない　私の顔はすでに道に迷い
藪を駆け　あの石に這い上がり溶けた
あそこで石になっているのが私の顔だ
我が祖国の重々しい孤独　大洋の皮膚だ

像はなにも伝えない　彼らはただ
砂の重みをまるごと背負って生まれ
静かなる時に身を任せ生き延びたにすぎない

君は私に問うかもしれない　私が爪と手と
どす黒い腕をあれほどすり減らした像は
噴火口の言葉と音を今に伝えるのかと
溶岩の印に託された古《いにしえ》のアロマを伝えるのかと

そうではない　像はかつての私たちだ　あれは
私たちなのだ　波を見つめていた私たちの額
ときには途絶え　ときには私たちとそっくりの
石のなかに生き延びた私たち自身の素材なのだ

他にも小さく邪悪な神々が来た
魚たちが　朝を華やがせる小鳥たちが
斧を隠し持ち　石から生まれたあの
もっとも長い顔の像を壊していった

神々が望むのなら　遅れた収穫の
戦いを見守り　花々の青い砂糖を
踊りながら舐めるがいい

空に昇り小麦の鍵を落とせばよい
人の赤い春の内側で
密かに踊る湿った花粉を散らし
婚礼のシーツを隅々まで濡らすがいい
だがこの絶壁　この噴火口まで来るのは
小さき者よ　死すべき人よ　石工よ　君だけだ

この肉体もあの肉体もいずれは朽ち果て
花もその鎧を失い　いつかは枯れる
曙が生気を失い　塵が干からび　ついには死が
この誇り高い島の帯にまで届くその日にも
像よ　人の娘よ　それでもお前は
不在にして不滅のあの人々の手が建てた
その空ろな目で世界を見続けているだろう

さあ君は大地を引っ掻くのだ　やがて
硬い石が生まれ　果てしない時に消えた
己の蜜をむさぼる巨大な蜂のように
影が像の全身に落ちてくる

さあ両手で石に触れるのだ　石を彫り
ありもしない名前に頼らずとも
生き延びていける孤独な力を授けるのだ
そうしてひとつの生からひとつの死へと
時のなかで揺れる一本の手に繋がれたように

我らは眠れる焼けた石の塔を築き上げる
我らの全身を土台にして育った像

この姿を見よ　この素材に触れよ
この唇は我ら死の世界で眠る者と
同じ沈黙の言葉を話す　この砂の傷跡は
狼のような海と時間とに舐められ
倒れることのなかった顔の一部である
生き物の一部　灰をも退けた房である

こうして彼らは生まれた　彼らは石のなかに
自分の硬い部屋を掘り　自分の蜂の巣を刻んだ命
そしてこの目のなかには時より多い数の砂がある
その巣穴にはどんな死よりも深い静けさがある

彼らはかつてある重大な目的を備えた蜜であった
住み着いた目もくらむ光が今　石のうえをすべる

七

雨（ラパヌイ）◆

だめだ　君の顔を女王に知られては
ならぬ　今のままが美しい
そうして像たちから遠く離れ
我が手に感じる君のその髪の重み
マンガレバでその髪に花を散らせた
あの木を覚えているか？　この指は
白い花びらには似ていない　見よ　根のようだ
トカゲが這う石でできた茎のようだ
怖がることはない　裸のまま雨が降るのを待とう
セグロアジサシが受け止めるのと同じ雨を待とう

だが雨が石に触れて顔をこわばらせるように
ここに降る雨もやがて私たちを暗闇へと誘う
ラヌ・ララクの噴火口の奥底へと
優しく誘う　だから君は
漁師にも壺にも姿を見られてはならぬ
その均整の取れた火傷の乳房を我が口に埋めよ
その髪は我がささやかな夜となって
しっとりした暗闇の香りで私を覆う

夜には君と私が二本の木になった夢を見る
寄り添って立ち　根と根を絡み合わせる木
君は地と雨について私の口と同じく詳しい
木である我らは雨と土でできているからだ
私はふと思う　死ねば二人で眠るのだと
像の足もとの地の奥底で　かつて我らを運び
我らを建て　愛したあの大海を見つめながら

君のことを知られたとき　我が手は鉄ではなかった
別の海の水が網を抜けるように我が手を通り
今では水と石が種と秘密を支えている

裸で眠ったまま私を愛してくれ　岸辺の君は
島のようだ　当惑気味の愛し方　夢の穴に潜む
びっくりしたような君の愛し方は
我らを囲む海の運動のようだ

そして私が裸のまま君の愛に包まれて
眠りにつこうとするそのときには
この手を君の両胸のあいだに置かせてほしい
雨に濡れた君の乳首と同じ脈を刻ませてほしい

八

大洋に生きる人々◆

腐ったアザラシの皮以外に神をもたぬ人々
海の栄光　南極の鞭に痛めつけられた
ヤーガンの人々よ　獣の油と砂埃を体に塗った

アラカルフの人々よ
氷片と雨が敵意をむき出しにする
結晶と深淵の壁のあいだを
そのちっぽけなカヌーが
死をもたらす最果ての水の火の粉と
アシカたちの流浪の愛を運んだ

人よ　絶滅は
雪解けの川や
氷河の息で固められた
月がもたらしたものでもなく
同じ人がもたらしたもの　彼らは
失われた雪や大洋の果ての水に至るまで
その正体を探ろうと
流刑の身を砕いて調べまわった末に
あなたをこの世の果てに押し出した
今日　この世の果て　雪の果てる地で
氷から解き放たれた嵐が暴れるなか

野生の塩と怒れる孤独に包まれ
パンのねぐらを求めて
あなたの丸木舟が行く　あなたは大洋である
あなたは海とその怒れる青の滴である
そしてあなたの擦り切れた心臓は
あり得ない不滅の火のように私を呼ぶ

泡立つ風の唸りに鍛えられた
あの凍れる木々を私は愛する
海の喉元の
カニのランプの上で燃える
あのちっぽけな明滅する村を愛する
青い虚構の輝きの城から現れる
南極の夜明けを愛する

透明な手を伸ばす
夜明けの光で焼かれた木々の
混濁した根の先までを私は愛する

だが海の影よ　氷の羽の息子よ
ぼろをまとったオケアノスよ
あなたに届くのは　断絶から生まれ
風に吹かれて傷ついた愛のように漂う
この波だけなのだ

九

南極

南極　南の冠よ　凍てつく
ランプの房よ　地の皮からちぎれた
氷のシネラリアよ　清らかさに砕かれた
教会よ　白の大聖堂に走る
とてつもない回廊よ
割れガラスの生贄を捧げる者よ
夜の雪の壁にぶつかる
ハリケーンよ

じわじわ攻め入る孤独に揺れる
その二重の胸を我に与えよ
アーミンの毛皮帽になりすました
その恐怖の風の通り道を
難破船の鳴らすあらゆる汽笛と
無数の世界が白く沈みゆく海を
石英の清らかな長方形のように
冷気を磨くその平和の胸を
いまだ吸われぬ息を　無尽蔵の
透き通る素材を　開かれた空気を
地も貧困もなき孤独を我に与えよ
世界でもっとも厳しい真昼の王国
刺々しい星たちの間近で微動だにせず
か細い音を奏でる氷のハープよ

あらゆる海はあなたを囲むひとつの海である
あらゆる大洋が抵抗した挙句
その透明度をあなたのなかに凝縮させた
そして塩がその城であなたを満たし
氷がガラスの針の上に
都市を築き上げ　風が
雪焼けした虎のように
あなたの塩辛い曇天を駆け巡った

雪を積み重ねた船から
あなたの丸天井は危険を産みだした
そしてあなたの不毛の背中では命が
まるで海中のブドウ畑のように
尽きることなく燃え続け
雪の春に備えて火を灯している

十

沿岸の子どもたち◆

海の賤民　鞭うたれた
南極の犬たち
亡きヤーガンたちの骨の上で
土地の所有者どもが踊っている
気高い人々の首を切り落とした連中に
賞金を支払った奴らが踊っている

アントファガスタと乾いた岸辺のチャンゴたち
大洋に暮らす凍えるシラミたち　賤民たち
ラパの子どもたち　アンガロアの貧しい人々
ホトゥイティのみすぼらしく病んだ亡霊たち
ガラパゴスの奴隷たち　群島に暮らす
人もうらやむぼろきれたち
汚れた継ぎ当ての向こうに
戦士の体格をのぞかせる
ぼろぼろの服たち
風にさらされ塩を吹く皮膚
琥珀色をした勇敢なる人のかけら

その船は祖国の浜辺に横付けされた
ロープと切手と土台工事がやってきた
顔のぼやけた紙幣が舞い落ち
浜辺には空き瓶が流れ着いた
知事が　議員がやってきた
こうして海の心臓は傷跡になった
島々は財布とヨードと苦悶と化した

彼らが商売をしにきた浜辺
そこの夜明けは美しく
船ではシャツが雪のように輝き
空色の子どもたちは頬を染めた
花とかがり火　月と運動

海辺のシラミどもよ　これからは糞を食え
残飯を狙うがいい　船乗りや支配人
彼らが履き捨てた靴を拾うがいい
排泄物と魚の匂いを嗅げ

お前たちはもはや
死をもってしか出られぬ輪に入った
海で水と月を眺めて死ぬのではない
死亡告知欄というみんな一緒くたの
穴に落ちるのだ　なぜならこれからは
忘却こそがすなわち死を意味するからだ
かつては死にもその確かな領土があった
生まれ変わりが　様々な時代が　季節があった
バラの花にこぼれた真昼の露に囲まれて
あるいは銀の魚の船団に乗せられて
踊りながら死へ昇ることができた
今やお前たちは永遠に死んでいる
司祭の陰気なご宣託で沈められ
地を這うただの虫けらと化し
せいぜい地獄の登記所の床で
尾を振り回すのみなのだ

さあ来るがいい　海辺に
群がるがいい　まだ空きはあるぞ
いつだって漁に出てもいいのだよ
我らがチリ漁連株式会社の
お許しさえあればね　さあ行くがいい
埠頭の鉄骨をごしごし磨くのだ
豆を詰めた袋を背負うのだ
海辺のごみ溜めで眠るがいい
実はお前たちは危険要素なのだ
泡から生まれた小汚い貧乏人ども
だからほら　司祭のお許しさえもらえば
待ち受ける死の船に今すぐにでも乗るがいい
荷物とシラミを忘れるな　そして無へ旅立つのだ
棺などなくとも死の世界へ運んでくれるさ
海の最後の波と不運とがその体を齧る
それもこれも無給が最低条件だが

十一

死

アオサとそっくりの鮫たち
海溝に潜むビロードの艦隊
お前たちは細長い月のように
紫の歯をむき出し突如現れる
暗闇にぬらぬらと光る鰭
喪章と速度　恐怖の船団
花びらのように昇る
目もくらむ光の犯罪
声もない緑のかがり火を
稲妻の刃が切り裂く

清らかな漆黒の影が
海の皮の下を愛のように滑る
喉に押し寄せる愛のように
ブドウの皮に輝く夜のように
短剣に映るワインの輝きのように滑る

禍々しい旗のような
常軌を逸した広大な皮の影
波打つ花となり獲物に絡む
無数の腕と口と舌の束

命のほんの小さな滴のなかで
煮え切らない春が待ち構える
虚空に震えて落ちたものを
その不動の体系に閉じていく
紫外線の帯が
失われたものの黒い苦悶に
凶悪な燐光のベルトを滑らせ
溺死体の綴れ織りを
槍とウツボの森が覆いつくし
獰猛な深海に布を編むように
せわしなく震える

十二

波

波は海底からやってくる
沈んだ天の根と芽を連れてくる
そのしなやかな侵略は
大洋の清い力で立ち上げられた
その永遠の生は
深い力の天蓋を浸して現れた
生き物たちが波に抵抗力を与え
その腰から冷たい火を解き放ち
ついにはその力の枝先から
雪を抱く勢力がはがれた

波は一輪の花のように地からくる
断固たるアロマを放ちつつ進んだ波は
マグノリアのように大きく花開いたが
この海底で炸裂した花は
あらゆる失われた光を運ぶ
あらゆる燃えなかった枝を運ぶ
純白の泉をまるごと運んでくる

こうしてやってきたその丸い瞼は
その体積　杯　花びらは
海の皮を膨らませ
これら海の命の精髄を見せつける
波とは海に構築される調和である
波とは海に立ち上がる支柱である
海の誕生であり崩壊である

塩の学校が門を開き
あらゆる光がこぶしを突き上げ天に舞い
湿り気を帯びた金属のパン種が
夜から朝まで育ち
明るみはいずれも花びらとなり
花は開き　石をすり減らし

泡の川が死に向けて上昇し
嵐の木々が襲いかかり
鋼鉄にバラの花が咲き乱れ
水の砦は二つに折れ曲がり
ガラスと悪寒の塔はそのままに
海だけが一気に崩れ落ちた

十三

港

青い石のように浮かびあがるアカプルコよ
海が目を覚ませばそこにはお前の扉がある
虹色の　貝殻のような模様の扉がある
お前の足もとを稲妻のような魚たちが行き交い
海のきらめきをいっぱいに受けて脈動する

お前は瞼をもたない完璧な光だ
砂の花のように揺れる裸の昼だ
お前はどこまでも広がる海水と
粘土のランプに燃える高みのあいだに横たわる

お前のそばで湖たちが私に与えてくれたのは
獣とマングローブのいる暑い午後の愛だった
サギが飛び立つごとに泡が舞い上がる
枝と枝とのあいだに結ばれた巣だった
そして真紅の水のなかでは犯罪のごとく
口と根に閉じ込められた国が沸騰していた
カリフォルニアの心優しき裸の岸辺に
かろうじてへばりつくトポロバンポの港
星降るマサトラン　夜の港
お前のその貧しさと星空に
打ち寄せる波の音が聞こえる
お前の熱烈な合唱団の脈動が
月が編む赤い網の下で歌う
夢遊病の心臓の鼓動が聞こえる

グアヤキル　槍の音節
赤道の星の刃　濡れた女の髪のように
しっとりと波を打つあの暗闇で
開いたままにされた門
鉄の港よ
お前を痛めつけた苦い汗は
房たちを湿らせ
枝たちに大理石を滴らせ
人の口から滑り落ちて
海の酸のように嚙みつくのだ

モジェンドの白い岩山を登った
乾ききった輝きと傷跡
カルデラという大陸の裂け目が
石のあいだでお前の宝を支える
禿げ上がった断崖のあいだに
追い詰められた人の谷間
金属の喉もとにできた影
黄色い死の岬

ピサグアよ　拷問で汚された
痛みの文字よ　その虚ろな廃墟で
その身の毛もよだつ断崖で
石と孤独の牢獄で
人という植物が踏み潰され
死者の心臓で絨毯が編まれ
怒り狂った印のような災いが降り
ついには尊厳を打ち砕こうとした
あの塩辛い虚ろな路地で
今なお嘆きの亡霊が
黒いマントを揺らす
傷つけられた裸の亀裂に
孤独な泡に打たれる記念碑として
我らの歴史が残された
ピサグアよ　お前の頂の空虚に

怒れる孤独のうちに
人の真実の力が
高貴な裸の記念碑としてそびえる

お前の斜面で命を汚したものは
人だけではなく血だけでもない
それは傷ついた沼地と拷問に
喪に服すアメリカ大陸の藪に
縛られたあらゆる拷問者でもある
お前のその荒れ果てた断崖に
奴らが鎖を手に住み着いたとき
旗が噛みつかれただけでなく
毒をもつ盗賊ばかりか
歴史を通じて歯をむき出し続ける
あの邪悪な水の生き物が
不幸なる人民の心臓を
その死の刃で貫き
己を産んだ大地に手錠をかけ

夜明けの砂を辱めたのだ

おお砂の港たちよ　硝石に
満ちる港たちよ　祖国に痛みを残し
見知らぬ神に黄金を運ぶ
秘密の塩に満ちた港たちよ
我らの痛々しい領土の表皮を
その神とやらの爪がかきむしる

アントファガスタ　遠い声が
結晶した光のなかに注ぎ込み
袋と倉庫のなかに積み重なり
朝の乾いた空気のなかで分けられ
待ち受ける船団へと向かう

干からびた木のバラ　イキーケ
その真っ白な欄干のあいだから
砂漠と海の月が照らし出した

松の木の壁のそばで
我が民の血が流され
真実が殺害され希望が潰され
血まみれの果肉と化した
犯罪は砂に飲み込まれ
断末魔の喘ぎは彼方に沈んだ

妖異なトコピージャ　山の下を
その針だらけの裸の山の下を
硝石の乾いた雪が駆け抜け
その意志の光は消えず
土に死を揺さぶった
暗い手の苦悶も消えはしない

うらぶれた岸辺よ　お前が拒むのは
人の愛で息が詰まりそうな水である
人は恥という最大の金属のように
お前の石灰の周縁部で身を潜める

埋められた男がその港に降り立ち
人が売られる街の明かりを見つめ
その煮詰まった心臓を紐解き
砂丘と我が身の不幸を忘れた
そこを行く君は誰だ？　その黄金の
目をよぎるのは誰か？　その目玉に
映るのは誰か？　君は降りて微笑む
君は木の壁のなかで沈黙を愛でる
ガラスのなかの黄色い月に触れる
ただそれだけだ　男は肉食の
影と棍棒に見守られ
彼の病院に横たわり
火薬の岩礁のうえで眠る

かつて私の額に
落ち葉の雨を降らせた南部の港
冬の苦い針葉樹林
その棘だらけの泉から

我が苦悩に孤独の雨が降った
インペリアル川の岸辺に凍りつく
プエルト・サアベドラ　砂の河口
カモメたちの凍りつく鳴き声は
まるで白い嵐の花のように
目に見えるようだった
花の枝に囁きかける者はなく
私の慈しみにまで届いた甘い声は
荒々しい海に砕かれてしまい
孤独だけが飛び散っていた

やがて私の道は雪になった
プンタ・アレナスとプエルト・ナタレスの
あの海峡に眠る家々で
どこまでも広がる青い咆哮のなか
地の果ての吹きすさぶすさまじい
夜のなかで風雪に耐える
木の板を見た　猛烈な風のなかで
灯りをつけた　南極の裸の春に
両手を沈めた　最果ての花々の
冷たい花粉に口づけをした

十四

船

絹の小舟が光に導かれ
すみれ色の朝にすっくと背を伸ばし
ぼろぼろのめしべのようにほつれた
真紅の旗を掲げて海上の太陽を渡る
シナモンがバイオリンのように響かせる
金色の箱からは熱い匂いがあふれ出し
冷たい強欲が港に着くたびに
擦り切れた人の手の嵐に囁きかけた
誰もが歓待するなめらかな緑の翡翠
青白い絹の穀物たち

なにもかもが風が旅するように
消えたアネモネのダンスのように海を渡った

細身の素早い連中　海の繊細な
道具たち　小麦をのせて金色に輝く
服を着た魚たちがやってきた
行き先を決めるのは灰色の商品たち
帆に降りかかる火のように
輝きを放つ石たち
あるいは塩の荒地で集められた
硫黄の香りを漂わす満載の花たち
ひとつの民族を積んだ船もあった
じめじめした船倉で鎖に繋がれた人々
捕らわれの目からこぼれた涙は
船の分厚い板をもひび割れさせた
象牙から切り離されたばかりの革が
深い傷を負った果実や獣のように
皮を剥がされた苦痛が積み重なり

真夏のダイヤモンドから人の頭が
深い汚辱の糞だめに落ちていった

穂が織り成す穀物の風を
平原のように波間に震わす
小麦を満載した船たち
全身に銛を逆立てる
堅い心臓のような捕鯨船が
狩り場からバルパライソへ
のんびり獲物を持ち帰った
氷と脂で痛めつけられた
ぎとぎとの帆を揺さぶり
巨大な杯と化した船を
獣の柔らかい肉で満たした
散り散りになった小舟が
怒れる海をさすらっていた
そこには自らの記憶と
最後の服を握る男がいた

切り取られた手のような男を
ついに海の端が飲み込み
泡立つ波間の細い口たちの
断末魔の饗宴へと導いた
鋭利で陽気な硝石の船が
御し難いイルカのごとく
白い栄えあるシーツに覆われ
風に滑る七つの泡へと向かう
船は指と爪のように細く
羽と駿馬のごとくに速く
我が祖国の金属をついばむ
漆黒の海をひたすら進む

十五

ある船首像に（悲歌）

マゼラン海峡の砂浜で私たちはお前を拾った
その甘い二つの乳房で何度も挑みかかり
両の乳首にかき分けて来た嵐のもとで今や
疲れ切り　動かず　それでも旅を続けていたお前

私たちはお前をあの南の海でまた立ち上げたが
もはやお前は暗い船倉の乗客に過ぎず
かつて守った小麦や金属と同じく
海の闇に包まれ外洋を目指した

今やお前は私のもの　かつては巨大なアホウドリが
羽をいっぱいに伸ばしこの女神のもとを訪れた
雨のなかで指揮者のようなマントを掲げ
鳥はその木でできた見えない目に触れた

海のバラ　夢よりも清らかなミツバチ
アーモンドの色をした女よ
歌の住む一本の樫の木の根から
お前は創られた　鳥の巣を宿した枝の力と

その嵐の口と　繊細なる優美さが
やがてお前の腰となり光を屈服させたのだ

ともに生まれた天使や女王が
苔をむし　死の栄誉を与えられ
静かなる不動の眠りについたとき
お前はあの船の細い舳先へと昇り
天使と女王と波を兼ね　地球の身震いに同調した
男たちの体の震えは舳先にも伝わり
お前の木の乳房を覆う高貴なローブに届き
愛らしいお前の口はその野性味にふさわしい
あのもうひとつの口づけでいつも湿っていた

お前の腰は見知らぬ夜空の下で
船の清らかな重みを波間に沈め
茫漠たる漆黒の闇のなかに
倒された炎ときらめく蜜の道を開いた
風がその巻き髪に集まり嵐の箱を開け
金属のような呻き声を解き放った
そして夜明けの港では震える光が
お前の濡れた王冠に口づけをして出迎えた

時としてお前は洋上での歩みを止め
そのとき震える船がそのわき腹から
まるで大きな果実を切り離すかのように
死んだ船乗りの体を海に落とし　時と
船の清らかな運動と泡に飲み込ませた
死の脅威に怯え　不毛な痛みに沈む
男たちのなかにあって　お前だけが
飛び散る塩をその仮面に受け止め
塩辛い涙を流すこともなかった
他にも哀れな命がお前の両腕を伝い
忌まわしい永久の水へと去っていった
死者と生き残りの双方から触れられ
お前の海の木の心臓は磨り減った

私たちは今日お前を砂から取り出した
結局お前は私に見られる運命だったのだ
寝ているならよし　死んでいるならよし
お前の体はついにあの囁きを忘れ
流浪のきらめきはその旅路を終えた
海の怒りと天の拳がお前の尊大な頭に
ひびや亀裂という冠を幾重にもかぶせ
お前の顔はその均整のとれた額に
何本もの傷を刻む巻貝のように休む

私にとってお前の美は今なおあらゆる香りと
あらゆる流浪の酸とあの暗い夜を留めている
お前のランプか女神のように突き出た胸に
ふくよかな塔に　不動の愛に命は生きている
いずれこの体が朽ち果て泡に運ばれる日まで
こうして拾われたお前も私と船旅を続けるのだ

十六

船乗り

絶えず動く潮につむがれた
船の線の彼方
腐った油が夢を侵食しに来る
操舵士が疲労をむき出しにして眠る
夜勤の誰かがチェーンを引きずる
船の世界が
音を立て風が甲板をきしませる
鋼鉄の内臓がどんどんと脈を打つ
ボイラー係がひびだらけの鏡を見る
そこに映ったのは煤で真っ黒の
骨ばった仮面と一対の目
グラシエラ・グティエレスが愛した目
死の床にあった妻を
見届けてやれなかった目だ
炎と油にまみれて沖にいた男は

妻の最後の船出に立ち会えなかった
それでもいいのだ　つかの間の陸で
贈り物とキスを交した彼らの家には
もはや誰もいない　海の男の愛は
あらゆる眠れる人々のベッドに届き
枝を水面へ漂わせる夜の海草のように
船のいちばん底で生きている

船旅の夜に　空虚のなかで
夢から海を消して広がる男たちもいる
陸の断片が命をもつかのように
夜のかけらが　石の塊が
夢のずたずたの網を切り裂き
　　　　　　　　　　陸地が
夜な夜なその波で海に分け入り
眠れる哀れな旅人の心臓を
塵のただひとつの音節と
彼を求める一匙の死で覆う

大洋の石はいずれも大洋であり
クラゲは紫外線を通す極小の帯
虚ろな空に星が散らばり　月は
海を全方位に向け消し去るが
それでも男は目を閉じ　足を軽く
嚙み締め　小さな心臓を脅して
すすり泣き　夜をかきむしり
陸を求め虫のように丸まる

水に覆われも殺されもしない陸になる

あの歌っていた水滴から切り離され
己のためらう肋骨を地にしばりつけ
壷のなかで朽ち果てていく粘土の誇り
君はそのような死を海に求めてはならぬ
陸を待ってはならぬ　土を後生大事に

しまいこみいつか陸に戻そうとしてはならぬ
そんなものはこの歌う口のなかへ捨てよ
この水の運動と世界の合唱に捧げるのだ
永久《とわ》なる水の母でその身を滅ぼすがいい

十七

なぞとき

カニたちはその黄金の脚で何を編むの？　と諸君は私に尋ねた
答はこうだ　海が知っている
ホヤは透明な鐘のなかで何を待っているの？　と諸君は尋ねた
答はこうだ　諸君と同じく時を待っている
オオウキモはいったい誰を抱こうとしているの？　と諸君は尋ねる
調べなさい　特定の時刻に　私の知る特定の海で調べなさい
イッカクの恐ろしい角についてもきっと答えろというのだろうね
海の一角獣はどうやって獲物に銛を刺すのかと
南極海の潮に清らかな始原の姿で漂う
花虫綱のことも尋ねたいのだろう？
ポリプの透明な体の構造についてもきっとまた
質問を繰り出したかこれから出すつもりだね？
深海魚の棘の放電物質についても知りたいか？
歩くたびに自らを破壊する鍾乳石の軍団について？
チョウチンアンコウの提灯　水の糸のように
深海に響き渡る音楽についてだって？
諸君　すべては海が知っている　その体のなかで
命は砂のごとく無限に清らかにどこまでも広がり
血に飢えたブドウたちのあいだで時が
硬い花びらとクラゲの光を磨き上げ

果てしない真珠の豊穣の角から
珊瑚の糸の束を解き放った

私はただの空っぽの網である
あの闇のなかで死んだ目を
三角の物質になじんだ指を
臆病なオレンジの半球の韻律を進めるのみ

諸君と同じく私もまた
どこまでも尽きない星を調べてきた
そして夜に目覚めると自分の網に絡まっていた
ただひとりの獲物　風に捕らわれた魚になっていた

十八

浜辺の石たち

大洋の子たちよ　春に穂をかきわけ
植物の生い茂る大地から姿を現す
あの素材はお前のものではない

孤独から大洋へと漕ぎ出す
その顔は　ブドウのあいだを渡る
あの青い風の感触を知らない

その砕かれた岩の顔は
ミツバチを知ることもなく
育てるものは波しかない
石たちの顔が受けとめたのは
そのひびの入った永久《とわ》を求めて争う
悲しみに暮れる泡であった

怒り心頭の毛むくじゃらの花崗岩が
でこぼこの船を　惑星をつくり
その動かぬ次元に旗を立て
海の動きを押し止める

吹きすさぶ嵐に佇む王座
風が揺らす孤独の塔

海の岩たちよ　お前たちには時のあの
勝ち誇る色がある　そしてその素材は
移り行く悠久の時で磨耗している

火がこの硬い延べ棒を生まれさせ
真っ赤なザクロの実で海に震わせた

銅と塩水が結ばれたこの皺
この黄色い鋼
これらの銀とハトの染みは
房をたたえた深みをふさぐ
死の壁であり境界である

孤独の石たちよ　愛する石たちよ
その硬いくぼみに　あの騒々しくも
冷たい海草たちがぶら下がり
月で飾られたその縁からは
浜辺の孤独が立ち上がる
砂に消えた足から
いかなるアロマが失われ
いかなる婚礼の花が震えてはいのぼったか?

砂の植物　ぽっちゃりした三角の生き物
平べったい生き物たちが　やがて石たちに
きらめきを灯すようになった
海に訪れた春　せり立つ石が
もたらす繊細なる杯
そっと咲いては怒りで凍りつく
アマランサスが放つかすかな光
星降る砂の荒地に立ち向かう
その力を私にも与えて欲しい

海の石たち　光の争いのなかで
静止した閃光たち　錆びついて
金色に輝く鐘たち　鋭い
苦痛の剣たち　崩れた丸屋根の
その傷跡に歯のない大地の
像が建てられるのだ

十九

ゴンゴラの貝たち◆

カリフォルニアから角だらけの悪鬼貝を持ち帰った
棘のシリカは煙で化粧を施され
その姿は凍りついたバラのように張り詰め
人の口のようにピンク色をした内側は
肉厚の花の穏やかな影を従え燃えていた

だが私がもっていたタカラガイには上下に
模様があり　その清らかなビロードの表を
火薬の焦がし跡や豹の毛皮が飾っていた
別のタカラガイはなめらかな背に杯をひとつ
月に青く彫られた一束の川を刻んでいた

だがほかならぬ風と海に
支えられたあの螺旋　おお
階段よ　精緻なイトカケガイよ
オパールを練って作った指輪が
甘美にするすると巻きついた
夜明けのか弱き記念碑よ

砂をかき分け海から取り出した
血まみれの珊瑚に潜む棘あるカキ
ウミギクガイ　二枚の殻に半分ずつ
沈められた宝の光を封じ込める
真紅の針で覆われた宝石箱

あるいは鋭い茨で武装した雪

砂浜で細いビロウドウミウシを拾った
体を濡らした旅人　紫の脚
そのぬるぬるした宝石に
果実が炎を塗り固め
水が海の資質を磨き上げ
ハトがその裸体を卵形に仕上げた

ホラガイは音の洞穴に
遥かなる距離を閉じ込め
ぐるぐる巻きにされた石灰の体で
海の花びらと丸屋根を支える

おおロステラリア貝　針で刺して
持ち上げた印のように貫き難い花
極小の大聖堂　ピンクの槍
光の剣　水のめしべよ

だが夜明けになれば月でできた
光の息子カイダコが姿を現す
彼は振動の力で前へと進む
泡との震える接触がその形を
つくった　波が来るたびに
螺旋のジャスミン船が進む

そのとき潮に身を潜める
紫の海に波打つ怪異な口
シャコガイが巨大なスミレの唇を
城門のようにバタンと閉ざす
なかでは巨体を誇るバラが
口づけを試みた青の血統を喰らう
潮の修道院　波を固めて
封じ込めた不動の遺産

だがオウムガイよ　触れるよりまず

その翼の王朝に言葉を与えよう
螺鈿の船をするする進ませる
丸い方程式　海中の時計
真珠層と線が混じる
螺旋の幾何学　構造の神
私もまた風に乗り島を目指し
お前と去らねばならぬのだ

二十

虐げられた鳥たち

硝石原はトコピージャの内陸部にある
荒れ野　点在する塩田　そこは砂漠だ
木の葉も虫すらも見えない
そよ風も影も時間もない
そこにガルマカモメが巣をつくった

はるか昔　炎熱の不毛砂漠まで
岸から羽の波となって押し寄せ
少しずつ奥地に入り卵を産んだ
こうして寂寥の地に　海から遠い
砂漠の囲い地に　すべすべした
あの命の宝を敷き詰めていった

海へ流れる豊穣の川　獰猛なる
愛の棲み処　マグノリアのように
丸々とした風の羽根たち
飛翔する動脈　翼もつ脈動
あらゆる命が積み重なり
一筋の川となり押し流す
こうして塩の砂漠に命が宿り
荒れ野の頭に羽根が飾られ
砂丘は飛行術を密かに学んだ

人がやってきた　砂漠にあって

海のように震える鳴き声の森は
砂漠をさすらってきた人々の
蒼ざめた不幸を慰めたかもしれない
星空のようにまたたく真っ白な群れに
思わず目が眩んだかもしれない
だがそれとは違う者もいた

彼らは夜明けにやってきて
棍棒と籠を手に宝を盗んでいった
鳥たちを殴りつけ　巣から巣へと
あの羽毛の船を破壊していった
卵の重さを量り　雛がいれば
片っ端から踏み潰していった

彼らは卵を陽の光にかざし
砂漠の地表に叩きつけた
鳥たちは鳴きながら飛び回り
恨みの波を逆立て　汚された

地に怒りの風を巻き上げ
陽の光を黒い旗で遮った
しかし破壊者は巣を蹴飛ばし
棍棒を掲げ　砂漠に築かれた
海の都市は滅ぼされた

やがて霧と酔っ払いで覆われた
塩水に浸る早朝のトコピージャで
海鳥の卵を売り歩く声が聞こえた
孤独で季節もなく掘られた塩だけが
恨みを抱えるあの命なき不毛の荒地
そこで生まれた野性の果実を売る声が

二十一

レヴィアタン◆

巨大な箱　怒れる平和　滑り行く

獣の夜　見たこともない南極大陸
お前が私のそばを通りその影の革を
揺らすなら　私もいつかお前のその
壁のなかへ入り　深海を行く
その冬の甲冑を掲げよう

追放された惑星が噴き出す
お前の黒い炎は南に向けて爆ぜ
その静寂の領土が積み重ねた齢を
打ち振れば海草は一斉に揺らぐ

それは形に過ぎなかった
世界が一度その身を震わせたとき
巨大なものが封じ込められた
自らの力と優しさに怯える
荘厳なる革がそこを滑る

黒い雪のたいまつで
火をつけられた怒りの大箱
その盲目の血がつくられたとき
若い海はいまだ庭で安らかに眠り
月はそのきらめく磁石の尾を
海の隅々まで溶かしていた
青い炎　母なるクラゲのように
命は爆ぜていた
卵巣は増殖の嵐となり
なにもかもが清らかに育ち
海の表皮が脈を打っていた

こうしてお前の帆柱が
血を渡る母性のように
水のあいだに立てられた
その力は汚れなき夜となり
地の根を浸して降りてきた
流浪と恐怖とがその孤独を
揺るがし　お前という大陸は

待ち望んだ島々の先へ逃がれた
しかし恐怖はその凍りついた月の
眼球を突きぬけ　お前の肉に入り
お前の消えた恐怖のランプを
かくまう孤独をも攻め立てた
夜がお前をそっと包み込み
荒れ狂う泥をその体に塗った
そしてお前の激烈な尾びれは
星々が眠る氷をかき混ぜた

ああ大いなる傷よ　熱い泉よ
お前は銛が居並ぶ海域で
敗北の雷鳴を轟かせ
血の海に染まり蒼ざめ
南半球を砕く嵐のように
眠れる穏やかな獣と化し
恨みと悪臭に満ち満ちた
脂まみれの黒い船へと運ばれた

ああ南極の透明な月明かりに
死せる像よ　お前は空を埋め
恐怖の雲のごとく涙を流し
大洋を血で覆いつくした

二十二

カツオドリ◆

島々に堆肥をもたらす鳥たち
繁殖する飛翔への意志
空の巨魁　命の風の
果てしない移動
寡黙なペルーの秘められた空を
お前たちの彗星が飛び去るとき
空を覆いつくす蝕が起きる
緩慢なる愛よ　野生の春よ

その満たされた杯を引き抜き
お前たちは種の船を導いて
聖なる水を川のように震わせ
その広大な空に取って代わり
赤い糞の島々を目指すのだ

お前たちの羽根に身を埋め
震えるふわふわの座席で
寝ながら南を目指したい
声を殺した矢が集まる黒い川
その分かち難い脈動のなかに
我が身を分けて飛んでみたい
やがて飛び交う雨と石灰質の
島々がその冷たい楽園を開き
羽根に覆われた黒い嵐が
羽毛の月がそっと降り立つ
母なる鳥たちの鳴き声に

このとき人が空を見上げ
手当たり次第に糞を集め
一段ずつ糞の階段を築き
透明な糞尿をかき分けて
飛び散る堆肥を積み重ね
発酵する島々の真ん中で
奴隷のようにひざまずき
高名なる鳥たちを頂く
酸の岸辺に挨拶を送る

二十三

アホウドリだけでなく

お前たちに春は似合わない
喉を渇かせた花びらにも
ひと筋ひと筋その株と房を編む
紫色の蜜も似合わない

お前たちの居場所は嵐　岩礁の
荒波が逆立つギザギザの丸屋根
曙が穴を穿つ岩の割れ目
そのさらに彼方で挑みかかる
無数の緑の槍　荒海に刻まれた
孤独の果てが似つかわしい

潮の花嫁　ミズナギドリよ
お前たちは陸の不純な香りを
海に濡れたその体で遮った
そして透き通る水のなかに
飛翔する天の幾何学を沈めた

嵐の枝を滴のように伝って歩いた
鳥だけでなく　怒りの潮流に
巣を構えた鳥だけでなく
丸っこい雪のカモメも
泡の上を飛ぶグアナイウの姿も

銀色のオオシロハラミズナギドリも
お前たちはみなすべて崇高である

シロカツオドリが巨躯を折りたたみ
小さな結び目となって降り立ったとき
アホウドリの広大な翼にのり
神のお告げが海を渡ったとき
ウミツバメの風が
動く永久《とわ》を送り出し
年老いたウミウたちの彼方で
我が心臓は彼らの杯にすっぽり収まり
広がる海と羽ばたく翼へ向けて
その歌の河口を広げたのだった

お前たちがその胸に抱いて嵐のなかの
小石にまで運ぶ凍った錫を我に与えよ
ミサゴの鍵爪に凝縮される
その資質を我に与えよ

あらゆる成長と断絶とに耐える
そのゆるぎない全身を
見捨てられたオレンジの花の風を
途方もない祖国の風味を我に与えよ

二十四

海の夜

海の夜　白と緑の像　私はお前を愛する
夜よ私と眠れ　私はあらゆる通りを
己を焼き　死にながら歩いた
材木は私と生まれ成長した　人は
己の灰を征服し　地に囲まれ
安らぐ段取りを整えた

陸の夜は自らを閉じた　お前の目で
惨めな安らぎを見られたくなかったのだ

陸の夜は近場を好んだ　人と壁とに
守られてその両腕を広げた
そして沈黙の夢に舞い降りると
弔いの地に根のごとく潜っていった
だが海の夜よ　私を鍛えあげた愛は
お前の開かれた形と　アルデバランが
見守るその果てしない空間と
歌声に濡れた口とともにある

夜の海よ　無数の真珠層がぶつかり
お前が生まれてくるのを私は見た
星々の繊維が編まれるのを
お前の腰まわりに電気が走るのを
青い音たちが四方からやってきて
愛らしいお前に恋焦がれるのを見た

残酷なる妻よ　私を愛するのに愛は要らぬ

私を愛するなら空間があればいい
お前が息を送る川が　ダイヤモンドを
全身にたぎらせる満潮があればいい
私を愛するなら　水面を休ませずともよい
その破壊力を正面からぶつければよい

お前は美しい　恋人よ　美しい夜よ
警戒するおしべに降りたミツバチのように
嵐をもお前は手なずけてしまう
潮流が集まるその杯で
夢と水が震えている

夜の愛よ　私はお前が掲げるものを追った
その永遠を　星々を受けとめる
暗闇の塔を　そのためらいの
途方もない距離を　お前のわき腹から
泡が持ち上げる住民たちを追った
今や私はお前の喉もとに繋がれている

お前が砂に寄せては砕くその唇に
お前は何者か？　様々な海の夜よ
その切り立つ長髪はあらゆる孤独を
覆うのか　血と草原でできた
この空間は無限なのか　教えてくれ
あらゆる船を抱き　風が粉砕する
あらゆる月を抱き　あらゆる金属を
所有する底知れぬバラよ
むき出しの愛が荒れ狂う
濡れたバラよ　お前は何者か？

地球の羽織るガウンよ　緑の像よ
鐘のような波をひとつ私に寄こせ
怒れるオレンジの花の波をひとつ寄こせ
その増殖する火を　大空の
船団を　我が船が進む水を
広大なる空色の火を　私が欲しいのは

ほんの一分間の拡張だ　どんな夢よりも
お前のその隔たりが欲しい
その全身にみなぎる血を
ずっしりと考え込む星系を
暗闇が訪れる髪の毛を
お前が用意する昼を

同時に四方へ押し寄せるお前の額が私も欲しい
我が体の内側でその額を開き
お前のあらゆる岸辺で生まれたい
お前が呼吸したあらゆる秘密
我が体内で血か旗のように
守られているお前の暗い筋
そうした密かな規模を抱え
日ごと海へ行くのだ　愛と驚異とが
眠ったまま生きるあの扉へ行くのだ
　　　　　　　　だがそのとき
私はお前のようにたくさんの目をもち

都市に入ろう　お前が私に着せた服を
この体に掲げよう　そして測りきれない
この全身の水に触れてもらうのだ
どんな死にも逆らう清らかさと破壊に
決して縮まることのない距離に
眠れる人々にも目覚めぬ人々にも届く音楽に

十五章　私とは

一

辺境（一九〇四年）◆

最初に見えたのは木々
花々が咲き乱れる峡谷
一面の湿地　燃える森
世界の裏にこぼれる冬
幼少期は濡れた靴　つる草
こがね虫が群がる森の倒木
えん麦の上での楽しい日々
荘厳な鉄道に出かけてゆく
父の金色の髭

家の前に南部の水が敗北を
刻み　喪に服す粘土の沼が
夏に黄色の湯気を湧かせた
はち切れんばかりの小麦を積んだ馬車が
ぎしぎしと泣きながら通った

南部の陽は駆け足だ
　切り株
赤い土の道に立ち昇る土煙
由緒正しき川たちの岸辺
真昼の蜜が照り返す裏庭と荒地

埃っぽい外気は至る所から
樽や紐を抜け屋内に入り込み
蔵にはしばみの木の赤い髄
森の瞼が積み重なっていた

樫の森のなかにそびえる
ボルドの木の葉で固められた丘
その坂道沿いに脱穀機を押して登れば
土が潰れた肉のように車輪にめり込む
あれは夏の灼熱の服をはいのぼるようだった

幼少期は駅から駅を渡り歩いた

鉄路沿いには伐りたての材木が城となり
町なき家の周りを囲んでいたのは
牛たちと芳しいリンゴの木だけ
やせこけた生白い少年の私を
虚ろな森と蔵が満たしてくれた

二

投石器《オンダ》を振り回す男（一九一九年）◆

愛　たぶんためらいがちで心もとない愛
スイカズラの花が口をかすめる程度の愛
おさげ髪が黒いおき火のように揺れて
我が孤独の縁をかすめる程度の愛
あとに残るのは　夜の川　空の印
湿り気を帯びた束の間の春
逆上した孤独の額　夜になると
残忍なチューリップを立たせる欲望
星座をちぎり自らを傷つけ
星に触れては指をとがらせ
扉のない氷の城を
一本ずつ縫い上げていった
　ああ星降る愛よ
ジャスミンの花が無駄に透き通る愛よ
ああ雲よ　愛の日に刺々しい草地で
すすり泣くようにあふれ出る雲よ
影と　愛する傷と　御し難い月に
縄で繋がれたむき出しの孤独よ
我が名を与えよとおそらくバラの茂みに言った
いやきっと彼らはおぼろなブタクサの影だ
世界が震えるごとにそれは私の足に触れた
もっとも暗い片隅が　平原の荘厳な
木の像が私を待っていた
十字路ですべてが我が錯乱に集まり
我が名をむしって春に撒いた
するとそのとき甘い顔　焼けた百合

我が夢とは眠らなかった勇猛なる君
影につきまとわれるメダル　名もなき
愛しい人　精緻な仕組みの花粉と
汚れた星々に燃える風でできた君
おお愛よ　己を喰らう荒れた庭よ
君のなかで我が夢が立ち上がり
闇のパンの酵母のように膨れたのだ

三

家

我が家　切りたての新鮮な木材が
まだ匂う壁　辺境のあばら家
踏むたびにきしむ床
南部特有の戦う風に揺られ
自らも嵐の一部となっていた
あの未知の鳥の凍る羽毛の下で
我が歌は育ったのだ
人影が見えた　我が根の周りで
木のように育った人々の顔
木陰で歌を口ずさみ
濡れた馬から銃を撃つ親族
そびえる男たちの影に
隠れるような女たち
光を蹴散らす馬の脚
　　　　空気の薄い
怒れる夜　吠える犬たち
父は大地の暗い夜明けとともに
唸りをあげる汽車に乗って
どこの辺鄙な多島海を目指したのだろう
やがて私は煙に乗ってくる石炭を　油を
精確に回転する軸を愛するようになった
重い列車は誇り高い芋虫のように
地に拡がる冬を渡っていった
ふいにドアが轟音を立てる

父だ
従えるのは道の百人隊長
濡れたポンチョ姿の鉄道員たち
彼らが連れてきた蒸気と雨が
家を覆い　食堂はしわがれ声の
物語で満ち　酒が注がれ
ついには私のもとまで
苦痛を宿した壁がちぎれたみたいに
彼らの嘆きの声が届いた
ざらつく傷跡　無一文の人々
貧困という鉱物の鉤爪が

四

旅の仲間たち（一九二一年）◆

やがて霧と雨にぼんやりと包まれたまま
私は首都へやってきた　どの通りだったろう
ガス灯とコーヒーと煉瓦の強烈な匂いのなか
一九二一年の背広たちがひしめいていた
何も分からず学生仲間に混じり
壁を向いて自分のことに集中し
午後になれば我が貧相な詩作に
失われた枝や滴や月を探し求めた
午後になれば詩の底に沈潜し
見捨てられた海のカモメなど
触れることのできぬ刺激を捉え
目を閉じ　自分に閉じこもり
そこにある流れに身を任せた
　あれは闇だったか
単なる下層土の濡れ落ち葉だったか？
死はいかなる傷口をこじ開けて
我が四肢に触れ　微笑みを導き
道に不幸の穴を掘ったのか？
やがて私は生きに出かけた　成長し

貧しい路地で身を強張らせて歩き
憐れみを忘れて錯乱の巷で歌った
壁が人々の顔でいっぱいになった
光を見つめない目　犯罪を照らす
捻じ曲がった水　孤独なる誇りの
遺産　打ちひしがれた心臓が
寄り集まるへこみ
私は彼らと進んだ　彼らの合唱に
我が声は自らが生まれたあの
孤独を見出した

私は大人になり始め
炎のなかで歌を歌った
夜行性の仲間たちが迎えてくれた
彼らが酒場で私と歌を歌ってくれた
彼らが私に与えてくれたのは
人をいたわる心や
荒っぽい手が守る
春だけではなかった
それは唯一無二の炎
崩れた場末に育つ真実の木だった

五

女子学生（一九二三年）◆

ああ可愛さの範疇を越えて可愛く
果てしない君　影のあいだに潜む
肉の恋人よ　今日またもや君は
花粉をどっさり杯に注ぎ
喜びを携えて現れる
　　私は非道に満ちた
夜から　奔放なワインのような
夜から　錆びた血のような夜から
傷ついた塔のごとく君の上に倒れ
哀れなシーツのあいだで君の星が

私に触れて脈を打ち　空を焼いた
ああジャスミンの網よ　おお
この新たな影を糧とする肉の炎よ
二人で腰の中心を合わせつつ
血に飢えた穂をひらめかせ
時を打ちつけ触れた暗闇

ただそれだけの愛　泡のように虚ろな
愛　死せる街路の愛
命が死に果て
火が街の隅まで消えたときの愛

私は女を噛んだ　我が力から
尽き果て　沈み込み　房を蓄え
今度は口づけの散歩に出かけた
うろうろする唇を愛撫で結び
この冷たい髪の洞穴と
この両脚に縛り付けた
地の唇のあいだで飢え
唇をいいだけむさぼった

六

旅人（一九二七年）◆

そして私は海に出て港を回った
薄汚れた岸辺の
クレーンと倉庫のあいだの世界
その亀裂に群衆と物乞いがいた
港ごとに船のすぐそばには
飢えた亡霊の群れがいた
　　砂上の
傾き痩せこけた国々
脂で光るぼろをずるずる引きずり
サソリのように身構え

砂漠からやってきた人々が
石化した富の埃まみれの網で
石油の穴を守っていた

私はビルマに住んだ　力強い金属の
丸屋根が並び立つ街　虎が
血まみれの金の指輪を焼く
密林　ダルハウジー通りの窓から
言いようのない臭いが　仏塔の苔が
香と糞の匂いが　花粉が
人いきれでむっとする世界の塵が
私のもとまで昇ってきた
　　　　街路は私を
サフランの布と赤い唾液の
数えきれない運動で満たし
イラワジ川の波打ち際では
汚いドロドロの水と血と脂が
少なくとも神々が泥に囲まれて眠る
遠い高地から運ばれてきた
その名残を伝えていた

七

ここから遠く◆

インドよ　お前の破れた服を
ぼろを着た無力な民を好きにはなれなかった
軽蔑の丘を這いのぼろうとする目たちと
ともに過ごした数年間
緑の蠟のような都市群
数々の護符　仏塔の
残忍な菓子屋が
おぞましい針を立てる
私は見た　兄弟が
互いに重ねた貧困を
嘆きの川のような街路を

花々の分厚い爪のあいだで
押しつぶされた小さな村々を
私は歩いた　時の番人が
群衆が　奴隷がひしめく
黒ずんだ傷口をかきわけた
私は寺院に入った　漆喰と貴石
汚れた血と死が段をなしている
焼けつく昏迷に酔いしれた
獣のような神官たちが
床に撒かれた硬貨を奪い合い
かたわらでは　おお卑小なる人よ
足から燐光を放つ大いなる偶像が
復讐を誓い　舌をだらりと垂らし
石でつくられた真っ赤な男根を
破けた無数の花びらが覆っていた

八

石膏の仮面◆

好きにはなれなかった……
慈悲ゆえか嘔吐ゆえかはわからない
私が訪れた都市　サイゴン　マドラス
キャンディ　アヌラーダプラの埋められた
荘厳なる石の都市　セイロンの岩場の
クジラのごときシッダールタ像
さらなる彼方へも足を運んだ
ペナンの細かな塵　川岸
濃密な命の群れに満ちた
紛うことなき静寂の密林
バンコクのさらに奥
石膏の仮面をつけた踊り子の衣装
悪臭漂う入り江のそばには
きらめく屋根の家々がひしめき
やたらと広い川面には何千もの
貧しい家が小舟がひしめくあいだに浮かび

他にもあらゆる人々が
黄色い川の彼方まで続く
果てしない大地を覆っていた
それはずたずたに破れた獣の皮
人民の皮膚　一部の主人連中に
虐げられた人々のただ一枚の皮に見えた
　大佐殿や王子さまは
死の淵でじめじめと喘ぐ
苦悶のランプたちを踏みつけ
貧しい職人の血を吸って生きていた
それより高い場所にいたのは
鉤爪と鞭で利権をむさぼるヨーロッパ人
石油を牛耳るアメリカ人
寺院をアルミで武装させ
見捨てられた皮膚をさらに切り刻み
新たなる血の犠牲を確保する

九

舞踊（一九二九年）◆

ジャワの奥地　国土の影
ここにまばゆい宮殿がある
壁にへばりついた緑の弓兵たち
そのあいだを抜けて
王の間に入ると君主がいる
卒中を起こした豚　汚れた七面鳥が
飾り紐と星をごてごて着飾り
オランダから来たご主人様と
睨みをきかす商人に挟まれ鎮座する
なんとむかつく虫けらども
今日も国民にせっせと
邪悪を振りまく奴ら
　だがそのとき突然
宮殿のはるか奥の方から
水中の夢のように悠然と

十人の踊り子が現れた
　　　脚が一本ずつ
金魚のような夜の蜜を振りまき
目の前を通り過ぎ　黄土色の仮面は
女たちの色濃く油を塗った髪の上に
新鮮なオレンジの花を載せていた
　　　　やがて女たちは
暴君の前に進み出た　音楽
ガラスの鞘羽がこすれる音
清らかな舞踊が花のように開き
白い手がつかの間の像をつくる
波かなにか白いものに当たって
女たちのドレスが踵で跳ねる
聖なる金属でできた鳩のような
その身振りと手つき　半島の
風が　春の婚礼の木のように
ざわざわと音を立てた

十

戦争（一九三六年）

スペインよ　あなたが夢にくるまれて
穂先のある髪のように目を覚まし
おそらく荒地と闇のあいだで
農民の姿で生まれるのを
樫の木と山々を背に立ち上がるのを
水脈を開き　風を渡るのを私は見た
だがあなたが時代遅れの盗賊どもに
街角で襲われるのも見た
奴らは変装し　毒蛇の十字架を握り
死者の棲む氷の沼地に
両脚を突っ込んでいた
そのときあなたの体が
茂みから引き剥がされ
真っ赤な砂地で切り裂かれ

孤立無援となり刺されて悶えるのを見た
今日に至るまであなたの岩場の水は
檻から檻へと流れ　あなたは静かに
茨の冠を掲げている　あなたの苦痛
あなたを見ずに通り過ぎる顔たち
こんなことに耐えねばならぬとは
私はあなたの銃の夜明けを見た
そして人民と火薬が汚辱の枝を
再び振り払うことを願っている
夢が体を震わせ　果実が地に
分け与えられる日が来るのを

十一

愛する人◆

スペインよ　あなたはその天与の才を発揮し
確かな愛をくれた　待っていた慈しみが現れ
この口にもっとも濃いキスをもたらす女性が
今やともにいてくれる

嵐でも
私から彼女を引き離せはしない
どんなに遠くまで地を広げても
二人が征服した愛の空間にはかなわない
あの火災の前　スペインの小麦畑の
あいだから君の衣装が現れたとき
私は観念の塊　折れた光だった
だが我が悲嘆は君の顔をすり抜け
ついに迷える石のうえへと落ちた
ひどい痛みと尖った銛の世界から
怒りと死のあいだで猛り狂う
馬のように　ああ恋人よ
君という水に飛び込めば
なんとそこでは朝のリンゴと
震える手つかずの滝が待っていた
恋人よ　あれからというもの

我が行為を形作る荒れ野が
私につき従う暗い大海原が
広大な秋の栗たちが　君と出会うことになった

愛する人よ　愛しい人よ　戦いのなかで
私のそばには常に君が幻のように
星が従えるあらゆる痕跡のように
いてくれた　群衆に混じる私を
人という穀物の粒に過ぎぬ私を
探す者は必ず君の姿を見た
私という根にくっつき
我が血の歌が掲げる君の姿を見た

恋人よ　妻よ　我がページいっぱいに
君のその繊細な影を再び書く時間と
余裕が　私にあるかはわからない
厳しくも輝きに満ちた日々が続く
我らはそこから甘美なる果実を
この瞼と茨で練り上げるのだ
君といつからいるかも思い出せない
君は恋の前からそこにいたのだ
君は
運命のあらゆる本質を抱いて現れた
君と会う前　孤独は君のものだった
それは眠れる君の髪だったのだ
我が愛の杯よ　君は名付けようもない
我が日々に与えられた称号　我が崇拝
君は宇宙における真昼のように
世のあらゆる光を集める

十二

メキシコ（一九四〇年）◆

メキシコよ　海から海まで私はあなたを生きた
あなたの鉄の色に染まり

棘だらけの修道院が
現れる山にのぼった
都会の有毒な騒音
うようよいる三文詩人の
陰険な歯　死者たちの
木の葉の上に　重病患者の愛の
腕の切り株のように
至高の静寂が建てた
階段　廃墟の湿った輝き

だが鼻につんとくる野営地から
人を寄せつけぬ汗　黄色い粒の槍
集団での農業が立ち上がり
祖国のパンを分け与える

石灰質の山脈に
行く手を遮られたこともある
それは

一斉掃射された雪渓の形
メキシコの皮膚を
暗い樹皮を砕く雪と
族長のような木立の下を
火薬の口づけのように行き交う馬

土地の境界を勇敢にも消し去り
忘れられていた相続人たちに
血で征服した地を
与えたあの人々が
木の根の南部に結ばれた
あの痛ましい指たちが
この綿密な仮面を編み
花咲くおもちゃ屋と
繊維の火で領土を満たした

他にも愛したものは数知れない
容赦ない石の密度を守り通し

古代から掘り起こされた顔たち
昨日まで血にまみれていた手で
建てられたばかりのバラの花

こうしてアメリカ大陸の　我が全身の
地から地へとその泥に触れていった
そして時のなかで寝ていた忘却が
我が血管をのぼり　ある日ついに
その言語が我が口を震わせた

十三

メキシコの壁で（一九四三年）◆

世界の国々は川辺に横たわり
地球の柔らかな胸と唇を求める
だがメキシコよ　あなたは
棘の巣に

血まみれの鷲が飛ぶ不毛の空に
退けられた隊列の蜜に触れた

ここに小夜鳴鳥《ルイセニョール》を探した人々もいる
見つけたのは煙　渓谷　人の皮のような領域
メキシコよ　あなたはその両手を地に埋めた
あなたは野生の目をもつ石のなかで育った
露のバラがあなたの口に届いたとき
天の鞭がそれを苦悶に変えた
苛立つ泡を掲げる二つの海
そのあいだに吹く刃《やいば》の風があなたの源になった

あなたの瞼は怒れる昼の
濃いひなげしの園で開き
雪が覆う広大な白の下に
生きた炎が棲み始めた
メキシコよ　私は知っている
あなたのウチワサボテンの冠を

その根の下であなたの埋もれた全身が
地が秘める水と鉱山に潜む盲目の板で
今なお建てられつつあるのを

おお地よ
変わることなき硬い地表の輝きよ
カリフォルニア湾に撒かれたバラ
ユカタンから迸る緑の光線
シナロアの黄色い愛
モレリアの桃色の瞼
あなたの体に心臓を縛り付ける
芳しいサイザル麻の長いロープ

ざわめきと剣《つるぎ》の高貴なメキシコ
あなたは地の夜が今より深かったころ
トウモロコシのゆりかごを人に与えた
その聖なる塵に満ちた手を掲げ
それを人々の真っただ中に差し伸べ

パンと芳しい新たなる星を渡した
農民はそのとき火薬の光のもと
解き放たれた自分たちの大地が
死せる芽のうえで踊るのを見た

私はモレロスを歌う
その輝きが穴を開けて倒れたとき
小さな滴が地の下に呼びかけ
杯を血で満たし
杯はやがて川となり
沈黙するアメリカ大陸の岸辺を
不可思議な本質で濡らした

私はクアウテモクを歌う
その月の血筋に　殉難の神の
優しい微笑みに触れる
どこにいるのだ　古《いにしえ》の弟よ
あの優しい逞しさはもう消えたか

君は何に姿を変えてしまったのか
君の炎の季節はどこで生きているのか
それは我らの暗い手の皮で生きている
灰色の穀物のなかで生きている
今や夜の闇は明け
曙の株がはじけて
クアウテモクの目が
藪の緑の命に彼方から光を開く

私はカルデナスを歌う　かつて
私はカスティーリャの嵐を生きた
あれは人が視力を失った日々
残酷な枝と高貴な痛みが
悲嘆にくれる我らの母を傷つけていた
見捨てられた喪章　沈黙の壁
あの曙と月桂樹の祖国は
裏切られ　襲われ
傷ついていた

そのときロシアの赤い星と
カルデナスの目だけが
人の夜に輝いた
将軍よ　アメリカ大陸の大統領よ　この歌に
私がスペインで拾った輝きを置いていこう

メキシコ　流浪の人々とけが人と
追放された人々と英雄に門戸を開き
手を差し伸べた国よ
他に言葉が見つからなくて申し訳ない
我が言葉が再び口づけのように
あなたの壁に吸い付くことを願う
あなたはその戦いの扉を全開にし
その髪で異国の子たちを受け止め
世界の嵐が泣いて産み落とした
あなたの子らの頬を
その硬い手で撫でた

メキシコよ　これで終わりだ
あなたの二つのこめかみのあいだに
この筆跡を残そう　いずれ時代が
あなたの自由と深さを愛した男の
この新たなる言葉も消し去るだろう
別れの言葉は言うが　去りはしない
去りはしても　別れの言葉は
まだ言えない

なぜならメキシコよ　あなたは私の血を
迷える小さな鷲となり今も流れているのだ
そして我が死をもってはじめてあなたの翼は
眠れる兵士の心臓のうえにたたまれるだろう

十四

帰郷（一九四四年）

帰郷した……チリは私を砂漠の黄色い顔で
出迎えた
　　　私はさまよい
砂のクレーターで不毛の月に苛まれ
地球の未開拓地域で　ブドウの芽もなき
平らな光と　空っぽの直線と出会った
空っぽ？　だが植物も鉤爪も糞もない
大地はその裸の大きさを私に見せつけた
そして彼方には長く冷たい地平線がのび
鳥とすべすべした火の胸が生まれていた

だがさらに彼方では人が辺境の地を掘り
苦い穀物を潰した粉のように
焼かれて炭化した高原のように
地に撒かれた硬い金属を集めていた
人と月　すべてが私を経帷子で包み
夢の空ろな糸を断ち切った

私は砂漠に身を投じた　金屑の人々が
巣穴から寡黙な仏頂面をして現れた
私は我が迷える人民の苦痛を知った

それから私は都市と官庁を歩き回り
見たことを伝え　痛みに満ちた土塊
寄る辺なき貧困の家々　惨めなパン
忘れられた月の孤独に触れた
我が両手を人々に見せて回った

我が裸の兄弟たちと肘を突き合わせ
汚れた硬貨《モネダ》の王国を変革しようとした

迫害はされたが　我が戦いは続く

真実は月より高いところにある

鉱山の人々が黒い船のような夜に
空に掲げられた真実を見つめている

地上でもっとも堅固な血族に
我が声は闇のなかから届く

十五

木材の輪郭◆

私は手をもたぬ盲目の大工である
芳しい箱や
杉の木が掲げる偉大な住み処を
建てたこともなく　水の下で
ただ寒さを糧に暮らしてきた
だが我が歌は森に糸を求めた
秘密の繊維と上質の蠟を求め
木々の枝を切り取り　唇から
木材の孤独の香りを吐いた

私は素材のひとつひとつを　血や
金属の一滴ずつを　水と穂を愛し
空間と震える砂に守られた
濃密な地層に分け入り
地のブドウ畑で死者のような
破壊された口を借りて歌った

粘土と泥とワインに包まれ
我が喉元で火事のように燃える
花の素肌に触れて心を狂わせ
我が五感は石のなかを歩き
縫われた傷口をこじ開けた

我が堅固さに託された冶金術を
冬の馬たちが嗅ぎ当てた製材所を
生まれる前から
決まっていたこの仕事を私が知らずに

生きずに　手放すことなどあり得ない
なにもかもが慈しみと泉になり
そして私は夜想曲にのみ仕えた

十六

戦う善

だが私は善を路上で死なせはしなかった
汚辱の水路に流すのは拒絶した
腐った海には触れもしなかった

噛みつく目たちのさらに奥底を掘り
そこから金属のように善を抜き出し
剣《つるぎ》のなかで生まれた我が心臓は
傷だらけで育っていった

人々に土や刃を投げつけ
暴れ回ったわけではない
　　　　　我が任務は
傷つけ毒を盛ることではない
無力な者を縛り付け
氷の鞭で打つことでもない
敵を求めて広場へ出かけ
拳を隠し待ち伏せたのでもない
私はただ根を張っただけ
そうして育った我が帆柱が
地に巣食うウジ虫を暴きだしたに過ぎない

月曜が嚙みに来た　私は木の葉を与えた
火曜が罵りに来た　私は眠り込んだ
すると水曜が怒りで歯をむき出した
私は根を張りつつ彼を通してやった
木曜がイラクサを鱗で覆って
黒い毒の槍を手に現れたとき
私は詩のど真ん中で彼を迎え
月明かりのもとで房をちぎってやった

さあこの剣にぶつかりに来るがいい

我が領土へ来て粉々になるがいい

黄色の編隊を組んで来るがいい
硫黄の軍団となって来るがいい

我が歌の七レグアに及ぶ海の底で
鐘の影と血をせいぜい嚙むがいい

十七

鋼は集結する

悪と悪人は見てきたがそのねぐらは知らない

洞穴の悪霊などというのはおとぎ話だ

貧しい人たちがぼろ着と
災いの鉱山に追いやられ
道は化け物だらけになった
私は法廷に居座る悪を見た
上院議会の正装した悪が
議論を勝手に捻じ曲げて
思想を横領するのを見た
　　　　悪と悪人は
風呂から出てきたばかりで
ご満悦顔で見かけもご立派
その偽りの気品にかけては
まるで隙を見せなかった
　　　　私は悪を見た
そしてこの膿みを除去すべく
人々と協力し　命を結集して

秘密の暗号　名のない金属となり
人民と塵との不滅の団結となった

誇り高い男が象牙の戸棚から
果敢な闘いをしかけたとき
悪は空に現れて言った
《ご立派にもたったひとりで
正義面をする奴がいるとはね
せいぜい無視してやるがいい》

思いあまった衝動的な男が
文字と剣を手に立ち止まり
不毛の砂漠で演説をしたとき
悪人が来て言った《ご立派だねえ！》
それからクラブに行き手柄を吹聴した
だが私が石とモルタルと塔と鉄になり
我が音節が結ばれたとき

私が我が人民の手を握り
海を引き連れ戦いに加わったとき
私が孤独から脱し
矜持を博物館に寄贈し
虚栄心を廃品置き場に捨てたとき
私が他の人々の味方になったとき
清らかな金属が組織になったとき
そのとき悪が来て言った《奴らを
潰せ！　刑務所に送れ！　殺せ！》

だがもう遅かった　人の運動は
我が党は
不滅の春であり
地の底で結束を固める
ささやかな希望は来たる実りの日を待つのだ

十八

ワイン◆

春のワインを……秋のワインを飲ませてくれ
仲間たちよ　秋分の落ち葉が舞うテーブルを
我らの歌声の彼方でざわざわと流れる
少しだけ蒼ざめた大いなる世界の川を
どうか私に飲ませてほしい
　私は良き飲み仲間だ

仲間よ　この家に来たからといって
君から何かを奪うつもりはない　帰りには
私から土産をあげよう　栗の実　バラの花
木の根の堅固さ　あるいは
君と乗りたかった舟

杯からワインがこぼれ
テーブルに紫の染みができるまで
私と歌おう

　　その蜜は大地から
大地の暗い房から君の口まで届く
まだまだ足りない　歌の闇が
　　　　　私が愛した仲間たちが
額と額を突き合わせ　命を削り
あの比類なき勇壮な科学を共に信じた友が
友情が　優しく皺を刻んだ木立が足りない

力を貸してほしい　私のそばに来てほしい
それは簡単なこと　私の言葉に求めるのは
湧き出す裸の植物だけでよい
私に一労働者以上のことを求めないでくれ
君は私が拳で地下の鉄を叩いていることを
舌の動くままに語りたいことを知っている
風が嫌なら訳知り顔の教師でも探すがいい
我らは大地の無骨なワインと歌おう

秋の杯を合わせれば
ギターか静寂が愛の詩を
ありもしない川の言葉を
意味のない愉快な詩句を運んでくれる

十九

地の恵み◆

地はいかにしてトウモロコシを這い上がり
乳色の光を求めるのだろう？　人の髪に
硬い象牙に　熟した穂の見事な網に
ほぐれゆく金の王国になぜ至るのか？

玉ねぎが食べたい　市場の玉ねぎ
透き通る雪を詰めたこの白い風船に
大地が蠟を塗り　空中で静止する
バレリーナの平衡感覚を与えた

森の苔が薫るジビエの鶉《うずら》が食べたい
王のように着飾った魚が食べたい
大皿の上でしっとりと海の香りを
滴らせ
　いくつものライムの下で
白い目をうっすら開けている魚が

出かけよう　栗の木の下で火を焚こう
やがて焚火のなかで白い宝が弾ける
子羊がその供物をこんがり焦がし
琥珀色の子孫を口に届けてくれる

地のすべてを喰らいたい
ブドウに酔って転がり落ちた
モリバト　死ぬと川のように
細かな真珠をぶちまけた愛しいアナゴ
ボウルに山盛りのウニとレモン
レタスの天空に反射する

深海の黄色い宝

そしてウサギのマリネが
自然のあらゆる味を解き放ち
昼どきの空気をそのアロマで満たし
それが潮の輝きを留める箱のなかの
南部の新鮮な牡蠣に届くより先に
我が口づけを送ろう　愛する地
わが血管にも等しき道を歩いた
この大地の恵みに唇を濡らそう

二十

大いなる喜び

かつて探求した闇はもはや過去のもの
私には帆柱のように確かな喜びがある
森から受け継いだ遺産　道を渡る風

地の灯りが照らす決断の日がある

私の詩は他人の本に取り込まれたり
薄情な百合の弟子に読ませるためでなく
素朴な人々のためのものだ　水と月
学校とパンとワインとギターと道具
必要不可欠なものを求める人々のものだ

私は人民のために書く　素朴な彼らに
こんな詩は分からないかもしれない
それでもいつかは私の詩の一行が
この命を震わせた風が彼らの耳に届き
そのとき農夫が目を上げ
坑夫が石を砕きながら微笑み
列車の制動係が額の汗を拭い
漁師が掌でぴくぴくと燃える
魚の輝きをより深く味わい
体を洗って石鹸の匂いに包まれた
ぴかぴかの整備士が私の詩を見て
《彼は仲間だった》と言うかもしれない

それでいい　それこそ私が望む冠だ

工場と鉱山の出口のその地面に
空中に　虐げられた人々の勝利に
私の詩が貼りついていてほしい
私が時間をかけ金属で建てた
この堅固な箱のような詩をいつか
若者がその手で開き　命と向き合い
魂を沈め　かつて荒れ狂う上空で
我が喜びを築いた風に触れてほしい

二十一

死

私は何度も蘇ってきた　敗れた星の
奥底から　この手で植えた永遠の
糸をもう一度手繰り寄せてきた
私が死んだら土をかけるだけでいい
いつか我が体もその一部となる土を

司祭が売るわずかばかりの楽園を
買ったこともなければ　観念論者が
だらしない権力者に献上する
暗闇を容認したこともない

あらかじめ楽園を分かち合う奴らに
ひたすら痛めつけられるばかりで
死を考える暇もない貧しい人々
私は彼らとともに死んでいきたい

死の用意はできている　自分を待つ
服のようなものだ　私が好きな色の
私が無駄に求めた大きさを備え
私に必要な深みをもつ服

愛の目に見える形が尽き果て
戦いがそのハンマーを
力漲る別の手に託すとき
人の輪郭を形作った印を
死が消し去りに来る

二十二

生

納骨堂の心配は誰かに任せよう……
　　世界は
リンゴのようなむき出しの色をもつ　川は
野生のメダルを大量に押し流す
いたるところに心優しきロサリア

同志ファンが今も生きている……
ごつごつした石が城を
建て　ブドウよりもなめらかな泥と
小麦の抜け殻が我が家を建てた
広々とした大地　愛　緩慢な鐘の音
夜明けまで確実に続く戦闘
私を待っていた愛しい髪
トルコ石の眠る倉庫
家々　無数の道
波が築き　夢が運び去る像
朝早くのパン屋
砂に隠された優秀な時計
循環する小麦のひなげし
私という命の素材を捏ねた
この暗い色をした両手
オレンジはひたすら生を目指し
無数の運命の上で燃え盛る！

墓掘り人はつまらない土を
つついていればいい
光を失った粉塵を巻き上げ
ウジ虫の言葉で語るがいい
私の目の前にあるのは種と
輝く進歩と甘美のみである

二十三

遺言その一

銅鉱と炭鉱と硝石原の組合に
イスラ・ネグラの海辺の
我が家を遺しておこう
斧と裏切り者に荒らされ　聖なる血を
汚され　火山のぼろ着姿になった
我が祖国の虐げられた子たちの
安らぎの場にしてほしい

私の住み処に流れる清らかな愛で
疲れた人々は体を休めてほしい
闇に住む人々は私の椅子に座り
怪我人はベッドで寝るといい

仲間よ　これが我が家だ　貧しくも
戦いながら建てた我が家　海の花と
星降る石の世界に入るといい
まさにこの家の窓辺で
膨らむ貝のように音が生まれ
それが私という乱雑な地質に
広がり定着していった

焼けつく回廊を通り抜け
憎悪と硫黄の風が荒れ狂う
トンネルを抜けてきた君は
ここで私が遺した平和と出会い
我が大洋の水と空間に触れるのだ

二十四

遺言その二

世界の方々で集めてきた本
仰々しい活字が御大層な本
我が懐かしき本たちは
未来のアメリカ大陸の詩人に遺そう
　　　　　　　　　いつの日か
途絶えていたこのざらざらの布地に
明日の意味を紡ぐであろう詩人たちに

彼らが生まれる時代にはもう
死んだ樵や坑夫の無骨な拳が
数えきれない命を育み
歪な大聖堂や取り乱した穀物や

我らの貪欲な平原に絡まる糸を
一掃してくれていることだろう
彼らは輝くダイヤを抑圧した
地獄の過去に触れ　その歌で
穀物の世界を　殉難の木から
生まれたものたちを守るのだ

彼らはカシーケたちの骨を踏み
我らの裏切られた遺産から離れ
自らの力で歩む人民の風を受け
勝利へと向かう長い苦難の
法令を書き綴っていくのだ

私のマンリケとゴンゴラを　ガルシラソを
私のケベードを　私と同じく愛してほしい
　　　　　　　これらの詩人たちは
並外れた番人だった　透き通る雪と
プラチナの甲冑だった　詩人たちが
私を厳しく教え　諭してくれた
未来の詩人も　私のロートレアモンから
古《いにしえ》の悪臭漂う苦悶の嘆きを教わるといい
マヤコフスキーの詩に星の昇り方と
星明かりに穂が生まれる様を見るといい

二十五

補足

同志たちよ　私をイスラ・ネグラに埋めてくれ
勝手知ったる海と　我が失われた目が
二度と見ることのない石と波の起伏
そのそばに埋めてくれ
　　　　　　　海は毎日
霧や清い緑の波浪を運んできた
どこまでも真っ直ぐに伸びる不変の水
私が求めたもの　我が額をむさぼった空間

ウミウの喪に服すような足取りが
冬を愛した大いなる灰色の鳥の飛翔が
藻のつくりだす暗闇の輪が
寒さに身を震わす重々しい波が
そして大地が　隠された秘密の
植物標本が　辛辣な風に苛まれた
海霧と塩の息子が　海辺の
砂地にはりついた極小の花びらが
海の地のありとあらゆる湿った鍵が
　　　　　　　知っている
私がそこで　海と地の瞼のあいだで
死にたがっていることを……
　　　　野生の海風が
吹きつけ千々に砕ける雨の下
地の下へと導かれ　それから
地下の川床を抜け　深みから
蘇る春へ向かって進みたい
そばには愛する人の穴も用意してほしい
地中でも私のそばにいさせてほしいのだ

二十六

私は生きる（一九四九年）

私は死ぬつもりはない　これからも
この火山でいっぱいの日にも群衆へ
生の真っただ中へと出かけていくのだ
銃をもった悪党が《西洋文化》を携え
その手でスペインを血に染め
アテネで絞首台を揺らし
チリを牛耳る恥知らずに化け
この詩も終わりにさしかかる今
ここで一言はっきりさせておく
　　　私が味方するのは

こんな私をまだ待ってくれて
その星降る手で私の扉を叩く
言葉　人民　そして道である

二十七

我が党に

君は見知らぬ人への友愛を教えてくれた
あらゆる人々の力を私にも分けてくれた
生まれ変わった祖国を再び与えてくれた
孤立した者にはない自由を与えてくれた
火のように善を燃やす術を教えてくれた
木々に備わる真っ直ぐさを与えてくれた
人の団結と差異を見る術を教えてくれた
一人の苦痛は全員の勝利で消えることを示した
兄弟姉妹の硬いベッドで寝る術を教えてくれた
岩のごとき現実に立ち物事を建設させてくれた

私を悪の敵に　狂信者を阻む壁にしてくれた
世界の明るさと喜びの可能性を見せてくれた
私は滅びない　君がいれば一人で終わることはない

二十八

ここで終わり（一九四九年）◆

この本はここで終わる　怒りから
おき火や森の焼け跡のような
怒りから生まれたこの本には
その鮮やかな焼け跡を広める
赤い木のように育ってほしい
だが木の枝に君が見たのは
怒りだけではなかったはず
木の根が求めたのは痛みだけでなく力
私は考える石の力であり
集められた手の喜びである

人のなかに入ることで私はついに自由になれた
人々に囲まれ　生きた風のように
追い詰められた孤独の淵から
戦いに身を投じる群衆へと私は向かう
私は自由だ　私の手は君の手に重なり
抑え難い喜びを勝ち取っていくのだから

一人の男の書いたありふれた本
我が歌というこの地表に開かれたパン
いつの日か農夫の一団が
この火を摘み取って
またもや大地の船に
その炎と葉を撒いてくれるだろう

この言葉が再び生まれる頃には
おそらく苦痛も消え失せ

我が歌の黒々とした森に巣食う
不潔な繊維も一掃されているはず
そして星が照らす我が熱き心臓は
空の高みで再び燃えているだろう
いよいよこの本も終わりだ
逃亡中の身で書き継いだ
祖国の秘密の翼に隠れて歌った
我が《大いなる歌》をここに残す
今日は二月五日　年は一九四九年
ここはチリの《ゴドマル・デ・チェナ》
我が人生の四十五年目まで
残すところあと数か月

注解

一章　地の灯り

アメリカ大陸の自然、それもスペイン人が到来する百年前を描いた、本書のプロローグ。人が自然と調和することで成り立っていた文化の一部が、一四九二年を境に取り返しのつかない形で破壊されていく〈その後〉にも触れられている。

◆アメリカ大陸よ（一四〇〇年）

この詩集における単数形のAméricaは米国ではなく西半球全体をさす。現在の日本語のアメリカはアメリカ合衆国を想起させるため、本書では主として〈アメリカ大陸〉という訳語を用いている。チリ出身のネルーダにとっては実質上ラテンアメリカであると言ってもいいのだが、本書では、多くの詩で米国とその歴史への言及がある。本書における〈アメリカ大陸〉とは、周辺の海洋や島々をも含み、ヨーロッパ文明の到来以前の歴史をも透視するという、時空を超えた包括的な地理概念になっていると考えられる。

冒頭〈かつらと上着〉とはスペイン人がもちこんだ道具で、ヨーロッパ近代文明を象徴するイメージ。ネルーダが呼びかけている〈羊飼いの兄弟姉妹〉がキリスト教徒、植民や混血によって成立した現代アメリカ大陸の人々だとすると、消えた〈地の灯り〉とは、一四九二年以降に消滅した先住民の暮らしかもしれない。

◆三　鳥たちがやってくる

ネルーダは野生動物のなかでも鳥類をひときわ愛した。晩年には『鳥の秘術』という一冊の詩集まで刊行しているほどである。なお〈ヨタカ〉が集う〈セノーテ〉とはユカタン半島の密林にある空洞池で、古代マヤの生贄が捧げられていたと言われている。また〈南の国のロイカ〉とはチリに生息するムネアカマキバドリのことで、その和名の通り真っ赤な胸で知られる。

◆四　川が集まってくる

南米大陸の主要な河川を詠んだ連作詩。冒頭の一編は水源アンデス山脈を母性的なイメージの〈あなた〉に託して歌ったもので、南米の先住民文化に今なお根強い山岳信仰を想起させる。オリノコ、アマゾン、ビオビオは川、テケンダマだけが滝。

◆五　鉱物たち

鉱物はネルーダにとって重要な詩的モチーフのひとつであった。それは自然の基礎をなす要素としてイメージされることもあれば、人による強欲と搾取のシンボルとして持ち出されることもある。この詩では、後にスペイン人によって経済的価値を付与される貴金属が、無垢な生き物のように描かれている。

◆六　人

スペイン人到来前のメキシコ以南に住んでいた先住民による生活が想起されている。インカの人々に呼びかけたあとには、カッコ書きで、その後のスペイン人到来による悲劇の予感も記されている。また、チリの先住民アラウコ（マプーチェ）は、周囲の自然に溶け込んだ〈石〉としてイメージされている。ネルーダは石や砂をしばしば人の隠喩として用いた。

二章　マチュピチュの高み

一九四三年、ネルーダは外交官としての三年におよぶメキシコ赴任を終えた。そしてチリへの帰路で訪れたペルーのマチュピチュ遺跡に感銘を受け、その記憶をもとに十二篇の連作詩を書いた。一九四七年に単独の詩集として刊行された「マチュピチュの高み」が、のちに本書『大いなる歌』の第二章となる。

十二編のすべての詩において、ネルーダの一九三〇年代の創作スタイルを彷彿とさせる自由なイメージと連想法が駆使されている。それらはきらびやかではあるが、同時に内省的でもあり、具象に踏みとどまりつつも、高度に抽象的な次元へも飛躍してゆく。ネルーダ自身の詩人としての体験がマチュピチュの登攀体験の前に回想されるなど、この段階での自伝としての性格もある。そして、自然の事物や死者に呼びかけ、それらに言葉を与え、時の彼方に埋もれた声を今ここに召喚するという、この詩集全体を貫くモチーフが、特に後半にかけて集約されている。その完成度の高さから今なお単独の詩集としても評価が高く、ややもすれば『大いなる歌』の他の章とはレベルが違うと指摘されることもある。だが『大いなる歌』をひとつの建造物にたとえるなら、この章は太い心柱のような存在であり、この章を抜きに『大いなる歌』は語れないし、逆に『大いなる歌』という詩集を抜きに「マチュピチュの高み」を味わい尽くすこともできない。本書を通読したうえで改めてこの章を読み直せば、読み手ごとに異なる無数の意味が立ち現われてくることだろう。

◆一

詩一〜五は、マチュピチュ登攀に至るまでの、ネルーダ自身の詩人としての体験と挫折を詠んでいるものと考えられる。一では、詩人が自然の様々な空間を放浪し、最後には日常に戻ってくる。自身のイメージを突然〈誰か〉に仮託し、その誰かに〈埋もれた塔〉やその下の〈地質の金〉へ向かわせるというあたりは、シュルレアリスムの自動筆記のような無意識への言語的沈潜を想起させる。なお〈バイオリンの間で待っていた誰か〉とは執筆当時に知り合った第三の妻マティルデを指すという説もある。

◆二

独自の再生システムをもつ植物などに比べ、自我をもつ人間は、その永続性の根拠を〈魂〉のような抽象的次元にしか見出せない。ネルーダは、自然の事物と同じく人にも固有の変わらぬなにかがあると信じ、時を越えて受け継がれる〈永久の鉱脈〉を求めてさまようが、その試みは挫折に終わる。

◆三

むしろネルーダがそこで見出したのは、逃れられない個体の死を前に、恐怖と焦りにとりつかれてしまう人々だった。〈ひとつではなく多くの死〉とは、人がどんな瞬間にも感じる漠然とした死の不安であろう。

◆**四**

ネルーダ本人も死の実存的不安に抗いようもなく惹きつけられてゆく。しかし、宗教等が提供する往々にして安らかで場合によっては華美な〈赤い服〉を着た死のイメージに馴染めなかったネルーダは、さらなる生と死の物語を求めてさまよう。

◆**五**

逃亡先の隠れ処で出会った人々にネルーダが見出したのは、単なるイメージに過ぎなかった死の、より具体的な形象だった。この詩には、若いころの実存的な不安が、徐々に政治的闘争への関心へと変化していく経緯をうかがうことができる。

◆**六**

詩六〜十二はマチュピチュ登攀体験を詠んだ詩。時を越えて受け継がれる確かなものを求めていたネルーダは、この遺跡で、アメリカ大陸の過去と対峙する。この六は、個人の詩的探求が大陸規模のスケールに拡大する瞬間を切り取った重要な詩だ。

◆**七**

この詩でネルーダは、マチュピチュの無人の石段に、死んでいった過去の人々と現在の自分とをつなぐ〈石の命〉

を見出している。〈石〉はネルーダにおいてしばしば人や生命の暗喩として使用される重要な語である。

◆八

いよいよネルーダが不在の命に向けて呼びかけを開始する。その手がかりに選ばれたのはマチュピチュを取り囲む自然。特に生命の源である水を運ぶウルバンバ川（旧名ビルカマユ川）から、人の営みの痕跡、すなわち〈愛〉を呼び出そうとする。

◆九

マチュピチュの様々な光景を断片的イメージで切り取った異色の詩。短詩形に親しんでいる日本語話者には親しみやすいかもしれない。マチュピチュを実際に訪れるスペイン語圏の観光客にはこの詩のコピーを手に遺跡を回る人もいる。

◆十

スペイン人到来前の時代を生きていた先住民のなかにも労働階級はいた。この詩のネルーダは、階級闘争史観に依拠しつつ、歴史の闇に埋もれた奴隷たちと現代社会で同じ境遇に置かれた人々を結び付けようとしている。

◆十一

ネルーダはマチュピチュの荒涼たる光景の奥底へ降りてゆく。そしてついに地の底に埋もれていた無数の人々のもとへたどり着く。フアンというスペイン語名は、特定の人物ではなく人の祖型的イメージと考えていいだろう。

◆十二

ネルーダは〈死んだお前たちの口を借りて語りに来た〉と死者に呼びかけていて、ここには続く二つの叙事詩的な章のスタイルがすでに垣間見える。自らの言葉を〈死者〉という絶対的他者にまで開放し、断ち切られたかに見える時の流れを詩の言葉のなかで回復してみせるという意気込みが、力強い最終五行から伝わってくる。

三章　征服者たち

スペインによる新大陸の征服事業を扱った章。ネルーダは敗れた先住民に呼びかけ、主に彼らの目線で歴史を捉えようとする。

◆一　**彼らが島々にやってくる**（一四九三年）

グアナハニはコロンブスが最初に到着した島、すなわち現在のバハマ諸島ワトリング島にいた住民の名。風下の島々とは現在のリーワード諸島で、通常はプエルトリコより東側の島嶼を指す。パンフィロ・デ・ナルバエスはジャマイカ島やキューバ島の征服に関与した人物。キューバ島以前にスペイン人と最初に接触した島々の人々を襲った苦難が想起されている詩である。

◆二　**次はキューバ島**

キューバ島は一五一一年ディエゴ・デ・ベラスケスの遠征隊に征服され、先住民は、スペイン人による虐殺や、彼らの持ち込んだ疫病で一世紀足らずの間に絶滅した。現在のキューバ人は、入植したヨーロッパの白人、後にアフリカから連れてこられた黒人奴隷、その混血でムラートと呼ばれる人たちの末裔が中心である。

◆三　**彼らがメキシコ湾にやってくる**（一五一九年）

これ以降の三編はともにエルナン・コルテスによるアステカ征服の初期段階をテーマにしている。アステカ征服はコルテス遠征隊が現在のメキシコ東岸ベラクルスに上陸したところから始まる。この詩は、船にひしめいていたスペイン人たちを描写している。北米に入植した清教徒とは異なり、中南米に渡った初期のスペイン人は、ほぼすべてが男性で、しかも軍人であった。そうした軍人が、レコンキスタ終了後のスペインで食い詰めた貧しい男たちだったのも事実である。

◆四　コルテス

この詩の〈王〉とはモクテスマ二世のことであり、一五一九年にコルテスがテノチティトランでアステカの王族と初めて接触した際の様子が描かれている。途中、インディオたちに呼びかけるネルーダの声が、カッコ書きで挿入されている。

◆五　チョルーラ

メキシコ中央部、現在はプエブラ州に位置し、ポポカトテペル火山の麓にあるチョルーラ。一五一九年、コルテス遠征隊がここで先住民を虐殺した。

◆六　アルバラード

今なおグアテマラでは複数のマヤ諸語を話す先住民が暮らしている。先スペイン期に築かれていた先住民の繊細な共生システムは、アルバラードのような征服者や、その後の為政者たちによって分断され、やがて一帯は〈総督領〉あるいは〈副王領〉といったスペイン語の名称を付され、彼らの生活様式も大きく変化してゆくことになる。

◆七　グアテマラ／◆八　司教

新大陸の征服は〈魂の征服〉、すなわちキリスト教の布教を大義としていた。共産主義者としてキリスト教に批判的な立場であったネルーダは、布教の影で土着の叡智が消えていった過程を、この二編の詩で描いている。

◆九　頭を串刺しにされて／◆十　バルボアを称えて

ネルーダは太平洋の発見者として知られるバルボアについて二編の詩を書いている。九では先住民に残虐行為を働いた非道な男の哀れな末路を描いているが、十では、太平洋の美しさに魅せられた男の人間らしい側面に対する共感が読み取れる。

◆十一　兵士は眠る

密林のなかで眠っていた神の像と、そこへ転がり込んできたコルドバ出身のスペイン人兵士。そのつかの間の邂逅を描いた不思議な味わいの詩。

◆十二　ヒメネス・デ・ケサーダ（一五三六年）

先住民チブチャの祈祷所があったイラカはヒメネス・デ・ケサーダに征服され、彼らの首都のあった場所は破壊されサンタフェ・デ・ボゴタとなり、一帯は現在のコロンビアを中心にパナマ、ベネズエラ、エクアドルを含むヌエバ・グラナダ副王領となった。

◆十三　カラスどもの密談

一五二四年、現在のパナマに進出していたスペイン人のあいだでは、南方の黄金郷ペルーについての噂が飛び交っていた。フランシスコ・ピサロは現地の有力者だった司祭エルナンド・ルケ、軍人ディエゴ・デ・アルマグロと交渉し、ペルー遠征の計画を立てる。この詩はその場面を描いたもの。

◆十四　終焉

タワンティンスーユ、いわゆるインカ帝国は、十一代の王ワイナ・カパクが一五二五年に死去すると、正室の子ワスカルと側室の子アタワルパの内乱状態に陥った。内乱で勝利を収めたアタワルパは、一五三二年、首都クスコへ凱旋する途中で北部密林地域の都市カハマルカを訪れた。そこに海から侵入してきたのがピサロの遠征隊だった。実はピサロは、一五二四年から二度にわたりペルー地域の予備調査を行ない、一旦スペインに帰国して国王の征服許可も得たうえで、三一年に今日のトゥンベスに再上陸、内乱を利用しつつ着々と情報収集を進め、満を持してアタワルパの前に現れたのだった。従軍司祭ビセンテ・デ・バルベルデが〈催告〉と呼ばれるスペイン語の通知文を朗読した。催告とは、聖書に書かれたこの世の成り立ちを説き、インディオにローマ教皇とスペイン国王に服従するよう通告する文書のこと。当時のスペイン人征服者たちには、軍事征服を開始する前にこの催告を読むことが義務化されていた。

とはいえ、そんなものがスペイン語で一方的に読まれても外交としてまったく意味がなく、催告はスペイン側の単なる自己正当化の手段に過ぎなかった。この詩に描かれているように、バルベルデの催告のあとで〈籠のように四角い〉もの、すなわち聖書を渡されたアタワルパが、それを投げ捨てたのをきっかけに、ピサロが武力行使に及んだと言われる。ヨーロッパで少人数戦をかいくぐってきた老練なピサロ軍を前に、アタワルパの軍勢はなす術もなかった。天から集まった雷鳴とは銃のこと。

◆十五　真っ赤な線

ピサロによって捕縛されたアタワルパの身代金として部屋三つ分の金銀財宝が要求されたと言われている。しかしピサロは約束を反故にし、アタワルパこそがワスカルを謀殺させた首謀者であるとして鉄環絞首刑に処した。ピサロは、この時点で既に、クスコのワスカル勢力と連絡を取っていたと言われている。アタワルパは内乱でワスカルに勝利していたが、その死を見届けてはいなかった。生き延びたワスカルがスペイン人を差し向けたのでは、とアタワルパが思った……というのはネルーダの想像だが、ピサロが情報戦を制したため、アタワルパ側が大混乱に陥っていた様子がうかがえる。なお、処刑の前にアタワルパに与えられたキリスト教名は、フアンではなくフランシスコ。この間違いについては、ネルーダがこの章の執筆にあたって、十九世紀のチリ人歴史家ディエゴ・バロス・アラナの『アメリカ大陸史概説』（一八六五年）をもっぱら参照していたことが原因と言われている。

◆十六　悲歌

アタワルパが語り手になっているが、ネルーダ自身の声と混然一体となっている印象を受ける。キリスト教徒のように昇天するのではなく、地の奥深くへと潜っていくことで先祖と対話をするというイメージが印象深い。

◆十七　戦争

カハマルカ攻略に参加できなかったアルマグロは、財宝の分配や首都クスコの支配をめぐる勢力争いで、ピサロ一派とことごとく対立するようになった。この詩は、一五三三年から現在のペルーの首都リマが建設された三五年あたりまでのスペイン人どうしの主導権争いと、先住民が所有していた財産をめぐる争奪戦を描いている。

◆十八　チリの発見者たち／◆十九　闘う大地

クスコをめぐるピサロ兄弟との勢力争いが形成不利と見たアルマグロは、未開だった南部、すなわち今日のチリへ遠征するが、困難なアンデス越えのあいだに大勢の部下を死なせるなど、惨憺たる結果に終わる。失意のうちにクスコに帰還するも、ピサロ兄弟との武力抗争に敗れて処刑された。

◆二十　地と人が手を組む

チリの歴史は通常アルマグロや次の詩に登場するバルディビアの到来と先住民との接触から始まるとされ、このとき活躍したスペイン人征服者たちの名は首都サンティアゴの地名や駅名などに今なお刻印されている。しかし、先住民の存在をあまりに軽視するそうした記憶表象のあり方に疑念を抱いていたネルーダは、抵抗勢力としての先住民アラウコと彼らを取り巻く自然をチリの真の始祖とみなし、その物語に沿って、これから続く一連のチリ史に関する詩を書いている。

◆二十一　バルディビア（一五四四年）

サンティアゴの創建者バルディビアは、チリ人のヨーロッパ系の始祖ともいえる歴史上の英雄であるが、ネルーダは先住民の立場からそのバルディビアを残虐な冷血漢として描いている。チリではジャンヌ・ダルクのような戦うヒロインとして知られるイネス・デ・スアレスに対してもネルーダの筆は容赦ない。

◆二十二　エルシーリャ

この詩でネルーダは、彼にとっては文学者としても詩人としても大先輩に当たるアロンソ・デ・エルシーリャを、敬慕の念を込めて想起している。この三章と続く四章にはいわゆるアラウコ戦争を題材にした詩が多いが、これらはすべて、エルシーリャの叙事詩『ラ・アラウカーナ』を下敷きにしている。

◆二十三　槍が埋められる

チリ人にはバスク（エウスカディ）からの移民の血を引く人が突出して多い。初期の征服者もバスク人が多く、その後もバスク移民は植民地サンティアゴのエリート層、政治経済における特権階級を形成してゆく。皮肉なことに、その先祖を遡れば、実はネルーダもアジェンデもピノチェトも、みなバスク人なのである。ネルーダはこの詩でエンコミエンダ（インディオの実質的な奴隷化に基づく植民地時代初期の土地占有制度）という語を用い、彼らが先住民の歴史や意志を度外視して、土地をはじめとする資産を強引に占有していった過程を描いている。

◆二十四　マゼラン海峡の深奥（一五一九年）

一九四四年に単独の作品として刊行された連作詩で、この章の他の詩とは一線を画す前衛的な文体である。史実が語られるというよりは、語り手がまるで夢を見ているかのように、何百年も前の（あるいは今の）パタゴニアの彼方を回想している。ネルーダ自身のパタゴニア体験と、凍てつく荒海を渡っていった無名の男たちのイメージとが重なり合い、静寂と死に支配された幽玄の世界を醸し出している。

◆二十五　憤怒は尽きねど

次章で描かれる独立革命の息吹がイメージされている詩。

四章　解放者たち

征服期にインディオを率いた悲運の指導者や、植民地時代に反乱を起こした人々、独立革命を担った武人たち、さらには二十世紀の労働運動家まで、自由のために命を賭して戦った先人たちに捧げられた英雄列伝。本書のなかでも特に高揚感に満ちた勇壮な詩が並び、ギリシャ悲劇から民族歌謡まで詩のスタイルも多岐にわたり、この章を書いていた時のネルーダの熱い思いがひしひしと伝わってくる。

◆解放者たち

このプロローグでネルーダは英雄たちを木になぞらえている。チリ南部の森林地帯で幼少期を送ったネルーダにとって、樹木は生命の象徴であり、根は水平に命を広げてゆく連帯の象徴であり、穂は地に落ちて芽を吹く再生の象徴であった。ネルーダにとっては、樹木に代表される植物こそが、人の世の浮き沈みを越えた永続的価値を体現していたのかもしれない。

◆一　クアウテモク（一五二〇年）

死んでいるクアウテモクに呼びかけつつ、後半の〈示された時刻がやってきた〉以降ではアステカ帝国最後の皇帝として戦った彼の晩年が描写されている。

◆二　バルトロメー・デ・ラス・カサス師

ラス・カサスという偉大な先人の功績が、政治家としてのネルーダ自身の私生活に接続してゆく仕組みになっている。ネルーダはラス・カサスのことを、単なる慈悲深い神父というよりは、むしろ、自らの信条のため知力を駆使して戦い続けた言葉の戦士として描いている。

◆三　チリの大地を進む／◆四　人々が姿を現す

三から十三まではいわゆるアラウコ戦争、すなわちチリを舞台にしたスペイン人と先住民とのあいだの長い抗争を、先住民の側から描き出している。これは同じ戦争を題材にしたエルシーリャの叙事詩『ラ・アラウカーナ』へのオマージュであると同時に、ネルーダによるその二十世紀風の新解釈でもある。三と四はそのプロローグに当たる。

◆五　族長カウポリカン

族長（トキ）は戦の指揮官を意味するアラウコ語。カウポリカンについてはすでにエルシーリャが『ラ・アラウカーナ』で詳しく描写している。それによると、カウポリカンは族長に選ばれるため、部族の長老たちの前で巨大な丸太を持ち上げた。現在のチリ国内の広場などで見かけるカウポリカン像にも丸太を背負ったものがある。ニカラグアの詩人ルベン・ダリーオも一八九〇年刊行の詩集『青……』収録のソネット「カウポリカン」で英雄に丸太のイメージを重ねている。ネルーダのこの詩も樹木を中心的なモチーフにしていることが分かる。

◆六　祖国の戦い／◆七　串刺しにされた者

カウポリカンはいくつかの戦いでスペイン側に勝利したが、最後は捕縛され、酷い串刺し刑（股間から口までを生きたまま槍で貫き、死体は晒し物にする）に処された。この経緯は、スペイン側の視点で見ると野蛮なインディオを撃退したことになり、現に、チリ史を語る資料や図像の多くはそうした視点で構成されている。ちなみにエルシーリャは『ラ・アラウカーナ』で処刑の様子を克明に描きつつ、勇敢にも泣き言を洩らさなかったなどと、カウポリカンをスペイン人と同じ水準の軍人として高く評価する記述を残している。ネルーダは、この詩で、カウポリカンのみならず先住民全体の心情に寄り添い、彼らの視点で〈祖国〉の歴史を描き直している。

◆八　ラウタロ（一五五〇年）**／◆九　カシーケの教育**

ペドロ・デ・バルディビアから馬を用いた戦術のノウハウを盗み、結果としてそのバルディビアを倒したラウタロは、今なおチリ人にとって勇気と知恵を兼ね備えた偉大な英雄である。丸太を持ち上げる大男のカウポリカンに対し、ラウタロは颯爽と馬を駆る細身の青年というイメージで親しまれている。カシーケとは先住民の長を表すスペイン語である。

◆十　ラウタロと侵略者たち／◆十一　ケンタウロスと戦うラウタロ（一五五四年）

ラウタロは反乱を指揮する前にバルディビアの屋敷に馬方として雇われた。ここで学んだ知識を先住民の共同体に持ち帰り、後の作戦に活かしたとされている。なお、ラウタロがバルディビアを捕らえて殺害したのは、今では一五五三年とされている。

◆十二　ペドロ・デ・バルディビアの心臓

バルディビアの死については諸説あるのだが、エルシーリャ『ラ・アラウカーナ』の第三歌章がスペイン語で書かれた最初の物語ということになる。それによると、敗走を重ねていたバルディビアは少数の部下と最後まで勇敢に戦うが、かつて部下として面倒を見ていた若いインディオ（ラウタロであることがあとでわかる）の活躍などもあり、ついに捕えられる。そして、カウポリカンら長老の待つ場で、棍棒や槌で殴り殺されたという。その後も、様々なスペイン語の物語が生まれ、拷問にかけられた末に殺害されたという説も広まった。ネルーダはこの詩で一人称複数の語り手を採用し、ラウタロの視点からバルディビアを生贄として食べるという物語を創り出している。詩であるから人肉食に関する歴史的考証はさておくとして、この設定の背景には、インディオの血もスペイン人の血も今や文化的には分かち難いものであるという、ラテンアメリカ特有の〈混血のビジョン〉があると考えられる。

◆十三　戦いはその後も長く

アラウコ戦争とは、通常、十六世紀後半の、先住民アラウコとスペイン人入植者とのあいだで行なわれた大規模な戦闘のみを指す。しかし、戦争終結後も生き残ったアラウコは植民地政府に逆らい続け、十九世紀の独立に至るまで、コンセプシオンとビオビオ川が植民地領の実質的な南限となっていた。独立後の一八八三年、南部の農地確保や資源採掘事業を安定させたいチリ政府がアラウコを最終的に平定し、ここにおいて三百年に渡る抵抗運動はようやく終息を見る。この詩の最終行にも書かれているが、その結果として築かれた自由とは、彼らの抵抗放棄の上に成り立っているものだ。二十一世紀の今なお、マプーチェの文化継承を目指している人々はいる。彼らにとって、ラウタロたちに始まった近代文明との格闘は、今なお続いているのだ。

◆十四／◆十五／◆十六（間奏曲）

スペインがもたらした三百年の停滞とも称される植民地時代を、ネルーダは間奏曲と称して三つの詩にまとめている。ラテンアメリカ各地では、征服事業が一段落すると、新大陸生まれのクリオーリョと呼ばれるスペイン系白人が、都市部を中心に新しい社会構造を築いていった。それは、初期の征服者たちによるエンコミエンダという、インディオの実質的な奴隷化に基づく土地占有のシステムを、さらに高度なアシエンダ、すなわち大農場運営という形に発展させ、都市部の白人を頂点とする物流体制を安定させることを意味した。インディオは大農場の小作人、資源採掘用の坑夫など、単純労働力として社会の周縁に追いやられ、スペイン語とキリスト教と貨幣経済が植民地の主流文化を形成していくことになる。詩十六で、ネルーダはまたもや自らの祖先である〈ビスカヤの人々〉すなわちバスク系の人々に言及している。

◆十七　ソコーロの反乱者たち（一七八一年）

十八世紀末にヌエバ・グラナダ副王領、今日のコロンビアにある町ソコーロを中心に展開した市民による反乱を描いた詩。スペイン政府が戦費調達のために求めた増税とタバコ専売権料増額に現地生まれの白人が不満を抱き、一七八一年、商人を中心に六千人規模の委員会を結成。運動は副王領全域に伝播し、最終的には、首都ボゴタを二万の市民が包囲する事態に至った。このとき民衆の先頭に立ったのが五七歳の婦人マヌエラ・ベルトランで、彼女が叫んだのは実際には〈国王万歳、悪い副王行政に死を！〉と伝えられている。反乱勢力は翌八二年に副王軍によって鎮圧された。

◆十八　トゥパク・アマル（一七八一年）

植民地時代末期の十八世紀にクスコ地方で大規模なインディオの反乱が起きた。反乱は一年で鎮圧され、指導者コンドルカンキ・トゥパク・アマルは残虐な公開処刑で死んだが、その影響は長いあいだアンデス全域に及んだ。一九九六年にリマで日本大使公邸占拠事件を起こした組織ＭＲＴＡ〈トゥパク・アマル革命運動〉の名の由来でもある。

なお第三章のエピグラフの声の主〈トゥパク・アマル〉はインカ最後の王のこと。コンドルカンキは自らがインカの正当な後継者であるという自負から、この最後の王の名を敢えて名乗っていた。

◆**十九　反乱するアメリカ大陸**（一八〇〇年）

十八世紀末にかけてスペインは国家として弱体化し、植民地インディアスの支配体制も不安定になっていた。すでにソコーロの反乱やトゥパク・アマルの反乱など、各地で植民地政府の存立を揺るがす事件も起き始めていた。そして、十九世紀に入り、ナポレオンの侵攻を含む度重なる動乱に揺れるスペインを尻目に、植民地の各都市は、独立運動に向けて着々と動き始める。ネルーダはこの詩の後半で、独立革命前夜の人々に二十世紀の〈今〉を生きるチリの人々を重ね合わせている。

◆**二十　ベルナルド・オイギンス・リケルメ**（一八一〇年）

独立革命の英雄としてネルーダがまず登場させたのは祖国チリ解放の英雄オイギンスだった。オイギンスに関してチリでは、勇猛果敢な軍人としてのイメージと、エリート層に裏切られて失脚した不遇の政治家としてのイメージの二つが、図像を介して定着している。ネルーダはこの二つのイメージを巧みに用い、また最終節にかけては、晩年のオイギンスを逃亡中だった自身の姿に重ねてもいる。

◆**二十一　サン・マルティン**（一八一〇年）

サン・マルティンは、十九世紀初頭のラテンアメリカ独立運動における、シモン・ボリーバルと並ぶ南米大陸最大の英雄。チリ人にとってはオイギンスと並ぶ建国の父でもある。この詩でネルーダは、サン・マルティンが成し遂げた偉業の途方もない規模と時間的な厚みを、様々な自然のイメージに重ねることで巧みに描き出している。ネルーダには、実行力のある冷静沈着な武人を好む傾向があった。

◆**二十二　ミナ**（一八一七年）

近代的なゲリラ戦の概念を新大陸に持ち込んだスペイン人フランシスコ・ハビエル・ミナは十九世紀初頭のスペインで軍人として功績を上げた。ゲリーリャ（guerrilla）という語が〈待ち伏せ攻撃を主とする少人数精鋭部隊の戦闘〉という意味で定着したのはこの時期のスペインである。その後、渡航先のロンドンで（レイナルド・アレナスの小説『めくるめく世界』で知られる）セルバンド・テレサ・デ・ミエルに感化されメキシコに渡り、メキシコ独立を目指す反乱軍と共闘した末、かつては命を捧げたスペイン国王軍に銃殺されるという、短くも激烈な人生を送った。

◆二十三　**ミランダ霧のなかに死す**（一八一六年）

カラカスに生まれ、軍人として米国独立とフランス大革命を目撃し、ミシシッピ以南の全大陸を大コロンビア帝国として独立させるという遠大な計画を描くも、ベネズエラ独立の直後に不遇の死を遂げたミランダ。この詩は彼の濃密な人生をコラージュのようにまとめていて、実は、原文は句読点が皆無という、本書でもっとも前衛的な文体をもつ作品だ。なお〈ベイストリート〉はトロントにある通りの名だが、ミランダがトロントに行ったことはないらしく、ネルーダはニューヨークなど米国の都市のどこかをイメージしていたように思われる。また〈ロッジ〉とはミランダがヨーロッパで南米出身者を集めて創設したフリーメイソンの結社に言及したもの。

◆二十四　**ホセ・ミゲル・カレーラ**（一八一〇年）

チリ独立を支えた英雄のひとりカレーラを歌ったこの連作詩で、ネルーダはギリシャ悲劇の構造を借用している。エポードスは詩人による単独の語り、コロスは十人程度の集団による合唱もしくは朗読、劇のクライマックスを形成するエクソドスは再び詩人による単独の語り、アンティストロペは集団での舞踊を伴う合唱もしくは朗読という、一種の上演を想定した詩であったと思われる。チリ初の自治政府を率いたカレーラは、スペイン軍に敗北したあとは歴史の表舞台から姿を消し、サン・マルティンとオイギンスらのアンデス軍がチリを再び解放するのを、遠いモンテビデオで指をくわえて見守るしかなかった。最後はオイギンスらの新生チリ国家にも見放され、反乱者としてメンドサで銃殺されたことから、チリでは悲劇の英雄とみなされる。ネルーダは、軍人としての才能には欠けていたとされるカレーラを、勇猛果敢な自由の戦士としてイメージしていたようだ。

◆二十五　マヌエル・ロドリゲス

クエカとはチリを代表する舞曲で、ニカノール・パラなど他にも多くの詩人がその歌詞を書いている。チリの響きの良い地名が連呼される下りが印象的だ。

◆二十六　アルティガス

この詩集ではもっとも長い詩行で構成されている作品のひとつで、なかでもウルグアイという語のもつ美しさが強調されている。アルティガスは死ぬまでの三十年間を亡命先のパラグアイで過ごした。執筆時にチリ国内で逃亡中だったネルーダには共感するところの多い人物だったのかもしれない。文中に登場するパラグアイの〈虚ろな王国の暴君〉とは独裁者ドクトル・フランシアを指す。

◆二十七　グアヤキル（一八二二年）

一八二二年七月二十六日、エクアドルの港湾都市グアヤキルで、シモン・ボリーバルとサン・マルティンという南米独立運動の両雄がはじめて会談をした。ブエノスアイレスからアンデス軍を率いてチリを解放し、海路からリマに上陸、副王を追放して首都を確保していたサン・マルティンは、スペイン軍最後の拠点アルトペルー（現ボリビア）に進軍する前に、疲弊した軍の増強のためボリーバルの支援を望んでいた。いっぽうのボリーバルは、ベネズエラを独立させた後、そこにコロンビアとエクアドルを併せたグラン・コロンビアを創設、ペルーの解放計画を独自に練っていたところだった。二人は、軍事的主導権や解放後の国家ビジョンなどをめぐり意見が合わず、会談は事実上の物別れに終わる。これを機にサン・マルティンは独立運動の第一線から退き、アルトペルーの解放はボリーバルに引き継がれることになった。このとき二人の英雄が共闘していたら……という夢想は、ラテンアメリカ史の好事家に好まれる「歴史のイフ」のひとつである。なお、詩からも分かるように、会談の直前、ボリーバルはキトの貴族令嬢と恋に落ちていた。そのボリーバルが抱いていた〈知られざる規模の夢〉とはラテンアメリカ共和国の創設であるが、言うまでもなく、現実には叶えられぬまま今に至っている。

◆二十八　**スクレ／旗**

ボリビア独立（一八二五年）に関わったスクレ、メキシコ独立（一八二一年）に関わったイダルゴ神父とモレロス、グラン・コロンビアからのベネズエラ分離独立（一九三〇年）に関わったパエスといった人物の名を挙げつつ、後半では、それによって生まれた様々な旗を自由の象徴として描いている。

◆二十九　**ブラジルのカストロ・アウヴィス**

十九世紀ブラジルの詩人との間で交わされた問答というスタイルの詩。ポルトガル語の詩はスペイン語圏でも概してよく読まれている。ブラジル文学はスペイン語圏アメリカの読者にとってそう遠い存在ではない。

◆三十　**トゥサン・ルベルチュール**

ラテンアメリカ初の独立国、世界初の黒人共和国だったハイチも、二十世紀末には世界最貧国の汚名に甘んじた。ネルーダは、自由の理念を黒人奴隷が自らの手で実現したこの国の歴史を、建国の英雄に託して称えている。

◆三十一　**モラサン**（一八四二年）

自由主義的な政策を唱えた結果、カトリック教会や既存富裕層などの抵抗にあい、無念の敗北を遂げた政治家を、ネルーダは特に好む傾向にあった。モラサンはその典型である。この詩では、ホンジュラスをはじめとする中米諸国の運命を、敢えて時代を特定せず描いている。その背景には、独立期に始まった解放の戦いが二十世紀になっても終わることなく続いているという、ネルーダの歴史観がある。

◆三十二　**ファレスの夜を旅して**

ファアレスはネルーダにとって、カトリック教会という国内の強敵と、フランスという後の米国にも通じる帝国主義的介入勢力を相手に死闘を繰り広げ、結果としてメキシコに近代的共和制の礎を築いた英雄であった。二十世紀半ばのラテンアメリカ諸国にとって、ファアレスの時代からメキシコ革命を経て先進的な共和制を築き、カルデナス政権下でスペイン内戦の難民を受け入れるなど、世界のなかでも独自の地位を占めていたメキシコが、政治上の成功モデルのひとつになっていた。外交官として三年メキシコに滞在していたネルーダも、メキシコとその歴史から多くのことを学んだようだ。

◆三十三　リンカーンに吹く風

リンカーンの墓標に集まる人々の描写から米国南部を中心とする黒人差別を批判した詩で、この章で唯一米国をテーマにしている。ネルーダは、リンカーンやジェファーソンに代表される建国直後の理念こそが米国人の象徴的起源に他ならず、二十世紀以降の帝国主義的な外交政策や、黒人差別に代表される国内問題はいずれ修正されるべき逸脱であり、そういう意味では、米国もまた、ラテンアメリカ諸国と同様、解放の途上にあると考えていた。

◆三十四　マルティ（一八九〇年）

キューバ独立に命をかけ、その間、詩を含む膨大なテクストを書き残したホセ・マルティは、一九五九年の革命後、カストロやゲバラと並ぶ国民統合の象徴的アイコンとしてキューバ人に親しまれてきた。実は、革命以前からマルティはラテンアメリカ全域に大きな影響を及ぼしていて、たとえば子ども向けに書かれた小冊子『黄金時代』ではボリーバルやサン・マルティンやラス・カサス神父をラテンアメリカ史の中心に据え、新たな歴史のビジョンを示した。この冊子の文章は二十世紀前半を通し各国で受容され、ネルーダも目を通していた可能性がある。また、マルティは米国の詩人ホイットマンの詩の本質をリアルタイムでスペイン語圏に伝えている。南北アメリカには、ホイットマンからマルティ、さらにはルベン・ダリーオなどを介し、ネルーダまで脈々と受け継がれている詩人の伝統がある。それは、自分が生きているミクロな場所から全大陸、さらには全世界、宇宙をも見通そうとする、強靱な幻視者の魂とでも言うべきものだ。ネルーダはホイットマンを詩作の師と仰ぎ、そして、政治闘争と文学を両立させていたマルティの生き方を理想と考えていたのであろう。

◆三十五　**チリのバルマセーダ**（一八九一年）

バルマセーダの最期はサルバドール・アジェンデのそれを彷彿とさせる。バルマセーダは硝石、アジェンデは銅、ともに鉱物資源を国有化し、民族主義的な政策を強引におし進めた結果、軍と海外の超大国（英国、米国）を間接的に敵に回し、非業の死を遂げているからだ。今日の読者がこの詩を読めば、一九七三年九月十一日を思い出すはず。この詩の〈ミスター・ノース〉とは架空の人物で、ノース、すなわち北の超大国から派遣されたエージェントという記号性を帯びている。ルベン・ダリーオは実在するニカラグアの詩人で、二十世紀初頭にスペイン語圏で流行したモデルニスモの象徴的存在。

◆三十六　**エミリアーノ・サパタに**（タタ・ナチョの伴奏つき）

メキシコ革命の英雄サパタを詠んだ勇壮な詩に、タタ・ナチョが作曲した有名なランチェーラ『酔っ払い女』の感傷的な歌詞を絡めるという趣向の詩。誰にでも親しまれる分かりやすい詩を書こうという、ネルーダの意図を汲み取ることができる。土地改革にこだわり続けたサパタは、二十一世紀の今なお、メキシコの貧しい人々にとって解放の象徴である。一九九四年にチアパス州で蜂起した先住民共同体組織サパティスタ民族解放軍の名の由来でもある。

◆三十七　**サンディーノ**（一九二六年）

二十世紀初頭から米国はカリブと中米に干渉を繰り返し、特にニカラグアには軍隊を送って直接的な圧力をかけ続けた。義憤に駆られた一部の軍人を率いてゲリラ戦を展開したのがサンディーノ。ベトナムなど世界中でその後に続く対米ゲリラ戦の先駆者と言ってもいい。ネルーダは詩の最後で、サンディーノを暗殺させたソモサ一族の独裁にも触れている。このソモサ独裁に終止符を打った一九七九年のニカラグア革命は、独裁下で組織されたサンディニスタ民族解放戦線（サンディーノの名に由来）によるものだった。革命政権を危険視した米国レーガン政権は軍事的圧力をかけ、十年に及ぶ悲惨なニカラグア内戦が始まる。そして、内戦終結後は、現在に至るまでサンディニスタ政府が実権を掌握し続けている。サンディーノは、今なお、ニカラグアを語る上で欠かせない名前なのだ。

◆三十八

一九四五年、ネルーダはチリ共産党に入党し、同年三月チリ北部タラパカ・アントファガスタ選挙区から国政議員に選出された。この九つの連作詩では、選挙区にあるチュキカマタ銅山を訪れた体験を振り返りつつ、チリ共産党を創設したルイス・エミリオ・レカバーレンの足跡を回想しようと試みている。

＊1　レカバーレンを目指して

レカバーレンはチリ労働運動の父と言われ、二十世紀初頭、鉄道や硝石採掘の労働者を組織化し、一九二一年議員に当選している。合成化学肥料の進歩で硝石の資源価値が下落した二十世紀半ば、すなわちネルーダが議員になったころ、チリは資源輸出の主力を硝石から銅に移行させていた。かつてレカバーレンが硝石採掘労働者に向き合ったように、ネルーダは銅鉱の坑夫たちの実態に向き合おうとしたのである。ネルーダが政治家として目標と仰ぐレカバーレンから受け継ごうとしたのは、国を国として成立させている仕組みの底辺にいる人々を優先的に支援するという意志に他ならない。

＊2　銅

チュキカマタは、アントファガスタから西の内陸、標高三千メートルの高原にある、世界最大の露天掘り銅山で、二十一世紀の今なお操業中である。その上空からの写真はまさしく人が創り出した巨大クレーターだ。一九二〇年代以降は米国のアナコンダ社が大規模開発を進め、一九七一年アジェンデ政権によって銅資源採掘事業が国有化されるまでは、同社による事実上の寡占状態にあった。

＊3　チュキカマタの夜

うずたかく積み重ねられた銅、高原の過酷な自然、見えない地下で働いている坑夫たち。チュキカマタの壮絶な風景が生々しく描かれている。

＊4　チリの人々

現在は世界最大の搬出トラックが何台も走っている光景で知られるチュキカマタも、もちろん人力を必要とする時代があった。そうした作業は苛烈を極め、どうしても都市部や農村で食いはぐれた貧しい人々が集まる傾向にあった。落伍者（ロト）とは日々の食費を得るのも難しい失業者を意味した当時のスペイン語。

＊5　英雄／＊6　職人

詩5でネルーダは、当時のチリ社会で落伍者と呼ばれ蔑まれていた銅坑夫こそが真の英雄であると訴え、また銅山を生きた体のようにイメージしている。詩6では、シャベルをもつ坑夫のイメージが神話的レベルに高められている。

＊7　砂漠

チリ北部にはアタカマ砂漠という世界で最も乾燥した不毛地帯が広がっている。その一角、北部タラパカ州に広がるタマルーガル平原は、チリのスペイン語でパンパと呼ばれる。そこは同じ名前で親しまれているアルゼンチンの大草原とはまるで異なる不毛地帯で、十九世紀以降に硝石採掘で知られるようになったことから、事実上の〈硝石原〉と言ってよい。

＊8　（夜想曲）

ネルーダはそんなタマルーガル硝石原で鉱物に呼びかけている。自然の事物との交感は本書第二章「マチュピチュの高み」を想起させるものだ。

＊9　荒地

過酷な自然とそこで必死に生きる人々。ネルーダは自分の体でそうしたものと直に触れることによって、はじめて、自分が目標とする偉大な先人を召喚する。

◆三十九　レカバーレン（一九二一年）**／別れの言葉**（一九四九年）**／チリの父**

これらの詩が書かれたときレカバーレンの死からは二十年以上が経過していた。ネルーダはその業績を称揚し、現在の自分自身の政治活動へと結びつける。なお、一五八ページで言及されているのは、一九〇七年にタラパカ州の州都イキーケで起きた〈サンタマリアの虐殺〉事件。スト中の硝石採掘労働者数百人が軍によって銃殺された。

◆四十　ブラジルのプレステス（一九四九年）

軍人出身の愛国者が反帝国主義という立場から左派に転じるという、たとえばペルーのベラスコ・アルバラード、あるいはベネズエラのウゴ・チャベスの先駆者ともいえるプレステス。この一風変わった軍人にネルーダは最大限の賛辞を寄せている。ソ連を中心とする共産主義体制が世界中にいずれ波及する、と、多くの人が信じていた時代の息吹を感じることができる。

◆四十一　パカエンブーで語ったこと（一九四五年ブラジル）

実際にサンパウロのスタジアムで朗読された詩。ネルーダには、スペイン内戦で共和国側に立って死んでいった人々と、ラテンアメリカで戦っている共産主義者とが、重なって見えていたのだろう。

五章　裏切られた砂

この章の題にある〈砂〉とはひとりでは無力な貧しい群衆を指す。この章は、ネルーダによる激烈な弾劾文書でもあり、同時に、ある意味でユニークなラテンアメリカの悪党列伝でもある。

◆一

この章はいくつかの詩を番号でまとめた五部構成になっている。第一部では独立以降のラテンアメリカに現れた独裁者たちが取り上げられている。

＊ドクトル・フランシア

フランシアは南米の奇怪な独裁者というイメージの原型のような人物。パラグアイの小説家アウグスト・ロア＝バストスの小説『至高の存在たる余は』のモデルになったことでも知られる。ドクトルの渾名の通り教養豊かだったらしく、ルソーを愛読するなど開明的な側面もあったようで、この詩で描かれている安直なマッドサイエンティスト像とは大きく異なり、もっと複雑な人物だったようだ。

＊ロサス（一八二九年－一八四九年）

縁故による人心掌握を得意とするボス政治家、いわゆるカウディージョの典型とされるアルゼンチンのフアン・マヌエル・ロサスは、文学者によりしばしば野蛮の象徴とされてきた。ネルーダはこの詩でサルミエントなどロサスと敵対した知識人の側に立ち、その野蛮を描き直している。

＊エクアドル／＊ガルシア・モレノ

詩「エクアドル」はこの国を代表する火山のイメージが鮮烈だ。続く詩では、その首都キトを舞台に、不気味な独裁者の姿が描かれている。

＊アメリカ大陸の妖術師ども／＊エストラーダ／＊ウビコ／＊ゴメス／＊マチャド

グアテマラとベネズエラとキューバの独裁者を扱った詩が続く。グアテマラのエストラーダ・カブレラは、ミゲル・アンヘル・アストゥリアスの小説『大統領閣下』のモデルになった独裁者。グアテマラはその後も二十世紀を通してウビコなどの独裁に苛まれ続けた。本書『大いなる歌』が刊行された一九五〇年には、アルベンス政権がようやく進歩的政策を打ち出し、ユナイテッド・フルーツ社が占有していた土地を収用するなど念願の農地改革に乗り出したが、五四年に米国の支援を受けた軍のクーデターで打倒され、ここから一九八六年まで長く悲惨な内乱状態が続くことになる。二十世紀初頭のベネズエラでは、長期政権を築いた独裁者ゴメスが石油採掘に外資を呼び込み、国内の反対派を異常なまでの執念で徹底弾圧した。彼はまさに石油という、恐怖の〈ゴメス沼〉を創り出したのである。また、一九二〇年代のキューバでは、独裁者マチャドが、海外に逃亡した反対派にまで刺客を放つという、その後も各国の独裁政権に応用される反対派弾圧手段を発明していた。

＊メルガレーホ／＊ボリビア（一八六五年三月二十二日）

顎髭がトレードマークだったマリアノ・メルガレーホは数々の奇行で知られる十九世紀ボリビアの独裁者。隣国チリで育ったネルーダは、きっとこの変な男の話を幼いころから聞かされていたのだろう、この詩でもその活躍ぶりを長々と描写している。クーデターで大統領の座に就いたメルガレーホは、元大統領ベルスの勢力と内戦状態に陥り、一時は大統領宮殿を明け渡すなど形勢不利になるが、一八六五年三月、部下を引き連れ宮殿に乗り込むと、自らの手でベルスを射殺、実際にバルコニーから身を乗り出して群衆と声をかけあったと言われる。ネルーダ好みの人物像だったのかもしれない。

＊マルティネス（一九三二年）

こちらも奇行で知られるエルサルバドルの独裁者エルナンデス・マルティネス。酒を一滴も飲まない潔癖な菜食主義者で、神智学やオカルトに傾倒し、輪廻転生をかたく信じていたという。一九四四年に失脚して米国に亡命、その後ホンジュラスで暮らしていたところをお抱え運転手に刺殺された。

＊暴政

ラファエル・レオニダス・トルヒーヨはドミニカ共和国の独裁者。数多くのフィクションのモデルとなった有名な独裁者で、新しいところでは、マリオ・バルガス・リョサが小説『チボの狂宴』でトルヒーヨ暗殺事件を題材にしている。ソモサはニカラグアを支配した悪名高い一族の長アナスタシオのことで、第四章の詩「サンディーノ（一九二六年）」でも言及がある。カリーアスはホンジュラスの独裁者。モリニゴとナタリシオはともに一九四〇年代パラグアイに現れた大統領だが、この国には一九五四年からストロエスネルという、こんな二人の小物をはるかに凌ぐ独裁者が現れることになる。なお、この詩で挙げられた五名の独裁者にコロンビア大学が博士号を与えた事実はない。同大学で博士号を取得しているのは、チリのゴンサレス・ビデラ。この詩の最後の三行で言及されている、当時のネルーダが心から憎んでいた政治家だ。

◆二

第二部では、二十世紀半ばの政治経済を支配する富裕層や米国資本、そして社会の底辺で喘いでいる貧しい人々に目が向けられている。

＊少数支配者

独立革命に身を投じた武人たちを好む傾向にあったネルーダは、戦わずして独立後に利権だけを得たブルジョワ層にとりわけ厳しい目を向けた。この詩ではマルクス・エンゲルス『共産党宣言』の冒頭文が転用されている。

＊特定優遇法の公布

ネルーダはすでに議員としてチリ政治の中枢をつぶさに観察していた。共産党は一九四〇年代のチリ政治においても好奇の眼差しで見られていたらしく、この詩で与党の政治家が共産党議員を〈人間未満のアジアから来た野党〉と口汚く罵っているのは、ネルーダ自身が実際に耳にした発言だった可能性もある。実際、ロドリゲス・デ・ラ・クロッタという人物名は、当時の与党急進党の議員だったロドリゲス・デ・ラ・ソッタを揶揄している。そのクロータ（あるいはソッタ）が仲間だと認めている〈急進的野党の愛すべきヤナコーナ〉のヤナコーナとはケチュア語の「隷属民」

であるが、チリでは先住民アラウコのなかでスペイン人征服者やチリ政府の側につく〈手なずけやすい敵〉の代名詞となっていた。チリの国会が風刺されている詩と考えて間違いないだろう。

＊チンバロンゴの投票日（一九四七年）

ネルーダがこの詩で糾弾したかった政治家は、チンバロンゴを地盤としていたチリの元大地主の政治家である。

＊エリート

十九世紀ラテンアメリカ諸国の独立は、植民地時代に築かれた社会構造を抜本的に変革するまでには至らなかった。少なくとも旧宗主国スペインとは縁が切れたが、大地主を中心とする資産階級は独立後も政治経済をコントロールし、インディオや貧しい混血の人々は植民地時代と変わらぬ、場合によってはそれ以上に劣悪な生活環境に留め置かれたのである。なお〈長屋式共同住宅（コンベンティージョ）〉とは十九世紀のブエノスアイレスでよく見られた都市型集合住宅で、主として貧しい移民が集う場だった。

＊天界の詩人

ネルーダがこの詩で糾弾しているのは、現実社会の矛盾から目を背ける象牙の塔の住人たちである。もちろん詩人といっても千差万別、世のあらゆる詩人を〈戦う勇気のある詩人〉と〈現実から目を背ける臆病な詩人〉に分ける単純な二元論には共感し難い。ただ、ラテンアメリカでは、文学者は積極的に政治上の立場を鮮明にする。二十世紀前半には、ペルーのホセ・サントス・チョカーノのようにグアテマラの独裁者エストラーダと仲良くした詩人もいた。冷戦時代は、ネルーダのようにソ連寄りの立場を隠さなかった詩人が多かった。いっぽう、革命後のキューバで、反体制的な詩人がパージされた事件も記憶に新しい。言葉を用いる仕事である以上、文学者といえども、ある程度、同時代の政治動向にコミットせざるを得ない地域だと言えよう。

＊搾取者

カウディージョと家父長制に象徴される搾取構造が諸悪の根源であるという、やや単純な世界観がイメージされているが、実はこの単純明快さこそ、当時のネルーダが目指していたものだった。

＊おすまし野郎

おすまし野郎（シウティコ）という俗語は今なおチリ人が好む侮蔑表現。見かけ倒しの愚か者、というニュアンスで使われる。ネルーダが糾弾しているのは各国の文筆業に携わる似非文化人たちだ。実名を挙げられているアルドゥナティージョだが、本名はラウル・アルドゥナーテ・フィリップスという。ネルーダは、姓のアルドゥナーテにスペイン語の縮小辞イージョをつけ、侮蔑の意味を込めた。アルドゥナーテが当時出資していた『ジグザグ』はゴンサレス・ビデラ寄りの雑誌で、逃亡中のネルーダを弾劾する記事も掲載していた。

＊阿諛追従の輩

ゴンサレス・ビデラの取り巻きだった二人のジャーナリストを糾弾した強烈な詩。ダリオ・ポブレーテは当時のネルーダの宿敵ともいえる人物で、ゴンサレス・ビデラ政権では大統領執務官まで務めた大物。ホルヘ・デラモは強固な反共主義者として知られた風刺漫画家。〈ピサグアの苦悶〉とは、ゴンサレス・ビデラ政権時に政治犯を収監していた北部沿岸砂漠のピサグア収容所での、深刻な人権侵害の実態を指す。

＊ドルの弁護士

長い詩のなかに、売国奴のような弁護士、その背後にいる巨大米国資本、チリなど地元の政治家、収賄の構造、大地主、警察、カトリック教会といった、ネルーダが敵視していた集団が、まるで壁画のようにくっきりと散りばめられている。途中で〈諸君は問うことだろう〉と呼びかけているのを見ても、この詩が想定していた読者層、ネルーダがこの詩を伝えたかった対象が、貧しい無産階級の人々であったことが分かる。

＊外交官（一九四八年）

ネルーダは一九二七年に若干二十三歳でビルマの領事に任命されて以来、一九三二年まで外交官としてアジア各国に滞在している。その後、ブエノスアイレスやバルセロナにも着任し、スペイン内戦後はパリで亡命者の受け入れ業務もこなした。さらに一九四〇年からは三年間メキシコに領事として滞在するなど、この詩集の執筆時には、外交官という仕事の表も裏も知り尽くしていた。だからであろうか、皮肉たっぷりの詩でありながら、どこかとぼけたユーモアも感じられる。

＊娼館

バルガス・リョサなどラテンアメリカの小説家が好んで取り上げてきた娼館を、ネルーダは〈資本の下水道〉とイメージしている。そこを当然の権利として利用するマッチョな男性の愚かさや、劣悪な環境に置かれた娼婦の人権問題のみならず、セックスが立派な近代産業として社会システムに組み込まれている実態を告発しているのである。

＊聖ロサの行進（一九四七年リマ）

聖ロサ（聖ローザと表記されることも）はペルーの首都リマの守護聖人。この詩は現地で毎年八月三十日に行われる大規模な市内パレードを扱っている。すでに共産主義者としてカトリック教会を否定する立場にあったネルーダは、ペルーのみならず南米全土に厚い信者のいる聖ロサについても〈気取ったおばさん〉と辛辣だ。カトリック教会を愚弄するこうした詩は、ラテンアメリカ全域で今なお強い反感を招く。

＊スタンダード・オイル社

ジョン・ロックフェラーが一八六三年に設立したこの会社は、歴史上はじめて、石油という資源を国際ビジネスの中核に位置付けた。一企業による特定ビジネスの独占がはじめて問題となり、二十世紀初頭には数社に分割されたが、いわゆるトラスト（合同企業）として生き残り、スタンダード・オイルの名は二十世紀半ばまで残った。二十一世紀の現在ではエクソン・モービルなど後継六社がスーパーメジャーと呼ばれている。詩の前半、地中にいた石油がポンプを伝って地上に出てくるまでの描写は圧巻だ。スタンダード・オイルは一九二〇年代以降ラテンアメリカにも進出しており、この詩でも、ボリビアとパラグアイへの言及がある数行は、石油の利権も絡んでいた両国間のチャコ戦争（一九三二年〜三八年）を想起させる。

＊アナコンダ・コッパー・マイニング社

スタンダード・オイルと並ぶこの巨大合同企業は、一八八一年に米国モンタナ州の銅山で誕生した。米国内の鉱物採掘をほぼ独占したのち、一九二〇年代からメキシコとペルーとチリに進出、世界最大の露天掘り銅鉱チュキカマタを獲得する。一九七一年、チリのアジェンデ政権がチュキカマタを国有化、続けてメキシコのエチェベリア政権もカナネア銅鉱を国有化し、アナコンダ社は創業以来最悪の危機を迎えたが、一九七三年にチリでクーデターが起きると、ピノチェト軍事政権は前政権の政策を撤回、アナコンダ社にも賠償金という「思いやり予算」を提供した。

＊ユナイテッド・フルーツ社

現在はチキータ・ブランドの名で知られるこの米国企業は一八九九年に生まれ、二十世紀初頭、中米とカリブ海域を根城に一大帝国を築き上げた。鉄道敷設事業のノウハウを持った米国人実業家が、スペイン統治時代から残るアシエンダという大農園システムを利用して、バナナや砂糖やカカオなどのプランテーション事業を展開、現地の政府をカネで丸め込み（バナナ共和国という蔑称を世界に普及させ）、抵抗する先住民は軍や警察を使って徹底的に弾圧させた。創業期に中心的役割を果たしたマイナー・キースという怪物的な実業家はグアテマラ国土の大半を買い占めたとまで言われ、作家ミゲル・アンヘル・アストゥリアスの小説『緑の法王』のモデルにもなった。ガルシア・マルケスの『百年の孤独』でもこの会社をモデルにしたバナナ・プランテーションが描かれている。なおこの詩の冒頭では黙示録のイメージが転用されているようだ。

＊土地と人々

ラテンアメリカの多くの地域では、征服初期のエンコミエンダ制に始まり、植民地期のアシエンダ、そして二十世紀のプランテーションという形で、いびつな土地所有の構造が強化されてきた。そして、地主を中心とする有産階級と小作人など無産階級との社会格差は、世代を越えて今なお受け継がれているのである。ネルーダは選挙戦などを通してチリ社会の底辺を目撃し、生きるべきはずの土地から疎外された人々の実態を目の当たりにしたのだ。

＊物乞い

ラテンアメリカの主要都市にある大聖堂に行けば必ず物乞いに遭遇する。私たちはそのとき一瞬躊躇する。キリスト教徒でない限り施し物をする動機は見つけにくいが、簡単に無視するのも憚られる。彼らは私たちに何らかの反応を求めている。だが私たちはどう反応すればいいかわからず、一瞬困惑してしまうのだ。ネルーダのように〈希望を抱いてお前の姿を消そう〉と断言するのも観光客には難しい。

＊インディオ

チリの先住民の実態をイメージした詩。この詩集全体、いや、ひょっとするとスペイン語で書かれた文学全般に言えることかもしれないが、インディオと呼ばれる先住民の実態を的確に描いている作品は少ない。グアテマラの先住民共同体やアンデスの村々に足を運んでみれば、先住民が今なお非常に強固な文化をマヤ語やケチュア語で維持し、近代文明とは異なる独自のライフスタイルを明るく享受していることが誰にでも分かるのだが、そういう光景を切り取ったスペイン語文学のなんと少ないことだろう。たしかに、チリなど多くの国では、インディオが社会の周縁で抑圧され、少数派となっているわけだが、インディオの現状は決してそれだけで語り尽くすことはできない。なお〈平定者（パシフィカドール）〉とは、十九世紀末のチリで政府の代わりに先住民居住地域を占領していった一種の傭兵を指し、先住民側からすれば虐殺行為に手を染めた犯罪者である。

＊判事

この詩も〈君〉と貧しい人たちに直接呼びかけていることが分かる。ラテンアメリカ諸国では独立以降もさらなる解放を待つ人々がいるという、ネルーダの強固な信念がここにも垣間見える。ラテンアメリカの当時の司法が全般に腐りきっていたとは思えないが、救済を待つ弱者が常にいるという歴史認識自体は今なお有効である。

◆三

第三部は、ブルネス広場の虐殺と呼ばれる事件をめぐる九つの連作詩である。

一九四六年一月、チリでは大統領リオスが病気を理由に辞任、政治の空白が生まれたのを機に、北部の硝石労働組合が首都で大規模デモを計画した。その中心はハンバーストーンとマポーチョの硝石採掘労働組合で、ここは当時チリ共産党関係者が深く食い込んでいた労働運動の牙城だった。組合側は経営者のコサタン社に労働環境改善を要求してストに入り、関係者がサンティアゴに集結していた。実は、この時点ですでに、硝石の国際市場価格は急速に下落していた。つまり、硝石会社そのものが体力を失いつつあったところに、長年劣悪な環境に置かれていた採掘労働者が不満をぶつけるという、ある意味で一触即発の状態にあったのだ。ネルーダらチリ共産党の政治家は組合側を積極的に支援し、コサタン社と政府側による譲歩を引き出そうとしたが、政府がコサタン社の要求に応じて司法に介入、共産党が目指していた合法的な着地点が見えない状況に陥ってしまう。これを受け、チリの労働組合連合が資源採掘系以外の組合も動員する拡大デモを一月二十八日に決行、これがゼネストに広がるのを恐れた政府側は首都の警察を動員して鎮圧にかかった。結果、数千人規模のデモがブルネス広場まで来たところで、警官隊が発砲、民間人六名の死者を出してしまう。ちなみにネルーダが詩「私は呼びかける」で挙げているこの六名の犠牲者うち、唯一の女性だったラモーナ・パラは、その後のチリにおける労働運動の象徴的存在になっていった。

ネルーダにとってこの事件は他人事ではない。自らも主導して大勢の人が動き、結果として六名の命が奪われたという事実を重く受け止めていたはずである。事件から一年後に書かれたこの連作詩は、ネルーダによる事件の総括であると同時に、自らの責任を今後どう果たしていくか、その意思表明の場でもあった。

前半三つの詩「広場の死者」、「虐殺」、「硝石の男たち」では、デモに至るまでにチリ全土で弾圧されてきた労働運動が想起される。首都の広場という公衆の面前で行なわれたブルネス虐殺事件に、砂漠の彼方で誰にも知られず殺されていった人々の無念が重ねられているのだ。ネルーダは、一九四六年のデモが一過性のものではなく、チリの労働者が長年をかけて築いてきた闘争史の先にあったことを示している。そして詩「敵」では〈私は罰を求める〉という印象的なフレーズが反復され、読む者に事件の責任者への怒りを改めて呼び覚ます。

◆四

第四部は一九四八年に絞ったラテンアメリカの各国素描で、ネルーダが政治犯として逃亡中だった一九四八年三月に『抵抗詩人たちへの賛歌』と題して地下出版された。したがって、どの詩においてもネルーダ自身の怒りや不安が前面に押し出され、その筆致も荒っぽい。

＊パラグアイ

チャコ戦争（一九三二年〜三八年）というボリビアとの長期にわたる国境紛争を経験していたパラグアイでは、一九四〇年代になってもひたすら政治的混乱が続いた。この詩にある〈パラフィンの池〉とはチャコ戦争の原因ともなった石油資源のこと。

＊ブラジル

ブラジルではバルガス体制崩壊後の一九四〇年代後半になっても政治の混乱が続いていた。四六年から五一年まで大統領を務めた元軍人のドゥトラは共産主義者を徹底して弾圧し、その対象には本書でも取り上げられている軍人プレステスも含まれていた。

＊キューバ

一九四八年のキューバでは、砂糖輸出に依存した前近代的経済を改革できぬまま、米西戦争以来続く対米従属型の政治が続いていた。労組などの急進的な改革派は弾圧の対象となり、砂糖労働組合幹部ヘスス・メネンデスが暗殺されるなど不穏な事件も起きていた。この十年後に革命を成功させるフィデル・カストロは当時ハバナ大の法学部に在籍中で、学生運動の指導者として頭角を現しつつあった。

＊中米

ホンジュラスはユナイテッド・フルーツ社の（すなわち米国の）抱えていた〈バナナ共和国〉のひとつと言っていいだろう。一九四八年には親米派のカリーアスによる独裁が続いていた。サントドミンゴを首都とするドミニカ共和国も二十世紀初頭には海兵隊が上陸するなど、米国が欲しいままに利用してきたラテンアメリカの国のひとつで、この年はやはり親米派のトルヒーヨによる独裁が続いていた。これまた二十世紀初頭に何度も米国に軍事介入されたニカラグアでも、親米派のソモサによる長期独裁体制が続いていた。

＊プエルトリコ

プエルトリコ島は一八九八年の米西戦争以来、米国の統治下に入り、何度か独立へ向けた動きもあったが一九五二年からは米国の自由連合州（ほかにハワイ州やアラスカ州が該当）となり今に至る。一九四八年には米国企業の大々的誘致に伴う工業化が推し進められていた真っ最中で、将来的に完全に英語モノリンガルの島になることが予想されたのだろう、ネルーダもこの詩の最後でプエルトリコの言語問題に言及している。実際には、その後もプエルトリコ島の日常生活でスペイン語は使用され続け、また米国のニューヨーク州やニュージャージー州に移住した移民たちがスペイン語と英語で独自の文化を築きあげて今に至る。

＊ギリシャ

一九四六年から四九年までのギリシャ内戦が前半のモチーフになっている。直前の詩で言及されていたトルーマン、彼が提唱した〈トルーマン・ドクトリン〉、すなわちギリシャのような小国から共産化のドミノ現象が起きるのを水際で防ぐべく米国が軍事介入するという考え方が、はじめて実行に移された戦争でもあった。この詩ではギリシャ内戦で戦闘中だったゲリラに、後半、チリの炭鉱町に生きる人々がイメージが重なっていく。ネルーダは、この頃から、ギリシャで起きたことがいずれチリにも起きる、チリが共産化へ向かえば米国が軍事介入してくると予想していたのかもしれない。

＊責め苦

直前の詩で言及されていたロタ炭鉱のストを扱った詩。この時代につくられた政治犯収容所は、ピノチェト軍事政権時代にもそのまま使用されている。その多くはピサグアなど北部砂漠地帯と、人口の少ない南部パタゴニア地域につくられていた。

＊裏切り者

これ以降の詩はネルーダと当時の宿敵ゴンサレス・ビデラ大統領との因縁に終始していくことになる。ビニャ・デル・マルは首都サンティアゴから車で三時間ほどの沿岸にあるリゾート都市。すぐに南にはチリ最大の港湾都市バルパライソがある。社交好きだったゴンサレス・ビデラはダンスの名人としても知られていた。

＊私は弾劾する

ゴンサレス・ビデラは、共産党や急進党など四割程度の議席が見込まれた左派勢力から支援を受け、一九四六年にチリ大統領に就任した。しかし、票田となった北部の資源採掘労働者の大半が共産党支持者であることを危惧する側近が多く、また、米国の主導する国際的な反共の波も受け、就任後すぐに左派勢力との同盟破棄を決断する。一九四七年十月、ゴンサレス・ビデラは共産党の閣僚三名を罷免し、主要な共産党支部長に拘束命令を出し、北部硝石原には事実上の戒厳令を敷き、ソ連、チェコスロヴァキア、ユーゴスラヴィア三国との国交を断絶する。直後の十一月、ネルーダはカラカスの新聞にゴンサレス・ビデラの政治的背信を弾劾する記事を公表したが、翌日ゴンサレス・ビデラがネルーダの議員資格停止の訴訟を起こす。翌一九四八年一月、ネルーダは国会で〈私は弾劾する〉と題する演説を行ない、その中で「現在執筆中の詩集で場合によってはこの件を詩にする」と述べたが、直後にゴンサレス・ビデラ側の訴えが通り、議員資格をはく奪されたことから、事実上の政治犯となってしまう。逮捕を恐れたネルーダは、夫人を伴い、メキシコ大使館の援助を受け、アルゼンチンへの脱出を図るが失敗、再度メキシコ大使館に亡命を求めた。この際、一等書記官だった詩人のハイメ・トーレス・ボデに申請を却下された、というのがこの詩におけるネルーダの主張であるが、トーレス・ボデはのちにこれは事実と異なると反論している。メキシコ亡命に失敗したネルーダは、結局、一年以上におよぶ国内での潜伏生活に入る。なおこの詩はネルーダが議会で行なった同名の演説原稿とは異なるテクスト。

◆五　チリの裏切り者ゴンサレス・ビデラ（エピローグ）**一九四九年**

第五部は敢えて単独の詩になっているが、それだけを見ても、当時のネルーダがゴンサレス・ビデラをどれほど憎んでいたかが分かる。この詩で面白いのはゴンサレス・ビデラと過去の独裁者が差異化されている点だ。本章前半に登場してきたメルガレーホなど旧時代の独裁者が〈邪悪〉であるいっぽう、ゴンサレス・ビデラは〈下劣〉である。過去の独裁者が〈トカゲと虎のあいのこ〉ならゴンサレス・ビデラは〈みじめな猿とネズミのあいのこ〉である。生まれ変わって同じ時代に生きることがあったとしてもネルーダだけは敵に回したくない、と思わせる詩だ。

六章　アメリカ大陸よ　その名を無駄に呼び出しはしない

一九四三年にメキシコで刊行された小詩集を元に、本書のなかでも比較的初期に書かれた詩を集めた章。ラテンアメリカの様々な光景が鮮烈なイメージで切り取られている。物語性より喚起力が重視されていて、それぞれの詩が読後に様々な余韻を残す。

◆一　**上空から**（一九四二年）

題を見るかぎり現代人は飛行機から見たイメージかと思いたくなるが、おそらく想像上の鳥瞰図であろう。一九四二年、ネルーダはメキシコにいた。故郷チリの〈やたら長い地表〉を思い浮かべていたのかもしれない。

◆**四　南部の冬　馬上にて**

この南部はネルーダの故郷であるチリの南部アラウカニーア州のこと。首都サンティアゴの南方、ビオビオ川以南の森林地帯を指している。

◆**十一　南部の飢え**

本書で何度か現れるロタはチリ南部ビオビオ県の港湾都市で、十九世紀半ばからは海底炭鉱が開発され、チリ初の水力発電所や電気鉄道が導入されるなど、商業都市として一時は繁栄した。炭鉱は一九九七年に閉鎖されている。

◆**十五　パンパに埋まる男**

パンパはアルゼンチンの大草原。そこに生きていた牧童ガウチョをイメージした詩である。ビダリータはそのガウチョが好んだアルゼンチンの民族音楽。

◆**十七　一本の川**

パパロアパンはメキシコのオアハカ州からメキシコ湾に流れ込む川。ネルーダは三年のメキシコ滞在中にここを訪れたと思われる。

七章　チリの大いなる歌

六章と同じく一九四三年にメキシコで刊行された詩集を元にした章で、祖国チリへの思いを綴った詩を中心に編成されており、政治的テーマを扱った作品は少ない。植物や鳥や海といった、晩年のネルーダが好んで取り上げた自然の事物が目立つ。

◆**永遠**

大自然の様々なイメージを次々に繰り出して実存的な問いを発するというスタイルには、本書二章「マチュピチュの高み」に通じるものがある。ネルーダによる一種の詩法の表明ととらえることもできるだろう。

◆一　**賛歌と帰還**（一九三九年）

一九三九年、ネルーダは、スペイン内戦からの亡命者をパリで支援する仕事に追われていた。翌年のチリへの帰国を前にした心境を詠んだのがこの詩である。内戦での体験から心身ともに疲弊していた様子がうかがえる。

◆二　**南部に帰りたい**（一九四一年）

一九四〇年、チリに帰国したネルーダは、すぐさまメキシコ総領事に任命された。この詩は、病気療養中だったメキシコ東岸の都市ベラクルスで書かれたもので、故郷であるチリ南部アラウカニーア地方の情景を詠んでいる。ロンコチェ、ロンキマイ、カラウエはいずれもトルテン川流域の町。

◆三　**オリサバ近郊の憂愁**（一九四二年）

オリサバは、五千メートルを越すシトラルテペトル火山で知られる、メキシコ中西部の町。美しい火山の絶景はネルーダに故郷の山並みを思い出させたのかもしれない。詩の後半ではチリの政治を憂慮する内容が目立ち、この頃のネルーダがすでにチリ政界進出を意識していたことがわかる。

◆**四　大洋**

先に書かれたこの単独の詩を発展させたのが、同じ題をもつ本書の十四章だと考えていいだろう。ネルーダは、大洋（オセアノ）という言葉を用いるときは、地球上の海全体を一種の生命体としてとらえていた。

◆五　馬具屋／陶芸工房／織物工場

職人のいる工房をイメージした三つの詩。ネルーダは幼いころから乗馬を好み、馬具にもこだわりをもっていたようだ。また、馬具に限らず様々なモノをコレクションしていたらしく、それらの一部は博物館となっているイスラ・ネグラの屋敷で見ることができる。ポマイレとはサンティアゴ近郊にある土器製造で有名な職人の町。

◆六　洪水／地震

チリは日本とよく似た自然災害に見舞われる国である。この詩が書かれた直前の一九三九年には、南部チジャンを中心にマグニチュード八・三の地震が起き、チリ史上最悪となる五千人以上の死者を出した。

◆七　アタカマ

チリ北部に広がるアタカマ砂漠は世界でもっとも乾燥した地域のひとつで、草木ひとつ育たない不毛の地であることから、人もほとんど住んでいない。十九世紀から硝石や銅など天然資源採掘の場として開拓が進められた。

◆八　トコピージャ

アタカマ砂漠のある北部沿岸に十九世紀につくられたトコピージャは、グアノ（鳥の糞尿を加工した化学肥料）、硝石、銅などの天然資源を輸出する港町として二十世紀前半まで栄えた。ただ、そうした資源の国際的価値が下落し、輸出の手段が多様化するにつれて、町はどんどん寂れていく。ここは映画監督アレハンドロ・ホドロフスキーの出身地で、彼の自伝映画『リアリティのダンス』の撮影地にもなった。

◆九　ペウモ／キラ／冬の夢

いずれもチリを代表する樹木を詠んだ詩。キラは竹によく似た木で建築資材としても利用される。画像イメージを見たい場合は、peumo, quila, drimys winteri のそれぞれの後に tree, Chile などと入力して検索すればいいだろう。

◆十　**未開拓地帯**

南北に細長いチリは、北部のアタカマ砂漠や南極付近のパタゴニアなど、人間が住めない領域をかなり抱えている。そうした場所へのイマジネーションは、大半が首都圏で暮らすチリの詩人が得意としているところだ。

◆十一　**チェルカン／ロイカ／チュカオ**

いずれもチリを代表する小鳥たちを歌った三編。第一章の詩「鳥たちがやってくる」や第十四章の詩「アホウドリだけでなく」などと比較していただきたい。鳥好きだったネルーダは、一九六六年に『鳥の秘術』という単独の詩集まで刊行していて、もちろんこの三羽の小鳥にもそれぞれ新たに美しい詩が捧げられている。実際の姿や鳴き声が知りたい場合は、chercán, loica, chucao のそれぞれに bird, Chile などと入力して検索すればいいだろう。

◆十二　**植物学**

和名から調べにくいチリ固有の植物名の綴りは以下の通り。litre（リスレア）、boldo（ボルド）は名称に tree, Chile と入力して検索。fucsia（フクシア）、ulmo（ウルモ）、copihue（コピウエ）、doca（ドカ）、patagua（パタグア）はそれぞれ flower, Chile と入力して検索。なお、コピウエ（和名ツバキカズラ）はチリの国花で、チリ国旗の赤色部分は独立革命で流された血とコピウエの花を表している。ケレンケレンは山地に生える薬草の一種。delgadilla（デルガディージャ）だけは訳者の怠慢でいまだ正体不明。ネルーダの時代に使用されていた何らかの植物の俗称かもしれない。

◆十三　**アローカリア**

スペイン語での正式名はアラウカリア・アラウカーナといい、オーストラリアや南米に分布するナンヨウスギ科常緑樹の一種で、チリマツと呼ばれることもある。アンデスなど山の斜面に生え、真っ直ぐな幹の先にキノコのような独特な形をした樹幹を頂く。先住民マプーチェ（本書におけるアラウコ）にとっては宗教的な意味を持つ神聖な木であり、今ではチリを代表する木と言ってもいいだろう。首都サンティアゴのマポーチョ川沿いにある森林公園にも数多く生えていて、この木を見るとチリに戻ってきたという実感がわく。

◆十四　トマス・ラゴ／ルベン・アソーカル／フベンシオ・バジェ／ディエゴ・ムニョス

ネルーダが幼少期や学生時代の旧友を懐かしんで詠んだ詩が四編続く。大学時代からの友人トマス・ラゴとルベン・アソーカルについては、チリ国内の旅の思い出が語られている。ラゴはその後チリ各地を回り民衆芸術の発掘に尽力した人物で、いっぽうのアソーカルはチロエ島の人々を描いた群像小説『島の人々』で知られるようになった。ネルーダがアソーカルと飲んだボルゴーニャとは、赤ワインをイチゴのジュースで割ったチリのカクテルである。三つ目の詩に登場するフベンシオ・バジェは、幼少期のネルーダの友だちで、南部テムコ近辺のボロアの森での思い出や、初恋と思しき話が記されている。このバジェも後に地味ながら詩人になった。ディエゴ・ムニョスは『石炭』という社会派小説を書いた作家で、チリ北部の民衆文化発掘に尽力した。

◆十五　雨中の騎手

ネルーダが好んだ乗馬、おそらく南部の雨降る森のなかを行く旅の光景が、リズムと躍動感のある非常に動的な文体でつづられている。

◆十六　チリの海

ネルーダは、海（マル）という語を使用するときには、岸辺から見える範囲に限定していたようだ。南北に長いチリには様々な海辺の光景が存在するが、ネルーダはそれぞれに固有の特徴をいきいきと再現している。

◆十七　マポーチョ川の冬の頌歌

首都サンティアゴの中心を横断するマポーチョ川は、サンティアゴ市民にとっての原風景のひとつである。夏は流域に広がる森林公園で涼をとり、冬は寒さに震えつつ橋を渡る。この詩には雪どけ水への言及があるので、ネルーダは春の川面をイメージしたのだろう。

八章　その地の名はフアン

チリ人を中心とする名もない市井の労働者を語り手にするという、本書のなかでも、とりわけユニークな詩を揃えた章。ネルーダは自分を裏切ったゴンサレス・ビデラへの意趣返しにこの章の構成を考えたという。

一九四六年の大統領選挙戦で共産党を率いてゴンサレス・ビデラの応援に回ったネルーダは、彼のために全国キャンペーン用ポスターの文句を考案する。それが「人民は彼をガブリエルと呼ぶ（El pueblo lo llama Gabriel）」だった。ところが、就任後のゴンサレス・ビデラは、選挙で応援を受けたはずの左派勢力と手を切り、しかもネルーダの逮捕状まで出させ、共産党支持者が多かった北部辺境の資源採掘労働者組合を徹底して弾圧するなど、ネルーダや組合勢力をいわば完全に裏切った。これに怒ったネルーダは、自分が考案したポスターの文句を敢えて流用し、土地にしがみついて必死で暮らす名もなき市民の尊厳を詩にしたのである。

◆二　ヘスス・グティエレス（**農地改革運動家／メキシコ**）

この章で唯一メキシコ人を語り手にした詩。ネルーダにとって、一九四〇年に総領事として訪れたメキシコは、革命の成果を着実に根付かせつつある国として、チリが進むひとつの道を示す模範に見えていたようだ。その人物としての象徴がこの詩でも言及されているラサロ・カルデナス大統領だった。本書十五章の詩「メキシコの壁で（一九四三年）」と比較されたし。

◆四　オレガリオ・セプルベダ（**靴職人／タルカワーノ**）

この詩は途中で語り手が入れ替わり、二八五ページ下段の〈タルカワーノよ　お前の汚い石段〉という行から〈地の底から見つめる女を見たか？〉という行までは詩人自身の声である。ここでタルカワーノを襲った地震とは一九三九年のチジャン地震であると思われる。タルカワーノは二〇一〇年に起きた地震でも壊滅的被害を受けた。

◆六　アブラアム・ヘスス・ブリート（吟遊詩人）

ブリートは北部の鉱山労働者などをテーマにした歌を数多く作った吟遊詩人。この詩は、ブリートが亡くなった翌年の一九四六年に単独で雑誌に発表されたもの。

◆七　アントニーノ・ベルナレス（漁師／コロンビア）

一九四八年四月、庶民に人気のあった政治家ガイタンの暗殺をきっかけに、ボゴタで市民が次々に暴徒化し、軍が出動するなどして大規模な暴動に発展した。今日ボゴタソと呼ばれるこの事件で数千人の市民が死亡し、コロンビアはこの後、長期にわたって蔓延する暴力に悩まされることになる。ガイタンは一九二八年に起きたバナナ農園労働者虐殺事件（ガルシア・マルケスが『百年の孤独』で取り上げたことでも知られる事件）がユナイテッド・フルーツ社と軍による陰謀だと唱えるなど、その反米的で自由主義的な思想にはネルーダも共感していた。そのガイタンを殺害したのはフアン・ロア・シエラという青年だったが、直後に彼自身が現場に居合わせた群衆にリンチにあい殺されてしまったため、真相に関しては今なお諸説（極右による陰謀説、CIA関与説、共産主義者による陰謀説など）が飛び交っている。事件直後に書かれたこのネルーダの詩も想像の産物で、漁師の〈アントニーノ・ベルナレス〉という人物名に関し、訳者はその存在を確認できなかった。いっぽう〈ラウレアーノ〉とはコロンビアの実在する政治家ラウレアーノ・ゴメスのことで、一九四九年から五三年まで大統領を務めた際には強硬な反共路線で知られた超保守派。作家でもあったゴメスはコロンビアを訪れたネルーダの共産主義思想を批判する記事も書いていた。また〈エンリケ・サントス〉はコロンビアのジャーナリストで、その記事を掲載した雑誌の関係者だったらしい。つまりネルーダはこの二人に私的遺恨があった。ゴメスに対しては反論を詩に表している。おそらくネルーダは、ボゴタソの黒幕をこうした保守派だと見立てたうえで、ガイタンや実行犯ロアも含む、殺害されたコロンビア人全般を象徴する人物として〈アントニーノ・ベルナレス〉という虚構を創り出したのであろう。

◆**八　マルガリータ・ナランホ**（マリアエレナ硝石原／アントファガスタ）
死者を語り手にした珍しい詩。ちなみにファン・ルルフォの小説『ペドロ・パラモ』の刊行は本書刊行から五年後の一九五五年である。

◆**九　ホセ・クルス・アチャチャージャ**（坑夫／ボリビア）
この詩の最後の四行は詩人自身の声である。

◆**十四　ベニルダ・バレーラ**（コンセプシオン大学町／チリ／一九四九年）
治安警察による残虐な拷問が描き込まれた詩だが、ここでも『共産党宣言』の冒頭文が引用されている。

◆**十五　バナナ農夫カレーロ**（コスタリカ／一九四〇年）
カルロス・ルイス・ファジャスの小説『マミータ・ユマイ』はユナイテッド・フルーツ社が経営するバナナ農園を舞台にした小説で、二十世紀コスタリカ文学のもっとも重要な作品のひとつ。作者の分身のような語り手が密林のバナナ農園に赴き、そこで様々な不正と非道を目撃し、妻を強姦しようとした米国人経営者を殺害するインディオの物語などを知る。カレーロはこの小説に登場する農夫のひとりで、倒れてきたバナナの木の下敷きになって死んでしまう。コスタリカ以外ではほとんど認知されていなかったファジャスの小説は、ネルーダのこの詩によって一躍脚光を浴びることになった。

◆**十六　セウェルの災害**
セウェル（英語ではスウェルと発音）は、首都サンティアゴ南東のアンデス山中、標高二千メートルから二千五百メートルにかけて築かれた銅山町だ。米国のブレイデン・コッパー社が開発を進め、その階段状の独特な外観から二〇〇六年にユネスコの世界文化遺産に指定されている。一九四五年、このセウェル銅鉱の地下トンネル内で「煙の悲劇」と呼ばれる大規模な一酸化炭素中毒事故が発生、鉱山における単独事故としては史上最悪となる三五五人の死者を出した。なお、この詩の文体には、ネルーダがヨーロッパ時代に知り合ったペルーの詩人セサル・バジェホの代表作「九匹の魔物」との類似点が見られる。

◆十七　その地の名はフアン

この詩におけるフアンとはラテンアメリカの名もない労働者たちの原型的なイメージである。土地とは、死んでそこに戻っていった名もなき無数のフアンたちと切り離せないものであり、そこにあらかじめ埋まっていた金属資源を簒奪する連中の所有物ではないという、ネルーダの信念が読み取れる。

九章　樵よ目覚めよ（一九四八年）

米国の神話的な樵、すなわちエイブラハム・リンカーンを召喚するこの章は、単独の詩集としても、第二章「マチュピチュの高み」と並び、世界的に知られている。文体はウォルト・ホイットマン『草の葉』が強く意識されていて、ホイットマンその人も途中で召喚されている。ただ、執筆当時すでに粛清という大規模な人権侵害が進んでいたソ連の政治体制を手放しで褒め称え、スターリンを礼讃し、さらに核ミサイルを通常兵器のごとく安易にイメージしている点など、いろいろな意味で問題含みの章ともいえ、刊行直後から多くの反発も招いてきた。まさにいわくつきの章である。

◆一

ネルーダが愛してやまなかった米国の明るい側面が列挙されている。ラテンアメリカでは今なお政治経済的な観点から米国に敵対心を抱いている人は多いが、ほとんどの国の人々が、文学やハリウッド映画やテレビ番組に始まり、衣服や食品に至るまで、米国から発信される文化全般を自国のそれと分け隔てなく受容し、愛好している。この詩でも、ホイットマンやポーといった、ラテンアメリカ文学に大きな影響をもたらしてきた作家への言及が見られる。最終節では、第二次大戦の従軍で傷ついた米軍兵が描かれている。一九四八年には世界各地でいまだ第二次大戦の傷跡が目に見える形で残っていたことを思い起こす必要がある。

◆二

黒人差別、イエロージャーナリズム、赤狩り、帝国主義的な外交政策など、米国の闇の部分が列挙されている。ネルーダは米国の反共政策も痛烈に批判している。米国が主導した欧州復興計画、いわゆるマーシャル・プランも、その反共政策としての側面が、スペインに伸ばす〈ファランヘ（指骨という意味だがスペインのファシスト政党の名前でもある）〉や、血でつくった〈マーシャル・カクテル〉という表現などにより、大幅に強調されている。なお〈残忍なバビットどもの法廷〉におけるバビットとはシンクレア・ルイスの小説『バビット』の主人公で、中産階級の事なかれ主義者、というイメージであろう。〈ボゴタでモリニゴとトルヒーヨが集い／ゴンサレス・ビデラとソモサとドゥトラが喝采を送る〉というのは、一九四八年の米州機構発足会議に言及していると思われる。

◆三

スペイン内戦に身を投じて以降、ネルーダは急速に共産主義に傾倒し、第二次大戦中の一九四二年にはメキシコで詩「スターリングラードに捧げる歌」、「スターリングラードに捧げる新たな愛の歌」、「プロイセンの入り口まで攻め入った赤軍に捧げる歌」（いずれも詩集『第三の住処』に収録）の三編ではじめてソ連をテーマとする詩を書くようになる。この頃はまだスターリンを礼讃する言葉はなかった。しかし、チリ共産党議員となってからはソ連とその指導者に対する精神的な距離を急速に縮めてゆき、そしてこの詩が書かれた。ネルーダには、スターリンに限らず、過去に武勲のあった指導者を盲目的に信頼する傾向があったようだ。こうした傾向はキューバ革命とフィデル・カストロら革命戦士たちを称揚した詩集『勲の歌』（一九六〇年）にもうかがえる。

いっぽう、この詩で興味深いのは、途中でホイットマンを召喚しているところ。ネルーダは本書で〈見える〉〈聞こえる〉といった知覚系の動詞を多用しているが、これは明らかにホイットマンの影響で、特にここでは詩「こんにちは世界くん」の文体を模倣している。ホイットマンの元の詩の一部は次の通り。

〈何が見えるウォルト・ホイットマン、／お前が挨拶しているあの人たち、次次とお前に挨拶を返している彼らは誰だ。／ぼくには見える大きくて丸い一つの驚異が宇宙のなかを回転していくのが、／ぼくには見えるその表面に点在する微微たる農園、村落、廃墟、墓地、牢獄、工場、宮殿、荒家、未開人の小屋、遊牧民のテントが、ぼくには見えるこちら側には眠る者たちが眠る影の部分、あちら側には日の当たる部分が、／ぼくには見える光と陰のめまぐるしい不可思議な変化が、／ぼくには見えるぼくがぼくの国土に寄せる思いに少しも劣らず住民たちにはほんもので身近な遠い国土が。／ぼくには見える豊かな水の広がりが、／ぼくには見える山々の峰が、／アンデスの峨峨たる連山が、／ぼくにははっきりと見えるヒマラヤ、天山、アルタイ、ガーツの山並みが。(『草の葉』酒本雅之訳、岩波文庫、三四一〜三四二ページ)〉

◆四

直前の詩の結末で米国市民に友愛を求めたネルーダは、この詩では米国政府や軍に向けた警告の言葉を列挙している。最後に核ミサイルへの言及があるところが(特に日本の読者としては)気になるところだが、時代は一九四八年、広島と長崎への原爆投下から三年後であり、しかも核ミサイル配備はいまだ始まったばかりであった。詩人も含め、世界は核兵器の惨禍をじゅうぶんに理解していなかったのだろう。

◆五

この詩でネルーダが呼びかけているのはエイブラハム・リンカーンというひとりの死者ではなく、米国人のなかにある建国の理念そのものと考えていいだろう。本書第五章の詩「リンカーンに吹く風」と合わせて再読されたし。

◆六

直前まで勇ましいイメージを多用した反動だろうか、章を締めくくるこの詩のネルーダは自らの感情的な高ぶりを抑えようとするかのように、静かに語りかけてくる。後半の〈千回死ぬとしても／あの地で死にたい／千回生まれるとしても／あの地で生まれたい〉はチリ人が特に好きな一節。

十章　逃亡者

一九四八年、逮捕状が出たことで事実上の政治犯となったネルーダは、共産党系の支援者を頼りチリ各地の家々を転々とする地下潜伏生活に入る。本書の詩の多くはその潜伏中に書かれた。この章はその潜伏生活そのものをテーマとしている。

◆一

冒頭の文体にダンテ『神曲』の影響がうかがえる。潜伏中のネルーダは主として夜間に移動をしていたようだ。

◆五

ネルーダは潜伏生活のうちの約半年を港町バルパライソの小さな隠れ家で過ごした。この家の家族について自伝で次のように述べている。〈寡婦の母親と、二人の魅力的な娘と、二人の水夫をしている息子だった。この水夫の二人は入江でバナナの荷上げをしていたが、ときどき腹を立てていることがあった。どの船も彼らと契約しなかったからだ。〉（『ネルーダ回想録――わが生涯の告白』本川誠二訳、一九七七年、三笠書房、一九五ページ）ネルーダは彼らの手引きでバナナ運搬船に乗りエクアドルに亡命する計画を立てるが、これは結局とん挫する。この詩「五」から詩「九」まではすべてバルパライソを歌っている。

◆十一

宿敵ゴンサレス・ビデラに対する呪い節ともいえる詩。ネルーダがゴンサレス・ビデラの〈お取り巻き〉だとしている四名はいずれも政権寄りの政治家や警察官僚である。

十一章　プニタキの花々

一九四六年、ゴンサレス・ビデラの選挙戦を応援すべくチリ国内を周っていたネルーダは、中北部の金鉱プニタキを訪れた際、ストライキをしていた金鉱労働者たちと交流する機会があった。この章はそのときの記憶をもとに、自らの詩人としての過去を振り返り、終盤では共産主義者としての信条を詩の言葉に取り込んでいる。

◆三　飢えと怒り

この詩でネルーダはオバージェという土地を人に見立てたうえで、フアン・オバージェという名前をつけて呼びかけている。

◆四　彼らの土地が奪われる

この詩における〈土地泥棒〉とは特定の人間を指すのではなく、人がそこを生活の場としないにもかかわらず土地を所有することを許すシステム、その構造上の問題を指していると考えられる。

◆七　黄金／◆八　黄金のたどる道

本書全般がそうであるように、ここでも元は無垢なはずの黄金が人に見立てられ、それが人の文化に触れることで堕落してゆく過程がイメージされている。

十二章　歌の川

書簡スタイルの詩を集めた章。章題には、宛先になっている五人の詩人や作曲家がそれぞれ創り出した〈歌〉にネルーダ自身の詩が結ばれることで、ひとつの大きな川を形成する、という意味がある。

◆一　**カラカスに住むミゲル・オテロ・シルバへの手紙**（一九四八年）

オテロ・シルバはカラカス大での学生時代、本書第五章「裏切られた砂」などで言及されている独裁者ファン・ビセンテ・ゴメスへの抵抗運動に身を投じ、投獄された後、国外追放処分となった過去を持つ。その後もジャーナリストとして活動するかたわら、母国の体制批判を続け、そして詩も書いていたという、ネルーダのもっとも好きなタイプのいわゆる〈戦う作家〉の典型。一九五五年に、ゴメス独裁時代の荒廃を描いた小説『死の家』によって、一躍小説家として知られるようになったが、ネルーダのこの詩が書かれた一九四〇年代にはむしろ詩人として知られていた。ネルーダは自伝でも詩人という存在に世の人々が抱く安直なイメージ（現実離れしている、憂鬱なことばかり考えている、病弱である、自殺願望がある……等々）に反発している。この詩でも二人の〈明るさ〉がことさらに強調されている。

◆二　（スペインの聖母の港出身の）**ラファエル・アルベルティに**

内戦ぼっ発直前の一九三四年から外交官としてスペインに滞在していたネルーダは現地の詩人たちと親しく交わった。なかでも兄弟のように慕っていたのがこの詩のアルベルティとフェデリコ・ガルシア・ロルカだった。ネルーダのアヴァンギャルド時代の最高傑作『地上の住み処』のいくつかの詩を最初に称賛したのもアルベルティだった。しかし内戦が始まったとたんにロルカは殺害され、共産主義者だったアルベルティも亡命を余儀なくされる。ブエノスアイレスに落ち着いたアルベルティはチリへも何度か足を運び、そのたびにネルーダが各地を案内していたという。ロルカをはじめ死んでいった仲間たちへの熱い思いが行間から溢れ出してくるこの詩で、ネルーダは、亡命中のアルベルティに向かって、いつか二人でスペインに帰ろうと呼びかけている。その願いは半分だけ叶った。フランコ死後の一九七七年、アルベルティはマドリードのバラハス空港に降り立った。アルベルティのはにかんだ笑顔をとらえた写真は、暗い独裁時代の終焉を象徴的に示すものとして、今なおスペイン人の記憶に新しい。だがこのときすでにネルーダは亡くなっていたのだった。

◆三　（ラプラタ川の）ゴンサレス・カルバロへ

一九三三年ブエノスアイレスの大使館に駐在していたネルーダは詩人ゴンサレス・カルバロと知り合っている。今では文学史に記述も少ない地味な詩人だが、その詩の何かがネルーダのまさに琴線に触れたのだろう。この詩の〈アキテーヌ公〉とはフランスの詩人ジェラール・ド・ネルヴァルのスペイン語題をもつ詩 *El desdichado*（不幸者）の語り手で、崩れた塔に住む憂鬱の権化のような孤独な男のこと。

◆四　メキシコの亡きシルベストレ・レブエルタスに寄せて（小聖譚曲）

レブエルタスは、前衛的な作風にマヤなど先住民の音楽を取り込んだ独自の音楽世界を築きつつあったが、スペイン内戦に参加して帰国してから重度のアルコール中毒になり、未来を嘱望されながら夭逝した。この詩は、一九四〇年にメキシコ市内で行なわれた葬儀の場で、ネルーダ自身が朗読したものである。

◆五　スペインの刑務所で殺害されたミゲル・エルナンデスに

貧しい山羊飼いの子だったエルナンデスはいわゆる独学の詩人で、子どものころから黄金世紀の古典を浴びるように読んでいたという。一九三二年にマドリードで初めてエルナンデスと出会ったネルーダも、自分より六つ若い青年が該博なことに驚いたのだろう、最初の一節にその深い敬意が読み取れる。ネルーダは素朴なエルナンデスを弟のように可愛がり、職のない彼をマドリードの家に住まわせてやった。自伝には次のように記されている。〈彼はまたときには小夜鳴き鳥のことを私に話してくれたこともあった。彼の出身地のスペイン東部は、花の咲いた蜜柑の木と小夜鳴き鳥でいっぱいだった。私の国にはこの鳥がいないので、この至高の歌手たるミゲルの気遣いは、私に彼の財宝をもっとも生き生きと造形的に表現してみせようとした。彼は通りの一本の木によじ登り、いちばん高い枝のうえから、彼の愛する故郷の鳥のように口笛を吹いたり声を震わせたりした。（『ネルーダ回想録――我が生涯の告白』本川誠二訳、三笠書房、二二八ページ）〉。

やがて共産党に入党したエルナンデスは、内戦のあいだ共和国軍兵士としてスペイン各地を転戦、一九三七年には第二回文化防衛のための国際作家会議にも参加、ペルーの詩人セサル・バジェホとも知り合っている。また、この年にスペイン共産党代表としてソ連を訪れてもいるが、このモスクワ訪問という履歴が彼に〈共産党のスパイ〉というレッテルを貼る結果になる。内戦の終盤、共和国側の敗色が濃厚となり、身の危険を感じたエルナンデスはチリ大使館に亡命を求めたが、このときすでにネルーダは職を解かれていて不在、結局自力でポルトガルに脱出をはかるも国境で逮捕され、最終的でマドリードで収監された。ネルーダにこの詩を書かせたのは、このときエルナンデスを救えなかったことによる罪悪感でもあったのだろう。なお、エルナンデスは刑務所内で結核による病死を遂げていて、この詩の題にある〈殺害された〉とはネルーダが当時のスペイン政府を弾劾するために用いた強調表現である。

ネルーダが糾弾している〈ダマソたち〉と〈ヘラルドたち〉とは、スペインの詩人ダマソ・アロンソとヘラルド・ディエゴのような、内戦後のスペインに留まり、エルナンデスのような共産党系の作家たちについて沈黙を保った（とネルーダが考えていた）作家たちを指している。また〈腐った月桂樹〉とは、一九四一年にメキシコで編まれた詩の選集『ラウレル――スペイン語現代詩選集』のことで、エルナンデスを除外した選定過程に政治的配慮が働いていたと言われている。

十三章　闇に沈む祖国に宛てた新年の賛歌

一九四九年一月、潜伏生活を続けていたネルーダがアルゼンチンへの脱出直前に書き上げた章で、支援者の手により細々と地下出版された。国外逃亡の手筈がほぼ整い、ようやく明るい未来が見えてきたネルーダが、宿敵ゴンサレス・ビデラへの憎悪と闘志をふつふつとたぎらせている様子をうかがうことができる。

◆一　挨拶（一九四九年）

ネルーダは、潜伏生活に入る際、実際この詩に記述のある二冊の本をもっていた。エスピノはアカシアの一種で、棘のある美しい枝はチリで今なお親しまれていて、ワインの銘柄にもなっている。

◆二　ピサグアの人たち

本書で何度も言及されているピサグア収容所は、チリ最北部、アタカマ砂漠のあるタラパカ州沿岸部に〈共産主義者の危険分子〉を拘束する施設として一九四〇年代に建てられた。ゴンサレス・ビデラ大統領が共産党を非合法化したのに伴い運用が始まったということもあり、事実上ゴンサレス・ビデラの政治犯収容所と呼ばれるのも仕方のないことだろう。ゴンサレス・ビデラ政権時代にこの収容所で看守を務めていたのがアウグスト・ピノチェトで、彼が軍の最高指揮官としてクーデターを起こして以降、すなわち一九七三年九月以降は再び左派政治犯収容所となった。民政移管後の一九九〇年、このピサグア収容所近郊にある秘密墓地から、軍事政権時代の失踪者の遺体が多数発見された。チリ人にとっては今なお二十世紀の忌まわしい記憶を呼び覚まし続ける場所となっている。

◆三　英雄たち

北部を地盤として共産党の国会議員になったネルーダにとって、硝石原や銅山の労働者組合には恩人とも言える人物が多数いた。この詩で追悼されているフェリクス・モラレスとアンヘル・ベアスはその代表である。

◆七　かつては声が聞こえた／◆八　チリの声

本書第五章の詩「ロサス」にもあるように、十九世紀のチリでは、隣国アルゼンチンなどで暴政が猛威を振るっていたのとは対照的に、開明的な政治家や知識人が社会の平等を求めて数々の改革を繰り返していた。エラスリスやビルバオやマッケンナがその代表ともいえる人物であり、こうした自由主義者の血を引くのが十九世紀末の大統領バルマセーダである。二十世紀になりロシア革命が起きると、チリは人口比率にすると世界でもっとも多い労組と共産主義者を抱える国となった。こうした左派自由主義陣営の強固な伝統のなかにネルーダも身を置いていたのである。

◆九　うそつきども

この詩で列挙されている人物はいずれもゴンサレス・ビデラ政権の外務関係で要職を務めた。外交官でもあったネルーダにとっては、自分の宿敵のもとで働き続けている彼らのことがどうにも我慢ならなかったのであろう。

◆十三　彼らはチリに背く命令を受けている

共産主義者を排除しようとする保守派の背後に米国の存在をイメージした詩。ネルーダが見抜いたこの暴力のメカニズムは、一九七三年九月十一日、この詩にある〈チリ人の将軍様たち〉のひとりピノチェトによって最悪の形で発動することになる。

十四章　大洋

文字通り海に関する様々な詩を集めた章。主としてチリ沿岸部や太平洋の島々が舞台となっているが、それにとどまらない普遍的な海洋のイメージが次々と繰り出されている。船首像や貝殻といったネルーダが好んで収集していたオブジェ、あるいはチリ沿岸部の多様な海鳥の生態系など、扱われているテーマも多岐にわたり、比較的かたい政治の話が多かった本書のなかにあって極めて自由奔放な筆致を感じることができる。

◆五　ラパヌイ／◆六　像を建てた人々（ラパヌイ）／◆七　雨（ラパヌイ）

モアイ像で知られるイースター島は現地語でラパヌイという名をもつ。モアイ像を建てた文明については近年様々な新説が提唱されているが、その全容は未解明のままである。モアイという語の意味を島民は「生きている顔」だと主張しているという（野村哲也『イースター島を行く――モアイの謎と未踏の聖地』中公新書）。詩「六　像を建てた人々」にはまさしくそのような生きた顔としてのモアイ像が描かれている。この詩の語り手は像を建造した無数の死者であろうが、彼らが語りかけている〈君〉や〈石工〉の正体は判然としない。それはネルーダでもあり、過去の石工でもあろうし、あるいは読者でもあり得る。具体的な人の姿が様々に拡散するなかを、奇妙に生々しい言葉だけが滑るように飛び交う不思議な詩である。ネルーダはこれらの詩を書いた一九四八年にはイースター島を訪れたことがなかった。すべての詩は純粋なイマジネーションの産物である。エロティックで謎めいた「七　雨（ラパヌイ）」は、島の過去を生きた男女をイメージしているように見えるが、ネルーダ自身の私的体験も重ねられているようだ。ネルーダは一九七一年にようやくイースター島を訪れる。その体験は島に捧げられた美しい詩集『孤高の薔薇』（一九七一年）に結実した。

◆八　大洋に生きる人々

チリ南部パタゴニアのフエゴ諸島に居住していた少数民族が近代文明との接触のなかで衰退していった過程を描く。ヤマナ（ヤーガン）、アラカルフは海を生活の糧としていた狩猟採集民で、二十世紀を通して激減し続けた。

◆十　沿岸の子どもたち

詩「八　大洋に生きる人々」と同じく海洋に生きる先住民たちの逆境を描く詩。アントファガスタの〈乾いた岸辺のチャンゴ〉とは十九世紀末に絶滅したチリ北部沿岸の先住民のこと。続く〈ラパの子どもたち〉〈アンガロアの貧しい人々〉〈ホトゥイティのみすぼらしく病んだ亡霊たち〉はいずれもイースター島の先住民のこと。

◆十九　ゴンゴラの貝たち

収集癖のあったネルーダだが、なかでも貝殻のコレクターとしては世界的に知られていた。一九五四年ネルーダがチリ大学に寄贈した貝殻のコレクションは、今なおチリ国内外で展示されることがある。題は、華麗なバロック的文体で知られるゴンゴラの詩を精緻な貝殻の構造になぞらえたもの。

◆二十一　レヴィアタン

題の〈レヴィアタン〉とは聖書ヨブ記に言及のある神に逆らう海の怪獣で、この詩が描くクジラをイメージするのに用いられている。

◆二十二　**カツオドリ**

カツオドリの糞尿は〈グアノ〉と呼ばれ、十九世紀からエクアドルとペルーとチリで輸出のための採取加工業が発展した。窒素系肥料の原材料は二十世紀になってチリ硝石が中心となってゆき、量に限界のあったグアノは資源産業としては一気に衰退する。やがて硝石も新たな化学肥料の進化で価値を下落させ、チリは輸出資源を銅やレアメタルなど金属へ移行させてゆくのである。

十五章　私とは

ネルーダは自伝と呼べるテクストをその生涯で三つ残している。最初は四十五歳の直前に書かれたこの「私とは」。次は六十歳目前の一九六四年にかけて書かれた詩集『イスラ・ネグラの備忘録』（一九六四年）。最後は死の直前、一九七三年九月十一日のサルバドール・アジェンデの死までを綴った散文の自伝（邦訳『ネルーダ回想録——我が生涯の告白』本川誠二訳、三笠書房）である。最後の自伝はネルーダの死後一九七四年に出版された。

本書の執筆経緯を考えると、この章は、身の危険を感じていたネルーダが万一のときのために四十五年の人生を振り返ったとも考えられる。また、十四章までの詩では歴史上の人物などもっぱら他者を取り上げてきたが、ここで自らをラテンアメリカの歴史を生きる一人の人間として客観的に見つめ直し、これまで取り上げてきた人々と同列に並べてみたかったのかもしれない。

◆一　**辺境**（一九〇四年）

チリ南部アラウカニーアの森林と雨がネルーダの原風景であることが分かる。ネルーダの父は鉄道員をしていたので、一家はかつての開拓者の町テムコを中心に南部各地を転々と移り住んだ。

◆二　投石器を振り回す男（一九一九年）

ネルーダは十代の後半、後の出世作『二十の愛の詩とひとつの絶望の詩』の前に、ある別の詩集を刊行する予定で詩を書きためていた。若さゆえの悩み、鬱屈した欲望、淡い恋への憧れを綴った詩だった。その詩を読んだ知人がウルグアイのある詩人の作品との類似性を指摘、本人に送って読んでもらえばどうかと勧める。実際にウルグアイへ送付したところ、たしかに自分の影響下にあるようだ、との返事をもらったネルーダはかなりショックを受け、それらの詩を没にしてしまった。そして、その代わりに書きあげた『二十の……』が大成功を収め、そして時が過ぎる。外交官としてアジアとヨーロッパを遍歴し、一九三二年、二十八歳でチリに帰国したネルーダは、職場でのトラブルや最初の妻との関係不調などもあり、創作意欲を失っていた。そこで気分転換にと考え『二十の……』の再版を刊行し、さらに未発表だったあの若いころの詩を『投石器を猛烈に振り回す男』として一九三三年に刊行する。投石器（オンダ）とは紐の端に石の玉を結わえた武器で、今なおチリでは辺境の貧しい先住民が地主への抵抗運動などで使用することもある。体の内側から溢れ出る欲望が投石器のように四方へ放たれる、そんな痛々しいイメージに溢れた、まさに〈若気の至り〉の詩を書いていたころの自分を、ネルーダはこの詩で振り返っている。

◆四　旅の仲間たち（一九二一年）

南部の辺境から首都サンティアゴにやってきた学生ネルーダは、最初の数年間を聾唖者のように過ごしたと自伝で述べている。田舎の青年は友を得ることで次第に大人へと成長していったのだ。

◆五　女子学生（一九二三年）

ネルーダは詩集『二十の愛の詩とひとつの絶望の詩』の執筆において二人の女性がインスピレーションを与えてくれたと述べている。自伝ではこの二人についてマリソルとマリソンブラという仮称を用い、前者はまさしく太陽（ソル）のような少女、故郷に住んでいた純真無垢な娘であるという。いっぽう影（ソンブラ）のような存在だというマリソンブラについてはこう述べている。〈マリソンブラは首都の女子学生だ。灰色のベレー帽、ひどく優しい目、学生の放浪する愛の忍冬の不断の匂い、都会の隠れ家での出会いの肉体的な安らぎ。（『ネルーダ回想録――我が生涯の告白』本川誠二訳、三笠書房、五十七ページ）〉

◆六　**旅人**（一九二七年）／◆七　**ここから遠く**／◆八　**石膏の仮面**／◆九　**舞踊**（一九二九年）

一九二七年から三二年まで外交官としてアジア諸国を遍歴した体験を詠んだ四編の詩だが、行く先々で幻滅を覚えたことばかりが強調されている。自国チリに対する社会批判の眼差しが、アジア諸国滞在時の回想にも紛れ込んでいたのかもしれない。

◆十一　**愛する人**

当時の妻デリアとの出会いを詠んだ詩。デリア・デル・カリル（Delia del Carril）は一八八五年アルゼンチンの大農場経営者夫婦のもとで生まれ、子どものころフランスへ移住した。戦間期のパリで絵画を学び共産党に入党、やがてマドリードに移り住み、一九三五年にネルーダと知り合った。ともに最初の結婚相手と破綻していたデリアとネルーダはすぐに意気投合する。ちなみにこのときネルーダは三十歳、デリアは五十歳。いわゆる姉さん女房だったようだ。ゴンサレス・ビデラ政権から追われる身となった一九四八年以降、二人の関係は疎遠になり、この詩集が刊行された一九五〇年には、マティルデ・ウルティアという別の女性がネルーダのそばにいた。この詩はデリアに捧げられた愛の詩であると同時に、訣別の歌であったのかもしれない。

◆十二　**メキシコ**（一九四〇年）／◆十三　**メキシコの壁で**（一九四三年）

十二は外交官としてのメキシコ着任時に、十三は離任時に詠んだ詩。革命の成果が目に見える形で現れ始めていた当時のメキシコの姿はネルーダにとって大いに刺激になったらしく、政治家になる決意を固めたのもメキシコでのことだ。

◆十五　木材の輪郭

詩人としての仕事を大工になぞらえた美しい詩。樹木に代表される自然の事物に言葉だけで分け入り、そこから無限の恵みを引き出してくる。そんな、ネルーダの一種の詩法ともいえる考え方が、この詩には見事に凝縮されている。

◆十八　ワイン／◆十九　地の恵み

ワイン好きの大食漢として知られたネルーダは、一九五〇年代後半にかけて、政治的なテーマの詩と並行して、この世の神羅万象を称える素朴な詩を大量に書いている。それらは『基本頌歌集』（一九五四年）、『新基本頌歌集』（一九五六年）、『第三頌歌集』（一九五七年）という三冊の詩集となって刊行された。そこにいるのは本書のように激烈な闘士としてのネルーダではなく、生を謳歌し、喜びも怒りも悲しみも絶望も素直に受け止め、食や草花も含む日常の光景を丁寧に切り取っていく、おおらかで、成熟し、深みをさらに増した、新たなネルーダである。ワインや玉ねぎなど、自らが愛した食材に捧げられたこの二編にも、そうした晩年のネルーダらしい包容力のある文体がすでに見られる。

◆二十八　ここで終わり（一九四九年）

チリの〈ゴドマル・デ・チェナ〉とはネルーダの潜伏先のひとつに言及したもの。正確な地名はサンタ・アナ・デ・チェナといい、ネルーダをかくまった主フリオ・ベガの母方の姓がゴドマルといった。ネルーダが警察当局には分からない形で恩人への謝意を敢えてここに記したと言われている。

人名索引

[ア行]

アソーカル、ルベン（一九〇一―六五）チリの作家。273

アタワルパ（一五〇二―一五三三）インカの王。王位継承をめぐり兄ワスカルの勢力と内戦状態に陥り形勢不利になるが、逃亡先の北部で勢力を立て直し、王都クスコを目指して南下する。途中で立ち寄ったカハマルカで、ピサロ率いるスペイン人と遭遇し、幽閉されたうえ処刑された。56―58

アーマー（Armour）十九世紀にソーセージなどの食肉業ビジネスを起こしたフィリップ・アーマーか、そのアーマー社の後継者に言及しているものと思われる。310

アマル 〈トゥパク・アマル〉を参照。

アラゴン、ルイ（一八九七―一九八二）フランスの詩人。339

アルティガス、ホセ・ヘルバシオ（一七六四―一八五〇）ウルグアイ建国の父とみなされる軍人、政治家。一八一一年、ラプラタ地域連邦の独立運動に加わったが、中央集権制を目指すブエノスアイレス自治政府と対立し、一八一四年にバンダ・オリエンタルと呼ばれていたラプラタ川東岸地域に自治政府を築き、一八二八年のウルグアイ独立を導いたが、自身は一八二〇年ポルトガル軍との戦闘に敗れてパラグアイに亡命、そこで三十年の余生を過ごした。123―125

アルドゥナーテ（アルドゥナティージョ）・フィリップス、ラウル（一九〇六―七六）チリの作家、政治家。100・196

アルバラード、ペドロ・デ（一四八五―一五四一）スペインの軍人。一五二〇年にコルテスのメキシコ遠征隊に参加、一五二三年グアテマラ総督に任命された。47・48

アルベアール、カルロス・マリア・デ（一七八九―一八五二）アルゼンチンの軍人。一八二六年バンダ・オリエンタル（現ウルグアイ）のブラジルからの独立をめぐる戦いで活躍した。124

アルベルティ、ラファエル（一九〇二―九九）スペインの詩人。共産党の闘士として内戦に関わるが、一九三九年にアルゼンチンへ亡命し、その後はローマに移り住んだ。フランコ死後の一九七七年ようやく母国へ帰還した。215・363

アルベルディ、フアン・バウティスタ（一八一〇―八四）アルゼンチンの政治家、作家。チリなどへの亡命中、ロサス独裁を批判する著作を数多く発表した。176

アルマグロ、ディエゴ・デ（一四七五―一五三八）スペインの軍人。ピサロのペルー征服に参加し、その後一五三五年にアンデス山脈とアタカマ砂漠を抜けて現在のチリに遠征したが失敗に終わ

り、クスコへ帰還したところをピサロ勢に捕えられ処刑された。55・60—63

アロンソ、ダマソ（一八九八—一九九〇）　スペインの詩人、文献学者。374

イダルゴ、ミゲル（一七五三—一八一一）　メキシコの司祭、独立運動の指導者。一八一〇年に独立を呼びかけた声明〈ドローレスの叫び〉で知られる。127

ヴァンデンバーグ、アーサー（一八八四—一九五一）　米国の政治家。310

ヴォロシーロフ、クリメント（一八八一—一九六九）　ソ連の軍人。315

ウビコ、ホルヘ（一八七八—一九四六）　グアテマラの軍人、大統領（一九三一—四四）。181・210

ヴラーンゲリ、ピョートル（一八七八—一九二八）　ロシアの貴族、白軍最後の総司令官。314

ウルフ、トマス（一九〇〇—三八）　米国の作家。306

エスカニージャ（不明）　チリ急進党の政治家だと思われる。339

エストラーダ・カブレラ、マヌエル（一八五七—一九二四）　グアテマラの政治家、大統領（一八九八—一九二〇）。181

エラスリス、イシドロ（一八三五—九八）　チリの新聞経営者、政治家。68・100・389

エリュアール、ポール（一八九五—一九五二）　フランスの詩人。339

エルシーリャ、アロンソ・デ（一五三三—九四）　スペインの作家。一五五七年から五九年まで現在のチリに兵士として赴任し、長引く先住民との戦争を詩に書き残し、帰国後の一五六九年から約二〇年をかけ、三部の叙事詩『ラ・アラウカーナ』として順次刊行した。『ラ・アラウカーナ』は先住民アラウコ（今日のマプーチェ）についてスペイン語で書かれた最初の記録文書であると同時に、スペインの新旧両大陸に及ぶ戦争を結び付けて描くというきわめて優れた叙事詩でもある。邦訳は『ラ・アラウカーナ』第一部／第二・三部、吉田秀太郎訳、大阪外国語大学学術研究会双書。67・215

エルナンデス、ミゲル（一九一〇—四二）　スペインの詩人。372

エルナンデス・マルティネス、マクシミリアーノ（一八八二—一九六六）　エルサルバドルの軍人、大統領（一九三一—三四）。国家社会主義的な経済政策を推し進め反対派を徹底して弾圧、一九三二年には三万人近くとも言われる農民虐殺を指示したとされる。185・210

エレンブルグ、イリヤ（一八九一—一九六七）　ソ連のユダヤ系詩人。339

オイギンス・リケルメ、ベルナルド（一七七八—一八四二）　チリの軍人。一八一〇年ホセ・ミゲル・カレーラとチリ自治政府に加わり、軍の指揮官としてスペイン国王軍と闘った。一八一四年サンティアゴ南方のランカグアでスペイン軍に大敗を喫すると、手持ちの兵士と一族郎党を引き連れアンデス山脈を越え、アルゼンチンのメンドサに逃れた。ここでチリへの進軍を準備していたサン・マルティンの知己を得て、その強力なアンデス軍の将校となりチリに戻ると、チャカブーコ会戦など数々の戦闘で先陣を切りスペイン軍を次々撃破、サン・マルティンから新国家の元首に任命され、一八一八年には念願の独立宣言を見届けた。政治家として新国家建設に貢献したが、貴族称号廃止などの急進的政策から保守派の抵抗にあい失脚、一八二三年ペルーに亡命し、不遇の晩年を送った。105・106・118・165・193

オテロ・シルバ、ミゲル（一九〇八―八五）ベネズエラの作家。360

オリベ、マヌエル（一七九二―一八五七）アルティガスの部下だったバンダ・オリエンタル（現ウルグアイ）の軍人。124

オルヘル・トーレス、イマヌエル（一八九三―一九七四）チリの政治家。ゴンサレス・ビデラ政権時の内務相。330

オロ、フランシスコ・デ（一八〇〇―七九）アルゼンチンの政治家。176

［カ行］

ガイタン、ホルヘ・エリエセル（一八九八―一九四八）コロンビアの政治家。反エリート色を鮮明にして労働者など幅広い大衆の支持を集めたが、一九四八年に首都ボゴタで暗殺された。これがきっかけとなりボゴタソと呼ばれる暴動が発生、数千人の市民が死亡した。コロンビアはその後十年におよぶビオレンシア（暴力）の時代に突入する。290

カウポリカン（?―一五五八）十六世紀のチリで先住民アラウコ（マプーチェ）の抵抗運動を率いた指導者。86・88

カストロ・アウヴィス、アントニオ・フレデリコ（一八四七―七一）ブラジルの詩人。129・130

カパク、マンコ（十二世紀）インカ王朝の創始者とされる人物。59

ガハルド、エンリケ（一八九九―一九九四）チリの外交官、外務官僚。389

カリーアス・アンディーノ、ティブルシオ（一八七六―一九六九）ホンジュラスの軍人、大統領（一九三三―四九）。186・210

カリル、サルバドール・マリア・デル（一七九八―一八八三）アルゼンチンの法律家、政治家。176

ガルシア・モレノ、ガブリエル（一八二一―七五）エクアドルの政治家、大統領（一八五九―六五、六九―七五）。聖職者や地主の利益を重視し、自由主義陣営を弾圧した。179・180

ガルシア・ロルカ、フェデリコ（一八九八―一九三六）スペインの作家。165・366

ガルシラソ・デ・ラ・ベガ（一五〇一―三六）スペインの詩人。111・472

カルデナス、ラサロ（一八九五―一九七〇）メキシコの政治家、大統領（一九三四―四〇）。労働者や農民など国民の幅広い層からカリスマ的人気を博し、革命政府の立て直しに尽力、労働者の組織化をはかり石油産業を国有化するなど、メキシコ国内の経済活動を

軌道に乗せる諸政策で成功を収めた。スペイン内戦に際しては一貫して共和国派への支持を表明し、亡命者を積極的に受け入れた。283・459

カレーラ、ホセ・ミゲル（一七八五—一八二一）チリの政治家。一八〇七年スペインに渡り、ナポレオン軍と戦うゲリラ組織に加わった。チリ自治政府の誕生に伴い帰国、一八一一年にクーデターを起こして実権を掌握すると、憲法制定、教育制度の確立、新聞創刊などに尽力した。スペイン軍の反撃に際して軍の指揮官オイギンスと戦術をめぐり対立、ランカグアの敗北を期に米国へ亡命する。一八一七年アルゼンチンに渡るが、チリ侵攻作戦を始めていたサン・マルティンと意見が合わず、ブエノスアイレスで軍に拘束される。モンテビデオに脱出後、アルゼンチンにおける連邦派と中央集権派の争いに加わりつつ、すでにサン・マルティンのアンデス軍がスペイン軍を撃破したチリに帰国するタイミングを待ったが、新国家建設に加わりたい焦りから若干五百人程度の部下を率いてパンパに進軍を強行、メンドサまで進んだところでアルゼンチン軍に敗れ、反乱罪で銃殺された。115・124

クアウテモク（一四九五—一五二五）アステカ最後の王。モクテスマの死後、テノチティトラン攻防戦で先頭に立って活躍したインディオの英雄として、モクテスマとは対照的に今なおメキシコで英雄視されている。テノチティトラン陥落後に捕縛されたが、その際コルテスに自らの処刑を申し出たと言われる。財宝のありかをめぐって拷問され、数年間コルテスの遠征に同行させられた末、処刑された。79・458・459

クエバス、ルイス・アントニオ（一八九六—一九七三）チリの政治家。ゴンサレス・ビデラ政権下で副大統領。339

ケベード、フランシスコ・デ（一五八〇—一六四五）スペインの作家。472

ゴメス、フアン・ビセンテ（一八五七—一九三五）ベネズエラの政治家、大統領（一九〇八—三五）。軍や秘密警察を用いて反対派を徹底して弾圧するとともに、石油を中心とした資源開発利権を独占、数十人の妾に数百人の私生児を産ませたとも言われている。181・236

ゴメス、ラウレアーノ（一八八九—一九六五）コロンビアの政治家、大統領（一九四九—五三）。290

コルテス、エルナン（一四八五—一五四七）スペインの軍人。一五〇四年にエスパニョーラ島とキューバ島征服作戦に参加、一五一九年には六百人の部下を率いてメキシコ沿岸に上陸する。チョルーラでの激戦を制し、アステカの首都テノチティトランに入り、モクテスマ二世を幽閉した。その後、インディオの武装蜂起にあい、一千名ほどの部下を死なせて撤退するが、一五二一年に再びテノチティトランを攻略、クアウテモクを捕らえてアステカを崩壊させた。45・46

ゴンゴラ、ルイス・デ（一五六一—一六二七）スペインの詩人。精緻な隠喩と晦渋かつ華麗な文体で知られ、今日に至るまでスペイン

語圏の詩人たちに多大な影響を及ぼし続ける。111・366・431・472
ゴンサレス・カルバロ、ホセ（一八九九―一九五八）アルゼンチンの詩人。368・369
ゴンサレス・ビデラ、ガブリエル（一八九八―一九八〇）チリの政治家、大統領（一九四六―五二）。中道左派の急進党の政治家として頭角を現し、一九四六年には共産党も含めた左派〈民主戦線〉の統一候補として大統領選に出馬、大差で勝利する。任期中は水力発電等の国営企業を立ち上げ、ラテンアメリカ初の女性閣僚を任命し、チリの元首として初めて南極大陸の領有権を主張するなど、それなりの成果を上げたが、冷戦下、米国政府からの圧力に屈して一九四八年に「民主主義防衛法」を公布、選挙戦を支えた盟友である共産党を非合法化し、またチリにおいて長い伝統を誇っていた資源採掘労働組合を徹底して弾圧した。一九七五年に大部の回想録を刊行し、本書におけるネルーダの批判に対し反論を試みている。197・236・237・284・297・309・332・385・392

［サ行］

サパタ、エミリアーノ（一八七九―一九一九）メキシコ革命を推進した農民運動指導者。貧しい農民の多い南部を拠点に〈土地と自由〉をスローガンに掲げて大土地所有制の抜本的な解体を目指したが、志半ばで暗殺された。141・142・283・318
サルミエント、ドミンゴ・ファウスティーノ（一八一一―八八）十九世紀アルゼンチンの政治家、大統領（一八六八―七四）。独裁者ファクンド・キローガやファン・マヌエル・ロサスら連邦派との戦いに敗れてチリに亡命し、そこでアルゼンチンの後進性を鋭く批判する名著『ファクンド　文明と野蛮』（一八四五）を発表した。176
サンタクルス、エルナン（一九〇六―九九）チリの法律家。ゴンサレス・ビデラ政権の国連大使。389
サンディーノ、アウグスト・セサル（一八九五―一九三四）ニカラグアのゲリラ。同国からの米軍撤退を求めて山間部でゲリラ戦を展開する。米軍撤退に伴い武装解除して政府との交渉の場についたが、米国大使とアナスタシオ・ソモサを中心とする国家警備隊の陰謀で暗殺された。143―146・318
サントス、エンリケ（一八八六―一九七一）コロンビアのジャーナリスト。290
サン・マルティン、ホセ・デ（一七七八―一八五〇）植民地期のアルゼンチンに生まれた軍人。スペイン軍で頭角を現し、一八一一年からブエノスアイレス市の独立軍を指揮、アルト・ペルー（現ボリビア）制圧を目指し、兵士五千人によるアンデス軍を組織して、チリを解放してから海路で北上、リマ市を制圧する。一八二二年、念願だったアルト・ペルー解放のためシモン・ボリーバルとグアヤキルで会談するが決裂、独立運動から身を引き、その後はヨーロッパで隠遁生活を送った。アルゼンチン、チリ、ペルー建国の父とみなされている。108―110・125―127・165

ジェファーソン、トーマス（一七四三―一八二六）　米国の政治家。306
ジッド、アンドレ（一八六九―一九五一）　フランスの作家。194
蒋介石（一八八七―一九七五）　中国の軍人、政治家、台湾総統。319・392
スアレス、イネス・デ（一五〇七―八〇）　ペドロ・デ・バルディビアの遠征隊に従軍し〈初めてチリの地を踏んだ〉スペイン人女性。先住民アラウコによる攻略からサンティアゴの砦を守ったジャンヌ・ダルク風のヒロインとして、絵画などのイメージを介し植民地時代からチリで愛されてきた。66
スクレ、アントニオ・ホセ・デ（一七九五―一八三〇）　ボリビアの政治家、初代大統領（一八二五―二八）。127
スターリン、ヨシフ（一八七九―一九五三）　ソ連の政治家。300・314・315・374
ソモサ・ガルシア、アナスタシオ（一八九六―一九五六）　ニカラグアの大統領（一九三七―四三、五一―五六）。国家警備隊指揮官として反米闘争の中心にいたサンディーノを暗殺、その後、クーデターで大統領の座に就くと独裁制を敷いた。引退後も実質上の独裁者としてニカラグアに君臨し続け、息子をはじめ一族の関係者を次々に大統領にするなどし、ソモサ家によるニカラグア支配を完成させた。146・186・210・309・310

［タ行］

ダマソ　〈アロンソ〉を参照。

ダリーオ、ルベン（一八六七―一九一六）　ニカラグアの詩人。モデルニスモと呼ばれる文学運動を主導し、その華麗な詩はネルーダら次世代のスペイン語圏詩人に大きな影響を及ぼした。137

チェンバレン、アーサー・ネヴィル（一八六九―一九四〇）　英国の政治家、首相（一九三七―四〇）。315

チャップリン、チャールズ（一八八九―一九七七）　英国の俳優。309

ディアス、ポルフィリオ（一八三〇―一九一五）　メキシコの政治家、大統領（一八七六―八〇、八四―一九一一）。外国資本を積極的に導入し地主階級を優遇してメキシコの近代化を達成したが、結果として拡大した貧富の格差が一九一三年からのメキシコ革命を導くことになる。187

ディエゴ、ヘラルド（一八九六―一九八七）　スペインの詩人。374

テオクリトス（前三五〇頃―二五〇頃）　古代ギリシャの田園詩人。361

デニーキン、アントン・イヴァノヴィッチ（一八七二―一九四七）　ロシア白軍の指揮官。314

デラモ、ホルヘ（一八九五―一九七八）　チリのジャーナリスト、風刺漫画家。197・198
トゥサン・ルベルチュール、フランソワ・ドミニク（一七四三―一八〇三）　フランス領サンドマングの奴隷。黒人による独立運動を率いてこれを成功させ、一八〇一年には終身総督となる。その後ナポレオン軍に捕らわれ一八〇三年フランスで獄死するが、後継者たちがフランス軍を撃退し、一八〇四年にハイチという世界初の黒人共和国にしてラテンアメリカ初の独立共和国を築いた。130
ドゥトラ、エウリコ・ガスパル（一八八三—一九七四）ブラジルの軍人、大統領（一九四五—五〇）。チリのゴンサレス・ビデラと同様、共産党と労働組合を非合法化した。227・228・309
トゥパク・アマル（?—一五七二）ピサロによるインカ滅亡の後、わずかながら抵抗を続けていたいわゆる〈ビルカバンバのインカ〉最後の王。一五七二年にクスコで処刑され、これをもってインカ王の血脈が途絶えた。41・318
トゥパク・アマル、ホセ・ガブリエル・コンドルカンキ（一七四一—八一）十八世紀末にクスコ地方で起きたインディオによる反乱の指導者。出自はメスティソ(白人とインディオとの混血)だったが、滅びたインカ王の子孫であるという主張をこめてトゥパク・アマルを名乗った。102・103
トゥルッコ、マヌエル（一九一四—九五）チリの外交官。ゴンサレス・ビデラ政権で外務副相、ピノチェト政権で駐米チリ大使を歴任。389
ドライサー、セオドア（一八七一—一九四五）米国の作家。306
トルヒーヨ、ラファエル・レオニダス（一八九一—一九六一）ドミニカ共和国の軍人、政治家、大統領（一九三〇—三八、四二—五二）。一九三〇年から三十一年間におよぶ強固な独裁体制を敷き〈ストロングマン〉と呼ばれた。一九五六年に自らを批判する著書を刊行しようとしていた大学講師をニューヨークで拉致させた事件は国際的な非難を浴びた。186・197・202・210・309
トルーマン、ハリー（一八八四—一九七二）米国の政治家、大統領（一九四五—五三）。ネルーダが本書を執筆していたころの米国大統領。187・230
トーレス・ボデ、ハイメ（一九〇二—七四）メキシコの外交官、作家。235

[ナ行]

ナタリシオ・ゴンサレス、フアン（一八九七—一九六六）パラグアイの政治家、大統領（一九四八—四九）。186

ナルバエス、パンフィロ・デ（一四七〇—一五二八）スペインの軍人。ベラスケスのキューバ遠征に参加し、その後はフロリダからミシシッピ流域の探検も行なった。42

[ハ行]

パエス、ホセ・アントニオ（一七九六—一八七三）ベネズエラ独立運動の指導者、初代大統領（一八三〇—三五、三九—四三）。127

バジェ、フベンシオ（一九〇〇—九九）チリの詩人。274

ハースト、ウィリアム・ランドルフ（一八六三—一九五一）米国の新聞経営者。オーソン・ウェルズ監督の映画『市民ケーン』（一九四一）の主人公のモデルになった。308・310

バルディビア、ペドロ・デ（一四九八—一五五四）　スペインの軍人。ピサロのペルー遠征隊に参加したのち、一五四〇年に現在のチリへ遠征隊を率いて現在の首都サンティアゴなど各地に都市を創建した。国王からチリ総督に任命され先住民アラウコ（マプーチェ）の掃討作戦を指揮したが、一五四七年にかつて馬方として雇っていた先住民の指導者のひとりラウタロ率いる軍勢との戦闘に敗れ殺害された。64—66・91—93・96

バルベルデ、ビセンテ・デ（一四九八—一五四一）　ピサロのペルー遠征隊に同行したスペインの司祭。56・58・60

バルボア、バスコ・ヌニェス・デ（一四七五—一五一九）　スペインの軍人。一五一三年パナマ地峡を横断、スペイン人として初めて太平洋に到達したが、その道中で先住民に数々の残虐行為を働いた。一五一九年スペインから送られた新総督ペドラリアス・ダビラに捕らわれ斬首された。49・50

バルマセーダ、ホセ・マヌエル（一八四〇—一八九一）　チリの政治家、大統領（一八八六—九一）。公共事業の拡充や硝石資源の国有化等、進歩的な政策を進めたが、保守派の抵抗にあって一八九一年には反対派が軍を動かす事実上の内乱を招き、避難先のアルゼンチン大使館で自殺した。137・139・140

ビクーニャ・マッケンナ、ベンハミン（一八三一—八六）　チリの政治家、作家。十九世紀半ばにチリで起こった自由主義的な政治言論活動をフランシスコ・ビルバオらと率いた。30・389

ピサロ、フランシスコ（一四七五—一五四一）　スペインの軍人。一五三一年、パナマから海路でペルーに渡り、三三年にカハマルカでインカの王アタワルパを処刑し、傀儡王を立てて王都クスコへ進軍、インカ帝国を滅亡させた。クスコ近辺にインカの残党が多かったことから沿岸部にリマ市を創建、その後はクスコの管轄権をめぐってディエゴ・デ・アルマグロと対立、三八年チリ遠征から戻ったアルマグロを処刑するが、自身も四一年にアルマグロの遺子に暗殺された。55・57・60

ヒメネス・デ・ケサーダ、ゴンサロ（一五〇九—七九）　スペインの軍人。ヌエバ・グラナダ（今日のコロンビア）を征服し、サンタフェ・デ・ボゴタ市を建設した。53

ピョートル一世（一六七二—一七二五）　ロシア皇帝。320

ビラコチャ　インカの創造神。石から人をつくったとされる。38

ビリャロン、フェルナンド（一八八一—一九三〇）　スペインの詩人。366

ビルバオ、フランシスコ（一八二三—六五）　チリの作家、思想家。十九世紀半ばにチリで起こった自由主義的な政治言論活動をビクーニャ・マッケンナと率いた。188・389

ファジャス、カルロス・ルイス（一九〇九—六六）　コスタリカの作家。コスタリカ共産党所属の政治家でもあった。ユナイテッド・フルーツ社が経営するプランテーションでの労働体験を基にした小説『マミータ・ユマイ』（一九四〇）で知られる。298

ファスト、ハワード（一九一四―二〇〇三） 米国の作家。309

ファレス、ベニート（一八〇六―七二） メキシコの政治家、大統領（一八五八―七二）。インディオの子として生まれ苦学の末に政治家となり、一八五五年司法長官に任命されると、軍と教会の特権を廃止する法案を提出するなど、独立以降のメキシコを蝕んでいた各種旧弊の改善を執拗に試みた。数々の内乱やフランスによる干渉等を乗り切り、近代メキシコの政治体制を安定させた功績は大きく、メキシコでは今なお建国の父とみなされる。132・133

プエイレドン、フアン・マルティン・デ（一七七七―一八五〇） アルゼンチンの軍人、政治家。117

フェデリコ 〈ガルシア・ロルカ〉を参照。

フランシア、ホセ・ガスパル・ロドリゲス・デ（一七六六―一八四〇） パラグアイの政治家。学識豊かだったことからドクトルと呼ばれた。パラグアイを独立に導いた卓抜な政治手腕を発揮し一八一六年終身執政官となるが、独自の政治経済観に基づいた鎖国政策をとり、秘密警察を用いた独裁政治を行なった。173―175

ブリート、アブラアム・ヘスス（一八七四―一九四五） チリの吟遊詩人。287・289

プレステス、ルイス・カルロス（一八九八―一九九〇） ブラジルの軍人、政治家。社会改革を目指す軍人の反乱テネンティズモを率いた後、亡命先のアルゼンチンとソ連で共産主義に傾倒し、ドイツ系ユダヤ人の妻オルガ・ベナリオを伴いブラジルに帰国。反帝国主義を掲げて武装蜂起するが、反乱はバルガス政権に鎮圧され、一九三六年から十年におよぶ獄中生活を送ることになり、妻オルガはドイツに強制送還され、一九四二年ベルンブルク強制収容所のガス室で死亡した。一九四五年に釈放されると共産党から国会議員に選出されるが、党の非合法化に伴い活動を制限され、一九六四年に始まった軍事政権下でも迫害の対象となったため一九七〇年に亡命、実質ブラジル政界から退くことになった。161―163・165・166・168

ベアス・アルカヤガ、アンヘル（?―一九四八） チリの硝石労組指導者。284・382・384

ヘラルド 〈ディエゴ〉を参照。

ベルガラ・ドノソ、ヘルマン（一九〇二―八七） チリの外務官僚。ゴンサレス・ビデラ政権とホルヘ・アレッサンドリ政権の外務相。389

ベルス、マヌエル・イシドロ（一八〇八―六五） ボリビアの軍人、政治家。典型的なカウディージョ型の独裁者として大統領を務めたが、退任後の一八六五年に対立していたメルガレーホによって暗殺された。183―185

ペルショノー、オスカル（一九〇二―四七） チリの警察署長。339

ベルトラン、マヌエラ（一七二四―八一） 一七八一年にヌエバ・グラナダ副王領で起きた市民の反乱でデモ隊の先頭に立った女性。53・100

ベルシュテイン、エンリケ（一九一〇―九〇） チリの外交官。389

ポー、エドガー・アラン（一八〇九―四九）　米国の作家。306

ホイットマン、ウォルト（一八一九―九二）　米国の詩人。306・312

ポブレーテ、ダリオ（一九〇四―八〇）　チリのジャーナリスト、政治家。197・198・330・339

ボリーバル、シモン（一七八三―一八三〇）　植民地時代のカラカスに生まれた軍人。子どものころからルソー、ロック、モンテスキューら啓蒙思想家の著作に親しみ、自由主義的な思想を抱くようになる。一八〇二年、当時の妻に先立たれたことがきっかけでヨーロッパを遍歴、独立運動を本格的に主導する決意を固めて一八〇七年に帰国、ロンドンに亡命していたミランダを連れ戻して一一年にベネズエラ独立を達成した。一八一二年にベネズエラが再びスペインの支配下に置かれるとコロンビアのカルタヘナで「カルタヘナ宣言」を発表し独立派の結束を呼びかけ、一四年にはカラカスを奪還、解放者（リベルタドール）の称号を贈られた。その後も各地を転戦し一八一九年に現在のベネズエラ、コロンビア、エクアドルを合わせたグラン・コロンビア共和国の樹立を宣言する。一八二二年にグアヤキルで南方から進軍していたサン・マルティンとアルト・ペルー進軍へ向けた協議をするが物別れに終わり、その後一八二四年のアヤクチョの戦いで勝利を収めペルーを完全に解放する。その後一八二五年に部下のスクレがアルト・ペルーを解放し、ボリーバルの名にちなんでボリビアと名付けた。ボリーバルは、ミランダと同様、ラテンアメリカ全土を共和国として連帯させる構想を抱いていたが、それが実現することはなく、失意のうちに晩年を過ごした。125―127・165・193

［マ行］

マーシャル、ジョージ（一八八〇―一九五九）　米国の軍人、政治家。一九四七年からの国務長官時代にヨーロッパ復興計画、通称マーシャル・プランの名のもとに、ソ連を仮想敵とした反共政策を各国で後押しした。308・310

マチャド、ヘラルド（一八七一―一九三九）　キューバの軍人、大統領（一九二五―三三）。182・197

マルティ、ホセ（一八五三―九五）　キューバの独立運動家、思想家、詩人。若いころから独立運動に身を投じ、国外追放処分となってからは主として米国を基盤に広範な評論活動を続け、キューバのみならずラテンアメリカ全土を視野に入れた自由主義的思想を独自の詩的な文体で展開し、詩人としてもすぐれた作品を残している。独立派のキューバ侵攻作戦に加わって戦死したが、マルティの遺した膨大な数の文書はその後もラテンアメリカ各地で読まれ続けた。136

マルティネス　〈エルナンデス・マルティネス〉を参照。

マヤコフスキー、ウラジミール（一八九三―一九三〇）　ソ連の詩人。472

マンリケ、ホルヘ（一四四〇―七九）　スペインの詩人。472

ミナ、フランシスコ・ハビエル（一七八九―一八一七）　スペインの軍人。若くして仏軍を相手にしたゲリラ戦で頭角を現し、その後は新大陸でメキシコ独立を目指す反乱軍に加わった。111・112

ミランダ、フランシスコ・デ（一七五〇―一八一六）　副王領時代のカラカスに生まれた軍人。スペイン留学中に哲学書やラス・カサスを読み耽り、スペイン軍入隊後は米国の〈ペンサコーラの戦い（一七八一）〉に派遣され、米国独立運動の熱気を肌で知る。スペイン軍とたもとを分かち、ボストンでワシントンやジェファーソンらの知己を得た後、ヨーロッパ各国を周遊、ロシア帝国にも滞在した。一七九一年からフランス革命に身を投じたが、その後はジャコバン派の恐怖政治に失望し、ロンドンに移住、英国での人脈から資金援助を確保し、いよいよ祖国の解放を計画し始める。ミランダの描いたビジョンは、ミシシッピ川からパタゴニアまでを含む〈大コロンビア帝国〉をインカという名の皇帝に統べさせるという、途方もないものだった。一八〇六年にカリブで軍事運動を起こすが、ハイチで船を沈めて失敗に終わり、英領トリニダードに潜伏する。その後一八一一年にシモン・ボリーバルらと念願のベネズエラ独立を達成したが、旧植民地政府軍に捕らえられ、スペインのカディスで無念の獄死を遂げた。113

ムニョス、ディエゴ（一九〇三―一九九〇）　チリの作家。275・300

メイラー、ノーマン（一九二三―二〇〇七）　米国の作家。太平洋戦争の現場を描いた小説『裸者と死者』（一九四八）で知られる。306

メネンデス、ヘスス（一九一一―四八）　キューバの労働運動指導者。全国のサトウキビ労働者の信頼を得て〈サトウキビの将軍〉と呼ばれたが軍によって暗殺された。228

メリャ、フアン・アントニオ（一九〇三―二九）　学生運動の指導者として活躍したのち一九二五年キューバ共産党の創設に加わる。マチャド政権下で国外追放処分となり、滞在先のメキシコで政権から送られた刺客に殺害された。182・197

メルヴィル、ハーマン（一八一九―九一）　米国の作家。小説『白鯨』（一八五一）。306

メルガレーホ、マリアノ（一八二〇―七一）　ボリビアの軍人、大統領（一八六四―七一）。クーデターで大統領に就任した直後に元大統領ベルスが集めた勢力と内戦状態に陥るが、奸計を弄してベルスを殺害し、その後は完全な独裁体制を築く。インディオの共有地を解体して反乱を招いたり、硝石開発の権利をチリに譲ってしまったり、自らの名を冠した紙幣を乱発したり、ボリビアの地酒を愚弄した英国人公使を素っ裸にして市内を引き回すなど、数々の奇行とトレードマークの顎髭で知られた。182―185

毛沢東（一八九三―一九七六）　中国の政治家。374

モクテスマ（一四六六―一五二〇）　アステカの王。一五一九年にスペイン人遠征隊に遭遇、コルテスを客として宮殿に迎え入れるが、逆に幽閉されてしまう。結果として二年後のテノチティトラン陥落を招くことになった。80

モデスト、フアン（一九〇六―六九）　スペイン内戦における共和国軍の指導者。内戦後にソ連へ亡命。165
モラサン、フランシスコ（一七九二―一八四二）　ホンジュラスの政治家、中央アメリカ連邦の大統領。131・132
モラレス、フェリクス（生没年不詳）　チリの画家。96・382・383
モリニゴ、イヒニオ（一八九七―一九八三）　パラグアイの軍人、大統領（一九四〇―四八）。国家社会主義的な政策を進めてリベラル派を弾圧したが、国内の混乱を収めることができず一九四七年の内乱を招いた。186・197・226・309
モレロス、ホセ・マリア（一七六五―一八一五）　メキシコの司祭、独立運動の指導者。イダルゴの右腕として活躍した。127・458
モロトフ、ヴェチェスラフ（一八九〇―一九八六）　ソ連の政治家。315

［ヤ行］
ユパンキ、トゥパク・インカ（?―一四九三）　インカの王。59

［ラ行］

ラウタロ（一五三四―五七）　十六世紀チリの先住民アラウコ（マプーチェ）の指導者。ペドロ・デ・バルディビアの屋敷に馬方として雇われスペイン人の騎馬戦術を学んだと言われる。地元に帰還して指揮官になってからは自らも馬を駆り、騎馬部隊を効果的に率いてスペイン人をたびたび苦しめた。89・91―93
ラウレアーノ　〈ゴメス〉を参照。

ラゴ、トマス（一九〇三―七五）　チリの詩人、民族文化研究者。272

ラス・カサス、バルトロメー・デ（一四八四―一五六六）　スペインの司祭、歴史家。従軍司祭としてエスパニョーラ島で目撃したエンコミエンダの実態がインディオの事実上の奴隷化であることを見抜き、以降の全生涯をインディオ擁護に向けたスペイン王室への働きかけ、そして一五五二年の『インディアスの破壊に関する簡潔な報告』を始めとする新大陸の歴史著述に捧げた。その行動と思想は独立革命以降のラテンアメリカの軍人、政治家、作家等に大きな影響を与え続けて今に至る。80

ラ・パショナリア（一八九五―一九八八）　本名ドロレス・イバルリ。スペインの政治家。熱心な共産主義者として労働運動で頭角を現し、内戦勃発に際してはラジオ放送で呼びかけた〈奴らを通すな！（¡No pasarán!）〉というフレーズが世界的に知られるようになった。内戦後はソ連に亡命したが、フランコ死去後の一九七七年にスペインへ帰国して国会議員にも選出された。165

ラフェルテ、エリアス（一八八六―一九六一）　チリの政治家。レカバーレンを師と仰ぎチリ共産党の結成に参加、一九四〇年代から数期連続で国会議員に当選、四五年の国政選挙ではネルーダの応援も行なった。151

リステル、エンリケ（一九〇七―一九九〇）　スペインの軍人。内戦で共和国軍を率いた。戦後はソ連に亡命、一九五九年以降はキューバ軍にも所属した。165
リンカーン、エイブラハム（一八〇九―六五）米国の政治家、大統領（一八六〇―六五）。134・135・309
リルケ、ライナー・マリア（一八七五―一九二六）ドイツの詩人。194
ルイス師／ルイス・デ・レオン（一五二七―九一）スペインの神学者、詩人。372
ルケ、エルナンド・デ（?―一五三二）スペイン人司祭。ピサロとアルマグロのペルー遠征隊に資金援助をした。55
レカバーレン、ルイス・エミリオ（一八七六―一九二四）チリの労働運動家、政治家。チリ労働運動の父と呼ばれる。一九〇六年チリ民主党議員に選出されると、労組系、特に北部硝石労働者の声を代弁する活動に積極的に取り組み、その反政府的な言論からたびたび政府による弾圧の対象となって、投獄と国外逃亡を繰り返す。一九二二年、当時の社会労働者党を母体とするチリ共産党創設に関わったが、二年後に原因不明の自殺を遂げた。146・154・157―160
レブエルタス、シルベストレ（一八九九―一九四〇）メキシコの音楽家。作曲に『フェデリコ・ガルシア・ロルカに捧ぐ』、『網』、『マヤの人々の夜』等。370
ロサス、フアン・マヌエル（一七九三―一八七七）十九世紀アルゼンチンの政治家。食肉業者として成功を収めたのち政界入りし、ブエノスアイレス州知事時代に連邦派の指導者となる。対立する中央集権派に苛烈な弾圧を加えた。いわゆるカウディージョの典型とされ、野蛮の象徴とみなされることもあれば、外国の干渉を排してアルゼンチンの主権を守った民族主義者として評価されることもある。175・176
ロックリッジ夫妻、リチャード（一八九八―一九八二）／**フランセス**（一八九〇―一九六三）米国の夫婦推理小説家。ネルーダは推理小説のファンだった。306
ロドリゲス、マヌエル（一七八五―一八一八）チリの軍人。オイギンスやカレーラと並ぶ建国の父のひとりとみなされる。一八一四年のランカグア戦での敗北後もチリに留まり、スペイン軍を相手に数々のゲリラ戦をしかけた。121・122・150
ロートレアモン（一八四六―七〇）本名イジドール・デュカス。フランスの詩人。472
ロブスン、ポール（一八九八―一九七六）米国の歌手、公民権運動家。134
ロルカ〈ガルシア・ロルカ〉を参照。

［ワ行］

ワスカル（一五〇三―三二）インカの王。異母弟のアタワルパと王位継承をめぐり戦う。58

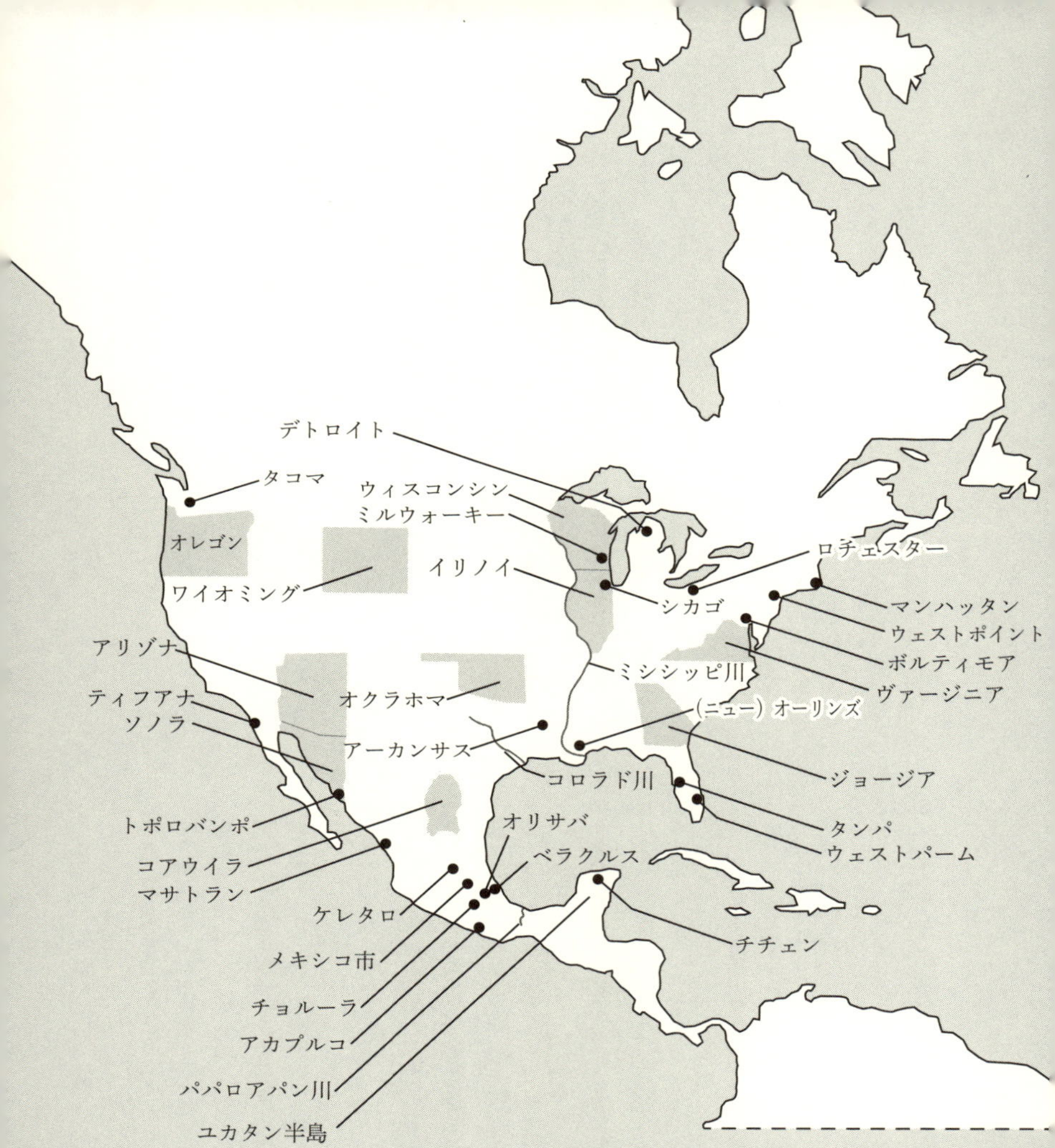
デトロイト
タコマ
ウィスコンシン
ミルウォーキー
オレゴン
ロチェスター
イリノイ
ワイオミング
シカゴ
マンハッタン
ウェストポイント
アリゾナ
ボルティモア
ミシシッピ川
ヴァージニア
オクラホマ
ティフアナ
ソノラ
(ニュー) オーリンズ
アーカンサス
ジョージア
コロラド川
トポロバンポ
オリサバ
タンパ
ウェストパーム
ベラクルス
コアウイラ
マサトラン
ケレタロ
チチェン
メキシコ市
チョルーラ
アカプルコ
パパロアパン川
ユカタン半島

北米

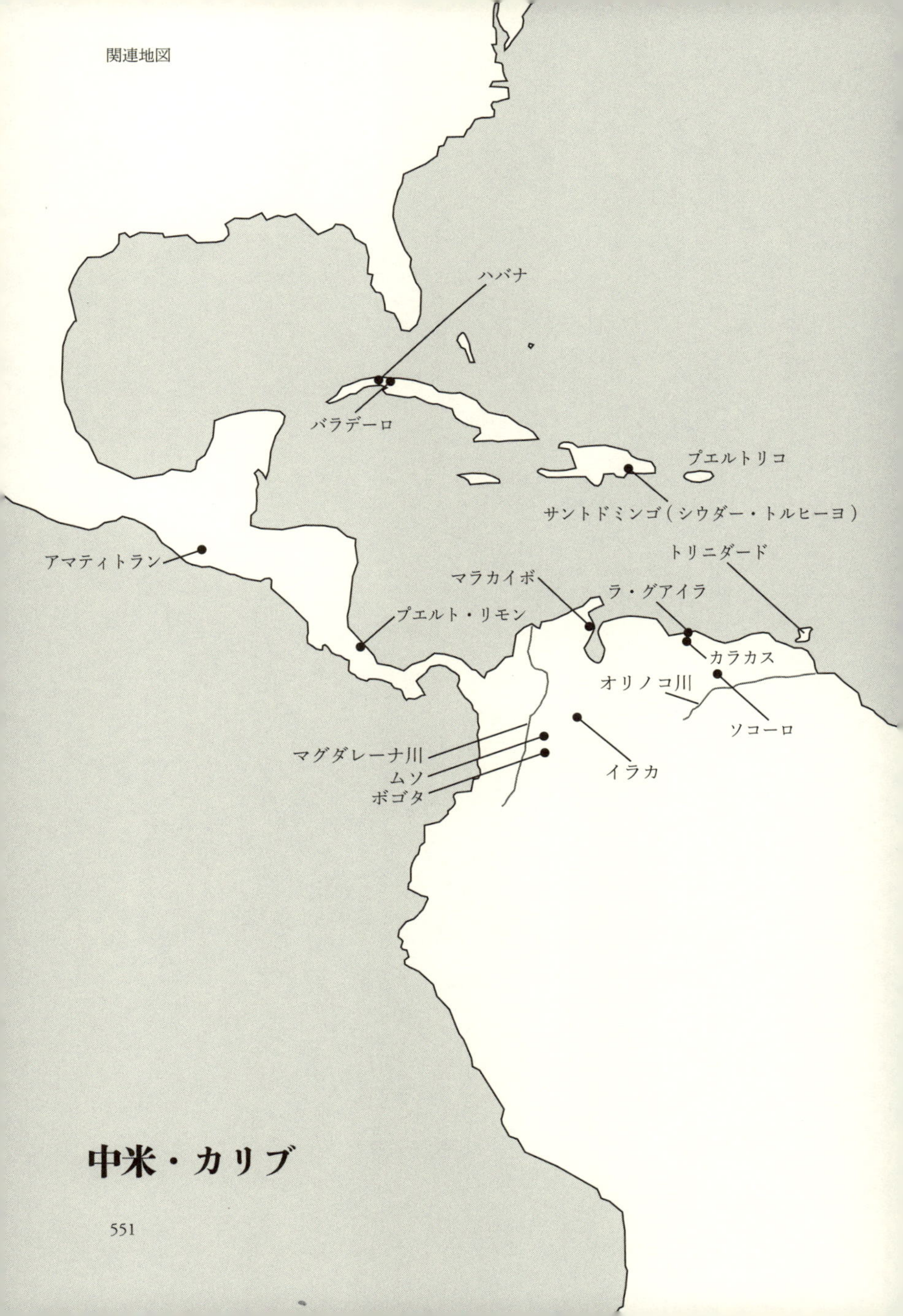
ハバナ
バラデーロ
プエルトリコ
サントドミンゴ（シウダー・トルヒーヨ）
トリニダード
アマティトラン
マラカイボ
ラ・グアイラ
プエルト・リモン
カラカス
オリノコ川
ソコーロ
マグダレーナ川
ムソ
ボゴタ
イラカ

中米・カリブ

アマゾン川
キト
グアヤキル
カハマルカ
ウルバンバ川
リマ
クスコ
マチュピチュ
ラパス
オルーロ
アンデス山脈
ミナス・ジェライス
アタカマ砂漠
サントス
リオデジャネイロ
トゥクマン
アスンシオン
メンドサ
サンティアゴ
モンテビデオ
ブエノスアイレス
ラプラタ川
パンパ
パタゴニア
マゼラン海峡

南米

関連地図

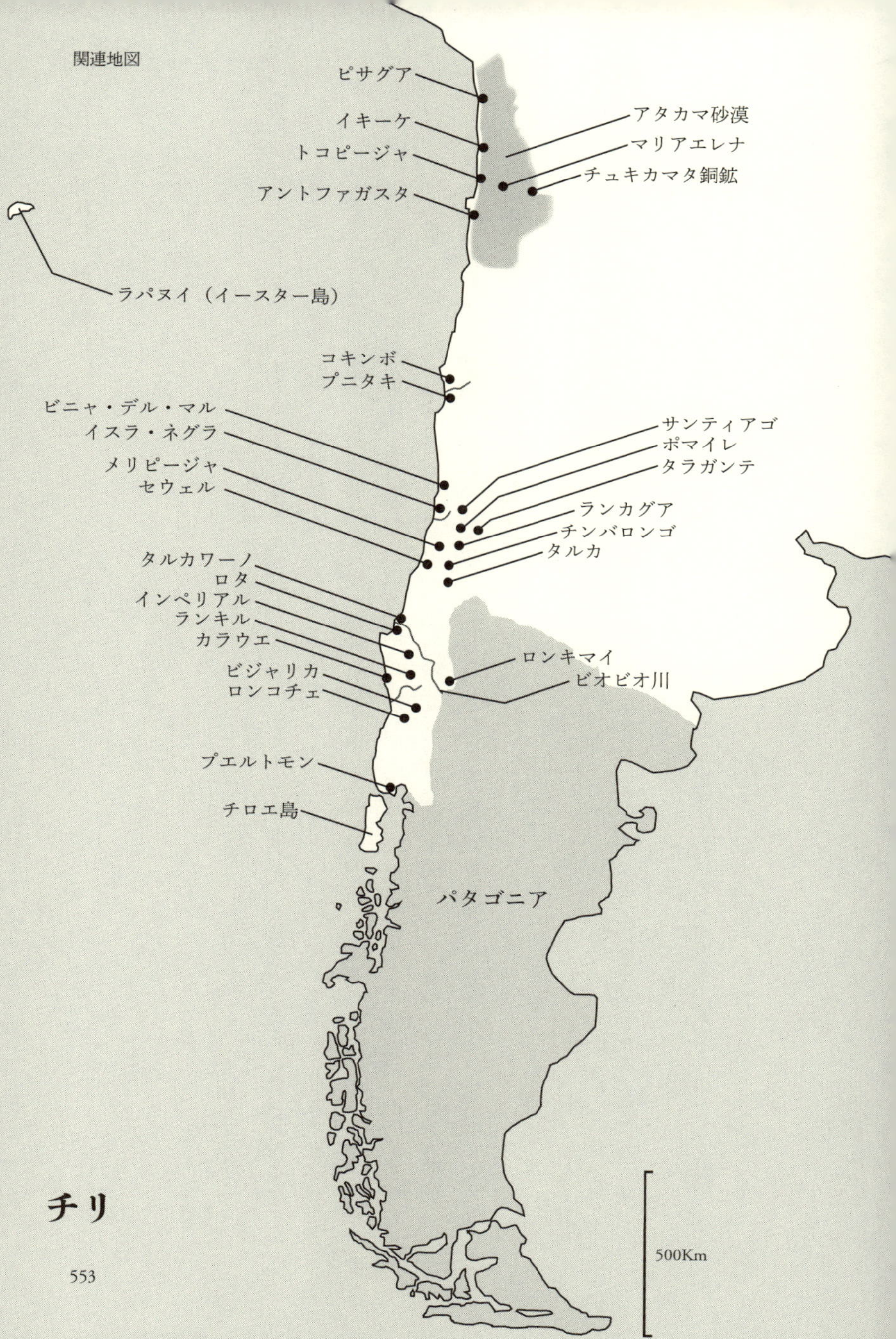

ピサグア
イキーケ
トコピージャ
アントファガスタ
アタカマ砂漠
マリアエレナ
チュキカマタ銅鉱
ラパヌイ（イースター島）
コキンボ
プニタキ
ビニャ・デル・マル
イスラ・ネグラ
メリピージャ
セウェル
サンティアゴ
ポマイレ
タラガンテ
ランカグア
チンバロンゴ
タルカ
タルカワーノ
ロタ
インペリアル
ランキル
カラウエ
ビジャリカ
ロンコチェ
ロンキマイ
ビオビオ川
プエルトモン
チロエ島
パタゴニア
500Km

チリ

訳者あとがき

『大いなる歌』(*Canto general*) はチリの詩人パブロ・ネルーダ(一九〇四-七三)が一九五〇年に刊行した詩集である。全十五章、二百を越す詩からなる大作で、アメリカ大陸の自然を称える頌歌、征服と独立の歴史を熱く語る叙事詩、植民地時代から続く腐敗を鋭く批判する弾劾の書、亡き友への追悼の歌、労働運動を中心に社会の結束を訴える檄文、砂漠の彼方でしぶとく生きている無名の人々の呟き声、海の情景だけを歌った章、四十五歳時点での自叙伝と、一冊のうちに実に多様な顔をあわせもつ。マチュピチュ遺跡訪問の際に受けた啓示から構想され、政治犯として逃亡中に書き継がれた本書は、ネルーダの長きにわたる創作活動の中心にそびえたつ記念碑である。

ネルーダはその生涯に膨大な数の詩を書いている。十代から死の直前まで書き継がれたその詩群は、年代順に、およそ四つのグループに分けることができるだろう。

まずは〈青春時代〉で、その代表作はネルーダのスペイン語圏における名声を確固たるものとした詩集『二十の愛の詩とひとつの絶望の歌』(一九二四)である。なかでも「愛の詩二十番」は今なおラテンアメリカの多くの読者に親しまれていて、スペイン語圏ではよくも悪くもネルーダの代名詞となっている詩だ。

今夜の僕にはいちばん悲しい詩が書ける
たとえばこんな詩だ　〈夜は星だらけ
星々が遠くで青く震える〉

詩集刊行時のネルーダは若干二十歳だった。詩集としては例外的によく読まれたこの本の刊行後、パブロ・ネルーダは激しいエロスと切ない別れの詩を書くロマンチックな若手詩人、というイメージがスペイン語圏の読者のあいだで定着する。

一九二七年から外交官としてアジア諸国やヨーロッパを遍歴した二十代後半のネルーダは、恋愛詩人としてのイメージを振り払おうとするかのように、自己の内面に沈潜し始める。本書最終章「私とは」に含まれたいくつかの詩からもわかるように、この時期のネルーダは、言葉も通じないアジア各地で生まれてはじめての深い孤独に苛まれつつ、目の前に広がる社会の途方もない現実に圧倒される日々を送った。ビルマでは後に自伝で「愛のテロリスト」と呼ぶ現地の女性につきまとわれるなど、私生活もかなり奔放なものだったようだ。一九三〇年には結婚もしているが、相手のスペイン語もろくに話せないオランダ人女性マルカについてネルーダの口数は少なく、これはどうやら不幸な関係だったらしい。この時期、すなわち一九二〇年代後半から三〇年代初頭にかけてが、ネルーダにとってのいわば〈探求の時代〉で、その集大成が、死と孤独のイメージに満ちたアヴァンギャルド色の濃い詩集『地上の住処』（一九三一）である。

ネルーダにとって次の重大な転機となったのは、三十二歳で迎えたスペイン内戦である。各国の文学者らと共和国防衛のため積極的に活動することを通じ、実際に動いている歴史の現場に身を投じる心構えをもつようになり、また、ブエノスアイレスで知り合ってから親しくしていた詩人フェデリコ・ガルシア・ロルカを失うなど、それまでは創作における想像の産物に過ぎなかった死と災厄を目の当たりにしたことで、詩のスタイルが大きく変化していくことになる。チリに帰国した一九三七年に刊行された『わが心のスペイン』以降、本書『大いなる歌』刊行に至るまでの約十三年間がネルーダにとっての第三詩群、すなわち〈政治の時代〉の産物にあたる。

ネルーダの書いた詩行の総数を考えたとき、実はこの〈政治の時代〉のクライマックスとなる本書までは三分の一弱を占めるに過ぎず、一九五一年以降の詩群が三分の二以上と圧倒的に多い。しかしながら、この一九五〇年代以降の〈円熟期〉に書かれた詩群のほぼすべては本書『大いなる歌』でつくられたスタイルのいずれかを発展させたものであり、これ以降ネルーダの詩風が抜本的な変化を被ることはない。たとえば、本書における政治的なテーマを発展させたのが『ブドウと風』（一九五三）であり、また、植物や野菜から歴史的人物に至るまで世の神羅万象を称えるという本書に垣間見られたスタイルをさらに洗練させたのが三冊の頌歌集、すなわち『基本頌歌集』（一九五四）、『新基本頌歌集』（一九五六）、『第三頌歌集』（一九五七）であり、本書最終章の詩による自伝というスタイルをさらに拡大したのが『イスラネグラの備忘録』（一九六四）である。そして、時にはソネット集を書いたりもしているが、基本的には本書と同様の自由詩（詩行の長さや節形成や押韻に厳格なルールを設けない）というスタイルを晩年まで維持し続け、同時代とラテンアメリカの現実に向き合い続けた。

ネルーダの詩全集は、比較的入手しやすいガラクシア・グーテンベルク版でも計三冊、三千七百ページにおよび、どこから手を付けていいか途方に暮れてしまうのだが、ネルーダの詩のスタイルを凝縮して味わえるという意味では本書から入るのが適当であろう。

本書の執筆は約十三年におよぶ。スペイン内戦という過酷な体験を経て一九三七年にチリへ帰国したネルーダは、祖国をテーマにした詩集の構想を練っていた。翌一九三八年には父が死去、葬儀で訪れた故郷アラウカニーア州の森林地帯で自分のルーツを確認し、改めてチリという国の風土と歴史を詩集としてまとめる計画を立てる。このとき故郷で書かれた詩が本書三章「征服者たち」に収録されている「チリの発見者たち」である。アルマグロの探検隊のメンバーを指しているこの題には、実はネルーダ自身も含まれていたということになろう。首都サンティアゴに戻ったネルーダは続けて詩「マポーチョ川の冬の頌歌」を書いた。詩集は本書の七章と同じ「チリの大いなる歌（Canto general de Chile）」となるはずだった。しかし、政治活動を本格化したネルーダは、三八年の大統領選で左派人民連合のペドロ・アギーレ・セルダを応援する組織に加わって全国を奔走、翌三九年にはアギーレ・セルダ政権によりスペイン共和国からの亡命者を支援する領事としてパリに渡るなど多忙を極め、執筆は遅々として進まなかった。

スペイン人亡命者の支援活動を終えて一九三九年にに帰国したネルーダは（このときの感慨を詠んだ詩が第七章の「一・賛歌と帰還（一九三九年）」）、すぐに駐メキシコ領事に任命され、ここから三年におよぶメキシコ生活が始まる。ネルーダは、ラサロ・カルデナス大統領のもとで革命の成果を謳歌しつつあったメキシコという国に自国の進むべきひとつの可能性を読み取るとともに、壁画で知られる画家ディエゴ・リベラなど様々な表現者と接することで、未完の詩集についての構想を膨らませていく。また、政治活動に対する強い関心はチリに留まらずラテンアメリカ全体に及ぶようになり、その成果が本書の六章のもとになる詩集「アメリカ大陸よ　その名を無駄に呼び出しはしない」となって一九四三年に刊行された。ヨーロッパ大陸とアジアで第二次世界大戦が猖獗を極めているのを遠目に見つつ、チリとメキシコがともに背負ってきた歴史的宿命、ともに進むべき未来を、より大局的な見地から俯瞰するようになっていく。ここにおいて、ネルーダの構想は、チリ一国に留まらず、アメリカ大陸全土を見据えたより壮大なスケールへと進化していくことになった。

いっぽう、この頃から共産主義に傾倒し始めたネルーダは、一九四一年に南米独立革命の英雄シモン・ボリーバルを称える「ボリーバルへの歌」を、そして翌四二年にソ連をたたえる「スターリングラードへの歌」を発表していて、この時期から彼のなかでラテンアメリカの独立の父たちと、当時の共産圏諸国の指導者たちのイメージが重なっていった。

人生における〈政治の時代〉の真っただ中にいたネルーダだったが、肝心の詩集については具体的なプランがないまま一九四三年にメキシコ赴任を終えることになる。そしてチリへの帰途で訪れたのがペルーのマチュピチュ遺跡だった。このとき案内役を務めたホセ・ウリエル・ガルシアはペルーの思想家ホセ・カルロス・マリアテギの弟子にあたる人物で、彼からもらったインディオ文化の歴史的意義に関する示唆が本書の二章「マチュピチュの高み」にも反映されている。帰国後のネルーダはこのときの不思議な体験を詩にした。不在の死者や自然の事物に呼びかけ、語り手と読み手が生きている〈今ここ〉に召喚するという、本書を貫くスタイルがここにおいてついに完成する。イスラネグラの自宅で単独の詩集「マチュピチュの高み」(一九四五)を書き上げたネルーダに、もう迷いはなくなっていた。

いっぽう、帰国早々に本格的な共産党員として活動を開始したネルーダは、チリの鉱物資源労働組合がある北部の辺境へしばしば足を運び、過酷な労働現場を目の当たりにする。スペイン人の到来以降にラテンアメリカが辿ってきた歴史的現実を今なお生身で受け止め続けている人々の姿は、南部の肥沃な森林地帯で育ったネルーダが知らなかった「チリの今」だった。そして一九四五年、北部タラパカ州とアントファガスタ州から、共産党議員としてついに国政に加わるようになる。

一九四六年、大統領選に出馬した急進党の政治家ガブリエル・ゴンサレス・ビデラは、労働組合の強い北部での集票のため左派連合と手を組み、その象徴的存在となっていたネルーダを広報主任に任命、ネルーダは同じ共産党の議員エリアス・ラフェルテと組んで各地を回り、ゴンサレス・ビデラの応援演説まで行なった。また広報ポスターのために「人民は彼をガブリエルと呼ぶ」という名文句を考案、結果的にこれがかなりの票を集めたとすら言われている。ちなみにこのフレーズを含む詩は次のようなものだ。

砂漠から高原まで
硝石原から密林まで
民が素朴な優しい声で
彼をガブリエルと呼ぶ
血を分けた兄のように

世に清いものは多くとも
この月桂樹に勝る男は無し
民は彼をガブリエルと呼ぶ

ゴンサレス・ビデラの圧勝となった大統領選の後、ネルーダは、国政業務以外の活動休止許可を党から得て、いよいよ腰を据えて『大いなる歌』の執筆にとりかかり始めた。ところが、その矢先、選挙戦であそこまで褒めちぎってやったゴンサレス・ビデラが左派と手を切る決断を下す。時代は冷戦初期、米国が、ラテンアメリカ全域の左翼ドミノ化現象の阻止に向けて動き始めていた。一九四七年十月、ゴンサレス・ビデラは共産党の閣僚三名を罷免、ソ連と共産圏諸国との国交断絶を宣言、北部の鉱物資源地域一帯の労組指導者を大量に逮捕、そして、これに抵抗の動きを見せた労働者のデモに対し、軍を動員して鎮圧しにかかった。カラカスに滞在していたネルーダは事態の急変を受け、現地の新聞に〈大統領の政治的背信〉を訴える告発状を掲載させるが、その翌日、その告発状の中味に激怒したゴンサレス・ビデラが、ネルーダの議員資格はく奪を求める訴訟をチリで起こす。帰国したネルーダは国会で〈私は弾劾する〉と題した演説を行なうが、一九四八年二月三日に最高裁が議員資格はく奪を認める判決を下し、司法裁判所からネルーダの逮捕令が出る。これを事前に察知したネルーダは、支援者たちに守られて、警察の手を逃れ潜伏生活に入る。一九四八年一月末のことだった。翌一九四九年二月、馬でチリ南部のアンデス山脈を越えてアルゼンチンへ脱出し、ブエノスアイレスからパリへ亡命するまで、十三か月に及ぶチリ国内での潜伏生活が続くことになる。本書の詩の大半、特に八章「その地の名はフアン」以下はすべてこの逃亡期間中に書かれたものだ。また十章の「逃亡者」はこの逃亡生活そのものを詩のテーマにしている。亡命後に書き足した詩を加え、一九五〇年にメキシコで本書の初版が刊行された。ネルーダはその後フランスとイタリアに滞在、一九五二年に逮捕命令が解除され、約三年半ぶりにチリへ帰国している。

本書の題は本来なら「万物の歌」とでも訳すべきもので、形容詞generalは当時チリで盛んだったゼネストなど労働運動用語につながる記号性も帯びている。日本ではすでに「大いなる歌」という訳題が定着しており、今さら変更するのも要らぬ混乱を招くだけと考えたわけだが、スペイン語のヘネラルという形容詞には、偉大さや崇高さを想起させる「大いなる」という日本語の形容詞とは少し違うニュアンスもある。それは、偉大なものと卑小なもの、善と悪、人間から鉱物まで地球上のありとあらゆる存在、過去と現在、そうしたすべてを分け隔てなく受容する〈間口の広さ〉である。ありとあらゆるものを今この瞬間に接続するというネルーダの途方もない野心が圧縮された形容詞なのだ。

自作の朗読をとりわけ好んだネルーダは、本書に収められた詩について、スペイン語を理解するあらゆる人々が耳で聞いて理解できることを目指したという。自由詩なので脚韻や凝った隠喩などの醸し出す格調の高さとは無縁であるが、実際に朗読をしてみると、長い詩に特有の、それなりに心を揺さぶる独自のリズムがあることに気付く。一見すると子どもじみた〈～のような〉に類する直喩についても、あらゆる事象を誰にでも分かる言葉で伝えようという書き手の誠実さすら感じられ、決して侮れるものではない。悲しむときは悲しみ、喜ぶときは喜び、命を賭けた戦いを謳うときは勇ましく、怒るときは執拗に怒り続け、自らが正しいと思うことを真摯に主張し続ける。そのストレートな（時にははた迷惑なまでの）分かりやすさに発生する一種の磁場が、この詩集最大の魅力となっている。

また、本書は、約五〇〇年前（本書刊行の段階では約四六〇年前）に始まった自分たちラテンアメリカの血統を認識し、それを繋いできた人々が過去に辿った過酷な運命を正しく理解し、さらにそれを現在の状況に接続し、これから先の未来を見通すという、ある意味で新大陸の文学者の宿命ともいえる課題に正面から向き合っている。多くの文学者が様々な形でこうした汎アメリカ大陸的な課題に取り組んできたが、ネルーダが明らかに意識していたと思われるのは米国の詩人ウォルト・ホイットマンの『草の葉』、そしてネルーダと同じく文学的営為と政治活動を両立させていたキューバのホセ・マルティであろう。ただし、ネルーダの基盤はあくまでチリにあり、本書でも（南の世界から見れば歴史の浅い辺境に過ぎない）米国の存在感は稀薄である。ネルーダは、チリの最初の独立の年である一八一〇年を特に強調し、オイギンスとミランダがここで繋がり合い、死んでいるはずのラウタロとクアウテモクの掲げた希望の炎が再び見えるのだと言う。チリという南の国からスペイン語を介して大陸規模の運命をまるで巨大な壁画のように一望する、そんな野望が奇跡的に実現した書物でもあるのだ。

そうした歴史の叙述が単なる事実の羅列で終わっていれば、詩として成立していなかっただろう。ネルーダは本書をクロニカ（年代記）であると述べていた。同時代の出来事を生身の人間が主観というフィルターを通して自由に語るテクストだと。コロンブス以降に新大陸へ渡ったスペイン人の多くが残したクロニカに語られた「事実」の多くが当時のヨーロッパ人が内面化していた偏見と誤謬で歪められているのと同じく、本書で扱われている歴史的事象もネルーダという詩人が抱いていたビジョンによって歪んでいて、その複雑きわまる歪みこそが本書の文学性を担保しているともいえる。

分かりやすい例が四章のラスカサス神父を詠んだ詩であろう。雨の夜、労組との会合から疲れ果てて帰宅したネルーダが、ふとラスカサス神父のことを回想する。神父の行ないはネルーダの今の戦いに重ねられ、新たな意味を与えられ、そして最後には読み手にも共有される仕組みになっている。ネルーダ自身が先人に呼びかけ、先人と対話をし、時には彼らの嘆きの声に耳をすませ、最後には現代に彼らの居場所を用意している。同じことは異様な独裁者ばかりが登場する五章にも言え、過去の悪人たちは決して一過性の災厄ではなく、今なお受け継がれている新大陸の宿痾であることが分かるようになっている。本書で展開する歴史とは、あくまでネルーダの肉体を通して生まれた文学的な世界観なのである。

二〇一八年を生きる私たちの目からすれば、いろいろと粗も見える。共産主義体制を無批判に信頼し、あろうことかスターリンを礼讃している（これについては後の詩や自伝でネルーダ自身が反省を込めて振り返っている）。文学とは程遠い安直な善悪二元論に傾きかけているあたりは、読んでいて気が滅入る。扱われている人間が男性ばかりで、女性の存在感が極めて薄いことも気になる。複雑きわまるスペイン内戦の人間模様を理解せぬまま、スペインに留まった一部の詩人を口汚く罵倒している。これに限らず罵倒表現が実に豊富な詩集だ。別に同情するつもりはないが、ゴンサレス・ビデラにだって家族はいただろう。

そうした欠陥を補ってあまりある本書の魅力とはいったいなんだろう。読者諸氏にそれぞれお考えいただきたいと思うが、ひとつ訳者が挙げられるとするなら、他者という存在に対する無償の共感、自然の事物や死者までをも含む、自分以外の存在、それとの共生を真摯に願う、非常に強靱な〈優しさ〉とでもいうしかない懐の深さである。これはなにも、ネルーダという特殊な天才が生まれながらに有していた人間的資質などではない。本書の最後の詩でネルーダは〈人のなかに入ることで私はついに自由になれた〉と書いている。華やかな恋愛詩人としてスタートしたものの、アジアで暗い探求の時代を過ごし、戦火のスペインでは友を失い、祖国では敢えて政治活動に身を投じ、現実との向き合い方を必死で探り続けるなかでついに体得した境地。少々の災厄や暴力に決して負けることのない胆力に裏付けられた底抜けの楽観主義的精神。それこそがこの詩集を根底で支えている〈地の中心に育つ木〉だと言えるかもしれない。

一九七三年九月十一日、ネルーダも深く関わったアジェンデ政権がクーデターで打倒された。八十年前にバルマセーダという別の大統領をめぐって起きた出来事が奇しくも繰り返されたのだ。その数日後に病死したとされているネルーダだが、ここ数年、専属運転手の証言などから病院内での謀殺説が再浮上している。あまりにも朗らかに政治の世界に身を投じた末、かつては自らがその非業の死を弔ってみせた先人たちと同じ列、すなわち本書四章「解放者たち」の最後の詩にある〈戦って死んだ者たち〉にネルーダ自身もまた加わったのだ。

ネルーダの存在はチリ人にとっていろいろな意味で重すぎる。ニカノール・パラなどネルーダという存在を梃子にしての自らの詩的世界を構築した詩人もいる。アレハンドロ・ホドロフスキーは自伝映画『エンドレス・ポエトリー』で(若かりし頃の自分役の俳優を介して)ネルーダの銅像を愚弄した。チリの文学者には、ネルーダのあまりに謹厳な政治的姿勢にアレルギー反応を示し、本書を嫌ってアヴァンギャルド色の濃い『地上の住処』を推す人がとても多い。ロベルト・ボラーニョは「ダンスカード」という短編(『売女の人殺し』白水社、二〇一三年所収)でネルーダに対する愛憎半ばする複雑な思いを綴っている。現代チリを代表する詩人のラウル・スリータは本書を愚にもつかぬ駄作だとしたうえで、ラパヌイを詠んだ詩だけは印象に残っていると私に語った。しかし、そのスリータが執拗に試み続けている軍政以降のチリの全体像を詩にする試みは、まさに本書などを通じてネルーダが築いてきた創作路線である。二〇世紀後半以降のチリ人文学者たちにとってのネルーダは、良くも悪くも乗り越えるべき「偉すぎる父」になってしまっている。

いっぽう、チリの運命を共有しない世界の読者のあいだでは、ネルーダはいまだ尽きることのない詩的想像の泉であり続けている。初期の恋愛詩集や前衛的なスタイルの詩集、本書のようなメッセージ性の強い詩集、後期の円熟味を増した簡素な詩集、いずれもが各国語に着々と訳され、二十世紀の南半球の声を代表する詩人として今後も読み継がれていくことだろう。日本語読者の環境はお世辞にも良好とは言えないが、いずれ後期の代表作である三部の『基本頌歌集』もすべて日本語で読める日が来ると思いたい。

翻訳はPablo Neruda, *Obras completas I, De《Crepusculario》a《Las uvas y el viento》1923-1954*, Galaxia Gutemberg, 1999, Barcelona. 収録のものを底本とし、Cátedra版（2011）とSeix Barral版（2011）、さらに英訳の決定版となっているJack Schmitt訳（1911）を適宜参照している。

本書のいくつかの章については邦訳が存在する。特に第二章については『マチュ・ピチュの高み』（矢内原伊作訳、竹久野生画、みすず書房、一九八七年）、『マチュ・ピチュ山頂』（田村さと子訳、鳳書房、一九九七年）、『マチュピチュの頂』（野谷文昭訳、書肆山田、二〇〇四年）と三つの版があり、特に三つ目の野谷訳は参照をお勧めする。九章を中心に編まれた『世界抵抗詩選・きこりよめざめよ・ネルーダ詩集』（竹内安雄他編訳、大月書店、一九五二年）はもっとも早い時期の翻訳。この他、『ネルーダ詩集』（大島博光訳、角川文庫、一九七五年）や『ネルーダ詩集』（田村さと子訳、思潮社、二〇〇四年）に本書の数編が収録されている。本書成立の背景を知るには自伝の『ネルーダ回想録――わが生涯の告白』（本川誠二訳、三笠書房、一九七七年）や、マルガリータ・アギレ『パブロ・ネルーダの生涯』（松田忠徳訳、新日本出版社、一九八二年）が便利である。

二〇一七年に公開されたチリ映画『ネルーダ　大いなる愛の逃亡者』は本書の成立過程そのものを映画化した作品である。また一九九四年のイタリア映画『イル・ポスティーノ』は本書刊行の二年後イタリアに亡命中だったネルーダに手紙を届けていた配達夫の話で、こちらもネルーダの人柄を知るかっこうの入り口になるだろう。

本書の企画に際してはロス・クラシコス企画・編集の寺尾隆吉さんにお世話になり、また詩の翻訳については恩師の稲本健二先生から様々な助言をいただいた。出版に当たってはチリ外務省文化局の翻訳助成プロジェクトＩＬＡＮから支援をいただき、その際、駐日チリ大使館のクラウディア・アラベナさんに細かいところまでお世話になった。三章のケチュア語によるエピグラフについては藤田護さんにご教示いただいた。九章のエピグラフは『聖書　新改訳　注解・索引・チェーン式引用付』（いのちのことば社、一九八一年）を引用した。巻末の地図作成については太田亮夫さんにご無理をお願いした。訳文校正と編集については現代企画室編集部の小倉裕介さんと太田昌国さんに今回も面倒を見ていただいた。

【著者紹介】

パブロ・ネルーダ　Pablo Neruda（1904—73）

チリの詩人。本名リカルド・ネフタリ・レイエス。20 歳で刊行した詩集『二十の愛の詩とひとつの絶望の歌』（1924 年）がスペイン語圏で人気を博す。20 代から外交官としてアジア各地を遍歴、前衛的な詩集『地上の住処』（1935 年）を刊行。1936 年からのスペイン内戦に関わったことで政治に傾倒、三年の駐メキシコ領事職を経て 1945 年からチリ上院の共産党議員として活動するが、1948 年親米色を強めていた当時のゴンサレス・ビデラ政権により議員資格をはく奪されたことがきっかけで一年あまりの地下潜伏生活に入る。1949 年ヨーロッパに脱出、翌 1950 年に大部の詩集『大いなる歌』をメキシコで刊行、逮捕令が解けてチリに帰国した 1952 年以降も精力的な創作活動を続けた。1969 年の大統領選で共産党から立候補を要請されたが、左派票を人民連合のサルバドール・アジェンデに一本化すべく辞退、1970 年からアジェンデ政権の大使としてフランスに駐在した。1971 年ノーベル文学賞受賞。1973 年 9 月 23 日、アウグスト・ピノチェト将軍らによるクーデター勃発の約二週間後、サンティアゴ市内の病院で病死したとされているが、謀殺説をめぐる検証が続行中である。上記以外の代表作に詩集『ブドウと風』『基本頌歌集』（1954 年）、『新基本頌歌集』（1956 年）、『第三頌歌集』（1957 年）、『航海と帰還』（1959 年）、『イスラネグラの備忘録』（1964 年）、『鳥の秘術』（1966 年）、『世界の終わり』（1969 年）等。

【訳者紹介】

松本健二（まつもと・けんじ）

大阪大学マルチリンガルセンター准教授。スペイン語圏ラテンアメリカ現代文学。訳書にロベルト・ボラーニョ『通話』（白水社）、『セサル・バジェホ全詩集』（現代企画室）などがある。

ロス・クラシコス 12

大いなる歌

発　行　2018年9月23日初版第1刷　1000部
定　価　4600円＋税
著　者　パブロ・ネルーダ
訳　者　松本健二
装　丁　本永惠子デザイン室
発行者　北川フラム
発行所　現代企画室
東京都渋谷区桜丘町 15-8-204
Tel. 03-3461-5082 Fax 03-3461-5083
e-mail: gendai@jca.apc.org
http://www.jca.apc.org/gendai/
印刷所　中央精版印刷株式会社

ISBN978-4-7738-1810-9 C0098 Y4600E
©MATSUMOTO Kenji, 2018
©Gendaikikakushitsu Publishers, 2018, Printed in Japan